Fuck you, Love

Daniela Hartig

Impressum

Copyright 2017 Daniela Hartig, 1. Auflage

Lektorat: Marion Perko
Korrektorat: Klaus Bartel
Covergestaltung: ZERO Werbeagentur GmbH, München
Coverabbildung: FinePic / shutterstock

Bibliografische Information der Deutschen Nationalbibliothek:
Die Deutsche Nationalbibliothek verzeichnet diese Publikation in der Deutschen Nationalbibliografie; detaillierte bibliografische Daten sind im Internet über http://dnb.dnb.de abrufbar.

TWENTYSIX – Der Self-Publishing-Verlag
Eine Kooperation zwischen der Verlagsgruppe Random House und BoD – Books on Demand

Herstellung und Verlag:
BoD – Books on Demand, Norderstedt

ISBN: 978-3-740734060

Handlungen und Personen im Roman sind frei erfunden. Ähnlichkeiten mit lebenden oder toten Personen sind rein zufällig.

Prolog

Seit vier Wochen steht sie jeden Tag unten auf der Straße am Grundstück gegenüber.

Sie lehnt an der Mauer, ihre dünnen Beine stecken in einer Jeans, die ungefähr 1966 in Mode war. Das ausgebleichte T-Shirt mit der Zunge der Stones schlackert um ihre schmale Hüfte. Ihre schwarzen Haare glänzen in der Mittagssonne wie Pech und stecken in einem unordentlichen Knoten auf ihrem Kopf.

Ich trete näher an das bodentiefe Fenster und starre hinunter. Sie spürt meinen Blick und hebt den Kopf, zieht ungerührt an der Zigarette in ihrem Mundwinkel. Sekundenlang sehen wir uns in die Augen. Ich knöpfe meine Jeans auf und steige erst aus dem linken, dann aus dem rechten Hosenbein. Nur in Boxershorts stehe ich an der Scheibe und will, dass sie endlich verschwindet. Aber auch der Anblick meines fast nackten Körpers schreckt sie nicht. Sie schnickt den abgebrannten Stummel von sich, ohne mich aus den Augen zu lassen.

Ich komme mir blöd vor.

Ein saudämlicher Versuch, sie loszuwerden.

Wieso sollte sie auch gehen? Sie hat eine Rechnung mit mir offen.

Ich habe sie vergewaltigt. Glaube ich.

Vor genau vier Wochen.

Kapitel 1

»Floyd!«

Meine Mutter ruft aus dem Erdgeschoss. Ihre schrille Stimme hallt über die Marmortreppe bis ins Obergeschoss, in dem ich wie ein Idiot am Fenster stehe. Ich antworte nicht.

»Floyd? Kommst du mal?«

Ich hasse meinen Namen.

Wer, bitte, heißt Floyd? Die Hänseleien, die ich mir anhöre, seit ich einzelne Buchstaben zu Wörtern kombiniere, sind so zahlreich, dass ich damit ein Buch füllen kann. Mein Vater ist Pink-Floyd-Fan. Ich wurde ein Junge. Auch wenn mein Vater sonst alles mit Geld kauft, der Mann, der meine Geburtsurkunde ausstellte, war in Bezug auf »Pink« unbestechlich. Also entschied sich mein Vater für »Floyd«. Hätte mich mal jemand gefragt.

Dabei ist mein Vater der Letzte, den ich mit Musik und einer Rockband in Verbindung bringen würde. Der Stock in seinem Hintern ist über Meilen sichtbar, und ich bezweifle, dass er etwas anderes hören kann als seine eigene Stimme, die irgendwelche furchtbar klugen Kommentare in die Welt hinausposaunt.

Ich verschränke die Arme vor der Brust und stiere auf den Bürgersteig hinab. Die Schnalle steht da immer noch. Es ist heiß draußen. Die Sonne knallt ihr auf die Kopfhaut, unter ihren Achseln zeichnen sich dunkle Flecken ab. Sie glotzt und starrt, und ich danke dem Universum, dass ich mich mit meinem Äußeren nicht verstecken muss.

Ich sehe gut aus. Ich weiß, was die Mädchen hinter meinem Rücken tuscheln.

Floyd van Berg sieht aus wie Bradley Cooper! Ich steh total auf ihn! Letzte Woche hat er mit der Schwimmmannschaft der Schule den ersten Platz geholt, und ich schwöre, Mädels, seine Badehose ist echt gut gefüllt.

Sie geben sich keine Mühe, leise zu sprechen, und grinsen mir hinterher. Die Jungs klopfen mir auf die Schulter, als wäre es eine Leistung, für die ich etwas kann. Dabei sind es einfach nur die Gene. Meine Mutter ist wunderschön und mein Vater ist ... eben mein Vater. Reich und ein Arsch. Aber ein gut aussehender Arsch.

»Floyd! Hörst du mich nicht? Ich rufe dich seit einer halben Stunde!« Die Stimme meiner Mutter kratzt in meinem Ohr. »Was tust du denn da?«

Sie steht in meiner Tür, unschlüssig, ob sie das Zimmer betreten darf.

»Wonach sieht's denn aus?«

»Du stehst nackt am Fenster! Mitten am Tag. Wenn dich die Nachbarn sehen!«

»Ich bin nicht nackt. Ich trage Boxershorts. Und hier oben sieht mich niemand.« Außer diese verrückte Stalkerin. Die in diesem Moment auf den kochenden Asphalt spuckt, noch einmal zu mir hochsieht und dann verschwindet. Ihre Doc Martens klatschen auf das Pflaster, ein rhythmisches Versprechen für den nächsten Tag.

Mein Blick verfolgt ihre Gestalt, bis sie nicht mehr zu sehen ist.

Seufzend drehe ich mich zu meiner Mutter. »Was gibt's denn?«

»Zieh dir in Gottes Namen was an!« Sie hält sich die perfekt manikürten Hände vor die Augen. »Du bist kein kleines Kind mehr. Du bist neunzehn! Erwachsen! Ich muss dich nicht in Unterwäsche sehen, ja?«

Ich schnappe mir die zusammengeknüllte Jeans auf dem Boden und schlüpfe hinein. Die Knöpfe lasse ich offen, ich will schwimmen gehen.

»Ich wollte dir nur Bescheid sagen. Ich bin doch übers Wochenende in diesem Wellnesshotel. Du weißt das noch?«

»Jep.«

Ich weiß es nicht mehr, was glaubt sie denn? Dass ich mir ihre Termine in meinen Kalender eintrage? Sie nervt mich. Ihr Leben ist so sinnlos, dass es schon fast komisch ist. Maniküre, Pediküre, Botox. Champagner in den Boutiquen, beim Friseur und zu Hause aus der Flasche, wenn mein Vater nicht da ist.

Befangen macht sie einen Schritt auf mich zu, überlegt es sich anders und hebt doch nur die Hand. Ich weiß nicht, wann wir den Bezug zueinander verloren haben. Irgendwann war es nicht mehr wie früher. Fast als wäre ich ihr zu groß, zu fremd, zu unbequem geworden. Ich lese in ihren Augen, dass sie sich fragt, wer ich bin und was ich von ihr will. So wie jetzt.

»Gut. Dann ... tschüs«, sage ich und zucke mit den Schultern.

»Frau Hauser hat dir Lebensmittel in den Kühlschrank gestellt. Ich bin auf dem Handy erreichbar, falls was sein sollte«, sagt sie und versucht sich an einem Lächeln.

Ja.

Ich weiß, warum sie das betont. Sie hat Angst, dass ich die Bude abfackle.

Meine Partys sind legendär. Laut und dreckig und dem Aufenthalt einer Rockband in einem Luxushotel nicht unähnlich. In den seltensten Fällen ist es übrigens meine Schuld, wenn etwas zu Bruch geht. Obwohl ich in der Regel nüchtern bin, weil ich keinen Alkohol trinke, schreite ich nicht ein. Ich gebe diese Partys nur, um meinen Vater zu provozieren.

Also, früher war das so.

Mittlerweile hat sich der Grundgedanke, ihm irgendeine Reaktion zu entlocken, blöderweise in Luft aufgelöst. Also fast. Aus einer Reizung wurde eine Herausforderung, wurde eine Kampfansage und schließlich eine Kriegserklärung. Jetzt stehe ich mitten auf dem Schlachtfeld und habe längst keinen Gegner mehr. Mein Vater hat sich aus dem Spiel verabschiedet. Er hat resigniert. Das ist langweilig und macht mich noch wütender auf ihn. Weil ich aber berüchtigt für meine Partys bin, kann ich mir keinen Rückzieher erlauben. Deshalb mache ich weiter, ohne dass es mich befriedigt.

Aber wie sagt man so schön? Wenn das Leben dich fickt, ficke zurück. Oder so ähnlich.

Jedenfalls macht sich meine Mutter in diesem Moment vor Angst beinahe in die Hosen, weil ich sturmfrei habe.

»Floyd, du bleibst anständig, ja?« Es ist kein Befehl, es ist eher eine zittrige Bitte. Sie ist so hilflos.

Ich erlöse sie. »Aber immer, Sabine«, sage ich und grinse unschuldig.

Sie blinzelt zweifelnd, geht aber ohne einen weiteren Kommentar. Sekunden später fällt die Haustür ins Schloss.

Ich nehme meine Badehose vom Stuhl, ziehe sie an und verlasse mein Zimmer.

Wir haben zwei Schwimmbäder. Einen Pool im Garten oder besser in dem parkähnlichen Außengelände und einen im Souterrain. Wir sind auch für die kalten Tage gerüstet, wie es mein Vater beschreibt. Ich bevorzuge den Pool im Souterrain. Ich haste die Stufen hinunter, die kühlen Fliesen unter meinen Füßen erden mich. Nichts beruhigt mich mehr als Wasser und ich muss schwimmen. Jetzt.

Ich durchquere den Eingangsbereich, das leere Haus mit seiner prachtvollen Eleganz im Rücken. Im Keller angekommen, drücke ich mit der Schulter die schwere Holztür zum Schwimmbad auf, und mich empfängt der typische Geruch des Wassers. Er zieht in meine Nase und ich fühle mich zu Hause. Das fünfzehn Meter lange Becken liegt verlassen vor mir, die Oberfläche glatt wie Glas. Hier unten fällt nur wenig Licht durch die schmalen, länglichen Fenster, die in die Wand eingelassen sind. Der Raum ist riesig, es gibt eine Bar und eine Musikanlage, Liegen und Handtücher. Zwei Regenduschen inklusive Farb- und Aromatherapie. Auf einer Konsole stehen Kosmetika, die jeden Monat ausgetauscht werden, obwohl sie nie benutzt werden.

Ich brauche diesen ganzen Kram nicht. Niemand außer mir kommt hierher, es sei denn, meine Eltern haben

Gäste. Der Innenpool ist das Highlight der obligatorischen Führung durch das Haus. Das Beste, was der Markt an italienischen Fliesen zu bieten hat. Die neueste Technik im Schwimmbadbereich. Die sauberste Wasserqualität. Die Stimme meines Vaters hallt dann von den Wänden, seine weißen Zähne blenden sein Gegenüber. Der Neid lässt ihre Gesichter grün werden und das Grinsen meines Vaters breiter. Sein so offen zur Schau gestellter Protz kotzt mich an und er weiß es genau.

Ich stelle mich an den Beckenrand, kralle die Zehen in den Vorsprung. Die Oberfläche kräuselt sich, die verschiedenen Blautöne der Mosaikfliesen glitzern im Becken. Ich spüre die Erlösung schon, das Vergessen, sobald ich unter Wasser bin. Ich schließe die Augen und hebe die Arme über den Kopf. Dann stoße ich mich ab, krümme meinen Oberkörper, schwebe für den Bruchteil einer Sekunde in der Luft und tauche fast geräuschlos ein. Ich gleite durch das Wasser, öffne die Augen und erreiche mit drei kräftigen Zügen das Beckenende. Dort wende ich und schwimme zehn Bahnen. Die gleichmäßigen Bewegungen entkrampfen meine Muskeln, die Stille fegt mich leer. Meine Eltern verschwinden in weite Ferne, die dämliche Stalkerin wird zu einer diffusen Einbildung.

Nach zehn weiteren Runden mache ich eine Pause. Das tue ich immer und ich erlaube mir keine Abweichungen. Klare Regeln geben mir Halt. Sie ordnen das Chaos, das mich tief im Inneren stresst. Ich stütze mich am Beckenrand ab, lege die Stirn auf meine Arme. Das Wasser rinnt mir über das Gesicht, ich atme mit geschlossenen Augen ein und aus.

Ihr Top ist nach unten gerutscht und entblößt eine Brust. Den Kopf hat sie zur Seite gedreht, ihre Lider flattern wie die Flügel eines Schmetterlings. Ihr Gesicht ist bleich und schlaff. Eine Hand krallt sich in ihre dunklen Haare und zieht daran.

Ruckartig schüttle ich den Kopf, um die hässlichen Bilder zu vertreiben.
Ich werde sie einfach nicht los. Wie Blitze zucken sie durch mein Gehirn, zu kurz, um sie festhalten zu können.

Selbst hier in meinem schützenden Reich, im Wasser, verfolgen sie mich.

Ist es meine Hand, die so brutal an ihren Haaren reißt? Wie sehr ich mich auch anstrenge, die Erinnerungen bleiben bruchstückhaft. Ich weiß es einfach nicht. Ich habe nur ein diffuses Gefühl.

Ein Gefühl der Macht.

Ein Gefühl der Angst.

Ein Gefühl der Erregung. Und der Scham.

Verfluchte Scheiße!

Ich war sturzbetrunken.

Vor vier Wochen

»He, Mann, du Penner! Nimm deine Pfoten weg!« Irgendein Mädchen kreischt mir ins Ohr, ich habe sie noch nie gesehen. Ich nehme meine Hand von ihrem Arsch und wanke, stütze mich an der Wand ab.

»Verflucht, Floyd, wen hast du alles eingeladen?«, brüllt mir Ben ins Gesicht. Seine blonden Haare, die er stundenlang in Form gebracht hat, stehen ihm wirr vom Kopf ab.

»Mann, leck mich, keine Ahnung!« Ich lache und steuere zur Bar.

Ben kommt mir nach. »Meine Eltern würden so was niemals erlauben, du hast echt ein Scheißglück, Alter.«

Ich feiere meinen Geburtstag. Meine Mutter ist im Urlaub, Kurztrip nach Sardinien. Mein Vater ist geschäftlich in China. Heute Morgen kam ein Anruf. Eine digitale Stimme sang »Happy Birthday«.

»Die Zeitverschiebung macht es unmöglich, dich persönlich anzurufen, das musst du verstehen, Floyd«, hatte er mir am Tag des Abfluges erklärt.

»Ja klar. Versteh ich. Kein Problem. Mach's gut. Guten Flug«, antwortete ich.

Der Bass wummert durchs Haus, drückt mir auf die Brust. Irgendein elektronischer Mist, ich kann diese Musik nicht ausstehen. Ich brauche was zu trinken, und zwar schnell. Hektisch schnappe ich mir ein Glas und suche den Wodka. Er ist fast leer.

»Ach Scheiße! Wer säuft denn das Zeug wie Wasser, verflucht noch mal?« Ich setze an und trinke den kümmerlichen Rest direkt aus der Flasche. »Macht mal andere Musik, Leute! Das ist doch der letzte Dreck!«

Auf dem Weg zur Anlage laufe ich durch die Küche in die Vorratskammer. Ich schubse knutschende Pärchen zur Seite, irgendjemand kotzt in die Spüle. Zwischen dem Würgen und Speien jammert der Typ um Hilfe.

Ich klatsche meine Hand gegen seinen Hinterkopf. »Ruf Mami an, du Lutscher! Und verpiss dich gefälligst, hier wird nicht gekotzt!«

Er dreht mir sein Gesicht zu, die blutunterlaufenen Augen blicken durch mich hindurch.

Ich weiche zurück. »Is' ja ekelhaft! Ben, kümmere dich um ihn. Schmeiß ihn raus, Herrgott noch mal!«

Ben tut alles, was ich sage. Er ist ein Jahr älter als ich und mein bester Freund, schätze ich. Er steht auf unser Haus, unseren Garten und die ständige Abwesenheit meiner Eltern. Jetzt packt er den Kerl gerade am Kragen und zieht ihn aus der Spüle. Der Typ stöhnt, fährt sich mit einer Hand über den Mund.

»Lass mich«, lallt er, aber Ben öffnet die Flügeltür der Küche und schleudert ihn auf die Terrasse.

»Hau ab, Mann! Werd erst mal erwachsen, bevor du 'ne Party besuchst, du Weichei!«

Er lacht, der Junge, der nicht älter als sechzehn ist, fällt auf die Knie. Die Kotze hängt auf seinem Hemd, auf allen vieren kriecht er Richtung Rasen. Ben knallt die Türen wieder zu und ich wende mich ab. Menschen, die sich nicht unter Kontrolle haben, sind Abschaum. Wie kann er sich so gehen lassen? Ich hole eine neue Flasche Wodka, gieße mir mein Glas voll, kippe es in einem Zug runter.

Happy Birthday, Floyd!

Kapitel 2

Ich steige aus dem Wasser, habe genug. Die Nässe ist plötzlich unangenehm, es juckt überall. Mit einem Handtuch rubble ich mir über die Kopfhaut, bis es brennt, die nasse Badehose feuere ich in eine Ecke. Sanfte Wellen kräuseln die Wasseroberfläche. Wie hypnotisiert starre ich auf die Kreise, bewundere die natürliche Perfektion. Sie werden größer, breiten sich aus, bis sie irgendwann verschwunden sind. Nichts zeugt mehr von ihrem Dasein.

Ich wende mich ab, tapse nackt in die Küche. Im Kühlschrank finde ich Tatar aus Kobe-Rind. Ich schneide mir ein Stück Walnussbrot aus der Steiermark ab und esse das Tatar im Stehen aus der Schüssel.

In meinem Zimmer lege ich mich aufs Bett und rufe Ben an. Wir verabreden uns für später am Abend, er steht auf der Gästeliste für einen Club, der neu eröffnet hat.

Die Abiturprüfungen sind vorbei. Ich bin unter den besten Zehn, was mich nicht wirklich viel Arbeit gekostet hat. In der Schule hatte ich noch nie Probleme, aber selbst diese Tatsache scheint meinen Vater nicht zu beeindrucken. Es ist egal, was ich tue, er empfindet keinen Stolz auf mich. Ich bin eher ein lästiges Insekt, das er am liebsten mit einem Händewedeln verscheuchen würde. Er war nicht mal auf meiner Abschlussfeier, weil er einen außerordentlich wichtigen Geschäftstermin in Kanada hatte.

Mein Vater ist Eigentümer einer Firma, die er von seinem Vater geerbt hat. Gerade ist er für ein Vierteljahr in China, um den dortigen Markt für sich zu gewinnen. Er hat ungefähr vierhundert Angestellte, aber was genau er macht, weiß ich nicht einmal. Trotzdem erwartet er, dass ich in seine Fußstapfen trete.

Schon der Geruch in den Firmenbüros verursacht mir Übelkeit, die Klimaanlagenluft trocknet mir die Gehirnzellen aus. Ich hasse die Besuche dort. Mein Vater geht seit fünfundzwanzig Jahren jeden Morgen um exakt dieselbe Uhrzeit in sein Büro. Er kennt jeden Angestellten mit Namen, den Namen seiner Frau und der dazugehörigen Kinder.

»Sie zählen auf mich, Floyd, verstehst du? Jeder Einzelne vertraut auf mich und auf einen sicheren Arbeitsplatz. Sie sind der Motor meiner Firma.« So heißt es dann und dabei köpft er sein Frühstücksei und sieht mich an. Er will, dass ich ihn bewundere und Dankbarkeit zeige. Ich soll meine Chance nutzen und mein Leben nicht vergeuden.

Er kann mich mal.

Mit meinen Noten und den Beziehungen meines Vaters kann ich mir jede Uni, jedes Studienfach aussuchen. Aber ich habe keine Ahnung. Ich bin nicht besonders ehrgeizig und habe keine besondere Leidenschaft. Früher habe ich gerne Gitarre gespielt. Aber das ist lange her und fand ein ziemlich unrühmliches Ende. Außerdem schwimme ich. Mehr nicht. Aber ich muss das ja auch nicht jetzt entscheiden.

Ich dusche und schlüpfe in eine schwarze Jeans und ein schwarzes Shirt. Ich trage immer und ausschließlich Schwarz. Bunte Farben sind mir zuwider. Rot oder Blau oder Orange sticht mir in den Augen, ich verstehe nicht, wie man so etwas anziehen kann.

Ben ruft von unten aus der Eingangshalle. Er hat einen Schlüssel. »Hey, Fly, wie sieht's aus? Du bist hübsch genug, du Tunte! Lass uns gehen.«

Ich grinse, fahre mir noch einmal durch die Haare und schalte das Licht aus.

Ben steht an der Bar und mixt sich einen Whisky Cola. Er wählt den Laphroaig, der dreißig Jahre auf dem Buckel hat.

»Wenn mein Dad sehen würde, dass du den mit Cola mischst, würde er heulen wie ein Baby«, sage ich. Ich bleibe bei Wasser.

Ben fläzt sich auf die weiße Ledercouch. Er will Jura studieren. Ihm fliegen die guten Leistungen nicht zu, er ackert wie ein Verrückter. Im Herbst zieht er in die Stadt. Seine Eltern sind nicht besonders wohlhabend, Ben jobbt nebenbei als Barkeeper. Es ist sein Traumberuf, die Bräute liegen ihm zu Füßen und er schleppt jeden Abend eine andere ab. Niemand mixt tödlichere Cocktails als er. Mich töten sie eher selten, ich trinke nicht oft. Ich vermeide den Kontrollverlust.

Bis auf das eine Mal, Floyd. Das eine verdammte Mal!
»Taxi?«, fragt Ben.
»Ich kann fahren, kein Problem.«
»Ach, Floyd! Zieh mal den Stock aus dem Arsch und hau mit mir auf die Kacke. Das wird spaßig! Ein Whisky geht doch wohl, oder?« Ben faltet die Hände und sieht mich bettelnd an.
»Taxi«, antworte ich grinsend.

* * *

Der Fahrer setzt uns vorm Quintessenz ab. Der Laden hat vor zwei Wochen eröffnet und die Schlange vor der Tür ist lang. Ben drängelt sich nach vorne, die Leute murren.
»Schönen Gruß von Marc«, sagt er nur, und der Türsteher öffnet die rote Kordel, die das gemeine Volk von der schweren Stahltür trennt.
Die Tür geht mit einem Summton auf und mich empfangen die abgehackten Töne elektronischer Musik. Ben würdigt den Türsteher keines Blickes mehr und läuft vor mir eine steile Treppe nach unten.
»Der DJ ist der Wahnsinn, wirst sehen«, schreit er über die Schulter.
Das bezweifle ich. Ich mag Rockmusik, E-Gitarre und Schlagzeug. Ein- oder zweimal sind Ben und ich in Bars gegangen, in denen Bands spielten, die mir gefielen. Ben hielt sich die Ohren zu und zog mich nach einer halben Stunde am Jackenärmel nach draußen. »Sag mal, spinnst du? Wer steht denn auf so was? Dieser Sound ist doch einfach nur ätzend, Mann!«

Der Club ist nicht besonders groß, die Tanzfläche ist brechend voll. Zuckende Leiber, die sich umeinanderwinden. Das blaue Licht wird von dem feinen Schweißfilm auf bloßen Armen reflektiert, die sich in fast religiöser Anbetung Richtung DJ-Pult recken. Ich spüre eine leichte Anspannung, so viele Menschen machen mich nervös. Aber weil ich in Bens Augen nicht zum Freak mutieren will, reiße ich mich wie immer zusammen und tue so, als würde es mir nichts ausmachen.

Ben steuert geradewegs auf die Bar zu und zwängt sich an den wartenden Gästen vorbei. »Zwei Whisky Cola«, schreit er.

Ich stecke die Hände in die Hosentaschen und sehe mich um. Das Clubritual ist in vollem Gange. Jungs, die ihre Augen in Dekolletés versenken. Mädchen, die sich zu ihren Freundinnen beugen und dümmlich kichern. Hände, die auf Ärschen landen, Getränke mit bunten Strohhalmen, die die Hemmschwelle überspülen wie eine Jahrhundertflut. Ganz kurz wirkt auf mich alles seltsam entrückt. Ich mustere die Menschen um mich herum und frage mich absurderweise, was ich hier tue.

Ben ist voll in seinem Element. Mit den Gläsern in der Hand bequatscht er zwei Mädchen, deutet mit dem Kopf in meine Richtung. Sie kommen auf mich zu.

»Das sind Lisa und ihre Freundin Nele.«

Lisa, die Brünette, wirft sich die Locken über die nackte Schulter und hält mir ihre Hand hin.

»Hi. Heißt du wirklich Floyd?«, fragt sie und grinst.

Sie entblößt ein Gebiss so weiß, dass ich eine Sonnenbrille brauche. Ihre Brüste quellen aus dem kurzen Kleid, ihr Parfum ist zu aufdringlich.

»Hi. Heißt du wirklich Lisa?«, frage ich, ohne eine Miene zu verziehen.

Sie runzelt die Brauen, lacht unsicher. Ich sehe zu Ben, der Nele gerade den Arm um die Schultern legt. Der Whisky Cola schwappt über seine Hand auf ihren Hals und er leckt die Tropfen kurzerhand ab. Sie zuckt zurück, Ben bemerkt es nicht.

»Bist du oft hier?« Lisa lässt nicht locker.

»Der Laden hat erst seit zwei Wochen geöffnet. Also nein.«

Sie gefällt mir nicht. Ihre Augen stehen zu nah beieinander, die knubbeligen Finger krallen sich um ihr Glas.

»Mhm, ja, stimmt. Hatte ich vergessen, blöde Frage.«

Ich lasse sie auflaufen, das macht sie nervös. Sie trinkt einen Schluck, blickt sich demonstrativ um. Vielleicht befummle ich sie doch. Nur so aus Neugier. Ich lege meinen Arm um sie und meine Finger wandern zu ihrem Po. Sie versteift sich ein winziges bisschen.

»Macht nichts. Jeder stellt mal eine blöde Frage«, sage ich ganz nah an ihrem Ohr. Meine Nase juckt von ihrem Geruch und ich unterdrücke ein Niesen.

Ich kneife ihr in den Arsch. Sie trägt kein Höschen. Ihre Hand zittert unmerklich, sie rutscht von mir weg. Ich presse meinen Arm um ihre Taille und zwinge sie so näher an mich heran.

»Du bist echt hübsch, weißt du das?«

Sie dreht den Kopf und ihre Augen leuchten. »Findest du?«, fragt sie dümmlich, und ich nicke.

Es ist so einfach, dass es langweilig ist. Sie kennt mich überhaupt nicht. Es ist ihr egal. Gleich wird sie *es* sagen. Ich sehe es in ihren Augen.

»Hat dir schon mal jemand gesagt, dass du aussiehst wie Bradley Cooper?« Ihr Blick fährt bewundernd über mein Gesicht und meinen Körper.

»Nein. Das höre ich zum ersten Mal.«

Meine Finger streicheln über die Falte ihres Kleides an ihrem Hintern. Sie drückt sich an mich.

»Doch ehrlich! Ganz bestimmt!« Ihr Kopf ruckt auf und ab, ihre Zunge fährt über ihre Lippen.

»Ich bin nicht so der Weiberheld, weißt du? Ich bin sonst eher schüchtern. Aber du bist so schön, ich ...« Ich klappe den Mund zu, als fehlten mir die Worte.

Sie kichert. »Du bist ja süß.«

Das ist mein Stichwort. Danach geht alles. Immer. Ich stelle mein Glas ab, neige den Kopf und küsse sie. Ihr Körper reagiert sofort, sie schmiegt sich vertrauensvoll an mich. Ihre Brüste reiben über mein Hemd.

Ich schiebe ihr die Zunge in den Mund und bemerke sofort, dass sie nicht küssen kann. Ihre Zähne sind uns im Weg und ihr Speichel verteilt sich auf meinem Kinn. Meine Hände berühren den Saum ihres Kleides und schieben ihn nach oben. Keine sagt Stopp. Nie. Ich kann so weit gehen, wie ich will. Hier, mitten im Club.

Ich öffne die Augen, schiele an ihrem Kopf vorbei und sehe Ben, wie er den Daumen in die Höhe reckt und anerkennend nickt. Später wird er mir sagen, wie viele Minuten es gedauert hat, bis ich einen Treffer gelandet habe. Das ist das Spiel, der Gewinner gibt einen aus. Was egal ist, weil in der Regel ich bezahle.

Ihre Zunge rührt immer noch in meinem Mund, ich löse mich abrupt von ihr.

»Ich muss mal aufs Klo«, sage ich.

Sie reißt die Augen auf, glotzt mich dämlich an.

»Oh. Ja klar.«

Lisa tritt einen Schritt zurück und zupft an ihrem Kleid. Ich schnappe mir mein Glas und verschwinde zur Toilette. Es ist heiß hier unten, ich bahne mir einen Weg durch die feuchten Körper. Der Gang zum Klo ist nur schwach beleuchtet, und es wird sofort ruhiger, die Musik dringt nur noch gedämpft bis hierher. Ich lehne mich an die Wand, schließe die Augen. Mir ist schlecht, eigentlich will ich gehen. Ich hebe die Hand, um auf die Uhr zu sehen, und da steht sie.

Die Stalkerin.

Sie lehnt gegenüber, ein Bein angewinkelt, die Arme vor der Brust verschränkt.

Ich zucke zusammen. »Scheiße, du hast mich erschreckt!«

Sie antwortet nicht, blinzelt nicht mal. Ihre Füße stecken in Doc Martens, sie trägt eine löchrige Jeans. Der Träger ihres Oberteils ist über die Schulter gerutscht. Sie sieht aus wie ich, ganz in Schwarz. Bei ihr wirkt es bedrohlich, bei mir cool.

Ich mache einen Schritt auf sie zu, bringe mein Gesicht ganz nah an ihres. Sie verzieht keine Miene, obwohl ich mindestens zwei Köpfe größer bin als sie.

»Was willst du von mir?«

Sie riecht nach Zitrone und frischer Wäsche. Ihr Geruch irritiert mich. Irgendwie dachte ich, sie stinkt.

Ihre dunklen Augen verengen sich, die langen Wimpern verdecken ihre Pupillen. »Das weißt du ganz genau, du Schwein!«, sagt sie so leise, dass ich es kaum verstehen kann.

Sie hat recht, ich weiß, was sie will. Das Gleiche wie ich. Ihr fehlt die Erinnerung, genau wie mir.

»Lass mich gefälligst in Ruhe mit deinem Scheiß! Ich weiß nicht, wovon du redest.«

»Das werden wir noch sehen, Floyd.« Sie stößt sich von der Wand ab, schubst mich zur Seite und taucht in der Menge unter.

Ich ramme die Tür zur Toilette auf und schließe mich in eine Kabine ein. Dort setze ich mich auf den geschlossenen Klodeckel, leere mein Glas in einem Zug und vergrabe den Kopf in den Händen.

Die verschmierte Schminke unter ihren Augen zieht sich in schwarzen Schlieren über ihre Wangen.

»Nein. Bitte«, formen ihre Lippen tonlos.

Sie windet sich auf dem Bett, ein kraftloser Versuch, sich zu befreien. Eine Hand fährt über die helle Haut an ihrem Rippenbogen, zerrt an ihrem Top. Sie hat Gänsehaut. Strähnen ihrer schwarzen Haare kleben an ihrem Hals. Die Hand legt sich um ihre Brust und drückt zu. Sie zuckt vor Schmerz zusammen.

Ich springe vom Klo, das Glas fällt klirrend zu Boden. Die Toilettentür knallt gegen die Wand, als ich sie aufreiße und fluchtartig die Kabine verlasse. Zurück im Club pflüge ich wie ein Wahnsinniger durch die Menge, mein Herz schlägt im Rhythmus der Musik. Die zuckenden Lichter nehmen mir die Sicht, wie blind schlage ich mich zu Ben durch.

»Ich muss hier raus«, sage ich. Ben hört mich nicht, er knutscht mit Nele. »Ich muss hier raus!«, schreie ich ihm ins Ohr, und Nele stolpert vor Schreck nach hinten.

»Was 'n los, Alter?« Ben hat ordentlich nachgetankt, er hat Mühe, mich anzusehen.

»Ich will gehen. Jetzt.«

»Spinnst du? Wir sind noch nicht mal 'ne Stunde hier!« Er dreht sich um und zieht Nele an sich.

»Ist alles in Ordnung?« Lisa steht neben mir und sieht mich besorgt an.

»Hau ab, du Schlampe!«

Bevor sie mir eine kleben kann, wende ich mich um und steuere auf den Ausgang zu. Im Gehen werde ich immer schneller, ich renne, als wäre der Teufel hinter mir her.

Aber egal, wie sehr ich mich anstrenge, ich werde auf keinen Fall schnell genug sein.

Vor vier Wochen

Die Steaming Satellites dröhnen durch das Haus. Ich habe andere Musik ausgesucht, ist ja schließlich meine Party. Es ist immer noch brechend voll, aber ich kenne noch nicht mal ein Drittel der Leute, die sich hier rumtreiben. Ben hat einfach jeden eingeladen, seine Barkeeperkollegen, den kompletten Abiturjahrgang, sogar Leute aus meinem Schwimmteam, die er noch nie gesehen hat. Wir folgen uns alle gegenseitig auf Facebook, Twitter und Instagram und doch habe ich den wenigsten schon mal persönlich Hallo gesagt. Verrückte Welt.

Ben schiebt sich gerade eine Line Kokain auf dem Glastisch im Wohnzimmer zurecht. Mit seiner Kreditkarte kratzt er das weiße Pulver so lange hin und her, bis es einen perfekten Strich bildet. Ben kommt immer und überall an alles Mögliche, durch seine Arbeit hinter dem Tresen kennt er Gott und die Welt.

Zwei Mädchen sitzen neben ihm, ihre Knie wippen nervös auf und ab, ihre Augen blicken gierig auf den teuren Stoff. Aber Ben weiß, was sich gehört, und dreht sich zu mir. Er sieht mich fragend an und hält mir auffordernd den Fünfziger hin. Ich schüttle den Kopf, mit Drogen kann ich nichts anfangen. Ben schon. Er nickt, presst den Geldschein an sein Nasenloch und zieht. Sofort legt er den Kopf in den Nacken und kneift sich in den Nasenrücken.

»Geil, Alter! Hammerstoff, Fly!«

Er schmiert sich den winzigen Rest der weißen Körnchen aufs Zahnfleisch, bevor er das ganze Ritual für die Mädchen wiederholt. Die beiden sehen aus wie zwei Vampire, die auf ihre erste Mahlzeit warten. Die Zähne gebleckt, stieren sie auf den Glastisch, die gekrümmten Körper lauern auf die Beute. Ben hat zwei identische Lines gelegt, eine links, eine rechts.

Er hält ihnen jeweils einen Geldschein hin, als von hinten jemand über die Lehne der Couch hüpft, sich blitzschnell den gerollten Schein schnappt und mit einer fließenden Bewegung das weiße Pulver schnupft.

»Hey! Spinnst du?«, schreien die beiden Mädchen gleichzeitig.

Die Diebin richtet sich auf und sieht mir in die Augen. »Hast du in deiner Playlist auch was von Johnossi? Die sind spitze. ›Into the Wild‹ vielleicht?«

Ich stehe da und starre sie an. Ihre langen Beine stecken in ultrakurzen schwarzen Hotpants. Ihre dunklen Haare fallen verfilzt auf ihren Rücken, durch ihr dünnes Trägertop zeichnen sich ihre Brustwarzen ab.

»Was?«, sage ich dümmlich.

»Wo ist die Anlage?« Sie blickt sich suchend um.

»Dahinten.« Wie ein Idiot deute ich auf die Bang & Olufsen.

»Cool. Danke.« Sie wendet sich um und verschwindet in die Richtung, in die mein Finger zeigt.

»Was war das denn bitte?« Ben schlägt sich auf die Knie und lacht. »Tut mir leid, Mädels, jetzt ist teilen angesagt. Mehr gibt's erst mal nicht.«

Er grinst immer noch, aber der Zorn in den Gesichtern der Mädchen ist nicht zu übersehen.

»Kennst du die?«, will er wissen und sieht in die Ecke, in der die Musikanlage steht.

»Du hast die Leute doch eingeladen, was fragst du mich? Keine Ahnung, was sie hier will.« Ich zucke mit den Schultern. »Ich weiß nicht mal, wie sie heißt.«

Die scharfen Klänge einer E-Gitarre füllen den Raum, die Lautstärke wird hochgedreht.

»Bist du sicher, dass sie an der Musik rumfummeln darf?«, schreit Ben über den Lärm hinweg.

Es ist ein geiler Song. Mein Blick gleitet zu ihr. Sie steht mit geschlossenen Augen im Raum und tanzt. Sie bewegt sich wie eine Schlange, hebt die Arme, ist völlig versunken in den Klang. Ihre Hüften kreisen, sie legt den Kopf in den Nacken. Der Song wird immer besser, ihre Bewegungen auch. Als wäre sie völlig allein hier, als existiere nichts außer der Musik und ihr. Sie wirft den Kopf hin und her, ihre Haare verdecken ihr Gesicht. Ich kann nicht wegsehen, sie fasziniert mich. Ihr Shirt rutscht nach oben, und ich sehe ihren flachen Bauch, ihre blasse Haut, die zarten Rippen, die hervorstechen. Der Song ist zu Ende,

Stille tritt ein. Kurz bleibt sie mit geschlossenen Augen stehen, dann rempelt sie ein Typ an.

»Wer hat Bock auf David Guetta?«, brüllt er lallend.

Sie sieht ihn angewidert an und dreht sich um. Ich setze mich in Bewegung, steuere auf sie zu. Sie läuft Richtung Haustür, und kurz bevor sie rausschlüpft, halte ich sie am Arm fest.

»Willst du gehen?«, *frage ich.*

»Was geht dich das an?« *Sie entzieht mir ihren Arm.*

»War ein cooler Song. Ich steh auf Rockmusik.«

Sie zieht die Augenbrauen nach oben. »Ja klar.«

Aus dem Wohnzimmer dröhnt irgendein blödes Lied aus den Charts und verhöhnt meine Behauptung.

»Du bist doch der Gastgeber, oder?«

»Willst du noch was trinken?« *Aus irgendeinem Grund will ich, dass sie bleibt.*

»Immer.« *Sie tritt wieder über die Schwelle und ich schließe schnell die Tür.*

»Komm mit.« *Ich schiebe sie vor mir her in die Küche. An der Theke verscheuche ich drei Typen, die sich eine Zigarre aus dem Vorrat meines Vaters anzünden wollen. Ich schraube den Deckel der Wodkaflasche ab und gieße die klare Flüssigkeit in zwei Schnapsgläser.* »Hier.«

Ich halte ihr eins unter die Nase, sie sieht mir eine Sekunde zu lang in die Augen, bevor sie es nimmt.

»Also dann.« *Mein Glas klirrt leise gegen ihres.*

»Auf Floyd. Den deutschen Bradley Cooper.« *Ihre Augen blitzen spöttisch, sie wirft den Kopf zurück, schluckt und knallt das leere Glas auf die Theke.*

Ich trinke, wische mir über den Mund. »Wie heißt du?«, *frage ich.*

Sie antwortet nicht und schenkt nach. »Alles Gute zum Geburtstag, Floyd.« *Sie betont meinen Namen überdeutlich, bei jedem Buchstaben fährt ihre Zunge über die feuchten Lippen.*

»Wohnst du hier in der Gegend?« *Ich will, dass sie etwas sagt, egal, was. Ihre Stimme hat einen rauchigen Klang, ihr Atem riecht nach Lakritz und Alkohol.*

»Bin ich hier in 'ner verdammten Quizshow oder wie?« Sie
setzt an und leert das zweite Glas. *»Kannst du pokern?«, fragt
sie und reißt mir mein Glas aus der Hand.*
»Pokern? Wer will pokern?« Ben stößt zu uns, legt den Arm
um mich. Seine Pupillen sind so groß wie Stecknadelköpfe,
Strähnen seiner blonden Haare haben sich aus seiner Frisur gelöst. Sein Hemd steht offen, entblößt seine Brust. Ich schiebe
seinen Arm weg.
»Niemand.« Plötzlich stört er mich, ich will ihn nur noch
loswerden.
*»Komm schon, Fly. Is' doch saulangweilig hier unten. Wir
gehen zu dir hoch, nur wir drei, und zocken 'ne Runde.«* Er
streicht mit dem Daumen über ihren Oberarm. *»Oder kneifst
du?«*
*Sie sieht von ihm zu mir, und ich rolle die Augen, wie um
mich für ihn zu entschuldigen. Sie zieht einen Mundwinkel
nach oben. »Ehrlich gesagt ist Floyd nicht besonders interessant. Du schon.«*
*Sie beugt sich vor und küsst Ben mitten auf den Mund. Ein
Speichelfaden hängt an seinen Lippen, als sie sich von ihm löst.
»Gehen wir.« Sie greift sich die Flasche Wodka und rutscht
vom Barhocker.*
*Ben glotzt mich an. Ich kann es überhaupt nicht leiden,
wenn ich zurückgewiesen werde, und kneife die Augen zusammen.*
»Was sollte das?«, frage ich scharf.
*Ben grinst. »Sie schmeckt nach mehr. Lass uns gehen.« Er
läuft hinter ihr her und ich laufe ihnen hinterher.*
Ich komme mir vor wie ein Schwachkopf.

Kapitel 3

Ich leugne.

Ich werde es abstreiten und so tun, als wüsste ich nicht, wovon sie spricht, bis sie mich in Ruhe lässt. Sie kann nichts beweisen. Niemand kann das. Ich weiß es ja selbst nicht, also ist es streng genommen nicht mal eine Lüge.

Seit Stunden liege ich im Bett, kann nicht einschlafen. Mein Telefon blinkt, Ben versucht, mich zu erreichen. Mit Sicherheit ist er stinksauer, weil ich ihn stehen lassen habe wie einen Idioten. Er hasst das und wird mir die Schuld geben, dass er bei Nele keinen Stich gemacht hat. Es ist mir egal.

Als ich aus dem Club rausgelaufen bin, war ich kurz vorm Ersticken. Vor dem Eingang standen die Leute dicht gedrängt, jedes Mädchen sah plötzlich aus wie sie. Bis ich ein Taxi gefunden habe, musste ich zwei Straßen laufen.

Ich wälze mich nach links und rechts, Schweiß klebt auf meiner Haut.

Mit geschlossenen Augen konzentriere ich mich ganz auf meinen Atem. Mein Brustkorb hebt und senkt sich und ich werde ruhiger. Die Vögel fangen an zu zwitschern, nicht mehr lange und die Sonne geht auf. Mein Herzschlag verlangsamt sich, ich gleite in den Schlaf.

Eine Hand legt sich um ihren Hals, der Daumen streicht über ihren Kehlkopf. Die weit aufgerissenen Augen glänzen feucht. Die Augäpfel rollen immer wieder nach hinten, sodass nur das Weiße zu sehen ist. Fetzen von Musik wehen herüber. Es ist der Song, zu dem sie getanzt hat.

Zwei Hände zwingen ihre Arme über den Kopf und ziehen ihr Top nach oben, verknoten es an ihren Handgelenken. Sie stößt einen wimmernden Laut aus. Ihre nackten Brüste sind klein und fest, die Hand grapscht gierig danach.

»Hör auf.« Die Worte sind kaum zu verstehen, sie nuschelt nur. »Hör auf.«

Ich fahre hoch, meine Beine verheddern sich in der feuchten Bettdecke.

»Scheiße noch mal!«

Mit der Hand reibe ich mir übers Gesicht, wische den Traum weg. Mein Herz rast, mein Mund ist trocken.

Von unten höre ich Geschirr klappern, Frau Hauser ist da. Sie füllt den Kühlschrank, kocht und putzt. Die Sonne knallt ins Zimmer, es muss schon Mittag sein. Ich schiebe mich an die Bettkante, angle nach einer Unterhose. Auf dem Nachttisch steht eine Flasche Wasser, ich setze an und trinke sie in hastigen Zügen leer. Nur in Unterwäsche gehe ich ins Bad und putze mir dreimal die Zähne. Der bittere Geschmack verschwindet trotzdem nicht.

Ich brauche Gesellschaft. Hastig laufe ich nach unten und betrete die Küche. Frau Hauser wischt über die blitzblanke Arbeitsplatte. Sie mag mich nicht. Ich habe ihre Tochter gevögelt und sie dann eiskalt abserviert. Seitdem ist unser Verhältnis nicht das beste.

»Hallo, Frau Hauser.« Ich nehme mir einen Apfel und beiße hinein.

Sie sieht zu mir herüber und zieht die Nase kraus. »Eine Hose wäre vielleicht angebracht, Floyd. Schließlich bin ich nicht deine Mutter. Wenn es so wäre, hättest du nämlich andere Manieren, das garantiere ich dir.«

»Ihnen auch einen wunderschönen guten Morgen.« Ich kaue geräuschvoll und lege den angebissenen Apfel auf die frisch geputzte Arbeitsfläche.

Sie schnalzt mit der Zunge. »Es ist halb eins. Der Morgen ist lange vorbei, Junge. Andere Menschen arbeiten schon seit Stunden.« Mit spitzen Fingern greift sie nach dem Apfel und legt ihn auf einen Teller. »Ich habe dir etwas zu essen gemacht. Im Kühlschrank stehen Lasagne und ein Salat. Die frische Wäsche liegt im Hauswirtschaftsraum und am Montag früh kommt der Fensterputzer. Deine Mutter hat angerufen, es geht ihr gut, das Hotel ist ein Traum. Ich gehe jetzt, ich habe Feierabend.« Mit diesen Worten nimmt sie ihre Tasche, überprüft den Sitz ihrer Bluse und verschwindet.

»Schönes Wochenende, Frau Hauser. Und grüßen Sie Tanja von mir«, rufe ich ihr hinterher, aber sie schnaubt nur.

Ich beiße in den Apfel und öffne die Tür zum Garten. Die Hitze strömt in den klimatisierten Raum, die Luft flirrt. Irgendwo im Haus klingelt mein Handy, ich ignoriere es. Ich gehe in den Garten und lege mich auf die Wiese. Das Gras kitzelt an meiner Haut, die Sonne blendet mich. Ich schließe die Augen und rote Blitze zucken hinter meinen Lidern.

Mein Leben ist scheiße.

Ich habe keine Perspektive, die ständige Langeweile höhlt mich aus. Ich werde mir Gedanken machen müssen, was ich tun will.

Irgendwann. Aber nicht jetzt. Nicht heute.

Ein Schatten fällt über mich und reißt mich aus meinen Gedanken. Jemand nimmt mir den Apfel aus der Hand und beißt hinein. Ich blinzle irritiert und öffne die Augen.

Sie steht über mir. Ihr Körper verdeckt die Sonne, ihre Stiefel pressen sich gegen meine Rippen. Erschrocken robbe ich rückwärts und springe auf.

»Wie kommst du hier rein, Scheiße noch mal?«, schreie ich. Ich stehe vor ihr, die Hände zu Fäusten geballt, und verspüre einen winzigen Funken Angst.

»Floyd, Floyd, Floyd ...« Sie schüttelt den Kopf und wirft den Apfel weg. »Was denn? Schiss?« Sie lacht und verschränkt die Arme vor ihrem Körper. »Eure Putzfrau geht, ich komme. So einfach ist das.«

Sie sieht mich an und ich glotze nur dümmlich zurück. Auf ihr überlanges T-Shirt und die Stiefel. Schwarz natürlich. Sonst trägt sie nichts. Keine Hose, keinen BH. An ihren Handgelenken baumeln silberne Armreifen, im Ausschnitt steckt ein Päckchen Zigaretten.

»Du warst gestern so schnell verschwunden, ich konnte mich gar nicht verabschieden. Das ist unhöflich.« Sie greift sich das Päckchen Kippen und fischt mit dem Mund nach einer Zigarette. Ihr Daumen fährt über das

Feuerzeug, und sie inhaliert den ersten Zug, als wäre es ihr letzter.

»Verschwinde. Das ist mein Haus!« Ich höre selbst, wie unsicher ich klinge, und räuspere mich. »Hau ab! Sonst –«

»Sonst was, Floyd? Rufst du die Polizei?«, unterbricht sie mich. »Das will ich sehen. ›Hallo, mein Name ist Floyd van Berg, und die Schlampe, die ich vergewaltigt habe, steht auf meinem Grundstück.‹ Willst du ihnen das sagen?«

Die Wut lässt ihre Augen blitzen, ihre Stimme klingt kalt. Sie macht einen Schritt auf mich zu, wirft die Zigarette weg.

»Ich will dir mal was sagen, du Arschloch!« Ihre Nasenspitze berührt meine, ihr heißer Atem schlägt mir ins Gesicht. »Ich bin nicht wie andere Mädchen. Du hast keine Ahnung, was ich schon alles gesehen habe. Ich scheiß mir nicht in die Hosen, nur weil du mich gefickt hast, obwohl ich nicht wollte. Ich werde dir keine Ruhe lassen, bis du jedem erzählt hast, was für ein Schwein du bist. Alle werden dein wahres Gesicht sehen. Dass du ein mieser Vergewaltiger und ein Lügner bist. Du wirst deine Tat zugeben, und zwar öffentlich, dafür werde ich sorgen, Floyd.«

Als sie fertig ist, schnauft sie schwer. Ich bin wie paralysiert. Auch als sie ihre Hand hebt und ihre Fingernägel aufreizend über die Innenseite meines Oberschenkels kratzen, rühre ich mich nicht. Langsam gleiten sie von meinem Knie nach oben, landen in meinen Schritt, legen sich um meine Eier und verweilen da einen Moment. Ich sehe es kommen, weiß ganz genau, was sie vorhat, und bewege mich trotzdem keinen Millimeter. Warte einfach ab, wie ein saudämlicher Masochist. Dann drückt sie zu. Und zwar richtig. Ein sengender Schmerz durchzuckt mich, explodiert in meinem Gehirn, ich sinke in die Knie. Mein Kopf fällt nach vorne, ich krümme mich.

»Verflucht, spinnst du?« Ich beiße die Zähne zusammen, um nicht zu heulen, Tränen schießen mir in die Augen. Als ich den Kopf hebe, kann ich ihr Gesicht nicht erkennen. Die Sonne strahlt sie von hinten an, legt sich wie ein Kranz um ihre Umrisse, als würde sie brennen.

»Ich heiße Storm, du mieser Penner! Du weißt nicht mal mehr meinen Namen, stimmt's?«

Ich sage nichts.

»Antworte gefälligst!«, schreit sie, und ich nicke.

Es tut immer noch so weh, dass ich nicht klar denken kann.

»Fly?« Ben ist da. Er ruft aus dem Haus.

Ich kann nicht antworten, habe meine Stimme verloren.

»Morgen Nachmittag, auf dem Gelände der alten Eisfabrik. Ich warte auf dich.« Mit diesen Worten dreht sie sich um und huscht aus dem Garten in Richtung Garage. Wie ein Magier verschwindet sie einfach um die Ecke, als wäre sie nie da gewesen.

Ben tritt auf die Terrasse. »Alter, betest du oder was?« Er lacht, ahnungslos, wie recht er hat. Er läuft mit großen Schritten auf mich zu und ich reiße mich zusammen. Zwischen meinen Beinen pocht es immer noch, aber ich stehe trotzdem auf.

»Hey«, sage ich und hebe die Hand.

»Was war denn los gestern? Ich hab dich angerufen, warum gehst du nicht an dein verfluchtes Telefon? Gibt's was zu essen?«

Ben sieht blendend aus. Ich weiß nicht, wie er es schafft, so frisch und ausgeruht zu wirken.

»In der Küche ist Lasagne.«

»Geil! Von Frau Hauser?« Er liebt die Kochkünste unserer Haushälterin.

»Nein. Ich habe Essen gemacht, Schatz.« Ich grinse.

Wir gehen rein und ich schiebe die Auflaufform in den Ofen. Ben schaltet den Fernseher an und zappt durch die Kanäle. Während ich in den Ofen starre, schlägt der Käse Blasen und wird braun.

Habe ich ernsthaft Angst vor einem Mädchen? Eins ist klar, die Schlampe ist völlig durchgeknallt. Und sie wird mich nicht in Ruhe lassen, das hat sie heute deutlich gemacht. Verdammt, sie ist auf unser Grundstück gekommen. Das ist so gut wie unmöglich. Mein Vater ist ein sehr vorsichtiger Mensch, wir haben eine Alarmanlage, die den neuesten Sicherheitsstandards entspricht. Ich werde da morgen auf gar keinen Fall hingehen. Sie kann mich mal!

»Ey, die Lasagne, Floyd!« Ben reißt die Ofentür auf, Hitze schlägt uns entgegen. »Schläfst du im Stehen oder was?« Er greift sich ein Handtuch und wedelt damit durch die Luft. »Das kannst du ja fressen, wenn du willst.«

Das Essen ist verbrannt, der goldene Käse schwarz und steinhart.

»Was los mit dir, Mann? Seit Wochen bist du irgendwie komisch.«

Er will es nicht wirklich wissen, er ist nur höflich. Jeder hat mal einen schlechten Tag und Probleme besprechen wir grundsätzlich nicht. Unsere Freundschaft basiert auf Spaß, und Ben hat keine Lust auf alles, was Stress bedeutet.

»Lass uns zum See fahren. Is' sauheiß heute«, sagt er, bevor ich ihm antworten kann.

* * *

»Weißt du, Lisa war echt enttäuscht, als du plötzlich weg warst.«

Wir liegen am See, die Sonne brennt mir auf die Brust. Hinter meiner Ray-Ban habe ich die Augen geschlossen, ich bin müde.

»Mhm?«, brumme ich.

»Na, Lisa. Die Braut von gestern.« Ben schiebt mir die Brille nach oben. »Wegen deinem Abgang musste Nele sich dann um ihre Freundin kümmern und ich war raus. Meine Hand steckte schon in ihrem Ausschnitt, Alter!« Er boxt mir gegen den Oberarm.

»Ich hatte einfach keinen Bock auf die Schnalle. Hast du ihr Gebiss gesehen? Mann, da ist ein Pferd ein Waisenkind dagegen!« Ich setze mich auf, stütze die Arme auf die Knie. »Ben?«

Ich stocke, weiß nicht, wie ich es ansprechen soll. Ben pfeift einem Mädchen hinterher, ihr gehäkelter Bikini verhüllt so gut wie nichts. Sie dreht sich um und zwinkert ihm zu.

»Ben!« Ich schubse ihn und er sieht mich an.

»Was?«, fragt er.

»Du schuldest mir noch Geld. Vom Pokern, an meinem Geburtstag.« Ich habe keine Ahnung, ob das stimmt, rate ins Blaue hinein.

Ben wird sofort aufmerksam. »Spinnst du? Wir haben doch überhaupt nicht um Geld gespielt. Strippoker, Floyd! Klingelt da was?« Er grinst anzüglich und ich schlucke.

Fuck! Echt?

»War nur ein Scherz«, sage ich. »Ich wollte wissen, ob du dich noch erinnerst. Sie war heiß, oder?«

Ben mustert mich. Irgendwas an seinem Blick ist seltsam. Er lauert auf eine Reaktion, blinzelt dann unsicher. »Du kannst dich nicht mehr erinnern!«, ruft er und schnaubt ungläubig. »Scheiße, Mann, echt?«

Jetzt habe ich seine volle Aufmerksamkeit. Mist.

»Fly, Fly, Fly ... ich fass es nicht!«

»Ach, halt 's Maul! Ich weiß noch alles.« Ich falle nach hinten und lege die Hand übers Gesicht.

»Du lügst! Du hast keinen Schimmer!« Er sieht erleichtert aus, und ich frage mich, wieso.

»Leck mich, Ben.« Ich wünschte, ich hätte nicht gefragt.

»Hast du sie geknackt, Floyd?« Ben beugt sich über mich und wackelt mit den Augenbrauen.

»Ich muss ins Wasser, mir ist heiß.« Ich stehe auf.

»Ich glaub es nicht! Wie kannst du das vergessen? Sie war so scharf auf dich, es kam ihr zu den Ohren raus! Sie hat mich praktisch aus dem Zimmer geschmissen, du

Idiot!« Seine Stimme verfolgt mich bis ins Wasser, er lacht aus vollem Hals. Mit gerecktem Mittelfinger tauche ich unter.

Ich schwimme bis ans andere Ufer und wate an Land. Der Boden ist schlammig und voller Algen, ich grabe die Füße in den Schlick. Hier habe ich meine Ruhe.

Also weiß Ben nicht, was passiert ist. Ich bin so erleichtert, dass ich heulen könnte. Aber wenn ich ihm Glauben schenke, dann wollte sie es genauso.

War sie echt so heiß auf mich?

An welchem Punkt habe ich die Grenze überschritten?

Wann hätte ich aufhören sollen?

Und warum, verdammt, habe ich es nicht getan?

Vor vier Wochen

»Ich spiele nicht um Geld. Ich kann mir eure Einsätze nicht leisten, Jungs.«

Sie hält mir die Flasche hin und ich trinke. Ihre dunklen Augen starren auf meinen Kehlkopf, während ich schlucke, sie leckt sich über die Lippen.

Ben mischt die Karten. »Wer verliert, muss trinken.«

»Das ist doch langweilig. Wer verliert, zieht was aus.« Sie klatscht in die Hände.

»Okay. Bin dabei«, sagt Ben und verteilt die Chips.

Wir werfen unseren Einsatz in die Mitte, Ben gibt.

»Verrätst du mir jetzt deinen Namen? Oder soll ich mir einen aussuchen?«, frage ich und klimpere mit meinen restlichen Chips.

»Nenn mich einfach Storm. Das tun die meisten.« Sie nimmt ihre Karten auf und verzieht das Gesicht.

»Du weißt schon, dass es nicht umsonst Pokerface heißt?« Ich habe das Gefühl, sie hat keine Ahnung von dem Spiel, und fühle mich irgendwie verantwortlich.

»Halt's Maul, Floyd. Lass sie spielen.« Ben kaut konzentriert auf seiner Unterlippe.

Ich habe zwei Asse, werfe noch drei Chips in die Mitte. Storm sieht mich an, greift blind nach ihren Coins und legt sie in den Pott. Ben zieht mit und deckt schweigend drei neue Karten auf. Es sind zwei Achten und eine Neun.

»Wieso Storm? Was bedeutet der Name?«

»Mann! Willst du spielen oder labern?«, fährt Ben mich an, und Storm grinst.

Ich halte die Klappe, wir spielen schweigend weiter. Ich mag Poker nicht. Eigentlich bin ich nur wegen ihr mit, das Spiel langweilt mich jetzt schon. Ben und Storm sind voll in ihrem Element. Trotzdem gewinne ich die Runde, Ben steigt aus und Storm verliert.

»Ausziehen, Süße.« Ben reibt sich die Hände.

Storm lächelt, es scheint ihr egal zu sein. Sie streift sich die Stiefel von den Füßen und schleudert sie in die Ecke. Dann nimmt sie die Wodkaflasche, trinkt einen Schluck und beugt sich zu mir herüber. Sie kommt ganz nah an mich heran, legt ihren Mund auf meinen. Sie öffnet die Lippen, der Wodka fließt heraus. Er tropft über mein Kinn und in meinen Mund. Warm und scharf rinnt er in meinen Rachen, ich schlucke. Ihre Zunge umkreist meine, sie schließt die Augen. Ihre Zähne beißen in meine Unterlippe und ich schmecke Blut. Der Alkohol brennt zwischen unseren Mündern, Storm leckt über das Blut. Dann löst sie sich von mir und wischt sich über den Mund.

»Ich hoffe, du hast keine ansteckende Krankheit.«

Ben glotzt uns an. »Wird das hier das, was ich denke?« Der Schweiß steht ihm auf der Stirn, er nimmt einen großen Schluck aus der Flasche.

Ich kann nicht antworten, mein Herz klopft hart gegen meinen Brustkorb. Ich bin einfach nur scharf auf sie.

Storm sinkt auf die nackten Füße. »Nächste Runde?«, fragt sie, und Ben nickt hastig.

Sie verteilt die Karten und wir machen unsere Einsätze. Storm verliert ein weiteres Mal.

»Wie geil ist das denn?«, schreit Ben, als er den Pott absahnt.

Seine schrille Stimme geht mir auf die Nerven. Ich wünschte, er würde endlich kapieren, dass er verschwinden soll. Die Flasche Wodka ist fast leer, der Alkohol rauscht durch mein Blut.

»Zieh dich aus, Schnecke«, befiehlt Ben.

Sein Gehabe widert mich an, ich schubse ihn grob.

»Bin schon dabei, Großer.«

Storm nuschelt. Als sie aufsteht, wankt sie und plumpst auf mein Bett.

»Huch!« Sie kichert, erhebt sich schwerfällig und wartet kurz. Dann wird ihr Blick wieder klarer. »Das ist für dich, Floyd.« Ihre schlanken Hände wandern zu den Knöpfen ihrer Hose, und während sie einen nach dem anderen öffnet, sieht sie mich unverwandt an.

»Oh Mann, ich glaub das nicht!« Ben schluckt geräuschvoll und stiert auf Storm. Die kickt die heruntergerutschte Hose in hohem Bogen durch das Zimmer, sie landet auf Bens Kopf. Ihre

Beine enden ungefähr im Himmel, meine Kehle wird eng. Ihre Unterwäsche ist nichts Besonderes, keine Spitze oder so, aber irgendwie macht es das Ganze noch reizvoller.
»Ihr tut grade so, als hättet ihr noch nie ein Mädchen im Höschen gesehen.« *Sie setzt sich im Schneidersitz auf den Boden.*
»Logo hab ich schon!« *Ben lässt den Vorwurf nicht auf sich sitzen.* »So geil bist du jetzt auch nicht.«
Er wirft ihr die Hose in den Schoß. Ich finde schon, sage aber nichts. Storm fischt ein Päckchen Kippen aus der Hosentasche und zündet sich eine an. Eigentlich mag ich den Gestank des Qualms nicht, ich stehe auf Sauberkeit. Mein Zimmer ist immer ordentlich, ohne dass Frau Hauser sich darum kümmern muss. Chaos und Dreck machen mich wahnsinnig, selbst die Stifte auf meinem Schreibtisch sind immer gespitzt und nach Farben sortiert. Sie bläst den Rauch in meine Richtung, sieht mich an.
»Gibt's noch was zu trinken?«, *fragt sie.*
Ben springt auf. »Ich hole Nachschub.« *Er reißt die Zimmertür auf und knallt sie hinter sich zu.*
Wir sind alleine.
Schweigen breitet sich aus. Ich bin stumm wie ein Fisch, Storm zieht ungerührt an der Kippe.
»Ziemlich heißer Sommer dieses Jahr, oder?«
Von allen Dingen, die ich sagen kann, rutscht mir diese dämliche Bemerkung heraus. Floyd, du Idiot! Ich muss mich anstrengen, um nicht zu lallen.
»Was?«
Sie lacht ungläubig. Würde ich an ihrer Stelle auch tun. Ich versuche mich an etwas anderem.
»Willst du ficken?«, *frage ich.*
»Nein.« *Sie schüttelt den Kopf.*
»Warum legst du dann so eine Show hin? Wenn du Sex willst, kannst du es einfach sagen.«
Ich will cool sein, die Masche funktioniert oft. Erst machen sie einen auf empört, manche heben die Hand, um mir eine zu kleben. Wenn der Schock vorbei ist und sie ihre Unnahbarkeit demonstriert haben, landen wir im Bett. Einfach und effizient.

Storm tippt mir an die Nase. »*Lass mich raten. Damit kriegst du jede rum?*«

»*Jep*«, *sage ich kratzig.*

»*Schön für dich. Mich nicht.*« *Sie streckt ihre Beine von sich und wackelt mit den Zehen. Sie sind schwarz lackiert, ihre Füße sind klein und zierlich.*

Okay. Bei ihr funktioniert der Trick offensichtlich nicht. Ich starte einen letzten Anlauf.

»*Ich war voriges Jahr in London auf einem Live-Gig von The Tips*«, *sage ich, und jetzt habe ich ihre Aufmerksamkeit.*

Ihre Augen weiten sich. »*Echt? Die geben so gut wie nie Konzerte!*«

Ich nicke. »*Ich weiß. Die Tickets waren innerhalb von einer Stunde ausverkauft. Es war echt sensationell.*«

Storm beißt sich auf die Lippe, verzieht sehnsuchtsvoll das Gesicht. »*Gott, ich würde sterben, wenn ich sie mal live sehen könnte. Ich liebe ihren Song über diesen Typen, der* —«

Ich falle ihr ins Wort. »*Den Kerl, der seiner großen Liebe nachtrauert und sich in der Wanne die Pulsadern aufschneidet.*«

»*Ja! Scheiße, der Text ist so traurig, dass ich jedes Mal anfange zu heulen!*« *Storm haut mir bekräftigend auf den Oberarm und grinst.*

»*Ja, Mann! Ich meine, wer bitte tut so etwas Verrücktes?*«, *antworte ich ihr, und wir sind total auf einer Wellenlänge. Das fühlt sich so gut an, dass ich ebenfalls grinse.*

»*Is' klar, van Berg, dass du Grobklotz so was nicht verstehen kannst.*« *Sie kichert leise.*

Dann wird es wieder still zwischen uns. Storm fährt mit ihrem Daumennagel über die Haut an ihrem Bein und die Geste ist irgendwie abwartend. Ich beuge mich langsam zu ihr, lege ihr den Finger unter das Kinn und hebe ihr Gesicht an. Als sie mich ansieht, ist ihr Blick eindeutig. Sie will, dass ich sie küsse. Gerade als ich meine Lippen auf ihre legen will, brettert die Zimmertür an die Wand. Ben kommt zurück. Wir fahren auseinander.

»Ich hab uns da mal was Feines gemixt.« In der Hand balanciert er ein Tablett mit drei Longdrinkgläsern und einer neuen Flasche Wodka.

Storm sieht mich noch einen Moment an, dann erhebt sie sich wankend. »Wo is' 'n das Bad?«

»Da. Die Tür.« Ich deute auf das Ende des Zimmers. Sie stolpert los, hält sich an der Bettkante fest. Ich habe eigentlich auch genug, mir verschwimmt der Blick und ich habe Mühe zu denken.

Mein Limit habe ich längst überschritten. Der Alkohol hat mich fest im Griff.

Kapitel 4

Ich schwimme zurück.

Ben liegt auf dem Bauch und schnarcht. Ich lege mich neben ihn und die Sonne trocknet mich langsam.

»Hey, Floyd.«

Lisa steht vor mir. Sie trägt einen Bikini und darüber ein durchsichtiges Hemd. An ihren Ohren baumeln silberne Ohrringe, sie ist geschminkt. Das verstehe ich nie. Was tun sie, wenn sie schwimmen wollen? Oder ist das Zeug so festgeklebt, dass es selbst im Wasser hält? Ich finde es albern.

Lisa strahlt mich an und entblößt ihre riesigen Zähne. Nele stößt dazu. Sie hebt kurz die Hand, setzt sich rittlings auf Bens Oberschenkel und klatscht ihm auf den Arsch.

»Hey, Ben!«, ruft sie, und er schreckt hoch. Sie rutscht zur Seite und quietscht. »Sei vorsichtig, Mann! Ich bin wertvoll!«

Ben erkennt sie und grinst. Er zieht sie an sich und küsst sie. Lisa und ich beobachten die beiden verlegen, bis sie das Wort ergreift.

»Geht's dir wieder besser? Du warst ziemlich blass gestern Abend.« Ihre Stimme klingt gekünstelt.

Ich sinke zurück, habe keinen Bock auf ihr Gelaber. »Was geht's dich an?«

»Kein Grund, eingeschnappt zu sein. Ich wollte nur höflich sein.«

Sie gräbt die Füße in den Sand, Ben und Nele knutschen neben uns. Bens Rumgemache nervt mich, wegen ihm muss ich mich jetzt mit Lisa unterhalten.

Ich stehe auf und schnappe mir meinen Geldbeutel. »Ich hole mir was zu trinken.«

»Cool, ich habe auch Durst. Bringst du mir was mit?« Sie lächelt mich an.

»Nein«, sage ich.

»Oh. Gut, dann gehe ich mit.«

Auch das noch. Ich laufe einfach los, Lisa hakt sich bei mir unter.

Mir reicht es. Ich bleibe stehen. »Hör zu, ich habe kein Interesse an dir. Du gefällst mir nicht.« Ich schüttle ihren Arm ab.

Lisa kneift die Augen zusammen. »Gestern hast du noch was anderes behauptet. Wenn du nur zu schüchtern bist, kein Problem. Mir macht das nichts. Ich bin auch nicht so die Draufgängerin. Nicht wie Nele.« Sie deutet mit dem Daumen hinter sich und grinst, als wären wir Verbündete.

Ich fasse es nicht! Wie dämlich ist sie eigentlich?

»Okay.« Ich blase die Backen auf. »Dann eben anders. Du hast ein Gebiss wie ein Pferd. Und du schmeckst einfach ekelhaft. Deine Brüste sind viel zu groß und du hast Wurstfinger. Jetzt verstanden?«

Lisa steht vor mir, die Tränen schießen ihr in die Augen, ihre Lippen sind nur noch zwei dünne Striche. Sie heult. Super! Das ist doch nicht ihr Ernst.

»Du bist vielleicht ein Arschloch!«, flüstert sie, dreht sich um und läuft weg.

Gott sei Dank. Ich stelle mich in die Schlange am Kiosk, habe sie schon vergessen, als mir jemand auf die Schulter tippt. Ich drehe mich um. Vor mir steht ein Kerl, ich kenne ihn nicht.

»Bist du Floyd?«, fragt er. Er hat Muskeln wie Arnold Schwarzenegger, ein riesiges Tattoo windet sich um seinen Hals, eben ein waschechter Prolet. Er ist kleiner als ich und blickt mich ziemlich sauer an.

»Nein?«, antworte ich.

Er sieht über seine Schulter und ich folge seinem Blick. In einigem Abstand steht Lisa und nickt nur.

Scheiße.

»Ich bin Lisas Bruder. Wenn du dich nicht sofort bei ihr entschuldigst, gibt's was auf die Mütze, Freund!« Er klatscht die geballte Faust in die offene Handfläche und zeigt seine Zähne. Das kann doch nicht wahr sein! Ich hebe die Hände.

»Hör zu. Ich hab da 'ne Idee«, sage ich. Ich öffne meinen Geldbeutel und zähle zwei Hunderteuroscheine ab. Ich habe immer Geld bei mir. Und immer genug. Ich halte ihm die grünen Scheine hin. Er sieht von meiner Hand zu mir und wieder zurück.

»'ne Anzahlung. Kauf ihr ein paar neue Titten. Ihre sind zu groß. In zwei Jahren hängen sie ihr auf den Knien.« Ich drücke ihm die Kohle in die Hand und grinse. »Wenn's nicht reicht, melde dich. Ich hab was übrig für Loser und ihre Schwestern!«

Sekundenlang geschieht gar nichts. Dann wird sein kleiner Kopf dunkelrot. Er stopft das Geld in seine Badehose und verzieht das Gesicht. Ich hole Luft. Gleich schenkt er mir eine ein. Bevor ich zu Ende denken kann, holt er aus, und seine Faust kracht gegen meinen Kopf.

Ich gehe sofort zu Boden, meine Knie knicken einfach unter mir weg. Sterne explodieren hinter meinen Augen, ich schlage auf das harte Pflaster. Die Haut an meinem rechten Auge platzt auf, Blut läuft mir über das Gesicht.

»Du Arschloch! Lass die Finger von Lisa, sonst brech ich dir alle Knochen!«, bellt Arnie und spuckt auf den Boden.

»Hatte ich eh vor, nichts für ungut. Musst nich' betteln«, röchle ich. Die Schmerzen in meinem Kopf werden schlimmer.

»Wichser!«, zischt Arnie und tritt mich in die Rippen. Dann dreht er sich um und haut ab.

Ich verharre kurz in der unwürdigen Position, dann stemme ich mich auf alle viere und versuche aufzustehen. Irgendjemand fasst mich am Ellenbogen.

»Geht schon«, sage ich und lange mir an den Kopf. Meine Finger sind blutverschmiert, Arnie hat ganze Arbeit geleistet.

»Setzen Sie sich doch einen Moment«, meint ein älterer Mann, aber ich winke ab und humple zurück zu Ben.

»Alter! Was is' 'n dir passiert?« Er schubst Nele von sich und springt auf. Ich lasse mich aufs Handtuch fallen, presse mein T-Shirt an das blutende Auge.

»Ich habe Lisas Bruder 'ne Finanzspritze angeboten. Für ihre neuen Titten. Irgendwie wurde er sauer.«

Nele schnappt nach Luft, Ben fängt an zu lachen. »Du hast was? Was gefällt dir an ihren Titten nicht?«

»Sie sind einfach scheiße.« Mein Kopf dröhnt, das Auge pocht unangenehm.

Ben beugt sich nach vorne, stützt die Hände auf die Knie. Er lacht immer noch. »Fly, du hast echt 'nen Knall! Ist doch egal! Du hättest sie wenigstens flachlegen können, du Vollidiot!« Er hält sich den Bauch. Ben lacht viel und gerne.

»Ihr seid so ekelhaft!« Nele sieht angewidert von mir zu Ben. »Ihr tut mir nur leid, wisst ihr das?«

»Jaja, Schnecke. Reg dich ab. Du bist bestimmt auch keine Heilige«, sagt Ben, während er um Luft ringt.

Trotz meiner Schmerzen muss ich grinsen. Ben ist immer auf meiner Seite, egal, worum es geht. Oft will er es gar nicht wissen. Er lässt jede Braut stehen, wenn es unsere Freundschaft betrifft.

Nele geht. Sie zeigt Ben den Mittelfinger und läuft mit großen Schritten davon. Es kratzt ihn nicht. Sie ist austauschbar.

»Lass uns abhauen, Fly. Du siehst echt übel aus! Fast wie in ›Fight Club‹, Alter. Abgefahren!« Er schüttelt den Kopf und hilft mir hoch.

Mir ist schwindlig, den ganzen Weg nach Hause habe ich das Gefühl, ich muss kotzen. Er fragt mich ungefähr zehnmal, ob ich nicht lieber ins Krankenhaus will.

»Fly, das muss genäht werden, im Ernst. Du willst doch keine Narbe, oder?«

»Ich will nach Hause, Ben. Geh mir nicht auf den Sack, Mann!«

Er verstummt und verabschiedet sich an der Haustür.

»Club ist raus heute, oder?« Er grinst.

Ich nicke, will nur noch ins Bett.

»Dann bis morgen, Alter. Wenn was is', meld dich, ja?«

Ich nicke wieder und Ben läuft zu seinem Auto.

»Geile Show, Fly«, ruft er, steigt ein und fährt davon.

In meinem Zimmer blicke ich sofort in den Spiegel. Ich sehe beschissen aus. Mein rechtes Auge ist verschwollen und blutverschmiert. Die Haut darunter ist aufgerissen, ein Arzt würde die Wunde sicher nähen. Ich stelle mich unter die Dusche, drehe das kalte Wasser auf. Die eisigen Strahlen prasseln auf meine Schultern, auf mein Gesicht und das Wasser brennt auf der Verletzung.

Eine Hand schiebt ihr das Höschen über die Hüften. Sie kneift die Knie zusammen, aber ihr Widerstand ist zwecklos. Die Hand zieht und zerrt an der Unterhose, streift sie über die Knöchel und die Füße. Sie tritt um sich, trifft nur Luft. Zwei Oberschenkel pressen sich auf ihre Beine, sie schreit leise auf. Eine Hand legt sich um ihren Kiefer, quetscht ihn zusammen, sodass ihre Lippen ein rundes Oh formen. Sie wirft den Kopf hin und her, die Knöchel der Hand, die sie festhält, treten weiß hervor. Eine Zunge leckt über ihren Hals, beißt ihr in die Haut und ein roter Abdruck ist zu sehen.

Ich schnappe nach Luft, das Wasser steckt in meinem Hals und ich verschlucke mich. Ich huste und spucke. Durch die Erschütterung fängt die Wunde wieder an zu bluten. Hellrosa Schlieren fließen über meine Brust, das Blut sammelt sich zu meinen Füßen und läuft gurgelnd in den Abfluss.

Die Schmerzen sind als Strafe nicht genug. Wenn ich nicht so ein verdammter Feigling wäre, würde ich meinen Kopf gegen die Duschverglasung krachen lassen. Immer und immer wieder. Bis die Schuld beglichen ist.

Ein billiger Versuch, mich reinzuwaschen.

Lisa und ihr dämlicher Bruder haben recht. Ich bin ein Arschloch. War ich schon immer. Bis zu meiner Geburtstagsparty war mir das egal. Aber wenn es wirklich stimmt, wenn diese Erinnerungen, die mich überfallen und meinen Kopf in einen Schraubstock pressen, echt sind, dann bin ich kein Arschloch mehr.

Dann bin ich ein Vergewaltiger.

Ich lege mich noch nass ins Bett und finde bis zum Morgengrauen keinen Schlaf.

***

Ich wache auf und habe so schlimme Kopfschmerzen, dass ich die Augen kaum öffnen kann. Es ist Mittag. Ich setze mich auf und stöhne laut. Es tut weh.

Ich laufe ins Bad und pralle vor meinem Spiegelbild zurück. Meine rechte Gesichtshälfte ist purpurrot, sie leuchtet dermaßen grell, dass ich auflache. So kann ich unmöglich aus dem Haus.

Plötzlich finde ich die Aktion von gestern einfach nur noch dumm. Ich wusste, dass Lisas Bruder mir die Fresse poliert, und ich wusste, dass ich keine Chance gegen ihn habe. Ich habe mich ja nicht mal gewehrt. Das ist alles ihre Schuld. Storm und ihre Verfolgungstour.

Ich werde dem Ganzen heute ein für alle Mal ein Ende bereiten. Sie kann mir gar nichts! Wenn nicht mal Ben einen Schimmer hat, was passiert ist, brauche ich mir überhaupt keine Sorgen zu machen. Wer weiß, was sie sich in ihrem kranken Hirn zusammenspinnt? Vielleicht hatten wir Sex. Ja und? Vielleicht wollte sie es genauso wie ich und ist jetzt sauer, weil ich keinen auf romantisch mache. Vielleicht ist sie einfach nur in mich verknallt und will sich rächen.

Meine Theorie klingt immer glaubwürdiger. Sie verarscht mich, verwirrt mich mit Absicht. Beinahe hätte ich ihr geglaubt. Ihrem Vergewaltigungsgefasel. So ein Quatsch! Ich habe so etwas überhaupt nicht nötig. Mir wird immer leichter.

So ist es.

So muss es sein.

Ich Idiot bin auf das älteste Motiv der Welt hereingefallen! Die Eifersucht.

Nicht mit mir, Storm! Ab heute ist Schluss damit. Sie wird mich nicht länger einschüchtern. Auf keinen Fall werde ich zulassen, dass sie ihre abstruse Theorie in der Öffentlichkeit verbreitet! Das wäre ja noch schöner, wenn dieses billige Flittchen meinen mühsam aufgebauten Ruf in den Dreck zieht und mich zum Gespött der Leute macht! Als ob es ein Floyd van Berg nötig hätte, eine Frau zum Sex zu zwingen. Allein die Vorstellung ist ja lächerlich! Wenn es sein muss, biete ich ihr Geld. Das ist es wahrscheinlich sowieso, worauf sie aus ist.

Ich dusche, wähle meine Kleidung sorgfältig. Schwarze Jeans, schwarzes Shirt. Ich klebe mir ein riesiges Pflaster über die Wunde und greife nach meiner Sonnenbrille und einer Basecap. Das Schild ziehe ich tief ins Gesicht, dann schnappe ich mir die Autoschlüssel und verlasse das Haus.

Vor vier Wochen

»*Alter, ist die geil!*« *Ben fährt sich über den Schritt.*

»*Lass das, du Arsch*«, *sage ich. Sonst stört mich seine Art nicht, bei Storm schon.*

»*Stell dich nich' so an, bist du ihr Babysitter oder was? Noch zwei Wodka und sie macht's mit uns beiden, Mann!*« *Auf seinen Augen liegt ein gieriger Ausdruck, er leckt sich die Lippen.*

»*Die ist viel zu voll, das ist doch, als wenn du deine Decke vögelst.*« *Ich winke ab, heuchle Desinteresse. Ich will, dass er runterkommt. Auf keinen Fall schiebe ich einen Dreier.*

»*Ach, halt's Maul, Fly!*« *Er klatscht mir auf den Hinterkopf.* »*Ich habe hier was ganz Feines!*«

Ben greift in die Hosentasche und zieht ein kleines Plastikfläschchen hervor. Es hat kein Etikett, die Flüssigkeit darin ist farblos.

»*Was ist das?*« *Ich kenne mich mit seinen Drogen nicht aus, kann mit Ach und Krach Kokain von Gras unterscheiden.*

»*Das, mein Freund, ist was Besonderes.*« *Ben beugt sich zu mir, sein Atem riecht nach Alkohol.* »*Schon mal was von Gamma-Hydroxybuttersäure gehört?*«

Ich sehe ihn an. Ben war immer eine Niete in Chemie.

Ich nicht.

»*Spinnst du? GHB?*« *Ich kann nicht glauben, was er mir da vor die Nase hält.* »*Da mach ich nicht mit! Das hab ich nicht nötig, Alter!*« *Ich bin sauer und werde laut.* »*Woher hast du das eigentlich? Das ist doch total bescheuert, Ben! Steck es weg!*«

Ich ärgere mich, dass ich so betrunken bin. Ich kann mich nicht mehr richtig artikulieren, meine Zunge klebt dick an meinem Gaumen. Ich will nach dem Fläschchen greifen, meine Bewegung ist langsam und unkoordiniert. Ich grapsche daneben und Ben schnalzt mit der Zunge. Er boxt mich gegen die Brust und ich verliere das Gleichgewicht. Ich falle nach hinten, mein Kopf knallt auf den Boden.

»Scheiß dir nicht ins Hemd, Fly! Ich pack es ja schon weg«, sagt er. Er wedelt mit der Flasche vor meinem Gesicht und steckt sie demonstrativ in seine Hose. »Zufrieden?«

Ich stemme mich auf die Ellenbogen und fixiere seinen Blick. »Ich schwöre dir, ich sage ihr, was du vorhast, wenn du deinen Mist nicht stecken lässt, Ben!«

Ben beißt die Zähne aufeinander, er ist stinkwütend. »Ich dachte immer, mit dir geht alles, Fly. Ich dachte, wir sind Freunde. Du bist so ein Korinthenkacker, echt! Ich will sie ja nicht umbringen, Alter! Du hast leicht reden, mit dir will sie ja ficken.« Er ballt die Faust, die Tür vom Bad geht auf.

Ich sehe ihn an und schüttle nur den Kopf.

»Penner!«, sagt er leise.

»Ich hab deine Zahnbürste benutzt. Du hast doch nichts dagegen?« Storm setzt vorsichtig einen Fuß vor den anderen, ihr Gang ist unsicher. »Gibt's Musik?«, fragt sie.

Ich deute auf die Anlage neben dem Bett und sie schließt ihr Handy an. Keine Minute später dröhnt Musik durch den Raum, die White Stripes, »Seven Nation Army«. Storm hüpft auf mein Bett. Sie fängt an zu tanzen, der tiefe Bass wummert durchs Zimmer. Ihr Kopf wippt hin und her und sie dreht die Lautstärke auf.

Ben stöhnt neben mir. »Die Musik ist ja grässlich!« Er schraubt die Flasche auf und trinkt, reicht sie mir weiter.

Ich ignoriere ihn, starre Storm an. Wie vorhin scheint sie nichts mehr außer den Sound wahrzunehmen. Sie singt mit und ihre Stimme klingt schrecklich. Ihre Haare fliegen, sie hopst auf und ab, ihre nackten Beine klatschen bei jedem Sprung an ihren Po. Dann fällt sie auf die Knie und spielt Luftgitarre.

Ben hält mir die kalte Flasche an den Hals. »Komm schon, Fly. Tut mir leid, war 'ne blöde Idee!«

Ich muss mich zwingen, den Blick von Storm abzuwenden, drehe mich um. Er grinst und macht das Peace-Zeichen. Ich muss lachen.

Er klopft mir auf die Schulter. »Friedensschluck?«, fragt er, und ich nicke knapp.

Ich trinke. Und trinke. Ben hält die Flasche hoch, setzt nicht ab. Mein Mund ist voller Wodka, ich schlucke hastig. Es ist zu viel, der Schnaps läuft mir über das Kinn. Ben lacht, ich schlage die Flasche zur Seite und wische mir die Tropfen weg.

»*Alter, du gehst mir echt auf den Sack!*«

Er kann es nicht lassen, ich hasse das. Ben zuckt nur mit den Schultern. Der Song ist zu Ende, Storm kommt zu uns und fällt auf meinen Schoß.

»*Lass mich auch mal!*«

Sie grapscht nach der Flasche, die Haut an ihren Beinen ist feucht und heiß. Ihr Geruch macht mich schwindlig, mir dreht sich der Kopf. Meine Hände legen sich wie selbstverständlich um ihre Taille, berühren ihr Höschen. Ihr Arsch drückt gegen mein Becken, ihre Haare kitzeln mein Gesicht. Sie wirft den Kopf zurück und ich sehe ihre Halsschlagader pochen. Ganz fein zeichnet sie sich unter der hellen Haut ab.

Ich hebe die Hand und fahre mit den Fingern über ihren Kehlkopf, biege ihren Kopf zu mir herum. Ich drücke meine Lippen auf ihre, sie öffnet den Mund und ihre Zunge gleitet in meine. Meine Hände fahren unter ihr Top, ich fühle ihren flachen Bauch und ihren Nabel, berühre ihren Brustansatz.

Sie entzieht sich mir und rutscht von meinem Schoß. Mir platzt gleich die Hose.

»*Ich mach's nich' mit dir. Hab ich vorhin schon gesagt. Vielleicht solltest du dir mal die Ohren putzen, Floyd.*« *Sie redet undeutlich und reibt sich über den Mund, wie um den Kuss ungeschehen zu machen.* »*Ich hab keinen Bock mehr. Ich will nach Hause.*«

Sie steht auf, ihr Gesicht ist blass, ihr Blick glasig. Sie will aufstehen, aber Ben hält sie am Handgelenk fest. Sie plumpst zurück.

»*Bleib noch ein bisschen, Süße. Wird doch gerade erst lustig.*«

Sein Griff ist fest, er quetscht ihr die zarte Haut.

»*Lass sie*«, *sage ich. Mir ist schlecht, der Alkohol rumort in meinem Magen. Ich kneife die Augen zusammen, sehe Storm doppelt.*

»*Ihr seid solche Langweiler, ihr zwei.*«

Ich höre Ben aus weiter Ferne, der Wodka schlägt ein wie eine Bombe. Er rinnt durch meine Blutbahn, verteilt sich in meinem Gehirn und legt meine Reaktionen lahm. Ich hebe die Hand, will Storm aus seinem Griff befreien und lange daneben.

»Stoßen wir wenigstens noch mit meinem Cocktail an. Ich hab ihn extra gemixt.« *Er reicht die Gläser rum.*

Ich will nicht, schürze die Lippen. Storm greift nach dem Getränk und reckt den Zeigefinger.

»Einen Schluck! Nur einen winzigen Schluck, Ben. Dann muss ich gehen.«

Sie klirrt leicht gegen mein Glas. »Auf deinen Geburtstag, Floyd.« *Sie sieht aus wie fünfzehn. Ihre Gesichtszüge sind plötzlich ganz weich, ihre Augen leuchten und sie lächelt.* »Geburtstage sind was Besonderes. Ich wünsche dir alles Gute.«

»Na also, geht doch.« *Ben scheint sich wieder beruhigt zu haben, er grinst in die Runde.* »Auf dich, Fly.«

Wir stoßen an und der Cocktail schmeckt. Storm nippt nur, aber Ben schüttelt den Kopf und hält ihr Glas fest. Er zwingt sie zu zwei weiteren Schlucken, bis Storm ins Glas spuckt.

»Du bist echt ein Arsch!« *Sie sieht ihn böse an und greift nach ihrer Hose.*

»Jaja. Ich weiß.« *Ben dreht mir das Gesicht zu und zwinkert.*

Ich bin fertig. Alles dreht sich, die Wände meines Zimmers kommen auf mich zu. Storm sieht auch nicht besser aus. Sie versucht seit ein paar Minuten, ihre Beine in die Hose zu stecken, aber es gelingt ihr nicht. Sie steht auf und schwankt zum Bett. Ihre Bewegungen sind ungelenk.

»Irgendwie ist mir komisch.«

Sie lässt sich auf die Matratze fallen und legt die Hände über die Augen, setzt sich sofort wieder auf.

»Ui. Schlechte Idee ...« *Ihre Schultern sacken nach vorne, die riesigen Augen blicken durch mich hindurch.* »Floyd, kannst du mal ...« *Sie beendet den Satz nicht und sinkt zurück.*

Ich sehe zu Ben. Er grinst wie ein Honigkuchenpferd. Mein Blick wandert wieder zu Storm, sie bewegt sich nicht. Trotz meiner schlechten Verfassung kapiere ich, was hier abläuft.

»Hast du ...?« *Ungläubig wende ich mich Ben zu.*

Er hebt die Handflächen. »Komm schon, Fly. Is' nur 'ne ganz kleine Menge. Mein Geburtstagsgeschenk an dich.«
Ich kann es nicht glauben. Dieser Drecksack!
»Du hast sie nicht mehr alle! Das ist gefährlich, Ben! Sie hat gekokst und gesoffen! Glaubst du, ich hab Bock, dass sie ins Koma fällt? Du bist so ein Wichser!« Ich bin so wütend, wie ich in meiner Verfassung sein kann.
Ben steht auf und geht zum Bett. Er klopft Storm ganz leicht auf die Wange. »Hey, Püppchen? Noch alles fit?«
Storm stöhnt und schlägt die Augen auf.
»Nach Hause«, murmelt sie und dreht sich auf die Seite.
»Siehste! Alles paletti!« Er tätschelt Storm den Arm. »Morgen weiß sie nichts mehr, Fly. Wir können machen, was wir wollen.« Auf seiner Stirn steht feiner Schweiß, er schiebt ihr langsam das Top nach oben. »Storm?«, fragt er leise.
Ich stehe auf und gehe rüber, will ihm sagen, er soll sich verpissen. Ich werde ihn rausschmeißen und Storm kann einfach schlafen.
»Storm!« Ben rüttelt an ihrer Schulter.
»Was is'?«, fragt sie mit geschlossenen Augen. »Lass mich in Ruhe.«
Ich kann sie kaum verstehen. Wir stehen vor ihr und blicken auf sie herab. Ihre Haare liegen wie ein Fächer um ihren Kopf, ihre vollen Lippen sind leicht geöffnet und glänzen feucht. Ihr Brustkorb hebt und senkt sich. Bens Finger kreisen auf dem Stoff, über ihre Brustwarzen. Sie rührt sich nicht.
Ich schlucke. Mir wird heiß, der Drang, sie zu berühren, wird übermächtig. Ben streift ihr Top noch weiter nach oben.
»Sie kann sich an nichts mehr erinnern. Das ist ja das Geile an GHB. Fass sie an, Floyd.« Seine Stimme klingt belegt, er öffnet einen Knopf an seiner Hose.
Ich strecke die Hand aus, mein Zeigefinger fährt über ihre Rippen. Ihre Haut ist weich und verschwitzt. Ich habe ein Rohr in der Hose. Es drückt schmerzhaft gegen den Reißverschluss, meine Hände zittern.
»Geil, oder?« Ben greift sich in den Schritt.
Es macht klick in meinem Kopf. Alles wird schwarz.
Tilt.

Kapitel 5

Ich fahre zum alten Fabrikgelände. Es ist nicht weit, ich kenne den Weg. Die alte Eisfabrik ist ein beliebter Treffpunkt zum Saufen und Kiffen. Eigentlich ist es verboten, aber am Wochenende ist hier die Hölle los.

Ich biege auf die Zufahrt. Der Weg ist mit Unkraut überwuchert, das SUV meiner Mutter holpert über Schlaglöcher und die Dornen der Büsche kratzen am Lack. Langsam fahre ich auf das Gebäude zu. Die Fensterscheiben sind schon lange verschwunden, Pflanzen wuchern aus den Mauerritzen. Der rote Backsteinbau ist übersät mit Graffiti und ein riesiger Schornstein ragt in den Himmel. Der Bauzaun, der das Gemäuer vor unbefugtem Betreten schützen soll, ist niedergetreten, ich kann kein anderes Auto auf dem Gelände entdecken.

Ich parke und steige aus. Die Sonne brennt mir auf den Buckel, heißer Wind bläst leere Abfalltüten und trockene Blätter über den sandigen Boden. Die Hände in den Hosentaschen, bleibe ich unschlüssig stehen und sehe mich um. Dann laufe ich auf das Gebäude zu. Es ist ruhig, nichts ist zu hören außer dem Knirschen meiner Sohlen auf dem staubigen Untergrund. Es war eine blöde Idee hierherzukommen. Was, wenn sie gar nicht da ist?

Ein Pfiff zerreißt die Stille und ich zucke zusammen. Ein zweiter Pfiff ertönt, er kommt eindeutig von oben. Als ich den Kopf hebe, sehe ich Storm. Sie balanciert auf dem Dach des Hauptgebäudes. Die Arme weit von sich gestreckt, setzt sie vorsichtig einen Fuß vor den anderen. Sie trägt ein schwarzes Trägerkleid und ihre Boots. Es sind mindestens sechs Meter bis zum Boden und Storm läuft direkt an der Kante. Ist sie verrückt? Ein Fehltritt und ich kann sie vom Boden aufsammeln. Ich starre zu ihr hinauf und es kribbelt in meinen Beinen.

Ich habe Höhenangst. Schon als kleiner Junge bin ich weder auf Bäume geklettert noch vom Zehnmeterbrett gesprungen. Ich habe sogar Flugangst, was echt albern ist, weil ich schon Hunderte Male geflogen bin. Es ist jedes Mal ein neuer Kampf, mittlerweile nehme ich Tabletten, bevor ich einsteige, um die Nerven zu behalten.

»Hey, Arschloch!« Storm schreit von oben und sieht zu mir herunter. Sie wankt gefährlich. »Was ist? Komm hoch!« Sie wedelt mit der Hand und mir dreht sich der Magen um.

Ich schüttle den Kopf. »Komm du lieber runter«, krächze ich, traue mich nicht, lauter zu rufen, um sie nicht aus dem Tritt zu bringen.

»Du Feigling!«, schreit sie und bleibt stehen. Sie dreht sich auf dem schmalen Sims, ihre Schuhe schieben sich über den Mauervorsprung. Ich hebe reflexartig die Arme, als könnte ich sie so stoppen.

»Lass das, Storm! Du kippst gleich vornüber!«, rufe ich jetzt doch lauter, damit sie mich versteht. Ich wollte mit ihr reden und ihr nicht beim Sterben zusehen, Herrgott noch eins!

»Uh-hu! Hast du Angst um die blöde Schlampe? Passt gar nicht zu dir!«

Storm hebt vorsichtig ein Bein an. Erst nur ein paar Millimeter, dann immer höher. Sie ist irre! Die Frau ist vollkommen neben der Spur! Ich spreize die Finger an meinen erhobenen Armen, als wollte ich zeigen, dass ich unbewaffnet bin. Irgendwie denke ich wohl, dass sie das von ihrem bescheuerten Manöver abhält.

Mittlerweile steht Storm auf einem Bein und winkt mir zu. »Jetzt scheiß dir mal nicht ins Hemd. Ich hab alles unter Kontrolle«, brüllt sie noch, dann verliert sie das Gleichgewicht. Sie schwankt, ihre Arme rudern hilflos durch die Luft. Vor meinen Augen verliert sie den Halt, ihr Gesicht verzerrt sich vor Schreck. Sekunden später kippt sie nach hinten und ist weg. Ich höre einen Schrei. Ein hoher, spitzer Ton, der mich erstarren lässt.

Scheiße! Scheiße, Scheiße!
Ich wusste es! Ich wusste, dass das nicht gut ausgeht! Wo ist sie hin? Ist dort ein Loch im Dach? Ist sie tief gefallen? Ich löse mich aus meiner Schockstarre und setze

mich in Bewegung, auf den Eingang des Gebäudes zu. Gleich links entdecke ich ein Treppenhaus. Ich haste die Stufen nach oben und zücke mein Handy.

»Storm?«, schreie ich, bekomme aber keine Antwort.

Ich nehme immer zwei Stufen auf einmal, bete auf jedem Absatz, dass ihr nichts passiert ist.

»Storm?«, versuche ich es noch einmal, aber es bleibt still. Oben angekommen, ramme ich die Stahltür auf und stolpere auf das Dach. Gehetzt irren meine Augen zu der Stelle, an der sie gefallen ist, und da hockt sie. Sie lehnt an der Mauer des Daches und hält sich den Bauch vor Lachen.

Ich bleibe abrupt stehen. »Das ist nicht witzig, du blöde Kuh!«

Sie lacht mich aus, reckt den Finger in meine Richtung.

»Wer sagt denn heute bitte noch ›blöde Kuh‹?«, japst sie. »Schade, dass ich dein Gesicht nicht sehen konnte! Aber gehört habe ich dich. ›Storm! Stohorm!‹« Sie äfft mich nach, legt einen weinerlichen Ton in ihre Stimme und lacht sich immer noch schief.

Ich bin sauer. »Das ist mir zu doof. Ich verschwinde«, sage ich und drehe mich um. Ich höre, wie sie aufspringt, ihr Lachen verstummt jäh.

»Oh nein, Floyd!«

Ich beachte sie gar nicht und laufe auf die Tür zu. Es war eine dämliche Idee, ich wusste es.

»Bleib stehen!«, schreit sie hinter mir.

Ich denke nicht daran. Ich bin schon fast im Treppenhaus, als sie mich mit erstaunlicher Kraft an den Schultern herumreißt.

»Du bleibst! Ich bestimme hier die Regeln.« Ihre Wangen sind gerötet, Strähnen haben sich aus ihrem Zopf gelöst und fallen ihr ins Gesicht. Sie trägt keine Schminke und keinen Schmuck. Sie atmet schnell ein und aus, ihre Beine sind schmutzig.

»Du bestimmst einen Scheißdreck!« Ich rede ganz leise, sie versteht mich schon. »Ich habe keine Lust mehr auf deine Spielchen, Storm. Wenn du mich nicht in Ruhe lässt, lernst du mich richtig kennen! Ich sage dir das nur ein Mal. Ich mach dir das Leben zur Hölle, das verspreche ich dir. Leg dich nicht mit mir an!« Mit jedem Wort gehe ich einen Schritt auf sie zu.

Storm weicht zurück, sie hat Angst. Ihr Kinn zittert ein wenig, ihre Lider flattern. Trotzdem reckt sie den Kopf.

»Ich lasse mich von dir nicht einschüchtern. Du hast mich vergewaltigt, du Schwein!« Sie ballt die Faust. »Gib es endlich zu!«

»Ich gebe gar nichts zu, weil es nicht stimmt! Ich habe nichts getan, du weißt es genauso gut wie ich!« Ich schreie auch.

Einen Augenblick lang zögert sie, sieht zu Boden.

Und in diesem Moment weiß ich es. Ich weiß, das Storm sich selbst nicht sicher ist. Sie hat tatsächlich keine Ahnung, was in dieser Nacht passiert ist! Heißer Triumph erfasst mich. Erleichterung durchströmt mich, so gigantisch, dass ich jubeln könnte. Storm versucht, ihre Unsicherheit zu überspielen. Aber es ist zu spät. Sie erkennt es an dem Grinsen, das sich auf meinem Gesicht ausbreitet. Sie will etwas sagen, ihr Mund klappt auf, aber ich drehe mich einfach um und laufe die Treppe hinab. Es gibt keinen Grund mehr, ihr zuzuhören, die Geschichte ist erledigt. Ich will nur noch hier weg. Weg von ihr, weg von den Bildern, die mich verfolgen.

Storm hastet mir nach, ihre Schritte hallen von den Wänden nieder. »Floyd! Warte. Rede wenigstens mit mir, verdammt!«

Ich werde immer schneller, Storm auch.

»Du bist mir eine Antwort schuldig ...«

Der Rest ihres Satzes geht in einem Schrei unter. Es poltert und kracht und ich drehe mich um. Storm ist gestürzt. Sie liegt auf dem Absatz über mir, ihre Beine hängen noch auf den letzten Stufen. Sie blutet am Kopf, ihre Augen sind geschlossen.
Verflucht!

Ich überlege, ob ich einfach abhauen soll, laufe zwei Stufen nach unten, entscheide mich dann doch dagegen. Ich kann sie da nicht liegen lassen. Als ich bei ihr ankomme, ist ihr Gesicht ganz bleich, sie hat eine Platzwunde am Kopf.

»Storm?« Behutsam tätschle ich ihr die Wange. »Storm! Wach auf!«

Sie schlägt die Augen auf und stöhnt. »Scheiße! Das tut weh!« Ihre Hand fährt zu ihrer Stirn, ihre Finger schmieren über das Blut.

»Ich fahre dich zu einem Arzt. Kannst du gehen?«, frage ich, während ich sie unter den Achseln packe und auf die Füße ziehe.

»Ich will nicht zum Arzt. Es geht schon.«

»Bist du sicher? Es blutet ziemlich stark.« Meine Hand hält ihren Ellenbogen, ich sehe sie skeptisch an.

»Was denn? Bist du jetzt der edle Ritter oder was?« Sie spuckt auf den Boden und macht sich von mir los. »Verschwinde einfach. Das wolltest du doch sowieso tun. Ich brauche keine Hilfe. Und deine schon gar nicht.«

Mit diesen Worten rempelt sie mich an und schiebt sich an mir vorbei.

»Wenn du meinst.« Nichts lieber als das.

Storm läuft ein paar Stufen vor mir, als sie wankt und sich an der Wand abstützt.

Ich seufze. »Lass mich dich wenigstens nach Hause bringen. So kannst du unmöglich fahren.« Wenn sie einen Unfall baut, habe ich das auch noch auf dem Gewissen. Darauf kann ich verzichten.

Sie sieht überhaupt nicht gut aus, lehnt mit geschlossenen Augen an der Wand, das Blut läuft ihr über die Stirn.

»Ich bin nicht mit dem Auto da«, sagt sie leise. »Du kannst mich die Treppe runterbringen, dann komme ich klar.«

Ich nicke und lege mir ihren Arm um die Schulter. Wenn wir unten sind, fahre ich sie zurück, egal, was sie sagt. Wir humpeln die Treppe hinunter, Storm fasst sich immer wieder an den Kopf. Sie hat Schmerzen, das ist nicht zu übersehen. Ihr Körper wiegt fast nichts, ihr dünner Arme liegt federleicht um meinen Hals.

»Stopp«, sagt sie plötzlich, und wir bleiben stehen. »Wir müssen hier rein.« Sie deutet auf eine Tür, die aus dem Treppenhaus führt.

»Wir sind noch nicht unten, Storm. Ein Stockwerk noch.« Ich will weitergehen und Storm lässt mich los.

»Du kannst mich hierlassen. Ich muss noch ...« Ihre Hand hängt kraftlos in der Luft, der restliche Satz auch.

»Ich gehe mit.« Mein Ton macht klar, dass ich ihr auf jeden Fall folgen werde. Sie zuckt mit den Schultern, ich stütze sie und wir gehen durch die Tür.

Der riesige Raum ist leer. Sonnenlicht fällt durch die Öffnungen in den Wänden. In einer Ecke liegt eine Matratze, daneben stehen umgedrehte Kisten, auf denen sich allerlei Zeug stapelt. Storm steuert auf die Matratze zu und legt sich darauf.

Ich bleibe stehen.

»Moment mal. Wohnst du etwa hier?«, frage ich ungläubig. Das kann doch nicht wahr sein. Hat sie kein Zuhause?

»Spinnst du?« Storm legt sich den Arm über das Gesicht. »Ich bin doch keine Obdachlose! Ich komme einfach gerne hierher und da hab ich mir ein paar Sachen mitgebracht, du Idiot!«

Irgendwie glaube ich ihr nicht. Auf einer Kiste liegen eine Taschenlampe und ein paar Taschenbücher. Daneben stehen ein Bunsenbrenner und Konservendosen mit Linsensuppe und Ravioli. Außerdem vier Wasserflaschen und eine mit billigem Wodka. Hinter der Matratze entdecke ich diverse Kosmetikartikel, Zahnbürste und Zahncreme, einen Deoroller und einen Handspiegel.

Storm setzt sich auf und zieht ihren Schuh aus. Ihr rechter Knöchel ist geschwollen, offensichtlich hat sie sich ihn bei dem Sturz verletzt. Sie betastet die Schwellung und verzieht das Gesicht.

Ich trete auf sie zu. »Lass mich mal sehen. Ich hoffe, es ist nichts gebrochen.« Ich hocke mich neben sie und nehme die Brille und die Kappe ab.

»Wow! Was ist dir denn passiert? Gegen einen Lkw gelaufen?« Sie fasst mich am Kinn und dreht meinen Kopf ins Licht.

Ich schnicke ihre Hand beiseite. »Lass das!«

Ihre Berührung ist mir unangenehm. Ich nehme ihren Fuß in die Hand und untersuche den Knöchel. Vorsichtig drücke und taste ich, will ihr nicht wehtun.

Die Schwellung ist nicht besonders groß, trotzdem schreit Storm auf.

»Fuck! Au! Nimm die Finger weg, Mann!«

Ich hebe die Hände. »Wollte nur helfen. Sorry!«

»Kapierst du es nicht? Ich brauche deine Hilfe nicht! Und jetzt hau endlich ab.« Sie robbt nach hinten, greift nach der Wodkaflasche, schraubt sie auf und trinkt einen großen Schluck.

»Dann geh ich mal«, sage ich.

Storm legt sich wieder hin, schließt die Augen, antwortet mir nicht. Ich bleibe stehen, warte irgendwie, dass sie noch etwas sagt.

»Was is'? Verpiss dich, Floyd!«

»War's das jetzt zwischen uns?«, frage ich.

Kann es wirklich so einfach sein? Seit vier Wochen belästigt sie mich und nun soll ich sie in Ruhe lassen? Einfach so? Ich kann mein Glück kaum fassen.

»Ja, Mann! Verschwinde endlich!« Sie wird laut. »Du bist ein mieser Drecksack, Floyd! Ein Feigling vor dem Herrn! Dein ganzes Geld und dein gutes Aussehen bedeuten gar nichts! Verstehst du? Gar nichts! Du bist nur eine schöne Hülle. Innen drin, da stinkst du wie Hundescheiße! Verfault und verdorben!«

Ihr Gesicht ist feuerrot. Sie verstummt und dreht den Kopf weg. Eine Träne rollt an ihrer Schläfe herunter.

»HAU ENDLICH AB!«, brüllt sie, greift nach dem Deoroller und wirft ihn in meine Richtung. Er prallt an meiner Brust ab und klappert zu Boden.

Ich drehe mich um und gehe.
Es war so einfach.

Kapitel 6

Ich beschließe, Ben bei der Arbeit einen Besuch abzustatten. Eigentlich wollte ich mich mit dem Veilchen im Gesicht nirgendwo blicken lassen, aber ich kann nicht länger zu Hause rumhängen. Selbst mein Schwimmtraining konnte mich nicht ablenken.

Storms Worte gehen mir unablässig durch den Kopf. Und tausend Dinge, die ich ihr hätte antworten können, dieser verlogenen Schlampe. Stattdessen lasse ich mich von ihr behandeln wie der letzte Depp. Normalerweise kommt mir immer ein guter Spruch über die Lippen, ich bin schlagfertig und gnadenlos. Aber ich konnte gar nicht schnell genug von ihr wegkommen.

Sie hasst mich.
Mir doch egal.

Ich betrachte mich im Spiegel. Und sehe einen Typen, der alles hat, Geld, Grips und gutes Aussehen. Wen interessiert, was sie denkt? Sie ist nur eine unbedeutende Schnalle. Irgendeine Tussi, die sich zu wichtig nimmt. Nächste Woche habe ich sie vergessen.

Die Verletzung unter meinem Auge sieht gar nicht mehr so übel aus. Die Schwellung ist abgeklungen und der blutverkrustete Riss macht mich irgendwie härter. Cooler. Ich schnappe mir die Basecap und den Autoschlüssel und verlasse das Haus. Es gibt genug Frauen, die anders sind als sie.

Kein Problem, Floyd!

* * *

Ben steht hinter der Bar und freut sich, mich zu sehen.

»Wo warst du den ganzen Tag? Ich hab dir zig Nachrichten geschickt«, schreit er über den Lärm der Musik und schiebt mir einen Whisky hin.

Es ist voll, obwohl es Sonntag ist. Das King ist der angesagteste Club der Stadt. Hier trifft sich die Hautevolee, die Preise sind hoch, die Getränke erlesen.

»Hab gepennt. Ich will nichts trinken, danke. Gib mir ein Wasser, Alter.«

Ben grinst und schüttelt den Kopf, nimmt den Whisky aber zurück und schenkt mir ein Wasser aus.

Er hat alle Hände voll zu tun und ich drehe mich Richtung Tanzfläche. Das übliche Publikum. Menschen, die die letzten Stunden des Wochenendes verzweifelt ausdehnen, bevor sie in ihr langweiliges Leben zurückkehren. Arme Kreaturen. Immer auf der Suche nach dem einen. Dem einen Kerl, der einen Frau. Dem einen Job, dem einen Abenteuer, das ihr Leben verändern wird. Wann werden sie erkennen, dass es eine endlose Suche ist? Nichts kann die Eintönigkeit durchbrechen. Es wird immer so weitergehen. Bis sie sterben.

Eine Frau stellt sich neben mich und wischt sich die vom Tanzen verschwitzten Haare aus dem Nacken. Ich schätze sie auf ungefähr dreißig. Sie trägt eine enge Lederhose und ein tief ausgeschnittenes Oberteil. Sie will etwas zu trinken bestellen, aber Ben ist zu beschäftigt. Eine Weile beobachte ich ihre Bemühungen, dann erbarme ich mich. Ich beuge mich über den Tresen, schnappe mir eine Flasche Absolut Vodka und zwei Gläser. Sie sieht zu mir herüber und zieht die Augenbrauen nach oben. Sie ist hübsch. Große Augen, Schmollmund, Hammerfigur.

»Arbeitest du hier?«, fragt sie.

Ich schenke uns ein und reiche ihr den Wodka. »Seh ich so aus?«, frage ich und proste ihr zu.

»Nein.« Sie lächelt. »Ehrlich gesagt siehst du aus wie dieser eine Schauspieler, ich weiß nicht, wie er heißt. Meine Freundin wollte dich schon um ein Autogramm bitten. Man weiß ja nie, wer hier so rumhängt.« Sie stößt mit mir an. »Dann danke für den Drink.«

Sie legt den Kopf zurück und trinkt. Die Älteren sind unkompliziert, sie wissen, was sie wollen. Kein verliebtes

Getue, kein Stress. Sie suchen guten Sex, ohne dieses ganze Beziehungsgefasel.

»Ich bin Carla.« Sie streckt mir ihre Hand hin. Ihre Nägel sind perfekt manikürt, an ihrem Handgelenk baumelt eine teure Männeruhr.

»Floyd.«

Ihr Händedruck ist fest, ihr Auftreten selbstbewusst. Sie ist eine von denen, die sich in einer Männerdomäne behaupten müssen. Strebt nach einem Vorstandsposten in einem großen Konzern oder einer Partnerschaft in einer Kanzlei. Die sind die besten. Sie sind ausgehungert und zufrieden, wenn sie die Kontrolle abgeben können. Lassen sich vollkommen fallen. Ich schenke nach und sehe Ben aus dem Augenwinkel. Er grinst und nickt.

»Also, Floyd? Was machst du so, wenn du nicht schauspielerst?«

»Ich ficke schöne Frauen«, sage ich.

So geht es am schnellsten. Wenn sie sich umdreht und geht, habe ich keine Zeit verschwendet. Sie tut es nicht. Sie fährt sich mit der Zunge über die Lippen und schiebt ihre Hüfte nach vorne.

»Tatsächlich? Jetzt gerade nicht, oder?«

»Aber gleich, schätze ich.«

Sie leert ihr zweites Glas, sieht mich an. Dann küsst sie mich. Legt ihre Hände um meinen Nacken, ihre Finger fahren mir durch die Haare. Sie küsst gut. Hat Erfahrung und setzt ihre Reize gekonnt ein. Ihre Brüste drücken sich an meinen Körper, sie reibt ihr Becken an meiner Hose.

»Wie alt bist du?«, fragt sie an meinem Ohr.

»Alt genug, um dich glücklich zu machen.« Ich lege meine Hand auf ihren Arsch und drücke zu.

»Gehen wir«, sagt sie dann. »Ich sag nur kurz Tschüs. Wartest du hier?«

Ich nicke.

»Ich hau ab, Ben«, schreie ich über die Theke.

»Ging schnell dieses Mal.« Bens Augen blitzen amüsiert. »Mach's gut Alter. Viel Spaß!«

Ich hebe nur die Hand, Carla kommt zurück.

»Du bist aber kein Serienvergewaltiger, der die Frauen lebendig in seinem Garten verscharrt, oder? Nur für den Fall«, sie deutet hinter sich auf eine Gruppe Frauen, die mir zuwinken, »die haben ein Foto von dir. Also, wenn ich vermisst werde, das SEK findet dich!«

Sie lacht, ich brauche einen Moment, um den Witz zu verstehen. Sie hat mich aus dem Gleichgewicht gebracht, Storms Worte bohren sich in mein Hirn.

»Nein, ich ...« Ich stammle.

»Es war nur ein Scherz.« Sie nuschelt ein kleines bisschen, offensichtlich hat sie mehr getrunken als nur die beiden Wodka.

Ich überspiele meine Unsicherheit mit einem Grinsen.
»Wollen wir?« Ich klimpere mit den Autoschlüsseln.

Carla nickt und wir gehen.

* * *

»Du hast einen Porsche? Wie geil ist das denn?« Sie kreischt wie ein kleines Kind.

Ich weiß, ich erfülle damit jedes Klischee, aber ich wollte schon immer einen. Es ist ein weißer 911er. Ein Carrera S, in einem Topzustand. Ich habe ihn mir zum achtzehnten Geburtstag gekauft, weil Geld in meiner Familie keine Rolle spielt und mein Vater die Ansicht vertritt, dass seine Finanzspritzen seinen mangelnden Einsatz als Elternteil aufwiegen. Ich habe aufgehört, mir darüber Gedanken zu machen, und nehme, was ich kriegen kann. Ein Porsche ist der ultimative Beweis, dass man es geschafft hat. Und was soll ich sagen? Ich habe es offensichtlich geschafft.

Carla steigt ein, ist völlig aus dem Häuschen. »Ich liebe schnelle Autos!«

Sie rutscht auf dem Beifahrersitz herum, streicht über die Armatur. Ich starte den Motor, trete aufs Gas und das satte Röhren erfüllt die Fahrerkabine. Carla quietscht.

»Irre! Ich bin noch nie in einem Porsche gefahren!« Sie beugt sich zu mir. »Ich brauche kein Vorspiel mehr. Das reicht schon«, flüstert sie und fasst mir in den Schritt. »Bring mich ins Bett.«

Ich fahre los, ein wildes Gefühl von Stolz erfüllt mich.

Storm redet gequirlte Scheiße. Sie soll sich ihr dummes Gelaber in den Arsch stecken!

* * *

Der Sex ist gut. Carla weiß, was ihr gefällt, und sagt es mir deutlich, das macht es einfach. Danach liegen wir in meinem Bett, ihre Finger streichen träge über meine nackte Brust. Sie riecht angenehm und ihre Stimme lullt mich ein. Ich bin müde.

»Wiederholen wir das mal? Du bist echt süß. Auch wenn du mein Neffe sein könntest.« Sie kichert.

Wie ich diesen Satz hasse. Vorher ist es ihnen egal und dann reiten sie auf meinem Alter herum. Als sie scharf auf mich war, hat es sie auch nicht interessiert.

Ich schiebe Carla von mir herunter und setze mich auf. »Ich muss morgen früh raus. Ich habe ein Vorstellungsgespräch«, lüge ich.

Auf der Bettkante warte ich, ob sie den Hinweis versteht. Carla zögert kurz, wickelt sich dann die Decke um die Brust.

»Gott, komm mal wieder runter! Es war nicht so gemeint!«

Sie wuschelt mir durch die Haare, ich rucke mit dem Kopf. Diese Geste kann ich noch weniger leiden. Sie ist doch nicht meine Mutter!

»Es ist mitten in der Nacht, Floyd!«

Ich bleibe mit dem Rücken zu ihr sitzen, gebe ihr keine Antwort.

Sie schnaubt und steht auf. »Schmeißt du mich echt raus? Ich fass es nicht! Wie soll ich denn jetzt hier wegkommen?«

Sie sucht ihre Kleidung zusammen. Ich halte ihr stumm mein Handy entgegen, die Nummer des Taxidienstes auf dem Display. Sie wirft einen Blick darauf und schlägt es mir aus der Hand.

»Das krieg ich schon selbst hin, danke auch!« Sie schlüpft in ihre Hose, ich sehe ihr ungerührt zu.

»Erwachsen geht anders, Floyd. Vielleicht hat dir das noch niemand gesagt, aber so behandelt man Frauen nicht.« Sie streift ihr Oberteil über den Kopf. »Aber du bist ja noch jung. Du wirst es auch noch lernen, glaub mir«, sagt sie gehässig.

Ich weiß, ich sollte das jetzt besser nicht tun, aber ihre überhebliche Art geht mir mächtig auf die Eier. Ich fische nach meinem Geldbeutel und hole ein paar Scheine heraus. Carla bindet sich gerade die Haare zu einem Zopf. Ich stehe auf und gehe zu ihr. Sie blickt überrascht auf, denkt, ich will mich entschuldigen.

»Hier, nimm«, sage ich und strecke ihr das Geld hin. »Fürs Taxi oder so.« Ich ziehe einen Mundwinkel nach oben, grinse sie an.

Ihre Augen weiten sich.

»Du hast sie doch nicht mehr alle!«, flüstert sie. Dann holt sie aus und verpasst mir eine Ohrfeige. »Steck dir dein Geld in den Arsch, du mieser Penner!«

Mit diesen Worten dreht sie sich um und schlägt die Tür hinter sich zu.

Ich atme auf.

Die Haustür fällt ins Schloss, durchs Fenster beobachte ich Carla, die auf der Straße steht und auf ihrem Handy herumtippt. Ich hätte ihr schneller ein Taxi besorgt.

Zurück am Bett, lasse ich mich auf die Matratze fallen. Ich fühle mich leer.

Es ist immer das Gleiche. Haut, die ich spüre, Münder, die ich schmecke, Schweiß, den ich rieche. Und doch berührt mich nichts davon. Gar nichts.

* * *

Ich bin gerade aufgewacht und stehe schon wieder am Fenster. Der Bürgersteig gegenüber ist leer. Gut so.
Meine Mutter ist wieder da. Ich ziehe mich an und gehe nach unten. Frau Hauser und sie stehen in der Küche und unterhalten sich über die Einkäufe und den Speiseplan für diese Woche.

»Hi, Sabine.« Ich nenne meine Mutter bei ihrem Vornamen. Sie wünschte sich das so. *Weißt du, Floyd, ich komme mir so schrecklich alt vor, wenn du »Mama« sagst. Es wäre doch lustig, wenn die Leute denken, ich sei deine Schwester!* Ich glaube, ich war neun, als sie das sagte. Seitdem halten wir es so. Meine Mutter ist zwölf Jahre jünger als mein Vater, und tatsächlich glauben viele, sie sei meine Schwester. Ich verstand das damals nicht, und es dauerte eine ganze Weile, bis mir ein versehentliches »Mama« nicht mehr herausrutschte.

»Hallo, Floyd.« Sie wirft mir nur einen kurzen Blick zu, bemerkt noch nicht einmal mein Veilchen. »Ich will die Jakobsmuscheln ganz frisch! Das letzte Mal waren sie verdorben«, sagt sie gerade.

Ich verdrehe hinter ihrem Rücken die Augen. Wir hatten noch nie verdorbene Lebensmittel, das ist reine Schikane. Frau Hauser nickt nur. Sie kennt die Allüren meiner Mutter und ist klug genug, um nicht zu widersprechen.

»Gut. Dann hätten wir das geklärt.«

Sie wendet sich mir zu. Sie trägt eine graue, weich fallende Hose und eine weiße Seidenbluse. Ihre hellen Haare liegen in sanften Wellen um ihren Kopf, sie sieht frisch und ausgeruht aus.

»Der Fensterputzer war da, Floyd. Er konnte nicht in dein Zimmer, weil du so lange geschlafen hast! Ich muss ihn noch einmal herbestellen. Hat dir Frau Hauser nichts gesagt?«

»Nein«, sage ich ungerührt. »Sonst hätte ich es ja gewusst, oder?«

Ich nehme mir einen Joghurt aus dem Kühlschrank und sehe zu Frau Hauser, die ihre Lippen fest zusammenpresst. Ich lüge dreist und alle im Raum wissen es. Niemand sagt etwas dagegen.

»Frau Hauser, ich habe Ihnen doch extra am Telefon Bescheid gegeben!« Meine Mutter stemmt die Hände in die Hüften. »Wenn man hier nicht alles selbst erledigt.«

Sie schüttelt den Kopf und greift sich an die makellos glatte Stirn. Frau Hauser verkneift sich jede Erwiderung, es wäre sowieso zwecklos. Meine Mutter leugnet konsequent jeden Fehltritt von mir. Niemand stellt ihre Erziehung infrage. Ich lüge nicht, ich betrüge nicht. Ich bin höflich und manierlich und genieße tadelloses Ansehen bei ihr.

»Sie können gehen.« Sie schickt Frau Hauser aus der Küche.

»Hattest du ein schönes Wochenende?« Es interessiert sie nicht wirklich, es ist belangloser Small Talk.

»Ja«, antworte ich und löffle meinen Joghurt. »Und du?« Mich interessiert es auch nicht. Ihre Schlammpackungen, Hot-Stone-Massagen und der ganze Firlefanz gehen mir am Arsch vorbei.

»Stell dir vor, ich habe die Frau von diesem Fußballer getroffen und wir haben uns unterhalten! Und du wirst es nicht glauben, ich konnte sie für meine Wohltätigkeitsveranstaltung übernächsten Monat gewinnen. Die für sexuell missbrauchte Frauen, du erinnerst dich? Das ist ein Riesengewinn für meine Stiftung! Sie ist eine fantastische Werbeträgerin. Du weißt noch, dass du eine Rede halten sollst? Dein Vater hat ausdrücklich danach verlangt.« Sie verknotet nervös ihre schlanken Finger. Es ist seit Wochen ein Streitthema zwischen uns.

»Ich hab es dir schon mal gesagt. Ich werde da keine Rede halten, Sabine! Du kannst deine Zeit gerne mit diesen Sachen vergeuden, aber mich lasst ihr aus dem Spiel.« Der leere Joghurtbecher landet punktgenau im Müll.

Meine Mutter leitet eine Stiftung. Die »Frauenpower Foundation«. Blöder Name. Sie tut es nur, um nicht in

Langeweile zu versinken. Außerdem gehört es zum guten Ton in den Kreisen, in denen meine Eltern verkehren. Sie hat schon oft versucht, mich für ihre Zwecke einzuspannen. *Hey, seht mal! Mein attraktiver, kluger Sohn unterstützt mich in allen Belangen!* Sie kann mich mal.

»Floyd! Dieses eine Mal nur! Du weißt, dass dein Vater ernstlich böse wird.« Sie hat Angst vor ihm und tut so gut wie alles, um ihn nicht zu verärgern. Er hat das Geld, sie noch nicht mal ein eigenes Konto.

»Das ist mir völlig schnurz, Sabine. Lass mich mit diesem Scheiß in Ruhe!«

Ich habe auch Angst. Aber nicht vor meinem Vater. Ihm kann ich sowieso kaum noch eine Reaktion entlocken, und mir das Geld zu streichen, macht keinen Sinn. Es ist seine einzige Möglichkeit, zumindest so zu tun, als würde er sich um mich kümmern. Nein, er macht mich nicht nervös. Es ist die Tatsache, dass ausgerechnet ich auf einer Veranstaltung für sexuell missbrauchte Frauen eine Rede halten soll. Mein ganz persönlicher Albtraum. Nicht nur dass ich größere Menschenmengen verabscheue, mein Bild von Frauen deckt sich mit Sicherheit nicht mit dem der Gäste und der Veranstaltung. So viel dazu.

»Rede nicht so mit mir. Diese Arbeit ist mir wichtig, Floyd!« Die weinerliche Stimme meiner Mutter schabt an meinen Nerven. »Ich gebe mir so viel Mühe. Und die armen Frauen! Weißt du, was einige von ihnen durchgemacht haben?«

Sie liegt auf dem Rücken, Hände zwingen ihre Schenkel weit auseinander. Die Finger bohren sich so grob in die zarte Haut, dass es schmerzen muss. Die weit gespreizten Beine geben den Blick auf alles preis. Sie ist eindeutig zu weggetreten, um sich zu wehren. Ihr Kopf liegt auf der Seite, eine Hand presst ein Kissen auf ihren Mund und erstickt den Schrei, der auf ihren Lippen liegt.

»Floyd!« Meine Mutter steht vor mir und wedelt mit ihrer Hand vor meiner Nase herum. »Hörst du mir überhaupt zu?«

Mein Herz hämmert gegen die Rippen, ich kriege keine Luft.

»Was ist mit dir? Du bist so blass, geht es dir nicht gut?« Sabine legt mir die Hände auf die Brust. »Ach herrje, Floyd. Regt dich das Thema so auf? Du bist ja ganz durcheinander!«

Sie zieht einen Stuhl heran. Ich stoße sie von mir, meine Mutter stolpert rückwärts. Ihre großen Augen sehen mich entsetzt an.

»Lass mich!«, knurre ich. »Ich komme klar! Sonst kümmern dich meine Angelegenheiten auch nicht!«

Sie kotzt mich an mit ihrem Pseudogelaber über die Probleme von Fremden. Was geht mich der Scheiß an? Ich feuere den Löffel in die Spüle und lasse sie einfach stehen.

In meinem Zimmer schnappe ich mir meine Badehose, laufe die Treppe zum Schwimmbad hinab. Dort angekommen, vergeude ich keine Zeit, reiße mir die Klamotten vom Leib. Vor lauter Eile verknoten sich die Hosenbeine, je mehr ich ziehe und zerre, desto schlimmer wird es.

»Verdammt!«, schreie ich schwitzend in den leeren Raum. Das Echo hallt von den gefliesten Wänden, die Hose hängt um meine Knöchel. Das Gesicht in den Händen vergraben, fange ich an zu heulen.

Du Schwächling, Floyd!

Kapitel 7

Ben und ich gehen Tennis spielen. Und shoppen. Und feiern. Ich kann die ganze Zeit an nichts anderes denken als an Storm.

Du stinkst wie Hundescheiße.

Ich ertappe mich dabei, wie ich an mir schnuppere. Ben sieht mich an und bewegt den Kopf hin und her.

»Was is' los mit dir, Fly? Du benimmst dich echt seltsam. Gibt's in deiner Familie mysteriöse Krankheiten? Schizophrenie oder so? Du machst mich fertig.« Er hängt die Zunge aus dem Mund und schielt. »Hi. Ich heiße Floyd und ich bin geisteskrank.« Er hebt die Hand und winkt ungelenk.

Lachend boxe ich ihm auf die Schulter. »Hör auf, du Spast! Is' ja schon gut, ich hab's kapiert.«

Ich muss aufpassen. Ben kennt mich zu gut. Wir stehen an der Kasse eines Independent-Kinos. Es läuft irgendein Martial-Arts-Film, den Ben unbedingt sehen will. Er ist ein glühender Fan von fernöstlichen Actionfilmen, ich finde sie total bescheuert. Ich gehe nur ihm zuliebe mit.

»Ich geh pinkeln. Wir treffen uns vor dem Saal.« Ben verschwindet in Richtung Klo und ich darf die Karten besorgen. Super!

»Zweimal, bitte.« Ich krame nach Geld und schiebe es über den zerkratzten Tresen des Kassenhäuschens.

»Sechzehn Euro.«

Es ist Storm. Ich hebe den Kopf und blicke ihr direkt ins Gesicht. Sie kaut Kaugummi, ihr Kiefer bleibt ruckartig stehen.

»Hey«, sage ich perplex.

Ich mustere sie. Die Wunde an ihrem Kopf ist kaum noch zu sehen. Eine Kaugummiblase formt sich vor ihrem Mund.

»Arbeitest du hier?«

Die Blase zerplatzt mit einem Knall. Sie antwortet nicht, schiebt mir nur das Wechselgeld über den Tresen. Ihre Hand zittert ganz leicht.

»Danke«, sage ich. Ich sehe sie noch einmal an.

»Fuck you«, sagt sie tonlos.

* * *

Der Film ist erwartungsgemäß langweilig. Was egal ist, weil ich nur an Storm denken kann. Sie sah noch dünner aus, als sie sowieso schon war. Ihre Wangenknochen stachen scharf hervor und die blauen Augen wirkten riesig in dem schmalen Gesicht. Es geht ihr nicht gut, das sieht ein Blinder mit Krückstock.

Was geht es dich an, Floyd?

Ich versuche, mich auf das Geschehen auf der Leinwand zu konzentrieren, sinke tiefer in den Sitz. Ob Ben Storm ebenfalls gesehen hat? Er hat mich nicht mehr nach ihr gefragt, was komisch ist. Sonst ist er auf jedes Detail scharf. Wir brüsten uns nicht mit unseren Eroberungen, verschweigen sie aber auch nicht. Im Augenblick sitzt er vornübergebeugt im Sessel und ist voll dabei. Seine Augen folgen den hektischen Kampfszenen des Filmes, seine Zähne zermalmen das Popcorn. Ich seufze und sehe auf die Uhr.

Nach einer Weile geht das Licht an. Ich glaube, ich bin kurz eingenickt, Ben rempelt mich an.

»Fly! Wach auf, du Kunstbanause.«

Ich reibe mir die Augen.

»Ich muss los, meine Schicht fängt an.«

Ben muss arbeiten und wir verlassen den Kinosaal. Ich stecke meine feuchten Hände in die Hosentaschen und blicke mich verstohlen um. Storm ist nirgends zu sehen. Hat sie schon Feierabend? Wir treten auf die Straße und verabschieden uns.

»Mach's gut, Alter. Morgen Tennis? So gegen drei?« Ben klopft mir auf den Rücken.

»Ja. Klar«, sage ich, und da sehe ich sie. Sie steht am Seiteneingang des Kinos und raucht. Ben läuft in die andere Richtung davon. Storm zieht an der Zigarette, die Spitze glüht rot in der Dunkelheit. Sie wirft die Kippe auf den Boden und drückt sie mit ihren Doc Martens aus. Mich bemerkt sie nicht. Sie wirft die Haare über die Schulter und geht wieder hinein.

Ich laufe ein paar Schritte, bleibe stehen, gehe weiter und drehe um. Ohne genau zu wissen, warum, überquere ich die Straße und stelle mich in einen Hauseingang. Dort lehne ich mich an die Mauer, verschränke die Arme und beobachte den Eingang des Kinos.

Nach zwei Stunden erlischt die Außenbeleuchtung. Zehn Minuten später kommt sie heraus. Sie zündet sich eine Kippe an, steckt das Päckchen in den Ausschnitt und läuft los. Ich warte einen Augenblick und setze mich dann ebenfalls in Bewegung. Wir passieren eine Kneipe, Storm läuft zügig daran vorbei. Die Menschen stehen auf der Straße, reden, lachen und genießen den warmen Sommerabend. Sie sieht sich nicht um, und ich folge ihr unauffällig, den Kopf gesenkt. Sie biegt nach links und nach rechts ab, die Gegend wird ruhiger. Schließlich landen wir in einem Wohngebiet. Ich habe mich ein ganzes Stück zurückfallen lassen, damit sie mich nicht entdeckt. Außer uns ist kaum jemand unterwegs.

Die Häuser sind einfach und teilweise etwas heruntergekommen. Die Vorgärten sind ungepflegt, die Mülltonnen quellen über, Gartentore hängen schief in den Angeln. Storm läuft über die Straße und holt einen Schlüssel aus ihrem Stiefel. Das Haus, auf das sie zuläuft, ist alt. Putz bröckelt von der Fassade, es fehlen Dachziegel.

Ich drücke mich in den Schatten eines Baumes und frage mich, was ich hier tue, während Storm die Haustür aufschließt und Licht im Gang anknipst. Die Tür fällt hinter ihr zu. Die Unterlippe nach vorne geschoben, blicke ich mich unschlüssig um. Schließlich überquere ich die Straße und laufe geduckt durch den Vorgarten zur Rückseite des Hauses. Meine Bewegungen sind wie ferngesteuert, meine Gedanken fahren auf Autopilot. Ich schleiche mich tatsächlich durch einen fremden Garten, husche unter den Fenstern an der Hauswand entlang. Ben hat recht, ich benehme mich mehr als seltsam.

Vorsichtig luge ich um die Ecke. Licht erhellt eine Terrasse, auf der ein Plastiktisch und zwei klapprige Stühle stehen. Die Steinplatten sind kaputt, im Garten stehen eine verrostete Schaukel und ein windschiefer Schuppen. Die Terrassentüren sind weit geöffnet, ich höre die Geräusche eines Fernsehers. Ich gehe in die Knie, lehne meinen Kopf an den rauen Putz.

Was soll das, Floyd? Verschwinde von hier, bevor du dich vollends zu einem Trottel machst, du Spanner!

Gerade als ich beschließe abzuhauen, höre ich Stimmen.

»Dann hol gefälligst Nachschub!«, brüllt ein Mann.

»Du kannst mich mal! Besorg dir deinen Scheißschnaps selber!« Es ist Storm, die genauso laut antwortet.

Ich halte die Luft an. In dieser Sekunde tritt sie auf die Terrasse, eine Zigarette in der Hand.

»Wichser«, murmelt sie leise und steckt sich die Kippe an. Sie trägt nur Boxershorts und ein Trägertop und sieht irgendwie wild aus. Sie krümmt die Zehen an ihren bloßen Füßen, pult zwischen den Steinplatten Unkraut hervor. Die Haare fallen ihr ins Gesicht, und ich ziehe hastig den Kopf zurück, als sie unvermittelt aufblickt.

»Hol mir ein Bier, Storm!« Der Mann klingt zornig, seine Stimme donnert durch den dunklen Garten.

Ich wage noch einen Blick, schiebe mich näher an die Hausecke. Storm antwortet nicht, raucht und spuckt auf den Boden. Plötzlich legt sich eine Hand auf ihre Schulter und reißt sie herum.

»Beweg deinen Arsch zum Kiosk und hol mir was zu trinken!«

Der Kerl, der Storm anschreit, ist mindestens so groß wie ich. Sein speckiges Unterhemd hängt aus der Jeans und entblößt einen unschönen Bierbauch. Er schüttelt Storm unsanft.

»Jetzt!«, verlangt er mit Nachdruck, und die Verzweiflung in seiner Stimme ist deutlich zu hören.

Das Blut schießt mir in den Kopf. Verdammter Mist! Warum bin ich bloß nicht gegangen? Jetzt sitze ich in der Scheiße! Ich komme auf die Füße, presse mich an die Hauswand.

»Du tust mir weh! Nimm die Finger weg!«, zischt Storm.

Ich höre ein Klatschen und dann noch eins. Schlägt er sie? Was mache ich denn jetzt, verflucht?

»Was glaubst du, wer du bist? Die Scheißkönigin von Scheißengland? Wenn ich sage, du gehst, dann fragst du höchstens, wohin!«

Ich muss nachsehen, was passiert, ich kann nicht anders. Storm und der Typ stehen sich schwer atmend gegenüber, beide Gesichter vor Zorn verzerrt. In der nächsten Sekunde hebt der Kerl drohend die Hand. Storm dreht sich ängstlich zur Seite, hält schützend die Unterarme vor ihr Gesicht.

»Nicht«, wimmert sie, und in meinem Kopf brennt eine Sicherung durch.

Ich springe auf und renne los. Schreiend stürze ich um die Hausecke auf die Terrasse. Die beiden wenden sich verblüfft zu mir um, als ich schlitternd vor ihnen zum Stehen komme. Erst sagt niemand etwas, dann reden wir alle gleichzeitig.

»Floyd?«, fragt Storm.

»Wer ist denn die Witzfigur?«, nuschelt der Mann.

»Ich hab geklingelt, aber es hat niemand aufgemacht«, sage ich dümmlich und rucke mit den Schultern.

Es ist wie in einem schlechten Film, peinlich und völlig absurd. Bis der Kerl wieder aufs Wesentliche zurückkommt. Er wendet sich an Storm, als wären ich auf seiner Terrasse und das eben Geschehene total normal.

»Auf was wartest du? Mach hin, du blöde Kuh!«

Bei diesen Worten kratzt er sich am Kopf, dreht sich um und verschwindet im Haus. Ich sehe ihm wie erstarrt nach, bis Storm mich aus meiner Lethargie reißt.

»Was, verflucht, sollte das denn? Was willst du hier? Bist du mir gefolgt?«

Sie wischt sich über die Nase und schnieft, reibt sich dann über ihre Arme, als wäre ihr kalt. Ihre Augen blitzen vor Wut, als sie mich fragend ansieht. Sicherheitshalber gehe ich einige Schritte rückwärts.

»Ist das dein Vater? Der ist vielleicht ein Arschloch!« Ich klopfe mir Schmutz von der Hose, mehr aus Verlegenheit denn aus Notwendigkeit.

»Das geht dich einen feuchten Dreck an, Floyd. Was willst du hier?« Sie wankt und verzieht das Gesicht.

»Ich weiß es nicht«, sage ich nur.

»Dann hau ab!« Sie schlüpft in ihre Schuhe, die neben der Terrasse im Gras stehen, und läuft durch den Garten in Richtung Straße.

Ich gehe ihr nach. Auf dem Bürgersteig wendet sie sich nach rechts.

»Du trägst nur Unterwäsche.« Ich deute auf ihre Boxershorts, als ich sie eingeholt habe.

»Wie bescheuert bist du eigentlich?« Sie bleibt stehen und schüttelt den Kopf. »Hau ab, Floyd. Geh zurück in dein perfektes Leben, in dein perfektes Haus und zu deinen perfekten Eltern.« Sie läuft weiter. Ich ignoriere ihren Einwand.

Wir kommen zu einer Trinkhalle, es ist nichts mehr los. Die Frau im Kiosk ordnet Zeitschriften, ihre feuerroten Haare kräuseln sich um ihren Kopf. Sie bemerkt uns.

»Hey, Kleines«, sagt sie und greift in ein Regal über ihrem Kopf. »Er war heute schon zweimal da, Agnetha. Ich muss dir die berechnen. Tut mir leid, Süße.« Sie zieht bedauernd die Schultern nach oben und stellt ihr eine Flasche billigen Schnaps hin.

»Ich hab kein Geld dabei, Simone. Wenn ich noch mal nach Hause gehe ...« Storm beendet den Satz nicht, es ist nicht nötig.

Die Frau nickt. »Ich weiß, Schatz. Aber, Agnetha, ich muss auch sehen, wo ich bleibe.«

»Was macht's denn?«, mische ich mich ein und wühle in meiner Hosentasche.

Storm dreht den Kopf zu mir. »Denk nicht mal dran, du Penner! Ich krieg das sehr gut alleine hin.« Sie wendet sich noch einmal an Simone. »Ich bring es dir morgen früh, Ehrenwort!« Storm reibt sich über den nackten Oberschenkel, ihre Augen blicken flehentlich zu der Flasche.

»Nee, Süße, sorry. Die ganze Abrechnung stimmt vorne und hinten nich', Roland steigt mir aufs Dach.«

»Scheiße!« Storm kickt einen Stein über den Boden.

»Also, was jetzt? Lässt du ihn da bezahlen oder soll ich schließen?« Simone wird ungeduldig.

»Ich übernehme das.« Ich lege ihr einen Zwanziger auf den Tresen. »Und noch zwei Cola, bitte. Kalt, wenn's geht.«

Storm windet sich neben mir, tritt von einem Fuß auf den anderen. Simone kassiert mich ab, und ich nehme die Dosen in Empfang, Storm schnappt sich den Schnaps. Der Rollladen des Kiosks rattert nach unten.

»Hier.« Ich halte ihr die Cola hin und wir laufen zurück. Als ich die Dose öffne, entweicht die Kohlensäure mit einem leisen Zischen.

»Agnetha also.«

Meine Kehle ist wie ausgedörrt, ich trinke einen Schluck. »Wie Agnetha von ABBA?«, frage ich dann und grinse.

Storm beachtet mich nicht. Wir stehen wieder vor ihrem Haus. Sie drückt mir die Cola in die Hand, sie hat sie nicht angerührt. »Die will ich nicht. Morgen bekommst du dein Geld.«

Ohne ein weiteres Wort dreht sie sich um und geht. Das Kondenswasser der Dose tropft über meine Hand auf den Boden. Mit einem leisen Klicken schließt sich die Haustür.

Kapitel 8

Ich versuche, sie zu vergessen. Ich versuche es ernsthaft. Es gelingt mir nicht.

Das Geld war am übernächsten Tag im Briefkasten. In einem Umschlag. Exakt der Betrag, den sie mir schuldete. Ich weiß nicht, wann sie da war. Jedenfalls steht sie nicht mehr vor meinem Fenster.

Ich dachte immer, meine Eltern sind unerträglich. Es gibt offensichtlich Steigerungspotenzial. Genau genommen weiß ich ja gar nicht, ob der Typ ihr Vater ist. Er könnte auch der Freund ihrer Mutter sein. Oder ihr Onkel. Schlägt er sie? Wo war ihre Mutter? Auch im Haus?

So geht es den ganzen Tag und die ganze Nacht. Ich wälze Storm hin und her, kreise sie ein, tänzle um sie herum. Ich buchstabiere ihren Namen. Vorwärts und rückwärts.

Storm. Agnetha.

In den lächerlichsten Tagträumen vermöble ich ihren Vater oder Onkel oder Stiefvater und befreie sie aus diesem Martyrium. Ich reiche ihr die Hand, sie sieht bewundernd zu mir auf, verzeiht mir was auch immer, und eigentlich fehlt nur noch der Schimmel, auf dem wir in den Abendhimmel davonreiten.

Ich bin komplett übergeschnappt.

Unzurechnungsfähig.

Ich bin besessen von ihr. Und beschließe, mich auf den Boden der Tatsachen zurückzuholen. Ich muss sie sehen. Nur so schrumpft sie wieder auf das, was sie ist. Ein Mädchen, das mir nicht mal besonders gefällt. Eine verrückte Lügnerin, die mich fertigmachen will.

Ich fahre zum Kino, weiß nicht, wo ich ihr sonst begegnen könnte. Den Porsche stelle ich kurzerhand in eine Parklücke. Eigentlich sind mir öffentliche Parkplätze zu unsicher, aber hier gibt es kein Parkhaus, und ich habe keinen Nerv, eines zu suchen. Dieser Teil der Stadt ist ein Studentenviertel. Kneipen und Bars wechseln sich ab, es herrscht reges Treiben auf den Straßen. Storm sitzt tatsächlich in dem antiken Kassenhäuschen, als ich mich dem Kino nähere.

Ich setze mich auf die Stufen im Hauseingang gegenüber und beobachte sie. Sie lacht und scherzt mit den Kunden, ihre schlanken Hände geben Wechselgeld heraus und reißen Karten ab. Als niemand mehr ansteht, schlendere ich rüber. Storm sortiert Kleingeld, ihre Lippen zählen lautlos mit.

»Hey,« sage ich und verschränke die Arme auf dem Tresen. Sie blickt auf und ihr Gesicht wird starr. »Ich dachte, ich geb dir Bescheid, dass ich das Geld bekommen habe. Nur dass du weißt, dass es angekommen ist.«

Ich rede gequirlte Scheiße.

Das sieht Storm genauso. Sie runzelt die Stirn und formt den Mund zu einem angewiderten »Was?«.

»Vergiss es«, sage ich.

»Willst du 'ne Karte kaufen?« Die Finger ihrer rechten Hand trommeln in einem schnellen Rhythmus auf die Theke, unverwandt sieht sie mich an.

»Nein.« Ich nehme die Arme wieder weg, räuspere mich. »Ich wollte nur mal sehen, wie es dir geht.«

Ihre Finger halten inne, ihre Augen verengen sich. Minutenlang sagt niemand etwas, wir sehen uns nur an. Ihr Blick ist so durchdringend, dass mir heiß wird. Der Schweiß sammelt sich unter meinen Achseln, ich tripple von einem Bein auf das andere. Storm kaut auf ihrer Unterlippe, sagt immer noch nichts. Ich ziehe die Luft zwischen meinen Zähnen ein und lasse sie mit einem leisen Geräusch wieder entweichen.

Dann klatsche ich verlegen in die Hände. »Ich muss dann mal wieder. Man sieht sich. Oder auch nicht.«

Ihr blödes Starren macht mich nervös. Ich presse die Lippen aufeinander, hebe die Hand und gehe. Was habe ich erwartet? Dass sie mit mir was trinken geht?

»Ich habe Feierabend. Wir könnten was trinken gehen.«

Ich bleibe stehen. Drehe mich um. Storm hat das Kassenhäuschen verlassen, lehnt lässig an einem Laternenpfahl. Jetzt runzle ich die Stirn, deute wortlos auf mich. Ich blicke hinter mich, sehe wieder zu ihr.

»Redest du mit mir?«, frage ich.

»Ja. Deine Witze sind echt schlecht, Floyd.« Sie stößt sich ab, läuft an mir vorbei. »Da vorne gibt es Cocktails. Sind aber nicht billig. Dürfte ja kein Problem für dich sein, oder?«

Ohne eine Antwort abzuwarten, geht sie auf eine Bar zu. Sie setzt sich auf den einzigen freien Platz, auf der Außenmauer der Kneipe. Sofort kramt sie ihre Zigaretten hervor und zündet sich eine an. Ich stehe immer noch auf der Straße.

Storm sieht mich an und zieht die Augenbrauen nach oben. »Was ist? Schiss?«, ruft sie.

Ich gehe langsam über die Straße.

»Was willst du trinken?«, frage ich, als ich vor ihr stehe.

Sie zuckt mit den Schultern und zieht an der Kippe.

Ich gehe in die Bar und bestelle einen Whisky Sour und eine Cola, mit Eis und Zitrone. Mit den Getränken in der Hand setze ich mich neben sie.

»Hier.« Ich reiche ihr den Cocktail. »Herb und sauer. Ich dachte, der passt zu dir.«

»Cola?« Storm deutet auf mein Glas.

»Jep.« Ich nehme einen Schluck, die Eiswürfel klirren leise im Glas.

Eine Weile spricht niemand von uns, wir beobachten die Leute um uns herum und Storm trinkt ihren Cocktail leer.

»Willst du noch einen?« Ich stehe auf, sie hält mir ihr Glas entgegen.

Ich hole Nachschub.

»Du heißt also Agnetha?« Ihr richtiger Name fasziniert mich, ich muss mir ein Lachen verkneifen.
Sie verdreht die Augen und nickt. »Niemand nennt mich so. Meine Mutter war der größte ABBA-Fan aller Zeiten.

Es ist peinlich.« Sie fischt einen Eiswürfel aus ihrem Glas und steckt ihn in den Mund.

»Ist auch nicht schlimmer als Floyd.« Ich grinse schief. »Und wie kommst du zu *Storm*?«

Ein Mädchen neben mir kreischt und fällt ihrer Freundin in die Arme. Storm sieht zu ihnen hinüber.

»Weiber«, murmelt sie und schnauft. »Als ich klein war, bin ich immer mit dem Fahrrad die Straße hoch- und runtergefahren. Meine Haare gingen mir damals bis hierhin.« Sie presst ihre Hand in die Taille. »Sie flogen hinter mir her, die Strähnen flatterten im Fahrtwind. Meine Mutter war Engländerin. Sie rief dann immer: ›Storm, be careful!‹« Sie trinkt einen Schluck. »Das blieb irgendwie hängen. Alle sagten nur noch Storm.«

Ich nicke. »Wo ist deine Mutter?«

»Tot.« Storm zündet sich eine neue Kippe an, ich sage nichts. Sie ist nicht der Typ für Beileidsbekundungen.

»Und wieso Floyd?« Zum ersten Mal sieht sie mich an.

»Pink Floyd. Mein Vater.«

Jetzt nickt Storm.

Wir verstummen. Es ist eine skurrile Situation. Wir schleichen mit Argusaugen umeinander herum, jeder auf der Hut vor dem anderen.

»Also, Floyd«, sagt Storm irgendwann. »Wie ist das so? Ein weggetretenes Mädchen zu ficken?« Sie saugt ungerührt an ihrem Strohhalm, blickt mich mit großen Augen von der Seite an.

Ich verschlucke mich an meiner Cola, spucke sie prustend auf den Boden. Storm schlägt mir kräftig auf den Rücken, ich wische mir die klebrigen Tropfen vom Kinn.

»Sitzen wir deshalb hier?«, sage ich, als ich wieder sprechen kann. »Ist das die Frage, die du die ganze Zeit stellen willst?« Ich stehe auf. »Das hättest du auch ohne diese«, ich breite die Arme aus und deute auf die Leuchtreklame der Bar, »diese ganze Show hier fragen können.«

Ich beuge mich zu ihr, sehe ihr in die Augen.

»Ich weiß es nicht, Storm. Aber falls ich es irgendwann herausfinde, bist du die Erste, die ich informiere. Das ist ein Versprechen!«

Ich drehe mich um und gehe.

»Die Cocktails waren super. Ich denke, die paar Groschen wirst du verschmerzen können, Pinkie!«, schreit sie mir nach und lacht.

* * *

Ben und ich sind bei Porsche. Die Einladung ist exklusiv.

Es ist die Eröffnung einer neuen Filiale, Ben steht auf so was. Es gibt exquisites Fingerfood, wir schieben uns durch die Menge der teuer gekleideten Menschen, die sich lachend und trinkend unterhalten. Der Champagner fließt in Strömen, die Autos sind auf Hochglanz poliert. Ein paar Freunde und Bekannte meines Vaters bleiben bei mir stehen und machen höflichen Small Talk.

Es ist ein ungeschriebenes Gesetz meines Vaters, dass ich mich in der Öffentlichkeit zu benehmen habe. Er wird fuchsteufelswild, wenn sein tadelloser Ruf Schaden nimmt. Ich halte mich tunlichst daran, auch wenn mich das Gerede zu Tode langweilt.

Kurz stelle ich mir Storm hier vor. In ihren Boxershorts, dem Trägertop und ihren Doc Martens. Wahrscheinlich würde sie sagen, dass hier alle stinken, sich eine Kippe anzünden und laut *Fuck you* rufen. Ich muss grinsen.

»Was lachst du? Irgendwann bin ich Senior-Partner von Kreil und Steiner und dann kauf ich mir auch einen Porsche. Nein, besser zwei! Einen Cayenne und einen Carrera.« Ben nickt zufrieden und schnappt sich noch ein Glas Champagner von einem Tablett, das eine vorbeilaufende Kellnerin den Gästen hinhält.

»Auf jeden Fall, Ben! Und deine Frau sieht aus wie Adriana Lima.« Ich lache und Ben stößt die Faust in die Luft.

Die Veranstaltung langweilt mich allmählich. »Lass uns abhauen. Das ist doch scheiße hier.«

Ben nickt und wir laufen zum Ausgang. Ich verabschiede mich im Gehen von unserem Anwalt Dr. Brenner und seiner Frau, einer hässlichen alten Schrulle, die nach Urin stinkt, als mir jemand auf die Schulter tippt. Ich drehe mich um. Vor mir steht Carla.

»Floyd! So ein Zufall!« Sie reicht mir die Hand und küsst mich links und rechts auf die Wangen. »Du kennst meinen Onkel? Das ist ja lustig.«

Nur ich höre den fiesen Unterton. Ich greife mir an den Hals und lockere den Kragen meines Hemdes.

»Hallo, Carla.«

Sie sieht fantastisch aus. Ihr cremefarbenes Kleid schmiegt sich an ihren Körper, ihre langen Beine stecken in feinen Wildlederstiefeln. Ben steht neben mir, ich kann ihn förmlich lachen hören. Natürlich weiß er, wer sie ist.

»Meine Nichte will sich einen Porsche kaufen. Vielleicht gibt es ja eine kleine Finanzspritze von ihrem Onkel.« Dr. Brenner zwinkert und lächelt Carla liebevoll an. »Floyd, Sie könnten ihr doch ein paar Tipps geben. Ihr Vater hat mir erzählt, dass Sie ein Liebhaber dieser Modelle sind.«

Er zeigt auf einen Carrera S und klopft mir auf die Schulter. Ich schlucke und überlege krampfhaft, wie ich aus dieser Situation herauskomme.

»Ich glaube nicht, dass Floyd Lust dazu hat, Onkel Rainer. Er findet, Frauen sollten lieber Taxi fahren.«

Ihr Onkel lacht irritiert.

Scheiße! Wieso tut sie das? Sie kann doch unmöglich wollen, dass die zwei von uns erfahren. Ich schlucke noch einmal und spüre die feinen Schweißperlen, die sich auf meiner Stirn bilden.

»Kein Problem, Carla. Das mach ich gerne.« Ich fasse sie am Ellenbogen und bugsiere sie zur Seite. Wenn sie hier eine Szene macht, bin ich geliefert. Mein Vater wird das auf jeden Fall erfahren und mir die Hölle heißmachen. Ich habe keine Lust auf Stress. Aber Carla macht mir einen Strich durch die Rechnung.

»Er nimmt die Frauen gerne mit nach Hause, und nachdem er sie im Bett hatte, schmeißt er sie raus. Mitten in der Nacht, stell dir das vor!« Sie dreht sich lächelnd zu ihrer Tante und ihrem Onkel.

Frau Brenner keucht auf, presst sich die Hand an die Brust. »Carla!«, krächzt sie, ich sacke neben ihr zusammen.

Ben hält sich die Hand vor den Mund und grinst.

Carlas Onkel verschlägt es die Sprache, er muss auch nichts mehr sagen. Carla greift sich sein Champagnerglas, hebt es über meinen Kopf und schüttet es in Zeitlupentempo über mir aus. Die kalte Flüssigkeit rinnt über mein Gesicht, in meinen Kragen und über mein Hemd. Die Umstehenden unterbrechen ihre Gespräche, unter ihnen noch mehr bekannte Gesichter.

Ben kann sich nicht mehr zurückhalten und prustet los. Er lacht so laut, dass er noch mehr Aufmerksamkeit auf uns lenkt, und haut sich auf den Schenkel.

»Man sieht sich immer zweimal im Leben, Floyd. Ich sagte es dir ja schon. Auch du wirst noch lernen.« Sie dreht sich mit einem süffisanten Lächeln um und geht.

»Floyd!« Dr. Brenner schüttelt den Kopf, sieht mich enttäuscht an. »Sie ist so ein liebes Mädel!« Dann nimmt er seine Frau und lässt mich stehen.

Die Champagnersuppe tropft auf den spiegelblanken Boden, ich wische mir sinnloserweise über das Gesicht. Das Entsetzen auf den Gesichtern der Gäste ist tragisch, komisch. Ich knöpfe mir vor allen Anwesenden das Hemd auf, ziehe es über den Kopf und werfe es mir über die Schulter. Vereinzelt sind zischende Laute zu hören, empörtes Gemurmel setzt ein.

»Gehen wir«, sage ich zu Ben und laufe mit dem letzten Rest Würde, den ich noch finden kann, zum Ausgang. Ben folgt mir auf dem Fuße, er ringt lachend um Luft.

Mein Leben ist scheiße.

Kapitel 9

Es ist Mittag, ich bin auf dem Weg zu ihr. Ich kann nicht anders. Mein Zorn über ihren Spruch in der Bar verflog schon im Auto auf dem Nachhauseweg. Am liebsten hätte ich mich geohrfeigt, dass sie mich so leicht aus der Fassung bringt. Seit ich sie öfter sehe, lassen die Flashbacks nach. Ich weiß nicht, wieso. Ich weiß nur, dass sie nicht mehr da sind. Damit das auch so bleibt, würde ich beinahe alles tun.

Vor ihrem Haus parke ich den Porsche und steige aus. Es ist Mittag, die Sonne brennt auf die verwahrlosten Vorgärten, das Gras ist braun und verdorrt. Ich gehe auf die Haustür zu und suche eine Klingel. Gerade will ich anklopfen, da wird die Tür aufgerissen. Ich mache einen Schritt rückwärts.

»Was willst du?« Storm steht im Gang, in einem viel zu großen schwarzen Kapuzenpulli. An ihren Beinen trägt sie Stulpen aus dicker Wolle.

Ist sie irre? Es hat sechsunddreißig Grad!

»Dir auch einen schönen Tag«, sage ich. Sie schnaubt und knallt mir die Tür vor der Nase zu. Jetzt klopfe ich doch, die Tür geht wieder auf. »Ich will schwimmen gehen. Hast du Bock?« Ich verschwende keine Zeit mit Höflichkeiten, tut sie ja auch nicht.

»Wieso?« Storm schlingt die Arme um die Taille und winkelt ein Bein an.

»Es ist heiß? Schwimmen? Wasser, Abkühlung und so?« Ich ziehe fragend die Schultern nach oben.

»Wieso?«

»Was, wieso? Ich sagte doch eben, weil ...«

»Laber mich nicht voll! Ich meine, wieso ausgerechnet mit mir?«

Storm zieht den Pullover über ihre Handgelenke. Ihre Miene ist skeptisch, was ich ihr nicht verdenken kann.

Immerhin ist die Frage berechtigt. Und ich habe offensichtlich keine Antwort, weil ich sie nur stumm anstarre. Dann beginne ich zu faseln.

»Ich dachte, du ... dir ist vielleicht auch... also, du hättest vielleicht Lust ...« Ich beende den Satz nicht, es gibt nichts, was mein Gestammel noch retten könnte.

Sie überlegt angestrengt. Aller Wahrscheinlichkeit nach rechnet sie sich ihre Chancen aus, mich im Schwimmbad zu ertränken. Zumindest lässt das ihr Gesichtsausdruck schließen, der alles andere als freundlich ist. Innerlich gebe ich mich schon geschlagen. Das war keine gute Idee.

Aber Storm überrascht mich. Gerade als ich mich mit einem Seufzen umwenden will, macht sie den Mund auf.

»Okay. Warum nicht?«

Ihr giftiger Tonfall lässt zwar alle meine Alarmglocken schrillen, die ich aber kurzerhand ignoriere. Was soll sie schon tun? Um mich zu ertränken, bräuchte sie eine Ausbildung zum Militärtaucher.

»Wie heißt es so schön?«, fragt sie und sieht mich an. »Kenne deinen Feind besser als deinen Freund. Ich hatte schon immer ein Faible für weise Sprüche.«

Mit einem unschuldigen Grinsen auf den Lippen zieht sie die Tür zu und kommt die Treppe hinunter. Ich verkneife mir einen Kommentar, weil ich nicht will, dass sie einen Rückzieher macht, lenke das Thema auf etwas anderes.

»Willst du nicht ein paar Sachen packen?« Ich kreise mit dem Zeigefinger über ihr Outfit. Sie ist barfuß.

»Nein.« Storm läuft an mir vorbei zum Auto. »Ist deins, schätze ich?«

Sie öffnet die Beifahrertür und steigt ein. Ich grinse und schüttle den Kopf. Wir fahren los.

»Wir müssen da lang«, sagt Storm nach ein paar Minuten.

Ich biege ab, habe keine Ahnung, wo sie hinwill. Mein Auto scheint sie nicht im Mindesten zu beeindrucken, im Gegenteil. Sie rutscht neben mir auf dem Sitz herum, legt die Füße auf das Armaturenbrett. Ihre Zehen berühren die frisch geputzte Windschutzscheibe und hinterlassen einen Abdruck. Sie fummelt an ihrem Pullover herum und bringt ein Päckchen Kippen zum Vorschein, zündet sich eine an.

Mir bleibt das Herz stehen. Wenn die Sitze ein Brandloch bekommen, sterbe ich!

»Äh, ich will nicht, dass im Auto geraucht wird.« Ich drehe den Kopf zu ihr.

»Sieh mal lieber auf die Straße, Cowboy.« Storm bläst mir den Rauch ins Gesicht, ich huste und mache das Fenster auf. Warme Luft strömt ins Auto und vermischt sich mit dem kühlen Luftzug aus der Klimaanlage.

»Es ist mir scheißegal, was du willst, Floyd. Du hast mich abgeholt. Wenn's dir nicht passt, dreh um.« Sie wirft den Stummel aus dem Fenster und zündet sich sofort die nächste an. Ich seufze.

»Da vorne kannst du stehen bleiben.« Sie deutet auf eine Parkbucht voller Schlaglöcher und dornigem Gestrüpp.

»Gibt's nicht eine bessere Möglichkeit? Der Lack kriegt ja Kratzer.« Ich schwitze. Ich soll den Porsche dahinstellen?

»Du liebe Zeit«, murmelt Storm neben mir und reibt sich über die Stirn.

Vorsichtig fahre ich auf den Parkplatz, mobilisiere all meine Fahrkünste, um das Auto unbeschadet abzustellen. Trotzdem ruckelt der Porsche gefährlich, die Pflanzen schaben an den Felgen. Der Motor läuft noch, als Storm schon aussteigt. Sie knallt die Tür so fest zu, dass ich zusammenzucke. Es schmerzt mich körperlich, mein schönes Auto!

Sie marschiert los, während ich noch meine Tasche vom Rücksitz wuchte. Ich schließe ab und folge ihr. Wir laufen über einen schmalen Trampelpfad, meine Flipflops bleiben an welken Himbeersträuchern hängen. Storm scheint der steinige Untergrund nicht zu stören, obwohl sie keine Schuhe trägt.

Es geht leicht bergab, der Weg wird breiter. Ich kenne die Gegend nicht, aber es ist schön hier. Kiefern stehen dicht an dicht, durch die Zweige kann ich einen See glitzern sehen. Nach zehn Minuten öffnet sich der Wald und wir stehen an einer kleinen Bucht. Ein alter Holzsteg führt ins Wasser, es ist gerade genug Platz, um ein Handtuch auszubreiten. Das Wasser schlägt in kleinen Wellen ans Ufer, der sandige Untergrund ist sauber. Eine Trauerweide hängt ihre Zweige in den See. Wir sind die einzigen Menschen weit und breit.

Neben mir zieht sich Storm den Pulli über den Kopf und rollt die Stulpen von den Waden. Sie steht nur in Unterwäsche vor mir. Der verschlissene BH ist schwarz, die Boxershorts sind rot gestreift. Ich ziehe pfeifend die Luft durch die Zähne. Storm ist schon fast unterernährt. Ihre Rippen zeichnen sich deutlich ab, die Shorts schlackern um ihre dünnen Oberschenkel.

»Du könntest gut ein paar Kilo mehr vertragen«, rutscht es mir heraus.

Ich kann den Blick nicht abwenden. Sie sieht so zerbrechlich aus, dass ich sie am liebsten mit Pommes und Pasta mästen würde.

Storm schnaubt ungläubig. »Sag mal, bist du bescheuert? Das geht dich einen Scheißdreck an, klar? Ich brauch keinen Aufpasser, Floyd. Ich kann das sehr gut alleine!« Sie zieht einen Schmollmund, klimpert mit den Wimpern. »Oder kommt dein empfindsames Gemüt damit nicht zurecht? Musst du heulen wie ein Baby? Dann fahr mich gefälligst wieder nach Hause, du Weichei!«

Die letzten Worte spuckt sie mir vor die Füße, grinst hämisch.

»Ach, leck mich, Storm.« Ich ziehe mich aus und hole mein Handtuch aus der Tasche, außerdem noch eine Flasche Wasser, Obst und Salzbrezeln.

»Oder du mich, du Arsch. Willst du doch, oder?«

»Fängst du schon wieder an? Dann gehen wir besser.« Ich richte mich auf und sehe sie an. Ihre ständigen Anspielungen gehen mir auf die Nerven.

Storm erwidert meinen Blick. »Warum bist du mit mir hier, Floyd?«

»Ich will schwimmen.«

Ich lasse sie stehen und gehe ans Ufer, wate bis zu den Knien hinein. Ihren bohrenden Blick im Rücken, bringe ich all meine Willenskraft auf, um mich nicht umzudrehen. Im Wasser tauche ich unter, Sand und Schlick wirbeln auf und schweben vor meinen Augen. In einem anderen Leben war ich bestimmt ein Fisch. Selbst im Meer tauche ich mit offenen Augen.

Ich werde ganz ruhig. Bewege mich nicht. Ich kann das minutenlang, habe es über Jahre geübt. Es ist, als würde die Welt nicht existieren. Es geht nur um Luft. Der Rest ist unwichtig. Atmen oder nicht. Das ist alles, was zählt.

Mein Brustkorb wird eng, mein Herzschlag langsamer und ich kann mein Blut hören. Es rast durch die Adern wie auf einer Autobahn. Mein Sichtfeld verengt sich, und meine Finger fangen an zu kribbeln, was normal ist. Mein Körper fährt seine Funktionen auf ein Mindestmaß herunter, versorgt die wichtigsten Organe mit Sauerstoff. Kein Grund, in Panik auszubrechen. Ich schließe die Augen, um mich noch besser konzentrieren zu können, als sich zwei Hände unter meine Achseln schieben und mich grob an die Oberfläche zerren. Prustend und spuckend tauche ich auf, verschlucke mich vor Überraschung.

»Spinnst du?« Storm steht vor mir, das Wasser läuft ihr übers Gesicht, ihre Unterhose bläht sich um ihre Hüfte. »Ich dachte, du ertrinkst, du Idiot!« Sie schlägt mir gegen den Brustkorb. »Du warst ewig da unten!«

Ich wische mir übers Gesicht. »Ich weiß.« Ich bin noch nicht mal außer Atem, hätte locker noch zwei Minuten geschafft. »Ich kann das. Ich übe. Jeden Tag, Storm.«

»Wieso tust du so was?« Storms Gesicht verzieht sich. »Das ist doch bescheuert! Du bist ein Freak!«

»Bin ich nicht.« Ich habe keine Lust, ihr zu erklären, was da unten mit mir passiert. Dass ich Frieden finde. Und Ruhe. Es geht sie nichts an.

Ich gehe zum Handtuch, hole die Wasserflasche und laufe zum Steg. Dort setze ich mich auf die ausgebleichten Holzbohlen, meine Füße baumeln im See. Ich trinke einen großen Schluck und sehe zum angrenzenden Ufer. Was will ich mit ihr? Warum ist mir ihre Gegenwart so wichtig? Storm kann mich nicht ausstehen. Sie hasst mich.

Was habe ich ihr angetan? Was ist auf der Party passiert, verdammt?

»Kann ich mal trinken?« Storm steht neben mir.

Ich halte ihr wortlos die Flasche hin, sie setzt sich.

»Ist schön hier. Kommst du oft her?«, frage ich nach einer Weile.

»Nein. Ich war noch nie hier.«

Ich drehe den Kopf, sehe sie an. »Wie jetzt?«

»Ich mach das manchmal. Ich folge meiner Intuition und sehe, was passiert. Klappt meistens ganz gut.« Sie lächelt ein kleines bisschen.

»Verarschst du mich?« Ich kann mir das nicht vorstellen. Nicht zu planen, nicht zu wissen, wo es hingeht. Das ist ein Albtraum.

»Nein, ehrlich! So habe ich schon ein paar gute Plätze gefunden. Einmal, da bin ich im Winter durch den Wald, es hatte geschneit. Alles war weiß, und irgendwann hatte ich das Gefühl, ich habe mich verlaufen. Und plötzlich stand ich vor einer Hütte. Sie war nicht abgeschlossen und ich bin rein. Sie war komplett möbliert. Ein Tisch und Stühle und sogar ein Bett.«

Storm taut auf. Ihre Augen leuchten und sie gestikuliert vor mir herum. Sie hat wohl vergessen, dass sie mit mir spricht. Mit dem Arschloch.

»Ich hab Wasser gefunden und Konservendosen mit Ravioli und am Ende bin ich zwei Tage geblieben. Als ich gegangen bin, habe ich einen Zettel geschrieben. Ich habe mich bei dem Besitzer bedankt und Geld dagelassen. Das war echt richtig cool.«

So viel hat sie noch nie mit mir geredet. Sie sieht ganz anders aus. Irgendwie schön. Ihre Wangen sind gerötet, feuchte Strähnen liegen um ihre blassen Schultern.

»Hattest du keine Angst?«

Meine Stimme holt sie zurück. Ihr Gesicht verschließt sich, sie dreht sich weg.

»Ich habe keine Angst, Floyd. Vor nichts.«

Das stimmt nicht. Ich habe es gesehen. Die Angst vor dem Kerl, als er ihr gedroht hat. Ihre Arme, die sie schützend vor ihr Gesicht hielt, die riesigen Augen.

»Ich bin nicht so der spontane Typ. Ich weiß gerne, was passiert. Deshalb mag ich auch keinen Alkohol«, sage ich und bemerke meinen Fehler. Es dauert keine Sekunde und Storm sticht zu.

»Ja. Is' klar! Das hab ich anders in Erinnerung. Du bist ein verlogener Mistkerl, Floyd.« Sie sagt es ohne Zorn, stellt eine Tatsache fest. »Du kannst es nur nicht zugeben. Ein überheblicher, stinkreicher Sack, das bist du. Du findest, dass du deine Privilegien verdient hast, und wer das infrage stellt, der kann dich mal. Du behandelst Frauen wie Dreck. Und du denkst, Geld regelt alles. So ein Typ bist du.«

Sie greift nach ihren Zigaretten.

Ich schlucke. »Danke für diese präzise Beschreibung meiner Person. Wirklich erstaunlich. Ich wusste gar nicht, dass wir uns so gut kennen. Bestimmt hast du ein paar Tipps, wie ich zu einem sozial kompetenten Mitglied unserer Gesellschaft werden kann. Das ist ja eher dein Spezialgebiet, so viele Freunde, wie du hast.« Ich verziehe den Mund zu einem fiesen Lächeln.

»Touché.« Storm lüpft den imaginären Hut. »Hey, Floyd? Was ist der Unterschied zwischen Männern und Schweinen?«, fragt sie dann.

Ich rolle genervt mit den Augen, ich bin kein Fan von Witzen. »Keine Ahnung? Sag schon.«

»Schweine verwandeln sich nicht in Männer, wenn sie betrunken sind«, antwortet sie trocken.

Keiner von uns lacht.

»Trinkt er oft?«

Die Szene auf ihrer Terrasse lässt mich nicht los. Ich rechne mit einer Abfuhr, aber Storm antwortet.

»Jeden Tag. Mal mehr, mal weniger. Ich mag ›mehr‹ lieber. Dann fällt er ins Koma und ich habe meine Ruhe.« Sie zieht an ihrer Kippe, ihre Hand zittert leicht. »Hat angefangen, als meine Mutter gestorben ist. Er hat das nicht ganz so gut verkraftet, schätze ich.«

Sie drückt energisch den Stummel auf den Holzbohlen aus und dabei bemerke ich mehrere feine Linien auf ihren Unterarmen. Sie sind viel heller als der Rest der Haut und bilden beinahe ein geometrisches Muster.

Narben. Es sind Narben. Schön. Abstoßend.

Sie hat den Tod ihrer Mutter wohl auch nicht so gut verkraftet. Ich bin nicht wahnsinnig genug, das laut zu sagen. Ein paar Sekunden starre ich noch auf ihre Arme, dann sehe ich sie an.

Ihre Augen halten meinen Blick, geben nichts preis.

»Was tun wir hier, Storm?«, frage ich leise.

Sie schüttelt ganz leicht den Kopf, legt ihre Hände zögerlich auf meine Schultern.

»Schwimmen?«, fragt sie mit rauchiger Stimme und gibt mir einen kräftigen Schubs.

Ich rutsche vom Steg und falle ins Wasser. Als ich auftauche, springt Storm ins Wasser.

»Wer zuerst am anderen Ufer ist«, ruft sie und schwimmt los.

Sie hat keine Chance. Ich ziehe mühelos an ihr vorbei und verfalle in den vertrauten Rhythmus, bis mir auffällt, dass sie nicht mehr da ist. Sie hat in der Mitte des Sees gestoppt. Ich drehe um. Storm ist völlig außer Atem.

»Gewonnen«, sage ich und sehe sie an. »Schaffst du es zurück?«

»Logo«, faucht sie und wendet. Aber ihre Bewegungen werden schwerfälliger, ihre Arme schieben sich kraftlos durchs Wasser.

»Halt dich an mir fest«, sage ich.

Storm schüttelt den Kopf. »Auf keinen Fall! Ich berühre dich nicht, sonst ersticke ich an meiner eigenen Kotze.«

Sie keucht und beißt die Zähne zusammen. Es ist noch ein ganzes Stück, ich kenne mich gut genug aus, um zu wissen, dass sie es nicht schaffen wird.

»Storm, das ist doch albern. Jetzt komm schon.« Ich schiebe mich vor sie und versperre ihr den Weg. »Ich hab keinen Bock, dich bewusstlos ans Ufer zu ziehen. Dann bist du doppelt so schwer.« Wegen meiner Ausbildung zum Rettungsschwimmer weiß ich, wie anstrengend das ist.

»Nein!«, zischt sie.

»Je länger wir diskutieren, desto mehr schwinden deine Kräfte. Ertrinken ist ein beschissener Tod, glaub mir.«

Den Kopf schief gelegt, hänge ich die Zunge aus dem Hals und verdrehe die Augen.

»Hilfe!«, röchle ich und sinke unter Wasser. Panisch schlage ich mit meinen Armen und Beinen, wirble das Wasser auf. Hustend komme ich an die Oberfläche, schreie noch mal dramatisch um Hilfe und verschwinde vor ihrer Nase. Ich tauche unter ihr weg, schwimme hinter sie und bleibe eine Weile unten. Dann tauche ich so leise wie möglich auf.

»Tot!«, flüstere ich ihr ins Ohr.

Sie dreht sich ruckartig um, ihre Arme rudern durchs Wasser. »Du bist echt ein Arsch, Floyd.« Ihre Stimme klingt verunsichert.

»Das Wettschwimmen war deine Idee.« Ich zucke mit den Schultern und warte ab.

Wortlos legt sie mir die Arme um den Hals, schlingt die Beine um meine Hüfte. Ich verkneife mir jeden weiteren Kommentar, schwimme los. Ihr Kopf sinkt auf meine Schulterblätter, ihr Atem wird ruhiger. Schließlich erreichen wir das Ufer und Storm hat wieder Boden unter den Füßen. Sie macht sich sofort von mir los und läuft direkt an Land. Ohne auf mich zu warten, schlüpft sie in ihren

Pulli. Ich seufze und trockne mich notdürftig ab. Während ich meine Sachen packe, überlege ich still, welchen Schaden die Sitzpolsterung nimmt, wenn sie tropfnass einsteigt. Storm kümmert das nicht. Die ganze Autofahrt sagt sie kein Wort.

    Ich auch nicht.

Kapitel 10

Ben stößt die Tür zu meinem Zimmer auf. Ich liege auf dem Bett und höre Musik.

»Mann, Alter! Ich hab dir schon hundert Mal gesagt, du sollst anklopfen. Was is', wenn ich mir grade einen runterhole?« Ich werfe ein Kissen nach ihm und Ben duckt sich weg.

»Nichts, was ich nicht kenne, Fly. Wahrscheinlich bräuchte ich eine Lupe, um zu sehen, was du da treibst.« Er grinst. »Deine Mutter hat mich reingelassen. Sie hatte einen netten Tag?« Er hält die Hand an den Mund und tut so, als würde er trinken.

»Keine Ahnung. Bin noch nicht unten gewesen.«

Ich liege hier schon den ganzen Tag und denke an Storm, Ben. Könntest du mir kurz sagen, ob du weißt, was auf der Party passiert ist?

»Wo warst du gestern?« Er fläzt sich in einen Sessel und greift nach einer Architekturzeitschrift.

»Ich war mit Storm unterwegs«, sage ich möglichst gleichmütig.

»Hast du sie gebumst?« Ben blättert durch die Seiten, nichts in seinem Gesicht lässt auf Überraschung schließen.

Ich weiß es nicht, Ben? Du vielleicht?

»Nein. Wir waren schwimmen. War ganz okay.«

»Was machen wir heute?« Ben vertieft das Thema nicht. Will er nicht wissen, warum ich mit ihr abhänge? Aber es ist mir ganz recht. Ich könnte ihm sowieso keine Antwort geben, außer einer. Und die behalte ich besser für mich.

»Weiß nicht. Auf was hast du Lust?« Es ist Samstag.

»Stripclub?«, fragt Ben. »Ich müsste mal wieder abschalten.« Er blickt nicht auf, er weiß, dass ich Ja sage.

»Okay. Ich geh duschen.« Ich stehe auf und verschwinde im Bad.

Als ich fertig bin, liest Ben immer noch. »Mann, für deine Figur würde ich sterben, Alter.« Er deutet auf meinen flachen Bauch.

Ich grinse und ziehe mich an. Manchmal weiß ich nicht, ob er tatsächlich neidisch ist oder nur scherzt. Er steht immer hinter mir, hat mich noch kein einziges Mal im Stich gelassen. Wir kennen uns seit der fünften Klasse, gleich am ersten Schultag stand fest, dass wir Freunde werden.

»Bin fertig. Gehen wir.« Prüfend lasse ich meinen Blick durch das Zimmer gleiten und schüttle noch schnell das Kissen auf, das Ben platt gedrückt hat. Ich mag es, wenn ich nach Hause komme und Ordnung herrscht.

»Du hast echt 'nen Knall, Fly. Ihr habt eine Haushälterin, wenn ich dich erinnern darf?« Er legt mir den Arm um den Hals und nimmt mich in den Schwitzkasten.

»Hör auf, du Idiot«, sage ich, muss aber lachen.

Am Fuß der Treppe steht meine Mutter.

»Geht ihr aus?« Ihre Stimme klingt schwer, in der Hand hält sie einen Martini. In den längeren Abwesenheiten meines Vaters trinkt sie manchmal. Nicht wirklich viel, sie verträgt so gut wie nichts, aber sie wird dann noch unausstehlicher als sowieso schon, weinerlich und anhänglich und peinlich. Sie vermisst meinen Vater. Es ist, als ob sie ohne ihn nicht existenzfähig ist. Außer sie hat mit ihrer dämlichen Stiftung zu tun, dann ist sie abgelenkt. Heute offensichtlich nicht. Deshalb antworte ich ihr nicht, Ben schon.

»Ja, Sabine. Willst du mit? Die Leute werden denken, du bist meine kleine Schwester.«

Ich boxe ihn in die Seite. Immer muss er ihr Honig ums Maul schmieren.

»Ach, Ben, du bist einfach zu süß! Vielleicht mach ich das irgendwann mal. Wir hätten bestimmt Spaß, du und ich. Nicht wie Floyd, der sich für seine Mutter schämt.« Sie wirft mir einen vorwurfsvollen Blick zu, legt ihren Arm um Bens Hals und drückt ihm einen Kuss auf die

Wange. Ihre Finger wuscheln ihm durch die Haare. Es ist widerlich.

Ich befreie ihn aus ihrem Griff. »Lass das, Sabine.«

Sie macht einen Schmollmund. »Herrje, Floyd! Bist du etwa eifersüchtig?« Sie zieht die Brauen nach oben und sieht Beifall heischend zu Ben.

»Du bist ekelhaft.« Mein Ton ist scharf und meine Worte verletzen sie. Sie zuckt zurück, der Martini schwappt auf den Boden. Es ist mir egal. Wenn ich sie so sehe, beschwipst und erbärmlich, könnte ich kotzen.

»Tschüs, Sabine«, sagt Ben hastig und zieht mich zur Haustür.

»Jaja«, murmelt meine Mutter und läuft zur Bar.

Ich beiße die Zähne zusammen, werde noch wütender.

»Lass gut sein, Fly.« Er klopft mir auf den Rücken. »Sie ist schon drüber. Gibt nur Stress.«

Vielleicht hat er recht, vielleicht nicht. Ich weiß, dass ich mich ihr gegenüber respektlos benehme, aber sie treibt mich mit ihrem Selbstmitleid dazu.

Ich werfe ihm die Autoschlüssel zu. »Kannst fahren, wenn du willst.«

Bens Augen fangen an zu leuchten. Er ist der Einzige, der den Porsche ab und zu fahren darf. Er freut sich wie ein Schneekönig. »Geil, Alter. Danke!«

Wir fahren immer in denselben Club. Er ist nichts Besonderes. Nicht besonders teuer oder nobel. Die Mädchen sind hübsch und die Preise okay. Es ist eigentlich noch früh, gerade mal halb zehn, als wir ankommen, doch der Parkplatz steht voller Autos. Für Sex gibt es keine Uhrzeit. Der Muskelprotz am Eingang hält die Tür auf, »After Dark« von Tito & Tarantula empfängt uns. Ich mag den Song. Die Szene mit Salma Hayek und ihrem Schlangentanz in »From Dusk Till Dawn« habe ich geschätzte zweitausend Mal gesehen und mir dabei wie ein Irrer einen runtergeholt. Ich war vierzehn. Nur zu meiner Entschuldigung.

Die indirekte Beleuchtung lässt mich blinzeln, bis sich meine Augen an das Rotlicht gewöhnt haben. Es riecht nach Schweiß, Desinfektionsmitteln und Sex. Mehrere Nischen sind besetzt, Männer aus allen Gesellschaftsschichten betrachten mehr oder weniger interessiert die Show der beiden Tänzerinnen an der Stange.

Ben läuft zielstrebig zu einem Tisch an der Bühne und nimmt Platz. Eine Kellnerin kommt, er bestellt. Whisky für ihn und Whisky für mich. Hier trinke ich. Niemand bleibt im Stripclub nüchtern, schätze ich.

Er lümmelt sich in den bequemen Clubsessel und seine Augen verfolgen die Bewegungen der Tänzerinnen. Die eine ist rothaarig, die andere platinblond. Die schwindelerregend hohen Absätze ihrer Schuhe erzeugen ein klackerndes Geräusch auf dem glatten Boden, ihre nahezu identisch geformten Brüste sind vier perfekte Halbkugeln. Die Rothaarige ist eher zierlich, ich könnte ihre Taille mit zwei Händen umschlingen. Sie leckt der Blonden gerade die Titten, ihre Zunge kreist um die steifen Nippel. Die Blonde wirft den Kopf in den Nacken, legt dann die Hände auf ihre Oberschenkel und geht in die Knie. Sie spreizt ihre Beine und rutscht langsam in einen Spagat. Ihr knapper Stringtanga in glitzerndem Gold bedeckt so gut wie nichts. Sie lässt sich auf den Rücken gleiten, hebt ihr Becken an. Die Rothaarige stellt sich über sie, beugt sich nach unten und reckt ihren Arsch in Bens Richtung. Sie zieht ihre Pobacken auseinander, Ben stöhnt leise.

Unsere Getränke kommen. Ich nehme einen Schluck, kann meinen Blick nicht abwenden. Die zwei sind dermaßen scharf, dass ich unruhig hin und her zapple. Ich reserviere mir in Gedanken die Rothaarige für einen Private Dance. Die Musik endet, Ben steckt der Blonden ein paar Dollar in das Stück Stoff zwischen ihren Beinen. Ich pfeife den beiden nach, als sie die Bühne verlassen, und die Rothaarige dreht sich kurz um, zwinkert mir zu.

»So hatte ich mir das vorgestellt. Die Blonde is' echt der Wahnsinn.« Ben reibt sich über die Hose.

Ich will gerade antworten, da kommen die beiden an unseren Tisch. Das ist die übliche Masche. Wenn die Mädchen bemerken, dass ein Mann besonderes Interesse zeigt, wittern sie ihr Geschäft. Erst wird getrunken, dann verschwindet man im VIP-Bereich. Was dann passiert, bewegt sich in Grenzen, die die Damen bestimmen. Alles eine Frage des Geldes.

Ben grinst und rutscht auf seinem Sessel nach vorne. Ich bestelle eine Flasche Champagner.

»Hi. Ich bin Candy.« Die Rothaarige setzt sich auf meinen Schoß, legt die Arme um meinen Hals und schlägt die Beine übereinander. »Und? Wer bist du, schöner Mann?«

Die Sprüche sind immer die gleichen. Mein Name interessiert sie genauso wenig wie mich ihrer, und schön sind alle Männer, die Geld haben.

»Ich bin Kevin.« Ich finde, Kevin passt zu Candy.

Ben reicht uns den Champagner und Candy trinkt ihn in einem Zug leer. Sie hält Ben das leere Glas hin und kichert. Sie riecht nach Vanille, aus dem Drogeriemarkt. Billig und viel zu süß. Ihre Fingernägel sind so lang, dass ich mich unwillkürlich frage, wie sie damit ihren Alltag bewältigt.

»Ich hab dich hier noch nie gesehen«, sage ich. Meine Hand streicht über ihren Rücken.

»Ist meine erste Woche hier«, antwortet sie, ihr spitzer Nagel kratzt über meinen Hals. »Lust auf einen Lapdance?« Candy flüstert mir ins Ohr. »Oder mehr, wenn du willst?«

Sie senkt den Blick, tut, als wäre sie schüchtern. Ich nicke, wieso Zeit verschwenden? Sie greift nach meiner Hand und wir stehen auf. Candy stöckelt vor mir her, ihr kleiner Arsch wackelt bei jedem Schritt verführerisch. Wir gehen in den hinteren Bereich, sie führt mich in eine Kabine, die mit einem schweren Samtvorhang geschlossen werden kann. Die Wände sind verspiegelt, auf der roten Couch liegen Handtücher und eine Packung Kleenex. Sie schubst mich auf die Polsterung.

»Zweihundertfünfzig mit Blasen«, sagt sie.

Ich ziehe das Geld aus meiner Hosentasche und gebe ihr dreihundert. »Behalt den Rest.«

Candy zählt nach und legt die Scheine zur Seite. »Dafür bekommst du was ganz Besonderes, Kevin.«

Sie fängt an, ich rutsche tiefer in den Sitz. Sie gleitet im Takt der Musik auf und ab, reibt sich an meinen Beinen, setzt sich auf mich. Sie ist absolut professionell, macht mich heiß und zieht sich wieder zurück. Ich werde geil. Ihre spitzen Brüste schweben vor meinem Gesicht und trotzen der Schwerkraft, die hellrosa Nippel berühren meine Wange. Candy saugt an meinen Ohrläppchen, ihre Zunge wandert über meinen Hals zu meinem Mund. Ihre Hände sind überall. Sie fahren über mein Shirt, zu meiner Hose und streichen über meinen Schritt. Sie kniet sich vor mich, hebt den Kopf und leckt sich über die Lippen. Ihre Perücke ist verrutscht, eine mausbraune Strähne hängt auf ihrer Stirn.

Auf einmal sieht sie irgendwie anders aus. Ihr Gesicht verwandelt sich in das von Storm. Ich blinzle. Storms blaue Augen sehen mich an. Meine Erektion schwindet.

Innen drin, da stinkst du wie Hundescheiße! Verfault und verdorben! Also, Floyd, wie ist das so? Ein weggetretenes Mädchen zu ficken?

Ich höre ihre Stimme und schüttle irritiert den Kopf, schließe kurz die Augen. Sie soll verschwinden, verflucht noch mal!

»Was ist los, großer Krieger? Gefällt dir nicht, was ich hier tue?«

Ich öffne die Augen, Candy schiebt ihre Unterlippe vor und schmollt.

»Mach weiter«, sage ich, lege die Hand auf ihren Kopf und drücke sie nach unten.

Candy gibt sich wirklich Mühe.

Storm bleibt hartnäckig.

Du behandelst Frauen wie Dreck, Floyd.

Ich schnelle hoch, mein Knie trifft Candy am Kinn.

»Au!«, schreit sie und fällt auf den Hintern. Ihre Hand fährt zu ihrem Gesicht. »Spinnst du? Du bist doch komplett irre!«

Sie kreischt so laut, dass der Vorhang aufgerissen wird. Ich knöpfe mir schleunigst die Hose zu, meine Finger zittern, mein Herz klopft.

»Was ist los, Candy?« Ein Zweimetertyp baut sich vor mir auf. »Gibt's Ärger?«

Er rammt mir die Faust auf die Brust. Candy sitzt immer noch am Boden. Sie wartet kurz.

»Nee. Is' schon okay, Skunk«, sagt sie dann. »Kannst gehen, ich komme klar.«

Langsam lasse ich den angehaltenen Atem entweichen. Der Kerl nickt und haut ab.

Candy glotzt zu mir hoch. »Willst du dich nicht entschuldigen?«

»Für was? Weil du schlecht bläst?«

Sie schnappt nach Luft.

Ich drehe mich um. »Das Geld kannst du behalten.«

So schnell ich kann, verdrücke ich mich. Ben ist nirgendwo zu sehen und mit Sicherheit werde ich nicht auf ihn warten. Am Porsche angekommen, schließe ich auf und falle auf den Fahrersitz. Mein Kopf sinkt zurück, ich schnaufe schwer.

So eine verdammte Scheiße! Was war das denn bitte?

Sehr geehrte Damen und Herren, darf ich vorstellen? Floyd, das Arschloch! Der Mann, der keinen mehr hochkriegt, weil er an eine durchgeknallte, flachbrüstige Tussi denkt, die ihn nicht mal leiden kann! Einen kräftigen Applaus für den Loser des Jahres!

Ich balle die Faust und haue gegen das Lenkrad. »Scheiße!«, schreie ich und schlage noch einmal zu. Es klopft an die Scheibe, ich zucke zusammen. Es ist Ben. Er läuft ums Auto herum und steigt ein.

»Mann, die muss gut gewesen sein. Du warst schnell!« Er grinst. »Platingirl war auch nicht schlecht. Ich sag dir, ihr Mund ist echt riesig!« Er formt mit seinen Händen einen Kreis und schiebt sein Becken vor und zurück. »Warum hast du nicht auf mich gewartet? Ich dachte, wir trinken noch einen?«

»Keinen Bock. Ich will noch fahren.« Ich lasse den Motor an.

»Wir könnten noch ins Dublin.« Er meint ein Irish Pub, Ben mag das Bier dort.

»Sei nicht sauer, aber ich bin platt. Die Kleine hat mich geschafft.« Ich werfe ihm den Ball zu, gebe mich als Schwächling, dann verschmerzt Ben die Abfuhr.

Und ich habe recht, er lacht, springt sofort darauf an. »Du Loser! Wirst alt, was, Fly? Na gut, kannst mich dort rauslassen, ich finde schon jemand. Vielleicht schlepp ich noch eine ab«, sagt er gönnerhaft und schnallt sich an.

Ich lenke den Wagen durch die Stadt, die hell erleuchteten Schaufenster ziehen vorbei, Ben hat die Augen geschlossen. Meine Gedanken kreisen unablässig um Storm. Was ist nur los mit mir? Sie macht mich impotent! Ich presse den Kiefer aufeinander, heiße Wut erfasst mich. Vor dem Irish Pub verabschiede ich mich knapp von Ben, er steigt aus und ich gebe Gas.

Kapitel 11

Ich übertrete die zulässige Geschwindigkeit, die Nadel des Drehzahlmessers hängt im roten Bereich. Wenn mich die Polizei anhält, verliere ich den Führerschein. Es ist mir gleich.

Während ich durch die Straßen rase, facht das satte Dröhnen des Motors meinen Zorn noch mehr an. Diese dämliche Schnalle! Sie bringt mein Leben komplett durcheinander. Seit ich sie kenne, seit der Party läuft alles schief!

Wie von allein findet der Wagen ihre Straße, ihr Haus. Ich lege eine Vollbremsung hin, die Reifen quietschen. Beim Aussteigen ziehe ich den Schlüssel ab, knalle die Autotür und schreie ihren Namen: »Storm!«

Ich stoße das rostige Gartentor auf, presche auf das Haus zu.

»Komm raus! Ich will mit dir reden!« Meine Hand kracht gegen die Tür. »Komm verdammt noch mal raus!«

Ich klopfe so fest dagegen, dass die Knöchel schmerzen. Die Tür wird aufgerissen, ihr Vater steht vor mir. Er ist sterngranatenvoll, das erkenne ich sofort. Seine glasigen Augen haben Mühe, mich zu fixieren, und er stinkt nach Alkohol. Storm steht hinter ihm und sieht total verängstigt aus.

Da ist er.

Der berühmte Tropfen.

Mein ganz persönliches Fass läuft über.

»Du Schwein«, sage ich leise.

Meine Wut nimmt gigantische Ausmaße an. Ohne nachzudenken, stürze ich durch die Tür, schubse ihren Vater unsanft zur Seite und packe Storm am Handgelenk. Ihr Vater taumelt, verliert das Gleichgewicht und stößt im Fallen ein Tischchen um. Eine Schale mit Schlüsseln fällt klirrend zu Boden. Ich ziehe Storm hinter mir her und stoppe bei ihrem Vater, der benommen am Boden liegt.

»Wolltest du sie schlagen? Hattest du das vor, ja?« Ich fletsche die Zähne, mein Speichel spritzt ihm ins Gesicht. Er ist das perfekte Ventil. Besser hätte es gar nicht laufen können. »Lass. Die. Finger. Von. Ihr! Wenn du sie anrührst, einmal nur ...«

Weiter komme ich mit meiner Drohung nicht. Was wahrscheinlich auch gut ist. Was will ich ihm schon groß sagen? Das ich ihn windelweich prügle? Wohl kaum.

Ich spüre Storms Finger, die jetzt mein Handgelenk packen. »Floyd, hör auf«, unterbricht sie mich leise, aber bestimmt.

Wie aus weiter Ferne höre ich ihre Stimme, rote Flecken tanzen vor meinem Gesicht. Ihre Berührung ist kühl auf meiner Haut, der Druck ihrer Hand sanft.

»Hör auf«, wiederholt sie und verstärkt den Druck.

Ganz langsam komme ich zu mir. Ich sehe ihren Vater, wie er da unten liegt, hilflos, wehrlos. Wie er zu mir aufschaut, als warte er auf eine Erklärung, wie es so weit kommen konnte und warum niemand es verhindert hat.

»Sie ist deine Tochter, du mieser Säufer!«, schiebe ich trotz allem hinterher, unfähig, Mitgefühl für ihn zu empfinden.

Storm nimmt sich eine dünne Jacke von der Garderobe. »Wir gehen.«

Sie streicht mir über den Oberarm, bis ich mich endlich aufrichte und zwei Schritte zurück mache.

»Los jetzt, Floyd.« Storm bugsiert mich nach draußen.

Als wir auf dem Gehsteig stehen, kommt ihr Vater doch tatsächlich an die Tür und brüllt uns hinterher.

»Warte nur, wenn du wieder da bist, du Schlampe!«

Ich reiße mich von Storm los, stürme zurück, aber der Feigling knallt die Tür zu.

»Floyd! Lass es! Du hast mich schon genug in Schwierigkeiten gebracht!«

Ich wirble herum.

»Was? Ich?« Ich schnaube. »Du! Du bist diejenige, die nur Chaos verursacht!« Ich greife an ihr vorbei, öffne mit Schwung die Beifahrertür. »Steig ein.« Ohne eine Antwort abzuwarten, laufe ich ums Auto und setze mich hinters Steuer.

* * *

Wir sind am See, auf dem Steg, der Mond scheint hell auf uns herab. An einem Kiosk habe ich Getränke, Zigaretten und Chips gekauft. Storm saß stumm neben mir im Auto, meine Wut war plötzlich wie weggeblasen.

Ich weiß nicht, warum wir hier gelandet sind, aber es ist schön. Grillen zirpen, die Luft riecht nach Kiefern, es ist immer noch so warm, dass ich schwimmen gehen könnte. Es knistert, als Storm an ihrer Zigarette zieht.

»Es hat ihm noch nie einer so einen Schrecken eingejagt. Zumindest nicht, dass ich wüsste. Und schon gar nicht für mich.« Sie lacht leise. Es ist ein schönes Geräusch.

»Ich habe noch nie jemanden bedroht. Keine Ahnung, woher das kam.« Das stimmt. Weiß der Geier, wieso ich das getan habe. Storms angsterfüllte Augen haben irgendwie meinen Verstand abgeschaltet, und ich weiß nicht, ob ich in meinem Leben jemals so eine Wut empfunden habe wie vorhin.

Dann muss ich auch lachen und schubse sie sanft. »Ich entdecke ungeahnte Talente durch dich.«

Ach so, ja. Und ich krieg keinen mehr hoch. Danke auch.

»Er wird stinksauer sein.« Sie seufzt.

»Tut mir leid. Ehrlich.« Ich blicke auf meine Hände, die kurz davor waren, einen anderen Menschen zu verprügeln, und schäme mich ein winziges bisschen.

»Ach, egal. Er hat's verdient, der alte Mistkerl. Sein dämlicher Gesichtsausdruck war's wert.«

Sie wirft die Kippe in den See und schnalzt mit der Zunge.

»Hey, Floyd? Wann ist ein Mann einen Euro wert?« Storm sieht mich an. Ich erwidere ihren Blick. »Wenn er einen Einkaufswagen schiebt.« Sie grinst.

»Wie viele von denen hast du auf Lager?« Ich lege mich hin und verschränke die Arme hinter dem Kopf.

»So viele du willst.«

Ich betrachte ihren schmalen Rücken, die dünnen Arme, den schlanken Hals. »Du hast keine besonders guten Erfahrungen mit Männern gemacht.« Es ist keine Frage, eher eine Feststellung.

Sie stößt ein raues Lachen aus. »Willst du mich verarschen? Der eine säuft, der andere vergewaltigt. Der eine zeigt seinen Freunden Nacktbilder, der andere lässt mich mit der Restaurantrechnung sitzen. Ihr seid alle gleich. Ficken und saufen.«

Ich schlucke. »Hör zu, Storm. Ich weiß nicht, wie du darauf kommst, dass ich dir was angetan habe. Auf der Party ist nichts passiert, was du nicht auch wolltest.«

Wenn ich mir so zuhöre, glaube ich es fast selbst. Ich bin gut. Aber sie auch.

»Ich geb's zu Floyd. Ich hab 'nen Filmriss.« Sie dreht mir ihr Gesicht zu, ihr Profil zeichnet sich gegen den schwarzen Himmel ab. Ich kann ihre Augen nicht sehen, doch ihre Stimme klingt fest. »Aber ich weiß genau, wie viel ich vertrage. Ich kann das. Ich übe. Jeden Tag.«

Ihr Feuerzeug flammt auf, sie inhaliert.

»Ich kenne meine Grenze. Und so voll war ich nicht. Wir haben gepokert, ich habe zu einem Song getanzt und wollte gehen. Dann wird alles schwarz. Tilt. Du verstehst?« Sie bläst den Rauch in die Luft. »Ich bin in eurem Wohnzimmer aufgewacht, morgens um fünf. Ich habe keine Ahnung, wie ich dahin kam. Und dadrinnen«, sie klopft sich auf die Brust, »dadrinnen spüre ich was. Ein Gefühl. Ein schlechtes.«

Ihre Hand zittert, ihre Stimme bricht. Mir wird übel, ich fasse mir an den Hals und räuspere mich.

»Und du bist der Letzte, den ich vor Augen habe. Du hast mich geküsst.«

Ihre Finger berühren ihre Lippen. Die Geste ist so natürlich, so instinktiv, dass ich mich noch beschissener fühle.

Ich mache den Mund auf, bin bereit, die Wahrheit zu sagen, ihr von meinen Flashbacks zu erzählen. Ihr ins Gesicht zu sagen, dass ich keine Ahnung habe, was geschehen ist.

»Du bist gegangen«, höre ich mich dann. »Du bist einfach gegangen, Storm. Ich war sturzvoll und bin ins Bett. Ende der Geschichte.« Ich bin so ein Feigling, ich könnte schreien.

»Das kann nicht sein! Ich fühle es doch. Diese verschwommenen Erinnerungen sind keine Einbildungen!«

Sie weint. Sie versucht, es zu verbergen, aber ihre Nase ist verstopft, und sie schnieft.

»Vielleicht war es die Line?« Mein klägliches Bemühen klingt so hohl, ich kann nicht glauben, dass sie es nicht bemerkt.

»Auf Koks kann man saufen wie ein Loch, Floyd!« Sie zieht die Nase hoch, schüttelt den Kopf. »Was ist mit Ben? Wo war er?«

Ach du Scheiße! Ich muss ihn auf jeden Fall da raushalten, wenn ich will, dass meine Lügen nicht auffliegen. »Ben war schon längst weg.« Ich stütze mich auf die Ellenbogen, halte den Atem an und warte, ob sie mir glaubt.

»Bist du sicher?« Sie sieht mich Hilfe suchend an.

Mein Magen verkrampft sich.

Hat jemand ein größeres Arschloch als mich gesehen?

»Ja, ganz sicher. Er hatte da ein Mädchen ...« Ich beende den Satz nicht, wedle mit der Hand.

Storm schweigt.

»Hey«, sage ich und lege ganz vorsichtig die Hand auf ihren Rücken, rechne damit, dass sie mich abschüttelt. »Vielleicht ist gar nichts passiert. Vielleicht spielt dir dein Verstand einen Streich. Vielleicht solltest du das Ganze vergessen.«

Gleich feuert sie mir eine. Ich spüre schon das Brennen auf meiner Backe, den Abdruck, den ihre Finger hinterlassen. Doch Storm lässt sich nach hinten sinken und dreht mir ihr Gesicht zu. In ihren riesigen Augen schwimmen Tränen.

»Glaubst du?«, flüstert sie.

Gott, vergib mir. Ich bin überzeugter Atheist, aber diese drei Worte sind alles, was mir einfällt.

»Ja«, sage ich nur.

Ein Gewitter soll aufziehen und ein Blitz mich erschlagen.

Storm schluckt, schließt die Augen. Eine Träne rollt über ihre Wange. Ihre Lippe verzieht sich zu einem entschlossenen Strich. »Okay. Vielleicht hast du recht. Vielleicht ist es besser so. Ich schlafe keine Nacht mehr seitdem. Aber irgendwie kann ich mir auch nicht vorstellen, dass du echt so ein Arsch bist, Floyd.«

Doch. Bin ich.

»Also, versteh mich nicht falsch.« Sie grinst schief. »Du bist ein Arsch. In jedem Fall. Aber vielleicht kein Vergewaltigerarsch.«

Doch. Bin ich. Vielleicht.

»Du hast meinen Vater bedroht«, sagt sie und fängt an zu lachen. »Du hast ihm einfach gedroht.« Ihr Lachen wird immer lauter, es gluckert aus ihr heraus, hell wie der Mond.

Mir ist überhaupt nicht nach Lachen, ich würde am liebsten kotzen. Bis nur noch Galle kommt, mein Magen schmerzt und meine Kehle brennt. Ich stimme mit ein. Ein leeres Geräusch, ohne Inhalt. Storm fällt es nicht auf. Ihr schießen die Tränen in die Augen, sie krümmt sich und hält sich den Bauch.

»Ich wette, er hat ein Veilchen!«, stößt sie hervor, ringt um Luft.

Ich grinse so breit, dass mir die Mundwinkel wehtun. In der Dunkelheit kann sie meine Tränen nicht sehen. Sie laufen mir über das Gesicht, sammeln sich in meiner Halsbeuge, mein schlechtes Gewissen badet in ihrem Salz.

Fuck, Floyd. Was tust du hier nur?

Storm wird leiser. Ihr Atem beruhigt sich, nur ein gelegentliches Glucksen durchbricht die Stille. Ich wische mir verstohlen über die Augen und sehe hinauf. Zu den

Abermillionen Lichtern, die vor meinen Augen verschwimmen. Die unvorstellbare Größe des Universums gibt mir Hoffnung, dass unsere Geschichte tatsächlich so unbedeutend ist, dass Storm sie vergisst. Dass wir einfach weiterleben und diese Sache zu einem verwaschenen Grau verblasst. Kein Schwarz, kein Weiß. Ein undeutliches Grau, das irgendwann aus unserem Gedächtnis verschwindet wie Nebel an einem Herbsttag.

»Was machst du, wenn der Sommer vorbei ist?«, fragt sie.

»Ich weiß nicht. Ich habe keine Pläne.« Traurig, aber wahr. Verlegen kratze ich mich am Kinn.

»Ich will Architektin werden. Hab mich schon an der Fachhochschule eingeschrieben.« Ihre Hände schweben über unseren Köpfen, sie bilden ein Dreieck, in dem das Sternbild des großen Wagens leuchtet. »Und dann kaufe ich das Gelände der alten Eisfabrik. Das baue ich dann um und erschaffe einen Ort für Kinder. Zum Spielen und Toben und Spaßhaben. Einfach einen Platz, wo sie ganz sie selbst sein können. Mit einer großen Küche und einem Gemeinschaftsraum und einem riesigen Trampolin im Garten. Vielleicht mache ich einen Raum der Planeten. Da können die Kinder dann Sterne an die Decke malen.«

Ich sage nichts, bin schwer beeindruckt. Diese Seite an ihr ist mir neu, es hat so gar nichts mit dem Mädchen gemein, das in Springerstiefeln mit einer Flasche Wodka zu einem Rocksong tanzt.

Ich könnte die Fabrik locker kaufen. Und renovieren. Über so etwas habe ich mir nie Gedanken gemacht. Ich gebe mein Geld lieber für schnelle Autos und Frauen aus und zum ersten Mal schäme ich mich.

»Du könntest ...« Storm überlegt. »Also, du könntest ja ...« Sie verstummt. Ich warte. Storm bläst die Backen auf. »Also, ehrlich gesagt weiß ich nicht, was zu dir passt.« Sie zuckt entschuldigend mit den Schultern.

Ich schürze die Lippen. »Ich weiß es auch nicht.«

»Na ja, so eilig hast du es ja nicht. Was soll dir schon groß passieren? Du hast genug Geld, um dein Leben lang einfach nichts zu tun.« Sie gähnt.

Storm hat recht. Und es nervt mich. »Vielleicht studiere ich Medizin. Und entdecke ein –«

Sie lacht. »Ein Heilmittel gegen Krebs? Oder Aids? Jaja. Du hörst dich an, als wärst du elf.«

»Und du hörst dich an, als wärst du meine Mutter.« Ich setze mich auf, starre auf den See. »Früher wollte ich Musiker werden. Ich kann echt richtig gut Gitarre spielen. Wenn meine Finger über die Seiten glitten, war ich plötzlich Slash oder Jimi Hendrix. Ich hab mich auf einer Bühne gesehen, mit Tausenden von Fans, die mir alle zujubeln.« Ich halte inne. Storm sagt nichts. »Heute klimpere ich nur noch zum Spaß. Nee, eigentlich auch nicht mehr. Meine Gitarre verstaubt in der Ecke.«

Ich seufze. Wie oft habe ich mir vorgenommen, wieder zu spielen, und es doch nicht getan? Ich warte auf eine spöttische Erwiderung, doch sie bleibt aus. Als ich mich umdrehe, sehe ich, dass Storm eingeschlafen ist. Sie liegt auf der Seite, einen Arm unter ihren Kopf geschoben, die Beine angewinkelt. Ihre Haare fallen über ihr Gesicht.

Geräuschlos gleite ich neben sie. Ihr Mund ist leicht geöffnet, die langen Wimpern liegen wie Spinnenbeine auf ihrer Wange. Sie atmet leise ein und aus, Gänsehaut überzieht ihre Arme. Vorsichtig breite ich ihre Jacke über ihre Schultern.

Ich weiß nicht, wie lange ich sie betrachte. Meine Augen fahren über ihr Gesicht und ihren Körper, kartografieren jede Linie, jede Kontur, als wäre ich Google Earth. Ich präge mir ihre Umrisse ein und schließe die Augen. Mit aller Macht konzentriere ich mich auf die Nacht der Party. Die eine Nacht. Auf die letzten Minuten in meinem Zimmer.

Da ist nichts. Kein Flashback überrollt mich, keine diffusen Bilder. Nur ein blinder Fleck.

* * *

Als ich wieder aufwache, dämmert es. Die Sonne steht über dem Horizont, die Vögel zwitschern, als gäbe es was umsonst. Mein Rücken schmerzt, die Holzbohlen drücken gegen meine Wirbelsäule. Ich blinzle, meine Augen sind verklebt. Storm liegt auf meiner Brust, ein Bein um meinen Oberschenkel geschlungen, ihr warmer Atem bläst an meinen Hals.

Über uns kreist ein Bussard. Er kreischt und Storms Kopf schnellt hoch. Sie reißt die Augen auf, sieht mich verwirrt an. Ihre Hand liegt auf meinem Bauch. Sie registriert die körperliche Nähe und zuckt zurück, als hätte sie sich verbrannt. Sofort zieht sie ihr Bein weg und rutscht panisch so weit zur Seite, dass ich reflexartig den Arm ausstrecke und sie packe.

»Du fällst in den See«, sage ich.

Storm schüttelt meine Hand ab. »Ich kann schwimmen, danke auch.«

Wieder ganz die Alte, fährt sie sich durch die Haare und reibt sich die Augen.

»So eine Scheiße! Mir tut alles weh!« Sie grapscht nach den Zigaretten. »Wie viel Uhr ist es?«, fragt sie zwischen zwei Zügen.

»Halb sechs.«

»Oh Mann! Ich sehe bestimmt beschissen aus!«

Das finde ich nicht. Genau genommen ist sie umwerfend, mit den vom Schlaf geschwollenen Lippen und den geröteten Wangen.

Ich lächle sie an. »Du siehst gut aus. Ehrlich. Alles prima.«

»Was denn? Bist du jetzt Schneewittchens Spiegel?« Sie dreht sich weg.

»Es ist der Spiegel der bösen Königin. Nicht der von Schneewittchen«, murmle ich mehr zu mir selbst. Was hatte ich erwartet? Dass wir Freunde sind?

Storm dreht sich wieder zu mir herum. »Uh-huu! Ich bin mit Hans Christian Andersen am See der wilden Schwäne. Wahnsinn!«

Sie lacht höhnisch.

Die nächste Frage kostet sie Überwindung, sie würgt die Buchstaben aus ihrem Mund. »Kannst du mich nach Hause bringen?«

»Ja klar.« Ich stehe auf und strecke mich.

Storm läuft an mir vorbei und rempelt mich an. Es war Absicht, das leichte Grinsen auf ihrem Gesicht verrät es.

»Das war unnötig.« Ich presse die Kiefer aufeinander.

»Wer sagt das?«, wirft sie mir über die Schulter zu und zeigt mir den Mittelfinger.

Ich atme tief ein und wieder aus und sehe noch mal zum See. Sie hat alles Recht der Welt, mich so zu behandeln.

Sie weiß es nur nicht.

Kapitel 12

Zu Hause ist alles ruhig. Meine Mutter schläft noch. Ich schwimme meine üblichen Bahnen und hüpfe unter die Dusche. Anschließend koche ich mir einen Kaffee und esse Müsli mit frischem Obst, als sie die Küche betritt. Ihre Haare stehen in alle Richtungen ab, ihr Gesicht ist verquollen. War wohl doch ein Martini zu viel.

»Du bist schon auf? Es ist doch Sonntag, oder?«, fragt sie. Ich kaue mein Müsli, sehe sie nicht an. Sie nimmt sich eine Tasse und gießt sich Kaffee ein. »Ich möchte dir später die Gästeliste für die Spendengala zeigen. Und wir müssen deine Rede ausarbeiten.«

Mein Rücken versteift sich. Ich drehe mich ganz langsam zu ihr um. »Was genau verstehst du an einem Nein nicht?«

Meine Mutter greift sich an die Stirn. »Bitte, Floyd, nicht jetzt. Ich habe fürchterliche Kopfschmerzen.«

Sie verzieht theatralisch den Mund. Das Getue ist so albern, dass ich grinsen muss. Das Telefon klingelt, und es dauert einen Moment, bis wir beide begreifen, dass Frau Hauser heute freihat. Meine Mutter läuft in den Eingangsbereich und nimmt ab. An ihrem Ton erkenne ich sofort, dass es mein Vater ist. Ihre Stimme klettert eine Oktave höher, sie kichert angespannt.

Ich löffle den Rest Müsli aus der Schüssel. Was Storm jetzt wohl macht? Sie muss heute arbeiten. Ob ihr Vater sie in Ruhe lässt?

Das Wort »Spendengala« in Kombination mit meinem Namen dringt an mein Ohr.

»Floyd!«, ruft meine Mutter auch schon. »Dein Vater will dich sprechen.« Sie hält mir den Hörer hin und die Genugtuung in ihren Augen spricht Bände.

Ich nehme das Telefon und gehe in mein Zimmer. »Ja? Was gibt's?«

Mein Vater fackelt nicht lange.

»Du wirst ihr nicht widersprechen. Du wirst dir die Gästeliste ansehen und du wirst eine Rede halten.« Der tiefe Bass seiner Stimme katapultiert mich zehn Jahre zurück, ich fühle mich wie der neunjährige Junge, der um seine Gunst buhlt. »Diese Veranstaltung ist aus verschiedenen Gründen sehr wichtig für deine Mutter und ich dulde keine Ausrede, Floyd!«

Kurz stelle ich mir vor, wie ich den Hörer auf den Boden werfe und darauf herumtrample. Warum lasse ich mir das immer noch gefallen? Er sagt: Spring, und ich frage, wie hoch. Storm würde sich totlachen, wenn sie mich jetzt sehen könnte.

»Floyd? Hörst du mich?«

Ich nicke, würde ihm am liebsten sagen, wohin er sich seine Befehle stecken kann. »Ja, ich höre dich«, antworte ich stattdessen.

»Ich lasse dir sowieso schon viel zu viel durchgehen. Dein mangelndes Engagement für die Firma, deine Unfähigkeit, dich für einen Studiengang zu entscheiden. In diesem Punkt lasse ich nicht mit mir reden. Sag deiner Mutter einen schönen Gruß, ich muss zu einem Meeting.«

Er legt auf. Kein *Bis bald*, kein *Wie geht es dir?*.
Nichts.

»Arschloch«, murmle ich. Ich werfe den Hörer aufs Bett. Wie alt muss ich werden, damit es mich nicht mehr kratzt?

* * *

»Also, Floyd. Es sind zweihundert ausgesuchte Gäste geladen. Zehn Tische mit jeweils zwanzig Sitzplätzen.«

Denkt sie, ich bin blöd? Ich kann rechnen.

»Hier die Gräfin von Weiher. Und hier der hessische Innenminister mit Gattin. Außerdem dieses deutsche Model, wie heißt sie gleich?«

Meine Mutter spitzt die Lippen, überlegt. Es ist später Nachmittag, wir sitzen im Esszimmer an dem riesigen

Tisch. Ihr Gerede zieht an mir vorbei, mein Blick wandert zur Uhr. Storms Schicht hat bestimmt schon begonnen.

»Ich dachte, es wäre doch schön, wenn du über die Umgangsformen sprichst, die in eurem Alter so üblich sind. Eure Gepflogenheiten, wenn ihr euch verabredet. Wie umwirbst du ein Mädchen? Wann spürst du, dass du mehr für sie empfindest? So in etwa. Immerhin seid ihr in einem Alter, da sind feste Beziehungen ja üblich.« Sie räuspert sich.

Ist sie bescheuert? Ich hatte noch nie eine feste Freundin, das muss sie doch wissen! Umwerben? Gepflogenheiten? Wovon spricht sie denn da? Wir leben doch nicht im neunzehnten Jahrhundert. Damit mache ich mich komplett zum Affen! Ich lasse die Zunge aus dem Mund hängen und stöhne.

»Floyd! Hör auf damit!«

»Ich hab noch 'ne Verabredung, Sabine. Schreib einfach, was du willst, und ich lerne es auswendig. Das ist am einfachsten.« Ich stehe auf, klopfe auf der Suche nach dem Autoschlüssel meine Hosentaschen ab und verschwinde dann Richtung Haustür.

»Kannst du nicht ein bisschen mehr Begeisterung zeigen?«, ruft sie mir hinterher.

»Nein«, antworte ich und schlage die Tür hinter mir zu.

Ich halte an einem sehr guten Sushi-Restaurant, obwohl ich nicht mal weiß, ob Storm Sushi mag. Aber man kann es kalt und mit den Fingern essen, was an ihrem Arbeitsplatz eindeutig von Vorteil ist. Die Bedienung stellt mir von allem etwas zusammen. Gemüse, Fisch, feine Ingwerstreifen und Wasabi. Mir kann es nicht scharf genug sein.

Ich schnappe mir Stäbchen und Servietten, zahle und kann es kaum erwarten, zu Storm zu kommen. Ein paar Straßen entfernt finde ich einen Parkplatz und laufe zum Kino. Sie sitzt im Kassenhäuschen, kaut Kaugummi und liest in einem zerfledderten Taschenbuch.

»Hey.« Ich lege die Essenstüten auf den Tresen und grinse.

Sie sieht kurz hoch, schiebt den Kaugummi in die andere Backe und wendet sich wieder ihrem Buch zu.

»Ich habe Sushi mitgebracht. Ich dachte, du hast vielleicht Hunger.« Den Kopf geneigt, versuche ich, ihren Blick einzufangen.

»Ich hasse rohen Fisch. Das ist ekelhaft.« Eine Kaugummiblase zerplatzt an meiner Nase, ich weiche zurück. Storm blättert um.

»Es ist auch Gemüse dabei. Avocado und Gurke und so. Ist vom angesagtesten Sushi-Laden der Stadt«, erwidere ich immer noch freundlich.

Sie klappt ihr Buch zu, sieht mich an. »Natürlich, Floyd! Woher denn sonst? Bestimmt nicht von Herrn Takeo. Da hole ich nämlich immer mein Sushi. Er ist Japaner und ein Meister seines Fachs. Sein Laden ist vier Straßen weiter. Er ist ein absoluter Geheimtipp. Aber das kannst du nicht wissen, weil du nach dem Preis gehst und nicht nach dem Geschmack.« Sie lächelt mich zuckersüß an. »Darf ich jetzt weiterlesen?«

Sie rutscht mit dem Stuhl nach hinten, legt die Beine auf den Tresen und hält das Buch direkt vor ihr Gesicht.

Ich beiße mir auf die Lippe, schnappe mir die Tüte, gehe über die Straße zu der Cocktailbar und steuere einen Tisch mit mehreren Personen an. Kurz blicke ich zu Storm. Sie lässt ihr Buch sinken und beobachtet mich.

»Hat jemand von euch Bock auf Sushi?« Die Leute am Tisch sehen mich an, als wäre ich der Elefantenmensch. »Ist kein Scherz. Ist ganz frisch. Meine Bekannte da drüben«, ich deute mit dem Daumen über die Schulter, »findet, dass ich ein dämlicher Arsch bin. Sie will nichts mit mir zu tun haben. Und auch nicht mit meinem Sushi.« Die Essenstüte landet demonstrativ auf dem Tisch.

Alle Köpfe drehen sich zu Storm. Die legt ihr Buch weg und beugt sich aus dem Kassenhäuschen. Sie winkt und grinst.

»Er ist echt ein blöder Penner! Es stimmt, ich mag ihn nicht. Er sagt die Wahrheit.« Sie nickt mehrmals und zeigt mir den Mittelfinger.

Ich wende mich wieder den Gästen zu, hebe die Handflächen. »Also, was ist? Sonst muss ich es wegwerfen.«

»Okay«, sagt ein Mädchen. »Ich mag Sushi.« Sie sieht ihre Freunde an.

»Ja, gut. Gib her.« Ein Typ reckt die Hand über den Tisch.

»Moment«, sage ich. Ich nehme mir eine Serviette und breite sie auf meinem Unterarm aus. Dann hole ich die einzelnen Plastikdosen aus den Tüten und spiele den Kellner. »Hoso-Maki mit Avocado, Gurke und Fisch.« Gekonnt platziere ich die feinen Rollen auf dem Tisch. »Außerdem noch Ura-Maki mit Fisch oder Pilzen. Ingwer. Und Wasabi.« Zum Schluss reiche ich zwei Mädchen die beiden Packungen mit den Stäbchen und verbeuge mich vor der Gruppe. »Ich wünsche guten Appetit und einen schönen Abend.«

Der Kerl lacht und applaudiert. Der ganze Tisch fällt ein, andere Gäste sehen zu uns herüber.

»Er hat uns gerade Sushi geschenkt«, ruft eines der Mädchen mit den Stäbchen durch die Bar.

Ich neige den Kopf, tippe mir zum Abschied an die Stirn und laufe zurück zu Storm.

»So ein Arsch kann er gar nicht sein! Überleg es dir lieber noch mal!«, schreit der Typ über die Straße und zeigt Storm den gereckten Daumen.

Sie sitzt mit verschränkten Armen im Kassenhäuschen.

»Kein Sushi mehr. Siehst du?« Ich zeige ihr meine leeren Hände. »Wie war dein Tag?«, frage ich dann. Eigentlich will ich wissen, wie ihr Vater drauf war.

Storm legt die Arme auf die Theke und spitzt die Lippen. »Hör zu, Floyd. Ich glaube, du hast da gestern was falsch verstanden. Ich. Mag. Dich. Nicht.« Sie betont jedes Wort, als wäre ich beschränkt. »Nicht gestern, nicht heute und auch nicht morgen. Du und ich, wir sind keine Freunde. Also, sei ein braver Junge und zisch ab.«

Ich wusste, es wird kein Kinderspiel. Deshalb setze ich alles auf eine Karte und beschließe, ihr die Wahrheit zu sagen.

Ausnahmsweise.

»Ich hatte heute ein Telefonat mit meinem Vater. Er hat mich seit zwei Monaten nicht gesehen und auch nicht gesprochen. Er wollte nicht einmal wissen, wie es mir geht. Das macht mich traurig. Meine Mutter will, das ich auf einer dämlichen Spendengala den höflichen Vorzeigesohn gebe. Sie hat gestern Abend zu tief ins Glas geschaut, das passiert öfter. Das macht mich wütend. Ich konnte den ganzen Tag nur an dich denken. Und ich dachte, du magst Sushi.« Ich beende meine kleine Rede, stecke die Hände in die Hosentaschen und sehe Storm einfach nur an. Eine Sekunde lang erkenne ich Verwunderung in ihren Augen, aber der Ausdruck vergeht so schnell, dass ich ihn mir vielleicht nur einbilde.

Sie holt tief Luft. »Deine Luxusproblemchen sind mir scheißegal, kapierst du das nicht? Auf welcher Sprache hättest du es gerne, Floyd? Spanisch? Lárgate! Englisch? Get lost! Mandarin? Xiāo! Deutsch? Verpiss dich!«

Ich schüttle langsam den Kopf. »Nein.«

Sie schnaubt ungläubig. »Doch!«

»Das ist nicht besonders schlagfertig«, sage ich und grinse.

»Hau ab, Floyd.« Es klingt wie eine Frage, sie runzelt irritiert die Stirn.

»Nein. Ich weiß nicht, wieso, aber irgendwie bin ich gern mit dir zusammen, Storm. Du bist witzig. Und ab und zu auch echt nett. Deshalb bleibe ich hier stehen, bis du Feierabend hast. Ich mag auch Pizza. Oder Burger. Mir egal. Irgendwann wirst du essen müssen.«

Ich blicke ihr in die Augen, drehe mich um und lehne mich mit dem Rücken an das Kassenhäuschen. Mein Herz klopft mir bis zum Hals, nichtsdestotrotz betrachte ich scheinbar ungerührt meine Fingernägel. Eine Weile geschieht nichts, dann höre ich, wie Storm das Häuschen verlässt. Ihr zitroniger Geruch zieht mir in die Nase, ihr Gesicht schiebt sich vor meines.

»Nichts an dir ist witzig, Floyd. Und nichts an dir ist nett. Gar nichts, okay? Ich mag keine Pizza und keine Burger. Ich esse am liebsten alleine. Und ich schwimme lieber in einer Kläranlage, als mit dir Zeit zu verbringen. Da ist der Geruch der Scheiße nämlich nicht so penetrant wie in deiner Nähe. Du bist einfach nur peinlich. Such dir ein anderes Spielzeug, du Lachnummer.«

Ihre Worte ballern auf mich ein. Wie ein Eispickel bohren sie sich in mein Ohr, durch das Trommelfell und in mein Gehirn. Ich starre sie an, öffne den Mund, bringe keinen Ton heraus.

»Das ist nicht besonders schlagfertig«, sagt sie, lächelt böse und spuckt mir ihren Kaugummi auf die Brust. Mit einem leisen Ploppen fällt er auf meinen Schuh. Dann dreht sie sich um und geht.

Ich rühre mich nicht vom Fleck. Der Typ von der Bar gegenüber pfeift.

»Hey, Kumpel«, ruft er.

Ich blicke auf.

»Das war nicht besonders erfolgreich, würde ich sagen.« Er lacht laut, zwei, drei andere stimmen ein. »Vergiss sie! Was auch immer du angestellt hast, die Nummer ist durch.«

Ein Mädchen haut ihm auf die Schulter und sieht ihn böse an.

Ich stoße mich von der Plastikwand ab, schnicke den Kaugummi vom Schuh. Den Kopf zwischen die Schultern geklemmt, laufe ich los. Nach ein paar Schritten bemerke ich, dass ich in die falsche Richtung gehe, drehe um und renne jetzt fast. Mit zittrigen Fingern wühle ich nach dem Autoschlüssel, er fällt mir aus der Hand. Als ich ihn aufheben will, rempelt mich ein Fußgänger an, ich verliere das Gleichgewicht und falle nach hinten.

»Oh Gott, Entschuldigung! Ich war so in Gedanken, ich habe Sie gar nicht bemerkt«, stammelt der ältere Mann und will mir aufhelfen.

Ich wehre ihn ab und rutsche auf dem Bürgersteig nach hinten, lehne den Kopf an die Hausmauer. Der Asphalt ist völlig verdreckt, es stinkt nach Urin und Abfall. Wie ich. Wie konnte ich annehmen, dass sich irgendetwas geändert hat? Storm hat mich durchschaut. Sie hat durchschaut, dass ich bloß mein schlechtes Gewissen reinwaschen will. Dachte ich, mit ein bisschen teurem Sushi und einem flotten Spruch wäre alles prima zwischen uns? Nur wegen gestern? Ich schlage mir die Hand an die Stirn und lache laut auf. Gott, ist das erbärmlich!

Eine Frau bleibt stehen und fragt, ob alles in Ordnung sei, ich winke sie weiter. Auf der anderen Straßenseite ist ein Eiscafé. Familien stehen mit ihren Kindern an der Hand vor der Eistheke, die Kleinen deuten mit leuchtenden Augen auf die verschiedenen Sorten. Ein Mann wischt einer Frau das geschmolzene Eis vom Kinn und küsst sie liebevoll auf den Mund. Ich beobachte die Szene und frage mich nach dem Geheimnis, das sie so glücklich macht.

Irgendwann stemme ich mich hoch. Laufe zum Auto. Zum ersten Mal sieht der Porsche einfach nur aus wie ein Porsche. Der vertraute Kick beim Anblick der Karosserie bleibt aus. An der Windschutzscheibe klebt ein Strafzettel. Ich reiße ihn herunter, steige ein und werfe den Motor an.

Das war's.
Storm ist Geschichte.
Ich fahre nach Hause.

* * *

Ein Geräusch weckt mich. Es ist dunkel. Blind greife ich nach dem Handy auf dem Nachttisch, das Display leuchtet auf. Halb vier. Ich sinke zurück auf das Kissen, lege mir die Hand übers Gesicht. Vor zwei Stunden bin ich endlich eingeschlafen und fühle mich jetzt total erschlagen. Irgendetwas knallt gegen mein Fenster, ich setze mich auf und schwinge die Beine aus dem Bett.

Ein Pfiff ertönt. Ich stehe auf und stelle mich an die Scheibe. Das sanfte Licht der Straßenbeleuchtung fällt auf ihr Gesicht. In der einen Hand hält sie einen Pizzakarton, in der anderen die Tüte einer Fast-Food-Kette und eine vom Sushi-Laden. Sie reckt die Sachen wie Trophäen in die Höhe und sieht mich begeistert an.

Meine Antwort ist mein Mittelfinger, dann schlurfe ich zurück ins Bett. Sie kann mich mal. Soll sie ihren Frust über ihr beschissenes Leben woanders abladen, ich habe jedenfalls keinen Bock mehr auf ihre fiesen Sprüche. Es klackert wieder an der Scheibe, was ich ignoriere. Ich habe mich genug blamiert. Sie kann sich ihre dämliche Pizza sonst wohin schieben.

Mein Handy leuchtet auf. Eine Nummer, die ich nicht kenne. Ich öffne die Nachricht.

Ich habe Essen mitgebracht.

Woher hat sie meine Nummer? Ich tippe eine Antwort.

Willst du es auf Englisch? Spanisch? Mandarin kann ich leider nicht.

Komm runter, antwortet sie.

Lass gut sein, Storm. Ich hab's verstanden.

Stell dich nicht an wie 'ne beleidigte Pussy und komm runter!

Ich werfe das Handy auf die Decke, das Display blinkt im Sekundentakt. Ich habe mir dermaßen die Finger verbrannt, dass das rohe Fleisch in Fetzen hängt, noch mal brauche ich das nicht. Wahrscheinlich ist es sowieso besser. Wenn ich mich nicht von ihr fernhalte, fliegt mir die ganze Sache früher oder später um die Ohren.

»Floyd!« Storm schreit über die Straße. »Ich bleibe hier stehen, bis du runterkommst. Irgendwann wirst du essen müssen.«

Herrgott, sie spinnt! Auf dem Nachbargrundstück geht die Außenbeleuchtung an und erhellt den Raum.

»Floyd, du Feigling!«, schreit sie noch lauter.

»Ach verflucht!«, knurre ich, stehe auf und laufe barfuß nach unten. Im Haus ist alles ruhig, meine Mutter nimmt Schlaftabletten. Selbst die Feuerwehr müsste sie aus dem Bett tragen. Ich öffne die Haustür und stürme über die Straße.

Storm grinst.

»Bist du bescheuert? Da vorne wohnt ein Richter! Sein Schlaf ist ihm heilig.« Ich packe sie am Arm und zerre sie in den Schatten.

Sie trägt durchsichtige Leggins mit Löchern und ein bauchfreies Top. Die offenen Schnürsenkel ihrer Doc Martens schleifen am Boden. Sie macht sich von mir los. »Willst du Pizza oder Burger oder Sushi?«

Ich sehe sie an, als ob sie mir Maden oder Stierhoden anbietet.

»Woher hast du meine Nummer?« Ich verschränke die Arme.

»Der Typ vom Sushi-Laden hat sie mir gegeben. Ich habe gesagt, ich schulde dir das Geld für das Essen gestern Abend.«

Chris. Wir kennen uns gut, er ist der Sohn eines Freundes meines Vaters. Er hat meine Telefonnummer, gibt mir Bescheid, wenn er ein besonderes Event plant oder durch die Clubs zieht. Der Name des Ladens stand auf den Tüten. Sie muss durch die ganze Stadt gefahren sein, um dahin zu gelangen. Wie kommt sie auf so eine dämliche Idee?

»Ich dachte, es ist gut, wenn ich deine Nummer habe. Für alle Fälle.« Sie lächelt schief. »Vielleicht war ich ein ganz kleines bisschen unfair gestern Abend. Also, das wird jetzt keine Entschuldigung oder so.« Sie zuckt mit den Schultern. »Ich hatte einfach Hunger.«

Ja. Sicher. Nachts um halb vier?

Storm setzt sich im Schneidersitz auf den Bordstein und öffnet den Pizzakarton. Sie nimmt sich ein Stück und beißt hinein. Käse bleibt an ihrem Kinn hängen, ich kann mich gerade noch beherrschen, ihn nicht wegzuwischen.

»Schade, kalt«, nuschelt sie mit vollem Mund.

Ich stehe immer noch vor ihr, blicke auf sie hinab. Sie hat echt einen Knall. »Du hast echt einen Knall.« Ich setze mich neben sie, ziehe die Knie an und lege meine Arme ab. »Was soll das, Storm? Nachts bin ich okay und tagsüber ein Arsch? Ist es die Uhrzeit?«

Ich sehe sie an. Sie kaut genüsslich und schluckt, wischt sich mit der Hand über den Mund und schiebt sich eine Zigarette in den Mund. Schweigend warte ich auf eine Antwort. Storm inhaliert tief und bläst perfekt geformte Rauchkringel in die Luft.

»Wir könnten ja einfach abwarten, wie es läuft.« Mehr sagt sie nicht.

»Wie was läuft?«

»Na ja. Wenn wir Freunde wären.«

Ich starre auf die Mauer, die unser Grundstück begrenzt. Können wir das? Ich weiß es nicht. Aber ich weiß, dass ich sie aus irgendeinem verrückten Grund brauche. Sie füllt die Leere, die Langeweile, die sich wie ein tödlicher Virus in mir ausbreitet. In ihrer Nähe muss ich ständig präsent sein, darf mir keinen Fehltritt erlauben. Sie macht mich wütend und aggressiv und nachdenklich und störrisch. Lebendig eben. Mein Geld und meine damit verbundenen Privilegien sind ihr scheißegal. Ich bin nicht blöd, ich weiß, dass sie meinen Beschützerinstinkt geweckt hat. Ihre zierliche Gestalt und ihr aggressiver Vater bringen mich dazu, auf sie aufpassen zu wollen. Und wenn sie hundertmal behauptet, vor nichts Angst zu haben, ist es hundertmal gelogen.

Das kann niemals gut gehen, Floyd. Renn, so schnell du kannst.

»Und wie stellst du dir das vor?«, höre ich mich fragen.

Storm knibbelt an ihrer Nagelhaut, ein Blutstropfen quillt hervor. Sie leckt ihn ab und dreht den Kopf. »Du bist doch der mit den sozialen Kompetenzen. Ich habe keine Freunde, schon vergessen?«

»Der Tag am See war schon mal nicht schlecht. Du wärst zwar fast ertrunken ...«, sage ich, und sie boxt mir auf den Arm.

»Au! Freunde sind nett zueinander, weißt du? Ich bezweifle, dass du das kannst. Nett sein.« Ich reibe mir über die Stelle, die sie getroffen hat, und verziehe dramatisch das Gesicht. »Sie schlagen sich nicht. Und sie sagen auch keine Schimpfwörter. Sie bringen sich zum Lachen und entschuldigen sich, wenn sie Mist gebaut haben.«

Storm hebt die Augenbrauen. »Bist du sicher, dass du Freunde hast? Oder ist das aus Wikipedia?«

Ich muss lachen. Sie auch. Es ist das erste Mal, dass ich mich in ihrer Gegenwart entspanne, wenn sie nicht ausnahmsweise schläft.

»Du hast schöne Füße.«

Ich krümme die Zehen. »Das ist ein seltsames Kompliment«, sage ich.

»Nein. Die meisten Männerfüße sehen echt eklig aus. Gelbe Fußnägel, die viel zu lang sind und dreckig. Hornhaut und Hühneraugen und Fußpilz.«

Bei jedem Wort schiebe ich den Kopf ein Stück zurück. Angewidert sehe ich sie an. »Hör auf! Ich muss gleich kotzen. Wo, bitte, treibst du dich denn rum, dass du so was weißt?«

»Siehst du, Floyd? Ich kann nett sein. Ich habe dir ein Kompliment gemacht und es war gar nicht schwer. Und du musst mir ganz dringend andere Orte zeigen. Männerfußfreie Orte.«

»Ja. Das Gefühl habe ich auch.«

Wir lachen immer noch. Oder wieder, ich weiß es nicht. Es geht nahtlos ineinander über und fühlt sich an, als hätten wir es schon immer getan. Grinsend sehen wir uns an und ich kann nicht anders. Meine Hand geht zu ihrer Wange. Mein Daumen schwebt neben ihrem Gesicht, ich bin unschlüssig, ob ich sie berühren soll. Storm dreht den Kopf weg, ich lasse die Hand sinken.

»Ist er ... war er ... sehr wütend?« Ich bringe die Frage schwer über die Lippen, weiß nicht, wie weit ich gehen darf.

Storm nickt. »Er war stinksauer, hat mich angebrüllt, ich solle gefälligst meinen fetten Arsch vom Fernseher wegbewegen. Das war's.«

»Ja. Ich muss ihm recht geben. Wenn du noch fetter wirst, brauchst du einen Kranheber, wenn du aus dem Haus willst.« Mein Blick gleitet über ihre dünnen Arme und die langen Beine, die ausgestreckt auf der Straße liegen. »Gib mir mal lieber die Pizza. Diese Kalorien werde ich dir ersparen.« Ich lange über ihren Körper und greife nach der Schachtel. Mein Arm streicht über ihren Bauch, die feinen Härchen auf meiner Haut stellen sich auf. Storm hält kurz die Luft an, zuckt aber nicht zurück.

Ich öffne die Schachtel. »Was in Gottes Namen ist das?« Ich betrachte den Belag, stochere mit spitzen Fingern darin herum.

»Anchovis, Sardellen, Brokkoli, Mais, Zwiebeln, Kapern, Pilze, Ei und Ananas.« Sie deutet auf die einzelnen Zutaten. Die Pizza sieht aus wie das Bild eines Zweijährigen. Bunt und durcheinander und unappetitlich.

»Das magst du?« Ich klappe den Deckel zu. »Ist ja abartig.«

»Kannst du gar nicht wissen, wenn du es nicht probierst.« Storm schubst mich leicht.

Die Sonne geht auf. Wir sitzen in meiner Straße, der Zeitungsausträger läuft an uns vorbei, sieht die braune Papiertüte mit den Burgern und den Pizzakarton. Er mustert uns, überlegt, ob wir betrunkene Penner sind und er die Polizei rufen soll.

»Guten Morgen«, sage ich freundlich und grinse. Er geht schnell weiter, wirft noch einen Blick zurück und schüttelt den Kopf.

Es ist ein guter Morgen. Ein sehr guter sogar.

Kapitel 13

Ich schlage mit voller Wucht auf und gewinne mit einem preisverdächtigen Ass den letzten Satz mit sechs zu zwei. Ben flucht und schleudert den Schläger auf den Boden.

»Was ist heute los mit dir? Du spielst wie Becker in seinen besten Zeiten«, schreit er und haut auf das Netz. Er hebt seinen Schläger auf und schüttelt mir die Hand. »Glückwunsch, Alter.«

Ich grinse. Eigentlich grinse ich schon den ganzen Tag. Ich kriege Storm nicht aus dem Kopf. Wir sind Freunde. Oder wir versuchen es. Kommt auf das Gleiche heraus. Später treffe ich sie am Kino, ich habe Karten für ein Konzert besorgt. Eine noch relativ unbekannte Rockband aus London, die ich gut finde.

»Gehen wir heute Abend zu Torbens Party?«

Ben trocknet sich das Gesicht und setzt die Wasserflasche an. Er trinkt in großen Schlucken und ich durchforste meinen Verstand verzweifelt nach einer glaubwürdigen Ausrede. Die Party hatte ich vergessen. Torben ist ein Arbeitskollege von Ben aus dem Club, Ben freut sich seit Wochen auf die Feier. Torben hat den ganzen Laden gemietet, geschlossene Gesellschaft. Niemandem wird auffallen, wenn ich nicht da bin, Torben kennt mich nicht besonders gut. Aber Ben zählt auf mich.

»Ich kann nicht«, sage ich langsam. Mir fällt nichts anderes ein.

»Was? Wieso? Spinnst du?« Ben sieht mich entgeistert an, die Wasserflasche schwebt vor seinem Gesicht.

»Ich habe meiner Mutter versprochen, diese blöde Spendengala zu besprechen.«

Es klingt so lahm, dass ich seine Antwort schon hören kann. Sie folgt prompt.

»Das ist ein Witz, Fly, oder? Weißt du, wer da alles aufführt? Die geilsten Weiber der Stadt, du kennst doch Torben!« Er grinst, für ihn ist es ausgeschlossen, dass ich es ernst meine.

»Ehrlich, Ben. Mein Vater steigt mir aufs Dach. Er hat extra deswegen aus China angerufen und mich zur Sau gemacht. Du weißt doch, wie er ist.« Es ist nicht mal gelogen. Nur zeitlich verschoben, weil ich dieses Gespräch ja genau genommen schon geführt habe.

»Ach, Floyd, das ist doch scheiße! Kannst du das nicht morgen machen?«

»Denkst du, ich hab Bock darauf? Wenn es dich nervt, stell dir vor, wie ich es finde ...« Ich stöhne, bemühe mich um schauspielerische Höchstleistung. Die Lügen gehen mir immer leichter über die Lippen. Erst Storm, jetzt Ben. Glückwunsch, Floyd!

»Dann kommst du eben nach, du stehst ja auf der Gästeliste.« Er sieht mich fragend an.

»Ja klar. Wenn's klappt, auf jeden Fall.« Ich nicke und bin erleichtert, dass er so schnell einlenkt.

»Klar klappt das! Deine Mutter wird dich wohl kaum bis Mitternacht in Beschlag nehmen.«

Nein. Aber Storm.

Ben steht auf. »Ich wasche mir jetzt die schändliche Niederlage von der Haut. Das nächste Mal bist du fällig.«

Ben ist ein guter Verlierer. Er besitzt den nötigen Ehrgeiz, um zu gewinnen, und die außerordentliche Gabe, den zweiten Platz zu feiern, ohne sauer zu sein. Das bewundere ich an ihm. Ich bin absolut unausstehlich, wenn ich verliere. Ich werde wütend und lasse meine schlechte Laune an ihm aus. Aber Ben kennt mich, nimmt es gelassen.

Wir duschen und verabschieden uns auf dem Parkplatz. »Sag Bescheid, bevor du kommst, dann bestelle ich den Wodka und die Weiber.«

Ich hebe zur Bestätigung den Daumen. »Vielleicht bis später.«

Zu Hause dehnen sich die Stunden zäh wie Kaugummi. Ich surfe im Internet, checke sogar mein Facebook-Profil. Eigentlich bin ich kein Fan von Social Media. Diese öffentliche Zurschaustellung von privaten Dingen, die Likes und Kommentare gehen mir auf den Zeiger. Jeder gibt zu allem seinen Senf ab. Fotos von Urlaubsreisen, Essen, Haustieren und Partys, auf denen der Betreffende meist stinkbesoffen ist. Ich verstehe den Sinn dahinter nicht, aber ohne geht es irgendwie auch nicht. Weil ich nichts Interessantes finde, klappe ich den Laptop zu und beschließe loszufahren. Dann bin ich eben zu früh.

* * *

»Du bist zu früh«, begrüßt mich Storm. Ihr Ton ist schnippisch, sie sieht nicht mal auf. »Muss echt scheiße sein, wenn man nichts zu tun hat.«

»Wir wollten nett zueinander sein, schon vergessen, Eiskönigin?«

Sie lächelt verstohlen und schließt die Kasse ab. Ihre Haare sind zu einem dicken Zopf geflochten, sie trägt eine dunkelgraue Jeans und ein enges Top, auf dem in Spiegelschrift »Fuck you, Love« steht.

»Ist das eine Botschaft an mich?« Ich deute auf den Schriftzug.

»Das ist mein Ausgeh-Outfit. So weiß jeder gleich, was ich von diesem romantischen Scheiß halte.«

Ein Kollege von Storm stößt zu uns.

»Die Kasse stimmt«, sagt sie und übergibt ihm den Schlüssel.

Der Typ ist groß und breit, die blonden Haare sind auf dem Kopf zu einem unordentlichen Knoten gebunden. Er trägt einen Vollbart und seine Arme sind mit Tattoos übersät. Er küsst Storm auf die Wange. »Bleibt es bei morgen? Vor der Schicht sehen wir uns den Film an, ja?«

»Ja klar. Ich freue mich. Gibst du Toni Bescheid?«

»Mach ich.«

Ich stehe neben den beiden, verfolge ihre Unterhaltung. Er begrüßt mich nicht, Storm stellt mich nicht vor. Das nenne ich höflich. Ich recke ihm die Hand hin.

»Hey. Ich bin Floyd.«

Er dreht sich um. »Okay ...?«, sagt er belustigt. »Hi, Floyd.« Er mustert mich von oben bis unten, ignoriert meine Hand und wendet sich wieder an Storm. »Wir tauschen die Schicht nächste Woche, dann kannst du zu diesem Vortrag.«

»Super. Danke, das ist echt lieb von dir, John.« So freundlich habe ich sie noch nie erlebt. Sie lächelt ihn an, umarmt ihn, und John versichert ihr in einem ekelhaft süßlichen Tonfall, dass das alles kein Problem sei. Die beiden verabschieden sich und er verschwindet endlich.

Storm sieht mich an. »Und? Was machen wir nun?«

»John?«, frage ich und hebe die Brauen. »Wer heißt denn bitte so?«

»Ich weiß nicht. Noch bescheuerter wäre nur noch Floyd. Stell dir vor, das wäre ein Name.« Sie kräuselt die Mundwinkel und schüttelt sich. »Schrecklich.«

»Touché«, sage ich. Ich verkneife mir den Kommentar zu Agnetha. In Sachen Freundlichkeit gehe ich ab jetzt als leuchtendes Beispiel voran. »Ich habe Karten besorgt. Für ein Konzert im alten Bahnhof. Die London Drums spielen. Eine Independent-Band aus England. Hast du Lust?«

Sie bleibt stehen. »Was kostet die Karte?«

Ich Idiot!

»Mit den Cocktails neulich hattest du auch keine Probleme«, versuche ich, die Situation zu retten.

»Was kostet die Karte, Floyd?« Sie verschränkt die Arme und wippt mit dem Fuß.

»Vierzig Euro«, murmle ich.

Sie schnappt nach Luft. »Vierzig Euro? Okay. Mal sehen, warte kurz.« Sie öffnet ihre Geldbörse.

»Storm, hör zu. Ich –«

Sie hebt die Hand und kramt drei zerknitterte Scheine aus dem Seitenfach.

»Storm, lass mich doch ...«

Ohne mich zu beachten, zieht sie den Reißverschluss für das Kleingeld auf und schüttet sich die Münzen auf die Hand. Es ist so peinlich, dass ich mir am liebsten eine Ohrfeige verpassen würde.

»Halt mal.« Sie drückt mir die Scheine in die Hand. »Zwei, vier, fünf ...«

Sie schiebt die Eurostücke hin und her, zählt und klimpert. Ich will im Erdboden versinken. Ich bin so ein Schwachkopf. Wie konnte ich glauben, dass sie die Karte einfach so annimmt?

»Also.« Sie sieht mich an. »Ich habe achtunddreißig Euro und zwanzig Cent. Den Rest bekommst du wann anders.«

Entschlossen drückt sie mir das ganze Geld in die Hand, mehrere Münzen fallen klappernd auf den Bürgersteig. Storm nimmt ihren Geldbeutel, steckt ihn ein und läuft zum Porsche, der protzig am Straßenrand steht und die Szene von eben noch beschämender wirken lässt. Ich hole tief Luft, stopfe das Geld in meine Hose. Schweigend fahren wir zu der Konzerthalle, Storm raucht eine nach der anderen. Ich parke auf dem ausgewiesenen Gelände. Wir laufen auf den Eingang zu.

»Du hättest die Karte ruhig annehmen können«, sage ich.

Storm bleibt nicht mal stehen. Ihre forschen Schritte machen deutlich, dass sie wütend ist.

»Warte doch mal!«, rufe ich.

Sie dreht sich um und wirft die Arme in die Luft. »Was ist, Floyd? Wenn ich schon so viel Geld ausgebe, dann will ich auch was davon haben und nicht zu spät kommen.«

Sie wendet sich ab, ich schließe zu ihr auf und fasse sie an der Schulter.

»Eine Minute. Hör mir nur eine Minute zu. Bitte.«

Sie sieht mich widerwillig an.

»Das ist neu für mich, okay? Ich bin fast immer derjenige, der bezahlt. Wieso auch nicht? Es macht mir nichts. Ich habe nun mal Geld, Storm.« Ich reibe mir über die Stirn. »Du bist anders als die anderen, alles klar. Ist angekommen. Aber gib mir wenigstens die Chance, mich daran zu gewöhnen. Ich bin lernfähig, ich verspreche es.«

Ich lege mir die gekreuzten Finger auf die Brust und grinse reumütig. Sie kaut auf ihrer Unterlippe, ihre Augen huschen von links nach rechts.

»Pass auf, wir machen es so«, sage ich. »Wir wechseln uns ab. Wenn ich aussuche, was wir unternehmen, dann ist es ausschließlich meine Entscheidung, und du musst mitziehen. Egal, was es kostet. Ich bezahle an diesem Tag. Dann bist du dran und ich lasse mein Geld stecken. Das ist doch fair, oder?«

Sie überlegt kurz. »Ich lerne Freundlichkeit und du Bescheidenheit?«

»Ja. So in der Art.« Ich hebe die Schultern.

Sie grinst. »Und Demut? Und Wertschätzung? Und Dankbarkeit?«

Ich falte die Hände. »Eine Sache genügt erst mal. Ich bin ein Mann, hab Erbarmen!«

»Können wir jetzt gehen?«

»Ich bezahle die Getränke.«

»Was dachtest du denn?« Sie packt einen Kaugummi aus und steckt ihn in den Mund.

Wir reihen uns in die Schlange am Eingang ein. Im Konzertsaal ist es heiß und voll. Storm drängelt und schubst sich durch die Menge, ich folge ihr, murmle Entschuldigungen nach links und rechts. Storm findet eine Lücke und bleibt so abrupt stehen, dass ich sie anremple. Sie stolpert und ich fasse sie aus Reflex um die Taille, spüre ihre Knochen unter dem dünnen Shirt. Storm versteift sich.

»Sorry«, sage ich und lasse sie los. »Ich hole was zu trinken.«

Sie nickt. Ich kämpfe mich an die Bar und bestelle ein Bier und eine Cola. Im Saal wird es dunkel, die Scheinwerfer der Bühne schweifen durch die Menge. Ich kehre mit den Getränken zurück und reiche Storm ihr Bier. Wir stoßen an.

»Danke«, sagt sie und dreht sich nach vorne.

Die Band fängt an zu spielen. Sie ist gut. Storm stellt sich auf die Zehenspitzen, um besser sehen zu können.

Der Gitarrist ist spitze. Die Klänge sirren durch den Saal, die Band hat das Publikum fest im Griff. Ich wippe im Takt, nippe an meinem Getränk und beobachte Storm, die mit geschlossenen Augen selbstvergessen tanzt. Es ist wie damals in meinem Wohnzimmer. Sie hat die Gabe, alles um sich herum auszublenden, wenn die Musik läuft. Es ist ihr egal, wie sie dabei aussieht. Und genau das macht es so außergewöhnlich. Ich könnte mich niemals so gehen lassen, allein der Gedanke verursacht mir Kopfschmerzen. Storm wohl nicht. Sie genießt das Konzert in vollen Zügen.

»Kannst du nicht aufpassen?« Eine Frau dreht sich zu uns um, sieht Storm zornig an und stößt ihr den Ellenbogen in die Seite. »Du bist hier nicht alleine, falls du es noch nicht gemerkt hast, du blöde Kuh!«

Storm öffnet die Augen. »Wie war das bitte?«

Sie lässt die Arme sinken, schiebt die Schultern zurück und legt den Kopf schief. Ich rücke zu ihr auf, stelle mich direkt hinter sie. Die Frau hebt das Kinn, sieht Storm herausfordernd an.

»Du störst die Leute mit deinem dämlichen Gezappel.«

»Das ist ein Konzert und kein Schulausflug, du alte Schrulle. Reg dich ab und nimm den Stock aus dem Arsch.«

Storm hebt die Finger an den Mund, sieht die Frau an und pfeift ihr direkt ins Ohr. Dann grinst sie hämisch und dreht sich wieder zur Bühne. Ich unterdrücke ein Lachen. Die Frau schnaubt wütend und schubst Storm mit voller Wucht zur Seite. Storm verliert das Gleichgewicht und prallt gegen den Mann neben ihr. Er fängt sie auf, blinzelt überrascht und schüttelt den Kopf. Storms Mund wird zu einem dünnen Strich.

»Spinnst du?«, zischt sie die Frau an, und ich sehe, wie sie förmlich anfängt zu brennen. Ihr ganzer Körper spannt sich an, ihre Augen sprühen Funken, und bevor sie zum Angriff übergehen kann, schreite ich besser ein.

Ich packe Storm am Arm, sanft, aber bestimmt, und bugsiere sie in die entgegengesetzte Richtung. Die Frau ruft uns wütend irgendetwas hinterher, was im Lärm der Menge untergeht. Das gefällt ihr ganz und gar nicht.

»Lass mich los! Ich polier ihr die Fresse!«, schreit sie und wehrt sich vehement. »Du sollst mich loslassen, Floyd!«

Ich denke gar nicht daran, obwohl Storm kratzt und faucht und sich windet wie eine tollwütige Katze. Erst als wir in eine ruhige Ecke gelangen, lockere ich meinen Griff. Sie macht sich sofort los und will an mir vorbeistürmen.

»Wo ist sie? Ich mach sie platt!«

Ich breite die Arme aus und versperre ihr den Weg. »Du bleibst hier und beruhigst dich erst mal.«

»Geh mir aus dem Weg, Floyd, ich warne dich.« Sie ballt die Fäuste, ihr Gesicht ist feuerrot. Ihr Zopf hat sich gelöst, die schwarzen Strähnen fallen über die Schultern.

»Auf keinen Fall!« Ich schüttle den Kopf.

Sie stampft wütend mit dem Fuß, boxt mir gegen die Brust.

»Du siehst aus wie Rumpelstilzchen«, sage ich und grinse.

»Du kannst mich mal!«, antwortet Storm.

»Was hattest du vor? Frauencatchen?« Ich bin immer noch auf der Hut, kreuze die Arme vor der Brust, aber ich entspanne mich ein wenig. »Du steckst wirklich voll ungeahnter Talente. Spätestens jetzt hab ich Schiss vor dir. Das war echt zum Fürchten.« Ich schüttle mich und schneide eine ängstliche Grimasse.

Storms Mund verzieht sich zu einem Lächeln. »Ach, halt 's Maul, Floyd. Du bist ein Weichei und die Frau ist eine verklemmte Schrulle!« Sie lehnt sich an die Wand. »Aber die Band war gut.«

»Ja. Nur schade, dass wir das Ende verpassen.«
Die Tür zum Saal geht auf und die Klänge der Zugabe schweben zu uns herüber. Die Leute klatschen und johlen.

»Ich würde sagen, wir hauen ab. Nicht dass uns deine Gegnerin noch zu Brei schlägt.« Nervös blicke ich über die Schulter, Storm gibt mir einen Klaps auf den Hinterkopf.

»Hör auf, ich habe verstanden.« Sie lacht.

Wir verlassen das Konzert. Draußen empfängt uns die laue Sommernacht.

»Was machen wir denn jetzt?« Storm sieht mich an.

»Kommt drauf an. Wenn es mein Abend ist, gehen wir jetzt was essen. Wenn es dein Abend ist ...« Ich zucke mit den Schultern.

Sie bläst die Backen auf. »Okay. Für heute hast du gewonnen. Die Alte hat mich geschafft.« Sie pustet sich die Haare aus der Stirn.

»Mexikanisch? Asiatisch? Auf was hast du Lust?« Ich habe seit der Pizza zum Frühstück nichts mehr gegessen, mir knurrt der Magen so laut, dass Storm mich anblickt.

»Wow! Entscheide du, es scheint dringend zu sein.«

»Mexikanisch.«

Ich fahre zu einem kleinen Lokal, in dem es nur wenig Tische gibt, dafür aber die besten Tacos der Stadt. Frank, der Besitzer, begrüßt mich mit Handschlag und führt uns in den hinteren Teil zu einer Nische. Ich bestelle die halbe Speisekarte, Storm fragt nach Tequila.

»Ich will nichts trinken«, sage ich.

»Ich schon. Was dagegen?« Sie sieht mich prüfend an.

»Nein. Wieso sollte ich?« Ich lächle unschuldig.

Mir ist klar, was sie tut. Zwischen uns schwebt der stumme Vorwurf, das fehlende Vertrauen. Wir bewegen uns um die Geschichte herum wie Wölfe um ein verwundetes Tier. Ein Wort, eine Geste, und die Sache explodiert wie eine Autobombe auf einer Haupteinkaufsstraße. Sie weiß es und ich weiß es.

»Vielleicht betrinke ich mich.«

»Okay.«

»Vielleicht betrinke ich mich so richtig und bin sternhagelvoll.«

»Storm. Sag doch einfach, was du sagen willst.« Ich sehe sie an, meine Finger klopfen auf das Tischtuch. Storm presst die Lippen aufeinander.
Die Bedienung kommt, bringt Nachos und Tequila, Zitronen und einen Salzstreuer. Sie stellt zwei Gläser auf den Tisch und geht. Die Flasche pulsiert zwischen uns, als hätte sie ein Eigenleben, blinkt grellrot wie die Absperrung einer grausamen Unfallstelle. Ich warte immer noch auf eine Antwort. Storm schraubt langsam den Deckel ab und gießt sich ein. Sie kippt das Glas in einem Zug und schenkt sich sofort nach, den Blick unverwandt auf mich gerichtet, so durchdringend, dass ich Gänsehaut bekomme.

Es ist ein Test. Er ist wichtig für sie, und es war klar, dass er kommt. Ich habe nur nicht so schnell damit gerechnet, aber Storm vergeudet wohl ungern Zeit. Ich erwidere ihren Blick. Sie trinkt ihren dritten Schnaps.

»Du kannst so viel trinken, wie du willst. Ich bringe dich einfach nach Hause, Storm«, sage ich ruhig. Dann nehme ich mir den Teller mit den Nachos und esse. Ich kaue und schlucke, und während der ganzen Zeit bleibt Storm stumm und leert vor meinen Augen die halbe Flasche. Die Stimmung ist so angespannt, dass ich trotz meines Hungers kaum einen Bissen herunterbekomme. Storms Bewegungen werden fahriger, ihr Blick glasig. Als sie endlich wieder etwas sagt, lallt sie.

»Du musst schon zugeben, dass ich mich absichern muss.«

Sie zündet sich eine Zigarette an und fuchtelt mit den Händen in der Luft. Die Bedienung kommt und verweist freundlich auf das Rauchverbot.

»Verpiss dich!«, faucht Storm und verlangt lautstark nach einem Aschenbecher.

Die Kellnerin rauscht wütend davon und Frank bringt uns ein paar Minuten später das Gewünschte.

»Weil du es bist, Floyd. Und weil keine anderen Gäste mehr da sind«, sagt er leise, und ich bedanke mich mit einem Nicken.

»Ich meine, lieber gleich zu Beginn wissen, woran ich bin, oder? Wieso warten?« Storm beugt sich über den Tisch, bringt ihr Gesicht dicht an meines. Die Glut ihrer Kippe schwebt gefährlich nah am Tischtuch und ich schiebe behutsam ihre Hand zur Seite.

»Finger weg!«, zischt sie. »Schenk mir noch einen Schnaps ein, Floyd. Das kannst du doch so gut, wenn mich nicht alles täuscht.« Grinsend fletscht sie die Zähne.

Ich weiß, dass ich das verdient habe, deswegen bemühe ich mich, gelassen zu bleiben. Es ist ihr gutes Recht, mich zu prüfen, wenn unsere Freundschaft eine Chance haben soll. Ihr Atem riecht nach Alkohol, ihre Lider liegen schwer über ihren großen Augen.

»Das Problem ist, dass ich dich irgendwie mag. Das, mein Freund«, sie beschreibt mit ihren Händen einen großen Kreis, »ist das Problem! In der Regel seid ihr Jungs erst nett und dann entpuppt ihr euch als Arschlöcher. Bei dir ist es umgekehrt. Du warst erst ein Arschloch und nun bist du nett. Stimmt's? Gibst du mir da recht, Floydyboy?« Sie kneift mir in die Backe und formt die Lippen zu einem Kuss. »Pinkie hier ist nämlich eigentlich ganz nett«, ruft sie laut in Richtung der Kellnerin, die gerade die Theke sauber wischt.

»Wir sollten gehen«, sage ich.

»Sollten wir das? Wohin denn, Pinkie? Zu dir? Oder zu mir?«

Sie springt auf, ihr Stuhl fällt um. Storm schwankt, klammert sich an die Tischkante.

»Nur noch ein winziges Schlückchen, Floyd.« Sie greift nach der Flasche. »Dann bin ich betrunken genug und du kannst mich ficken.« Ihre Hände fahren über ihren Körper, sie lüpft ihr Shirt. »Ich wehre mich auch nicht. Versprochen, Floydyboy.«

Den Mund zu einem sexy Schmollen geformt, klimpert sie mit den Wimpern und setzt sich auf meinen Schoß, legt meine Hände auf ihre Brüste.

»Das ist es doch, was du willst, oder, Pinkie?« Sie leckt sich die Lippen, schlingt die Arme um meinen Hals.

Gott, wie recht sie hat! Ich will sie, wie ich noch nie eine andere Frau wollte. Selbst jetzt, sturzbetrunken, sieht Storm wunderschön aus. Ihre selbstzerstörerische Art übt einen unwiderstehlichen Reiz auf mich aus. Sie ist aufregend und verrückt und geheimnisvoll. Und gefährlich. Ich schiebe sie von meinem Schoß, stehe abrupt auf.

»Ich bringe dich nach Hause.« Ich lege Geld auf den Tisch, halte ihr die Hand hin.

Storm schlägt sie grob beiseite. »Ich kann das alleine.«

Als sie losläuft, wankt sie durch das Lokal, stößt an Tische und Stühle. Wir kommen an der Bedienung vorbei, Storm bleibt stehen und legt ihr die Hände auf die Schultern. Die Frau sieht sie angewidert an.

»Schon mit ihm gevögelt?« Sie deutet mit dem Daumen hinter sich. »Ich weiß nämlich nicht mehr, was er so draufhat. Ich hab's vergessen!«, kichernd wirft sie den Kopf in den Nacken und lacht dann schrill. »Stell dir vor! Ich hab's einfach vergessen!«

»Storm, es reicht. Lass uns gehen.« Ich lege ihr die Hand auf den Rücken.

»Sag du mir nicht, was ich tun soll! Du bist nicht mein Scheißvater, Pinkie!« Sie schüttelt meine Hand ab. »Also, Süße, was ist jetzt? Hast du oder hast du nicht?«

Die Kellnerin dreht den Kopf weg. »Das ist doch echt das Letzte«, flüstert sie.

Frank kommt auf uns zu. Er befreit seine Angestellte resolut aus der Situation und sieht Storm freundlich an. »Also, ich habe ja gehört, er soll gar nicht so gut sein, wie alle behaupten.«

Im Reden fasst er Storm sanft am Ellenbogen und lenkt sie zur Tür. Ich entschuldige mich bei der Frau, die uns kopfschüttelnd nachschaut, und folge ihnen.

»Wissen Sie, er ist ein alter Angeber. Ein Hochstapler. Ein Windhund. Verstehen Sie?« Er lächelt Storm an und läuft mit ihr zum Auto. »Also, was ich sagen will«, ich schließe auf, er bugsiert Storm auf den Beifahrersitz, »er ist so fürchterlich schlecht, dass man das getrost vergessen kann.« Er zwinkert ihr verschwörerisch zu.

»Ich hab's gewusst«, nuschelt Storm und lässt den Kopf nach hinten sinken. Sie schließt die Augen, ich die Tür.

»Danke, Frank. Tut mir leid.« Ich recke ihm die Hand hin, er schlägt ein.

»Bring sie gut nach Hause, Floyd. Frauen sind manchmal unberechenbar.« Er lacht.

Ich nicht.

Ich fahre los und Storm schläft ein. Ihr Kopf liegt auf der Seite, ihr Gesicht mir zugewandt.

Es wird nicht funktionieren. Niemals. Wie konnte ich das nicht sehen? Wenn ich getan habe, was ich vielleicht getan habe, besteht nicht die geringste Chance, und ich wäre der größte Trottel, sollte ich das Gegenteil glauben. Ich reibe mir über die Stirn und atme tief ein. Ich muss Storm gehen lassen. Es ist das einzig Richtige.

Bei dem Gedanken daran zieht sich mein Brustkorb schmerzhaft zusammen. Ich mag sie. Sehr. Und ich tue ihr nicht gut. Das sieht ein Blinder mit Krückstock.

Vor ihrem Haus stelle ich den Motor ab, steige aus, laufe zur Beifahrerseite und öffne die Tür.

»Storm?«, sage ich leise und rüttle sie an der Schulter. Sie schlägt die Augen auf. »Wir sind da. Wenn du mir deinen Schlüssel gibst, schließe ich auf.« Sie blinzelt desorientiert.

»Wir sind bei dir zu Hause«, ich deute auf das Haus.

Storm nickt und fummelt an ihrer Hosentasche herum. »Kann ich nicht bei dir pennen?«, murmelt sie und lässt sich in den Sitz fallen.

»Nein.« Ich schüttle den Kopf.

»Spielverderber«, sagt sie und schiebt die Beine aus dem Auto. Sie steigt aus und reicht mir ihren Schlüssel. »Hier, Pinkie. Zeig mal, was du kannst.« In Schlangenlinien läuft sie auf die Haustür zu. »Der alte Mistsack schläft hoffentlich schon!«

Sie schreit es durch die Straße und reckt den Mittelfinger in die Höhe. Ich stecke den Schlüssel ins Schloss und die Tür öffnet sich mit einem Klicken.

»Also dann«, sage ich und hebe die Hand. »Schlaf gut.« Langsam drehe ich mich um, gehe die Stufen hinab, als Storm mich noch einmal ruft.

»Floyd?«

Ich bleibe stehen.

»Kann ich dir vertrauen?«

Ihre Stimme klingt unsicher, fast bittend. Ich wende mich um. Das Licht im Flur beleuchtet ihre Silhouette, sie sieht noch schmaler aus, als sie sowieso schon ist.

»Also, ich meine ...« Sie ballt die Hände und spreizt die Finger dann weit auseinander. »Mein Kopf sagt Nein. Aber mein Bauch sagt Ja. Auf wen soll ich denn jetzt hören?« Sie beißt sich im Lächeln auf die Lippe und zuckt mit den Schultern. »Hilf mir.«

Da ist der Augenblick.

Der Moment, in dem ich die Reißleine ziehen könnte. Storm sieht mich an, ihre großen Augen leuchten im Schein der Straßenlaterne.

Mach schon, Floyd! Sag es! Wünsch ihr ein schönes Leben und geh!

Ich kann nicht.

»Ich weiß es nicht. Das kannst nur du entscheiden.«

Es ist armselig. Wie ich mir selbst einrede, dass es fair ist, was ich hier tue.

Storm nickt langsam. »Du hast recht. Ist 'ne blöde Frage. Dann gute Nacht.« Sie dreht sich um und schließt die Tür. Das Licht im Flur geht aus, ich starre auf den Boden.

Diese Sache wird uns in Fetzen reißen.

Ich weiß es.

Wir steuern direkt auf die Katastrophe zu.

Kapitel 14

Ich bin im Souterrain und schwimme.

Storm meldet sich nicht. Seit vier Tagen versuche ich, mein Handy mittels Gedankenkraft zum Klingeln zu bringen. Ben ruft an und ich täusche einen Schnupfen vor. Er ruft wieder an und ich lasse es einfach läuten.

Ich rede mir ein, dass es besser ist. Für sie und mich. Ihre Entscheidung ist richtig. Es kann nicht gut gehen. Sie ist mit dem Tattoomann, mit John, im Kino. Er ist ein guter Mensch, kein Betrüger und Lügner wie ich.

Ich pflüge durch das Wasser wie eine Maschine, meine Muskeln verkrampfen und meine Beine zittern. Längst habe ich aufgehört, die Bahnen zu zählen. Der Schmerz betäubt meine Gedanken, hilft mir, etwas anderes zu spüren als Verzweiflung. Das Wasser schlägt über meinen Kopf zusammen, ich sinke nach unten. Ich schließe die Augen, schalte meinen Verstand aus. Mein Herz schlägt viel zu schnell, ich habe mich überanstrengt. Ich zwinge mich, ruhig zu werden, zähle langsam von hundert rückwärts. Es wird still in meinem Kopf.

Wenn es nur so bleiben würde.

So lange wie möglich verharre ich in dem trügerischen Frieden, schaffe die vollen fünf Minuten. Als ich auftauche, blinkt mein Handy. Ich schwimme zum Beckenrand, hieve mich aus dem Wasser und laufe tropfnass auf das Handtuch zu, auf dem das Telefon liegt. Einen Moment lang gebe ich mich der irrsinnigen Hoffnung hin, es ist Storm, aber Bens Name leuchtet mir entgegen, und ich lasse es klingeln. Den Kopf in die Hände gestützt, muss ich mir eingestehen, dass es so nicht weitergehen kann. Ich muss mich zusammenreißen, sonst drehe ich durch.

Als das Display nicht mehr blinkt, greife ich nach dem Handy. Meine Finger schweben über der Tastatur, scrollen durch die Namensliste, bis ich bei Storm angelangt bin. Ich könnte sie anrufen. Nur um zu hören, wie es ihr geht.

Eine Nachricht ploppt auf.

18 Uhr auf dem Tennisplatz. Ich mach dich alle. Wenn du nicht kommst, ist unsere Freundschaft Geschichte.

Es ist Ben. Ich muss lächeln. Es sieht ihm ähnlich, nicht sauer zu sein, obwohl er allen Grund dazu hätte. Obwohl ich ihn schändlich vernachlässige, nicht bei Torben aufgetaucht bin und mich auch seitdem nicht mehr gemeldet habe, gibt er nicht auf. Das ist Ben. Unermüdlich, wenn er etwas will.

Ich gehe nach oben, die Tür zum Ankleidezimmer meiner Mutter steht sperrangelweit offen. Sabine steht inmitten eines Kleiderberges, ich stecke den Kopf durch die Tür.

»Mistest du aus?«, frage ich.

Sie dreht den Kopf. »Ach, Floyd, du bist es. Nein, ich packe. Ich fliege morgen nach China, zu deinem Vater. Hast du das vergessen?«

Ja, hatte ich. Sie wird drei Wochen weg sein und mit ihm gemeinsam zurückfliegen.

»Wo ist denn nun schon wieder Frau Hauser? Wenn man sie braucht, ist sie nicht da.« Meine Mutter fasst sich an die Schläfe. »Ich weiß nicht, was ich einpacken soll.«

»Ist doch egal. Da drüben gibt es auch Chanel und Gucci. Dann kaufst du dir eben neue Sachen.«

Ich zucke mit den Schultern. Storm wollte mir Bescheidenheit beibringen. Sie ist weg. Ich kann großkotzig bleiben.

»Floyd, du bist mir keine große Hilfe!« Sabines Hände schieben die Holzkleiderbügel, die mit dem jeweiligen Label beschriftet sind, von links nach rechts, Hosen und Röcke fallen achtlos zu Boden.

Ich verschwinde. Storm kann sich nicht mal den Bügel leisten, geschweige denn die Kleidung dazu. Ein Paar Schuhe meiner Mutter würden ihr einen Monat zum Leben reichen. Ich habe vier absolut identische schwarze

Jeans im Schrank, und eine davon kostet so viel, wie Storm in einem halben Monat im Kino verdient, schätze ich. Das ist verrückt. Ich lege mich aufs Bett und schließe die Augen. Mein Magen knurrt, weil ich kaum gegessen habe die letzten Tage. Alles schmeckt nach nichts. Alles riecht nach nichts.
 Es ist zum Kotzen.

* * *

Ben feuert mir die Bälle um die Ohren. Er ist doch sauer. Stinksauer. Ich lasse ihn gewähren. Er führt im zweiten Satz mit fünf zu eins. So schlecht war ich schon lange nicht mehr. Bei jedem Schlag brüllt er seinen Frust heraus.
 »Die Party war der Kracher! Und du warst nicht da!« Der Ball fliegt an meinem Kopf vorbei und landet ganz knapp im Aus. »Ach Scheiße! Wie lange kann man für so eine dämliche Spendengala brauchen? ›Ja, Sabine. Nein, Sabine. Danke, Sabine.‹«
 Er schlägt ein Ass, ich mache mir schon gar keine Mühe mehr und bleibe stehen.
 »Was soll das, Fly? Spiel verdammt noch mal! Ich will nicht gewinnen, nur weil du deinen Arsch nicht bewegst!«
 Er schlägt den Ball so heftig über das Netz, dass er mir gegen die Brust donnert. Ich zucke nicht mal zusammen. Für meine Lügen habe ich eine viel schlimmere Strafe verdient. Ben senkt den Schläger.
 »So macht das keinen Spaß, Alter.«
 Er ist so enttäuscht, dass ich Kopfschmerzen bekomme.
 »Im Ernst, Floyd. Was ist los? Du meldest dich vier Tage nicht. Ich meine, bist du sauer wegen irgendwas?« Er sieht mich über das Netz fragend an, hebt die Arme. »Du beantwortest keinen meiner Anrufe, Frau Hauser erzählt irgendeinen Scheiß von wegen Erkältung und krank.« Er schüttelt den Kopf. »Als ob ich nicht wüsste,

wann du dich verleugnen lässt. Das ist so schlecht, dafür verdienst du einen Orden!«

»Es tut mir leid, Ben. Ich war echt nicht fit.«

»Du lügst.« Er verlässt das Feld, läuft zur Bank und setzt sich. Ich komme ihm nach, lasse mich neben ihn fallen und lege mir das Handtuch übers Gesicht. Ich weiß nicht, was ich ihm sagen soll, außer dass es mir leidtut.

»Ich war ein Arsch. Was willst du noch?«, frage ich gedämpft durch den Stoff.

Ben zieht mir das Handtuch vom Kopf. Er grinst. »Blumen und Schokolade, Schatz?«

Ich lache.

»Lass uns das Spiel zu Ende bringen«, sagt er und läuft auf den Platz zurück. »Ich versetze dir den Todesstoß, Floyd van Berg.« Er wirft den Schläger in die Luft und fängt ihn wieder auf.

»Das werden wir ja sehen. Ich komme gleich«, antworte ich und krame nach meinem Handy.

Es ist wie ein Zwang. Ich checke das Display und falle fast von der Bank. Storm hat eine Nachricht geschickt. Ihr Name verschwimmt vor meinen Augen, meine Hand zittert so stark, dass ich den Code zweimal falsch eingebe.

»Floyd? Was ist jetzt?« Ben sieht zu mir herüber.

Sie hat ein Foto geschickt. Sie steht neben einer Litfaßsäule und zeigt mit dem Daumen auf ein Plakat.

Mein Abend. Ich warte am Eingang. 20 Uhr.

Das ist alles. Ich vergrößere das Bild, sie streckt die Zunge heraus, ihre Augen lächeln. Ein Grinsen breitet sich auf meinem Gesicht aus, ich will die Faust in die Luft stoßen und laut schreien. Sie hat sich tatsächlich gemeldet. Ich kann mein Glück kaum fassen! Ich sehe hektisch auf die Uhr. Es ist Viertel vor acht. Mein Kopf ruckt nach oben, Ben steht am Netz und bindet sich die Schuhe.

Ich muss gehen.

Sofort.

»Ben.« Ich packe meine Tasche, wühle nach meinem Autoschlüssel. »Ich muss weg, tut mir leid, Alter.« Ich stehe auf, werfe die Tasche über die Schulter. »Ist echt wichtig.«

Ich bin schon gar nicht mehr bei ihm, überschlage im Kopf, wie viel Zeit mir noch bleibt. Ich muss duschen und herausfinden, wo ich überhaupt hinsoll.

»Was?« Ben richtet sich auf.

»Ich muss gehen. Sorry.« Ich wende mich um.

»Floyd. Warte!«

Ich drehe mich widerwillig um.

»Wie, du musst weg? Wir sind mitten im Spiel.« Sein Schläger beschreibt einen Kreis über den Platz.

Ich raufe mir die Haare, starre auf den Sekundenzeiger meiner Uhr. »Ich hab einen wichtigen Termin vergessen.«

»Willst du mich für dumm verkaufen? Es ist Freitagabend. Welcher wichtige Termin soll das bitte sein?«

Er kommt auf mich zu. Kann er nicht einfach die Klappe halten? Meine Beine zucken nervös. Ich muss weg, kapiert er das nicht?

»Ich kann dir das jetzt nicht erklären. Es ist echt dringend, Alter.« Ich versuche mich an einem beschwichtigenden Lächeln, aber Ben schüttelt den Kopf.

»Es ist Storm, stimmt's?« Er legt den Schläger auf die Bank und kreuzt die Arme vor der Brust.

Woher weiß er das? Ich sage nichts.

»Mann, Fly, denkst du ich bin bescheuert? Ich kenne dich. Seit deiner Party benimmst du dich komisch. Ich kann eins und eins zusammenzählen. Was in aller Welt willst du von ihr?« Er sieht mich abwartend an.

»Ich erkläre es dir ein andermal, Ben. Ich kann jetzt nicht.«

Mein Blick huscht zur Uhr. Noch zehn Minuten, das schaffe ich niemals. Ich laufe los, Ben kommt mir nach und hält mich fest.

»Sag mal, denkst du eigentlich, ich bin dein Hampelmann? Wegen dieser Schlampe lässt du mich hier stehen wie einen Deppen? Ich bin dein Freund, Floyd. Sie ist eine Tussi, die du gebumst hast!« Seine Augen blitzen vor Wut, er schnaubt abfällig.

Ich befreie mich aus seinem Griff, er nervt mich nur noch.

»Hör auf damit, Ben. Wir sind nicht verheiratet. Du benimmst dich wie 'ne Tunte«, sage ich und laufe zum Ausgang.

»Sie war nicht mal gut im Bett! Ihre Titten sind so klein, ohne Wegbeschreibung findet man die nicht!«, schreit er mir hinterher.

Abrupt bleibe ich stehen, drehe mich langsam um.

»Was hast du eben gesagt?« Meine Tasche fällt zu Boden, ich mache einen Schritt auf ihn zu. »Woher weißt du das?«

Die Fäuste geballt, beuge ich mich nach vorn. Meine Kehle verengt sich und ich schmecke den bitteren Geschmack von Galle in meinem Mund. War es Ben? Hat er Storm was angetan?

Ben hebt abwehrend die Hände. »Das hast du gesagt. Es sind deine Worte, Fly. In der Nacht der Party, nachdem du aus deinem Zimmer kamst und Storm in deinem Bett eingepennt ist. Sie ist nicht mal gut, Ben, hast du gesagt und mir auf die Schulter geklopft.«

Er will mich provozieren. Er lügt. Das kann nicht sein, ich kann das nicht vergessen haben, egal, wie viel ich intus hatte. Niemals. Ich mustere ihn angewidert von oben bis unten. Dass er so weit gehen würde, hätte ich nicht erwartet.

»Du erzählst doch gequirlte Scheiße, Ben«, sage ich ruhig und laufe vom Platz. Ich habe keine Zeit, ihn zu entlarven, wenn ich zu spät komme, ist sie weg. Storm wartet nicht.

Ben schreit mir über die ganze Anlage hinterher. »Ja. Klar! Hau einfach ab, Fly! Ist ja auch das Einfachste, mich als Lügner zu bezeichnen. Du bist hier der Arsch! Du kannst mich mal!«

Ich zeige ihm über die Schulter den Mittelfinger und verschwinde.

***

Viel zu schnell rase ich durch die Stadt, überfahre dunkelgelbe Ampeln. Bens Worte hämmern in meinem Kopf. Wir streiten selten, so wütend wie heute habe ich ihn noch nie erlebt. Sagt er die Wahrheit? Wenn ich so betrunken war, dass ich einen Blackout hatte, hätte ich nicht mehr geradeaus laufen können. Geschweige denn, mich mit Ben über Storm unterhalten. Wieso ist ihm dieser Satz herausgerutscht? Er lässt insgesamt nicht viel raus, wenn es um die letzten Stunden meines Geburtstags geht, ich habe das nur verdrängt. Was ist, wenn er es war?

Ich schüttle den Kopf. Ben ist kein Vergewaltiger. Keiner von uns beiden ist das. Storm irrt sich. Sie weiß es, sonst wäre ich jetzt nicht auf dem Weg zu einem Open-Air-Festival. Ich habe nicht lange gebraucht, um herauszufinden, wo sie wartet. Es ist ein Rockfestival in einem Park, das jedes Jahr stattfindet. Ich war noch nie dort. Drei Tage in einem Zelt ohne ordentliche Sanitäranlagen und mit lauter fremden Menschen sind nicht mein Ding.

Auf dem ausgewiesenen Parkplatz drücke ich dem Parkwächter zehn Euro in die Hand und pfeife auf das Wechselgeld. Ich bete, dass der Porsche in einem Stück bleibt, und renne fast zum Eingang, weil ich gute fünfzehn Minuten zu spät bin. Kurz vor der Schlange an der Kasse verfalle ich in einen lässigen Gang und versuche, gleichmäßig zu atmen. Storm soll nicht merken, wie abgehetzt ich bin. Mit zusammengekniffenen Augen suche ich die Umgebung ab, aber Storm ist nirgends zu sehen. Ich fische mein Handy aus der Hosentasche, keine Nachrichten. Auch nicht von Ben. Er kann mich mal.

Ich reihe mich in die Schlange ein. Und wenn ich das ganze Gelände absuchen muss, ich finde sie. Die Menschen um mich herum tragen Dreadlocks, weite Stoffhosen und Flipflops. Manche sind barfuß, die staubigen Füße der Frauen sind mit Henna-Tattoos und Silberringen verziert. Es riecht nach Dope und Räucherstäbchen, leise Klänge der Band, die gerade spielt, wehen zu mir herüber.

»Du bist zu spät«, flüstert sie mir über die Schulter ins Ohr.

Ich drehe mich um. Mein Magen macht einen Satz, als ich sie sehe. Sie ist geschminkt. Das ist das Erste, was mir auffällt. Ihre dunklen Augen sind von schwarzer Farbe umrahmt, die dichten Wimpern wirken so noch länger. Sie trägt eine abgeschnittene Jeans, ein weißes Top und ihre Stiefel. An den Handgelenken baumeln etliche Silberreifen, ihre Haare liegen offen um ihr Gesicht. Das zweite Außergewöhnliche ist das freundliche Lächeln, mit dem sie mich begrüßt. Kein fieser Spruch, keine Grimasse.

»Tut mir leid. Ich war gerade unterwegs«, sage ich und grinse wie blöd.

»Du hast mich nach Hause gebracht, Floyd van Berg. Einfach nur nach Hause gebracht. Das war sehr nett von dir.« Storm neigt den Kopf, sieht mich an.

»Jep«, sage ich nur und stecke die Hände in die Hosentaschen, weil ich Angst habe, dass Storm sonst das verräterische Zittern bemerkt.

Wir rücken auf, stehen kurz vor der Kasse, als mich Storm plötzlich anschreit.

»Du Blödmann! Warum hast du das getan?«

Ich fahre erschrocken zusammen. Sie schubst mich und ich stolpere nach hinten.

»Spinnst du? Was soll das?«, frage ich irritiert.

Storm beachtet mich gar nicht und wendet sich an die zwei Frauen an der Kasse.

»Hören Sie. Ich hatte mir eine Karte gekauft. Mein Ex hier«, sie zieht mich am Ärmel zu ihr, »verfolgt mich überallhin. Da vorne, auf dem Parkplatz, hat er mir die Karte abgenommen und zerrissen. In lauter kleine Fetzen!«

Sie imitiert mit ihren Händen die eben beschriebene Situation, ich stehe daneben und glotze sie verwirrt an.

Die beiden Frauen betrachten mich von Kopf bis Fuß, eine schnalzt mit der Zunge.

Storm wird lauter. »Er ist schrecklich eifersüchtig. Dabei habe ich ihm schon tausendmal gesagt, dass ich nichts mehr von ihm will. Aber er verbietet mir hierherzukommen, stellen Sie sich das vor! Und als ich mich geweigert habe, hat er mir die Karte zerrissen. Einfach so. Und ich kann mir keine neue leisten.«

Die Abscheu in den Gesichtern der Umstehenden wird immer größer, ich immer kleiner. Ist sie noch ganz sauber? Gleich ruft einer die Polizei. Ich sehe mich schon in Handschellen. Verhaftet wegen Stalking oder Belästigung oder wie auch immer das heißt.

Ich räuspere mich. »Wenn ich auch mal was sagen dürfte?«

»Nein«, antworten die zwei Kassendamen scharf.

Ich schließe den Mund. Du liebe Zeit! Alice Schwarzer im Doppelpack.

Storms schauspielerische Leistungen schießen in ungeahnte Höhen. »Ich bin hier mit meinem Freund verabredet und *er* hier will das nicht.«

Ihre Stimme fließt so süß wie Honig über den Tisch, direkt in die Herzen der Frauen. Die eine lächelt sie verständnisvoll an.

»Kindchen, so einen hatte ich auch mal. Alles Schweine, die Männer.« Sie sieht böse zu mir. »Du kannst durch, Liebchen. Kein Problem. Sollen wir ihn des Geländes verweisen?«

Sie ruckt mit dem Kopf in meine Richtung. Ich glaube, ich spinne! Ich sehe Hilfe suchend zu Storm, sie grinst breit, als die Frauen nicht hinschauen, und schlüpft durch die Absperrung.

»Das ist wirklich so lieb von Ihnen. Ich danke Ihnen. Sie haben mein Wochenende gerettet.«

Hinter mir schnappe ich gezischte Kommentare auf, ein Mädchen verlangt lautstark nach der Polizei. Ich stöhne und meine Handflächen werden feucht. Wenn sie mich nicht gleich erlöst, haue ich ab.

»Ist schon in Ordnung. Er kann hier rein, wenn er will, ist mir egal. Mein Freund macht Kampfsport. Er wird ihm zeigen, wo es langgeht.« Storm bedankt sich nochmals und läuft davon.

Ich stehe allein in dem wütenden Mob. Ein Mann legt mir von hinten die Hand auf die Schulter.

»Wenn du sie nicht in Ruhe lässt, zeig ich dir mal, was belästigen wirklich heißt, Freundchen.« Seine Finger graben sich in stummer Drohung in meine Haut, ich zähle hektisch das Geld für die Karte ab und werfe es auf den Tisch. Die Frau drückt mir einen Stempel auf den Handrücken, darum bemüht, mich nicht zu berühren. Sie rümpft die Nase, als hätte ich die Beulenpest. Ich schwitze jetzt richtig, mein T-Shirt klebt mir am Rücken.

»Willst du nicht doch lieber gehen, Junge? Sie will dich nicht, wozu unnötig quälen?« Die zweite Kassenfrau sieht mich mitleidig an. »Andere Mütter haben auch schöne Töchter«, sagt sie und zwinkert mit den Augen.

Ich nicke und schüttle gleichzeitig den Kopf, stolpere vorwärts.

»Ich wünsche dir keinen schönen Aufenthalt auf unserem Festival«, schreit das Mädchen aus der Schlange, und ich sehe zu, dass ich Land gewinne.

Orientierungslos laufe ich über das Gelände, folge den Schildern, die zur Bühne führen. Hinter mir lacht jemand aus vollem Hals.

»Du hättest dein Gesicht sehen sollen!« Storm zeigt mit dem Finger auf mich und ringt um Luft. »Du hast ausgesehen, als wäre der Teufel hinter dir her.«

»Das ist nicht lustig, Storm. Die Leute wollten die Polizei rufen.« Ich stemme die Hände in die Hüften.

»Ach, Pinkie. Sei nicht sauer. Ich hab die Woche mein Budget für ein Konzert schon verbraucht und musste mir was einfallen lassen. Es ist mein Abend.«

»Nenn mich nicht Pinkie, sonst gehe ich«, sage ich. Ich bin wütend.

»Okay, okay. Ich entschuldige mich hiermit. Das sollen Freunde doch tun? Sich entschuldigen, wenn sie Mist gebaut haben?« Storm kommt einen Schritt auf mich zu, ihr Duft hüllt mich ein. Sie riecht nach Sommer und See und Sand. Sie sieht zu mir auf, den Mund leicht geöffnet. Ein Lächeln stiehlt sich auf ihre Lippen. »Es tut mir leid, Floyd«, flüstert sie. »Verzeihst du mir?«

Wie könnte ich nicht? »Jep«, presse ich hervor, die Hände tief in den Hosentaschen versteckt.

»Gut. Dann besorge ich uns jetzt was zu trinken.«

»Ich bleibe besser hier. Wer weiß, was du denen sonst noch erzählst.«

Storm packt mich am Ärmel. »Du wirst schon mithelfen müssen, Floyd.« Sie zieht mich zu den Biertischen. »Einsammeln. Alle.«

Sie deutet auf die leeren Gläser und krallt sich die ersten Krüge, die herrenlos herumstehen.

Ich sehe sie an. »Storm, das ist doch albern. Ich habe genug Geld dabei. Ich hole uns was zu trinken.« Ich steuere auf den ersten Getränkestand zu, den ich entdecke.

»Oh nein! Das wirst du nicht tun!« Sie wirbelt mich zu sich herum. »Bescheidenheit, Floyd? Weißt du noch? Es ist gar nicht so schlimm. Die Kellner, die dich normalerweise bedienen, leben alle noch, ich bin mir sicher.«

Storm lächelt und ich ergebe mich. Ich umrunde die Tische, greife über klebrige Bänke und frage die Leute höflich, ob ich abräumen darf. Mit Gläsern beladen, folge ich Storm zum Stand für das Pfand. Der Mann am Spülbecken bedankt sich lächelnd bei uns und händigt ihr zweiundzwanzig Euro aus.

»War doch gar nicht so schwer, oder?«

Ich grinse. »Nein.«

»Also, Floyd. Alkohol? Ja oder nein?«

Ich zucke mit den Schultern. »Du weißt, dass ich nichts trinke.«

Storm bestellt ein Bier und eine Cola. »Kalt, bitte.« Sie dreht sich zu mir um. »Stimmt doch, oder?«

Ich nicke.

Mit den Getränken schlendern wir über das Gelände. Storm bleibt an den Ständen stehen, plaudert mit den

Verkäufern und bewundert die verschiedenen handgemachten Kostbarkeiten. Es gibt Schmuck und Klamotten. Shirts der Bands, die hier spielen, Handtaschen, Sonnenbrillen und Flipflops. Ihr sehnsüchtiger Blick lässt meine Hand mehrmals zu meinem Geldbeutel fahren, bis ich mich selbst ermahne. Sie reißt mir, ohne zu zögern, den Kopf ab und spielt Fußball damit. Außerdem ist sie nicht meine Freundin. Sie ist eine Freundin. Sonst nichts.

Wir suchen uns einen Platz unter einem Baum, die Musik ist gerade laut genug, um nicht zu stören. Es ist dunkel, bunte Lampions hängen in den Zweigen, der Geruch von exotischem Essen weht zu uns herüber. Kinder springen über die Decken ihrer Eltern, Pärchen knutschen neben uns.

»Ich war blöd neulich Abend.« Storm nippt an ihrem Bier.

Ich bin überrascht, dass sie es anspricht.

»Mhm.«

»Ich war schlecht drauf. Ich hab manchmal so Tage, da ist einfach alles zum Kotzen.«

»Ist kaum aufgefallen. Auf dem Konzert hast du sogar Freunde gefunden.« Ich lache leise.

»Floyd, ich bin echt kompliziert. Und schwierig.« Storm kratzt sich am Kinn.

Ich drehe den Kopf, sehe sie an. »Ich weiß«, sage ich. »Das macht nichts.«

Storm hält meinen Blick. »Es kann sein, dass ich mich tagelang nicht melde.«

»Okay.«

»Weil ich keinen Bock auf deine Gesellschaft habe.«

»Okay.«

Selbst eine Minute mit ihr ist mir hundert Stunden ohne sie wert. Ich hüte mich, es laut auszusprechen. Storm wendet sich ab, sieht zu Boden.

»Wir werden ja sehen, wie lange du das mitmachst.« Sie spielt mit ihren Schnürsenkeln.

»Hör mal, du bist nicht der einzige soziale Kontakt, der mir wichtig ist.« *Doch. Ist sie.* »Ich habe genug zu tun,

wenn du keine Zeit oder Lust hast.« Ich weiß nicht, warum ich das sage. Wem will ich hier etwas beweisen? Ihr?
Wohl kaum, Floyd.
»Also, wie war der Film?« Der Film interessiert mich einen feuchten Dreck. Was ich eigentlich wissen will, betrifft den Tattoomann.
»Welcher Film?«
»Na der, den du mit John angesehen hast.«
John, der Surfertyp. Du weißt schon.
Ich trinke von meiner Cola, beobachte überaus interessiert die Menschen, die an uns vorbeilaufen.
»Gut.«
»Schön.«
Ich lege mich auf den Rücken, Wurzeln und Steine bohren sich in meine Haut. Die farbigen Lichter in den Zweigen verschwimmen zu einem bunten Nebel.
»Floyd.« Storm dreht sich zu mir um. »Kann ich dich mal was fragen?« Sie klingt ernst.
Ich hebe den Kopf und sehe sie an. »Ja. Sicher.«
»Es ist wirklich wichtig. Du musst mir genau zuhören.«
Ich schlucke. Was will sie? Meine Handflächen werden schon wieder feucht, mein Herz klopft. Storm beugt sich zu mir herunter, bringt ihren Mund an mein Ohr. Ihr Atem kitzelt meine Haut, ihre Haare fallen in mein Gesicht.
»Warum zeigen Männer nie ihre wahren Gefühle?«, fragt sie leise.
Ich drehe den Kopf, ihr Mund ist genau vor meinem. Hektisch stöbere ich nach einer schlagfertigen Antwort, ihre Lippen sind das Einzige, was ich wahrnehme.
»Weil sie keine haben«, sagt Storm und grinst. Sie richtet sich wieder auf und lacht laut, während ich noch überlege, ob es ein Witz war.
»Das war ein Witz, Floyd«, wirft sie mir über die Schulter zu.
»Warum können Frauen nicht hübsch und intelligent zugleich sein?«, antworte ich mit rauer Stimme. Ich muss

mir dringend ein Stück Würde zurückholen, ich komme mir vor wie ein Trottel.

Storm lacht, noch bevor ich weitersprechen kann. »Ich weiß nicht, sag schon«, verlangt sie kichernd.

»Weil sie sonst Männer wären«, sage ich leise. Ich mag Witze nicht. Sie zerstören eine gute Unterhaltung und sind meistens flach und dämlich.

Aber Storm lacht. Sie klopft mir auf den Oberschenkel. »Nicht schlecht, Pinkie. Nicht schlecht!«

»Du sollst mich nicht so nennen«, entgegne ich, als ich bemerke, dass Storm aufgestanden ist, weil John da ist.

Wie schön!

Er begrüßt Storm überschwänglich, sein Bier schwappt auf mein Hosenbein. Ich will aufstehen, aber Storm zieht ihn zu uns herunter.

»Komm, setz dich.« Sie klopft auf den Boden neben sich.

Ja, setz dich, Alter, kein Problem!

»Floyd, richtig?« Er boxt mir gegen die Schulter, ich zucke zurück. Er ist betrunken, sein Schlag viel zu fest. Storm scheint es nicht zu stören.

»Ich wusste gar nicht, dass du hier bist. Witzig«, sagt Tattoomann.

Ja, witzig! Ich komme aus dem Lachen gar nicht mehr heraus.

John grinst debil und stößt klirrend an Storms Bier. Hätte ich es bezahlt, würde ich es ihr jetzt aus der Hand reißen und wegschütten. Habe ich aber nicht. Ich habe Gläser eingesammelt, nur damit dieser Idiot mit ihr trinken kann.

»Ich bin jedes Jahr hier, ich liebe Open-Air-Festivals«, antwortet Storm und breitet die Arme aus.

Sie drückt sich an John und verwickelt ihn in ein Gespräch über die verschiedenen Bands. Ich sitze daneben und warte, dass er verschwindet. Tut er aber nicht. Im Gegenteil. Die beiden amüsieren sich blendend. Storm lacht und John grinst weiterhin debil.

»Willst du noch eins? Ich geb dir eins aus.« Er deutet auf Storms leeres Bier.

Ha! Großer Fehler, mein Freund!

Gleich wird sie ihm sagen, wo er sich sein Bier hinstecken kann. Ich warte mit diebischer Freude auf ihre zweifellos vernichtende Abfuhr.

»Ja. Gerne.«

Mein Kopf schnellt herum. Storm reicht ihm das leere Glas und John springt auf.

»Bin gleich wieder da!« Er wankt zum Getränkestand.

»Wie jetzt? Er darf und ich nicht?« Ich schnaube. Ich benehme mich wie ein kleines Kind, beiße die Zähne zusammen.

Mein blöder Kommentar ist Storm nicht mal eine Antwort wert. Wir sitzen stumm nebeneinander, bis John zurückkehrt.

»Wolltest du auch was?«, fragt er mich.

Wenn ich wollte, könnte ich den ganzen Stand kaufen, du Idiot!

»Mach dir keine Gedanken. Er kann sich selbst was holen. Wenn er will, kann er den ganzen Stand kaufen«, sagt Storm und hebt die Schultern.

Es reicht. Ich gehe.

»Ich muss los. Ich bin noch auf eine Party eingeladen.« Ich stehe auf, klopfe mir meine Vierhunderteurohose sauber.

»Oh, schade. In einer halben Stunde spiele ich da oben.« John nickt mit dem Kopf in Richtung Bühne.

Fantastisch! Jetzt ist er auch noch in einer Band!

Storm klatscht in die Hände. »Ich bleibe. Das wird prima, John!«

Ja. Zweifellos. Er ist sternhagelvoll.

»Tut mir leid. Ich kann nicht. Macht's mal gut. Viel Spaß noch.« Ich verdränge den Sarkasmus aus meiner Stimme, drehe mich um und laufe langsam los. Sehr langsam. Falls Storm mir folgen möchte.

Möchte sie nicht.

Beim Verlassen des Festgeländes riskiere ich noch einen Blick zurück. Storm und John stecken die Köpfe zusammen, sie haben Spaß. Das kann jeder sehen.

Auch ich.
Das ist es wohl, was sie meinte.
Kompliziert. Und schwierig.

Kapitel 15

Das Haus ist leer. Meine Mutter ist heute Morgen zum Flughafen aufgebrochen, ich habe mich von ihr verabschiedet und überlege seitdem, was ich mit Storm unternehmen könnte. Ich muss Punkte sammeln, die Schmach von gestern dämpfen. Wer weiß, was John noch alles aufgefahren hat. Ich weiß es jedenfalls nicht und das macht mich irre.

Ein- oder zweimal war ich in Versuchung, Ben anzurufen, habe es aber nicht getan. Er hatte keinen Grund, so auszuflippen. Ein abgebrochenes Tennisspiel ist kein Verbrechen, soweit mir bekannt ist. In Wirklichkeit habe ich die Hosen voll. Ich will nicht wissen, was er zu sagen hat. Ich habe beschlossen, den Blackout als das geringere Übel zu wählen. Das ist leichter zu ertragen als die Wahrheit. Ich will nicht wissen, was Ben vielleicht weiß. Mit Storm bewege ich mich auf extrem dünnem Eis. Es darf nicht noch dünner werden, sonst bekommt es Risse und bricht. Der Sog des kalten Wassers wird uns unerbittlich auf den Grund ziehen. Das überleben wir nicht.

Es ist furchtbar heiß draußen, das Thermometer sprengt die Vierzig-Grad-Marke. Was soll ich Storm bei diesem Wetter vorschlagen? In eine Wanne voll Eis steigen? Hier im Haus ist es angenehm, die Klimaanlage läuft auf Hochtouren. Doch Storm wird kaum freiwillig hierherkommen, das steht fest. Und plötzlich habe ich eine Idee. Ich greife zum Telefon.

* * *

Ich packe eine Tasche und schicke Storm eine Nachricht.
Mein Tag. Ich hole dich um 17 Uhr ab. Bis dann.
Nachdem ich Handschuhe, Mützen, Skisocken und Schals zusammengesucht habe, koche ich Tee, den ich in eine Thermoskanne umfülle, und sehe zwischendurch angespannt auf das Handy, aber Storm antwortet nicht.

Sie hat meine Nachricht gelesen, das kann ich erkennen. Ich werde auf jeden Fall zu ihr fahren. Wenn sie nicht da ist, lasse ich mir was einfallen.

Storm sitzt auf den Stufen vor der Haustür und raucht. Sie trägt ein Bikinioberteil und die abgeschnittene Jeans von gestern. Ich parke und steige aus.

»Hey.«

Ich laufe auf sie zu, sehe sie prüfend an, um einzuschätzen, wie ihre Laune ist. Eindeutig schlecht. Ihre Mundwinkel kräuseln sich, sie antwortet nicht.

»Alles klar?«

»Hab 'nen Kater.« Sie zieht an der Kippe. »Und keinen Bock, was zu machen.«

»Warum hast du mir keine Nachricht geschickt? Dann hätte ich nicht kommen brauchen.«

»Was denn, Herr Graf? Ist der Weg hierher zu weit?« Sie schnickt die Zigarette in meine Richtung, ich springe zur Seite, damit sie mir nicht auf den Fuß fällt.

»Was denn, Frau Gräfin? Ein Bier zu viel?« Heute werde ich nicht klein beigeben, ich bin nicht ihr Depp vom Dienst.

»John war eben großzügig. Wir haben nach seinem Gig gefeiert. Es war echt super, du hast was verpasst.« Sie zündet sich eine neue Kippe an, hebt provozierend das Kinn.

»Ja. Garantiert«, murmle ich. »Hör zu, Storm, dann verschwinde ich. Melde dich, wenn du wieder fit bist.«

Ich werfe den Schlüssel in die Luft und öffne die Autotür.

»Ich wusste, du hältst nicht lange durch. Ich hatte recht.« Sie steht auf und betritt das Haus.

Ich verharre mit einem Bein im Wagen und der Hand an der Tür. Was will sie von mir, verflucht? Soll ich bleiben oder gehen?

»Kannst du eislaufen?«

Storm dreht sich um. »Was?« Sie sieht mich an, als ob ich wissen will, ob sie schon mal auf dem Mond war.

Ich hebe die Brauen. »Eislaufen? Wie Inliner, nur mit Kufen und auf einer vereisten Fläche?«

»Floyd, was soll die Frage? Es ist Juli und hat vierzig Grad.«

»Kannst du oder kannst du nicht?«

»Ja, Herrgott noch mal!«

»Dann steig ein.«

»So?« Sie blickt an sich herunter, reckt ihr nacktes Bein in die Höhe.

»Ja.«

Ich laufe ums Auto, öffne die Beifahrertür. Dann setze ich mich hinter das Steuer, schließe meine Tür und lasse den Motor an. Storm kneift die Augen zusammen, schüttelt den Kopf und läuft barfuß die Stufen hinab. Sie steigt ein, legt die Füße auf das Armaturenbrett. Ich fahre los.

»Bin gespannt wie ein Flitzebogen, Pinkie.«

Ich lege eine Vollbremsung hin, Storm rutscht im Sitz nach vorne, ihre Beine klatschen gegen das Fenster.

»Spinnst du?« Sie reibt sich das Knie.

»Du sollst mich nicht Pinkie nennen. Ich sage das jetzt zum letzten Mal. Klar?« Ich sehe sie an. Gestern habe ich vielleicht den Trottel gegeben, heute nicht. Meine Hände umklammern das Lenkrad. »Sonst steigst du hier aus.«

»Uh-uh. Da ist wohl jemand schlecht gelaunt. Hab verstanden, reg dich ab.« Sie langt nach ihren Zigaretten, ich schnappe nach ihrem Handgelenk.

»Und im Auto wird nicht geraucht. Die Fahrtzeit wirst du wohl schaffen, Storm.« Ich nehme ihr langsam die Kippen aus der Hand und lege sie in ihren Schoß.

Storm blickt mich entgeistert an, ihr Mund klappt auf und zu. »Du hast mir gar nichts zu sagen. Du kannst mich mal!«

Sie grapscht nach dem Päckchen, ich lange über sie und öffne die Tür. Meine Hand deutet auf die Straße. »Es steht dir frei. Rauchen und hierbleiben oder mitfahren und verzichten.«

Wir sehen uns an, kämpfen einen stummen Kampf um das Für und Wider unserer Freundschaft. Der Augenblick ist entscheidend, wir spüren es beide. Die heiße Luft strömt ins Auto, feine Schweißperlen rinnen an meiner Schläfe hinab.

Habe ich den Bogen überspannt?

Storm greift nach der Tür und schließt sie mit einem leisen Klicken. »Du Arsch«, sagt sie gedämpft und lächelt.

Ich stoße einen imaginären Seufzer der Erleichterung aus und grinse verstohlen.

Punkt, Satz und Sieg Floyd!

Wir reden nicht, aber es ist angenehm. Es ist die Art von Stille, die keine Konversation braucht. Storm sieht aus dem Fenster, ihre Füße wippen im Takt der Musik, die aus der Anlage strömt. Ich entspanne mich, meine Hand liegt locker auf dem Schaltknüppel.

Wir halten auf dem Parkplatz einer alten Eishalle. Sie dient der Eishockeymannschaft unserer Stadt als Sommertrainingsgelände. Ich steige aus und hole die Tasche aus dem Kofferraum.

»Ist die nicht geschlossen? Es ist Sommer.«

»Heute nicht.«

Am Eingang halte ich ihr die Tür auf. Storms nackte Füße tapsen durch den gefliesten Bereich, die Kälte ist so wohltuend, dass mir ein »Gott, ist das geil!« herausrutscht. Die Tasche stelle ich auf einer Bank ab und packe meine Mitbringsel aus.

»Du hast die ganze Halle gemietet?« Storm verschränkt die Arme und holt tief Luft.

»Jep.« Ich reiche ihr eine Trainingshose von mir.

»Du hast einen Knall, Floyd van Berg.« Sie macht keine Anstalten, sich anzuziehen. »Für wie lange?«

Ohne ihr zu antworten, krame ich nach Mütze und Handschuhen.

Storm stellt ihren nackten Fuß auf meine Hand und unterbricht meine Suche. »Für wie lange, Floyd?«

»Zwei Stunden.« Ich sehe sie an. Ich kann nicht immer Rücksicht auf die unterschiedlichen Verhältnisse nehmen, aus denen wir kommen, weil ich eben bin, wie ich bin. Storm muss das verstehen. »Ich brauche eine Abkühlung.«

Ich schiebe ihren Fuß weg, stülpe mir eine Mütze auf den Kopf.

»Wir hätten schwimmen gehen können. Einfach schwimmen, Floyd.«

»Ich wollte eislaufen.«

»Und da mietest du eine ganze Halle? Im Sommer? Das ist mir echt zu viel. Ich gehe.« Sie dreht sich um und läuft zum Ausgang.

»Mein Tag, Storm.« Mehr sage ich nicht. Sie bleibt stehen.

»Ach Scheiße! Wie bist du denn heute drauf?« Sie kommt zurück und schnappt nach der Jogginghose. »Gib schon her!«

Sie schlüpft in die viel zu große Hose.

»Ich soll in einer Prada-Jogginghose Schlittschuh laufen?« Sie starrt auf den Aufnäher mit dem Label.

»Die ist alt. Ist kein Problem.« Ich binde mir die Schlittschuhe, reiche ihr einen dicken Pulli und eine Canada-Goose-Weste.

»Woher hast du die Sachen?« Sie versinkt in der Kleidung, ihre Fingerspitzen lugen aus den Ärmeln meines Pullovers, die Kordel der Hose ist bis zum Anschlag zugebunden. Ich muss mir ein Lachen verkneifen, sie sieht aus wie ein Zwerg aus Schneewittchen.

»Es sind meine. Keine Angst, alles frisch gewaschen.« Ich grinse und stakse zur Eisbahn, Storm folgt mir auf wackligen Beinen.

»Ist hundert Jahre her, dass ich das letzte Mal gefahren bin.«

Sie klammert sich an die Bande, stellt einen Fuß vorsichtig auf das Eis. In der Halle brennen nur die Notlampen, der Hausmeister hat sich geweigert, die Festbeleuchtung anzuwerfen.

»Es besteht keine Gefahr, dass ich dir davonfahre. Ich glaube, ich war dreizehn oder so.« Ich teste das Eis und meinen Gleichgewichtssinn.

Storm steht immer noch am Rand, die schützende Bande im Rücken. Sie betrachtet skeptisch das Eis.

»Jetzt komm schon.« Ich halte ihr die Hand hin. »So schwer wird es nicht sein. Ist wie Fahrrad fahren, das verlernt man nie.«

Vorsichtig schiebt sie einen Fuß vor den anderen und greift nach meiner Hand. Wir tragen beide dicke Handschuhe und doch durchfährt mich die Berührung wie ein Blitz. Wahrscheinlich würde sie mich ohne die Handschuhe überhaupt nicht anfassen.

»Wollen wir eine Runde versuchen?« Mein Kopf ruckt in Richtung der spiegelglatten Eisfläche, ihre Hand fest in meiner. Storm nickt knapp, beißt sich auf die Lippen.

Wir fangen langsam an, aber schon bald findet Storm ihren Rhythmus, und wir gleiten immer schneller über das Eis. Die kühle Luft rötet ihre Wangen, ihre Haare fliegen hinter ihr her.

Storm, be careful! Beinahe kann ich ihre Mutter hören, wie sie ihr hinterherruft. Wir drehen etliche Runden, Storm lacht und wir kommen außer Puste.

»Pause, Floyd«, ruft sie, und wir stoppen in der Mitte. »Ich hatte vergessen, wie viel Spaß das macht.« Sie strahlt mich an. »Noch dazu, wenn es draußen vierzig Grad hat.«

Ich grinse wie ein Geisteskranker. Zumindest vermute ich das.

»Also, Floyd. Wie hast du das gemacht?« Sie breitet die Arme aus.

»Ist doch egal.«

»Ich verspreche, dass ich nichts Blödes sage.« Storm kreuzt die Finger. »Es interessiert mich, was mit Geld alles möglich ist.« Sie sieht mich offen an, ich kann keine Spur von Häme entdecken.

»Ich kenne Menschen, die ...« Ich stocke. Was soll ich sagen? Mein Vater kennt Leute und deshalb kenne ich sie

ebenfalls und mit genügend Geld ist alles leicht?«Manchmal ist es nur ein Anruf. Manchmal ist der Zeitaufwand größer. Es kommt drauf an, ob es sich lohnt. Es kostet Geld. Mal mehr, mal weniger. Aber ich habe bis jetzt ausnahmslos alles bekommen, was ich wollte. Alles, Storm.«
Ich erwidere ihren Blick, ehrlicher kann ich es nicht ausdrücken.

»Kaufst du dir auch Freunde?«

Sie taxiert mich. Ich will am liebsten wegsehen, aber ihre Augen halten mich fest.

»Ich weiß es nicht. Ich weiß nicht, ob die Leute mich mögen oder das Geld. Ich versuche, sie zu durchschauen. Meistens gelingt es mir ganz gut. Manchmal nicht.«

»Und hast du dir schon einmal gewünscht, deine Familie hätte nicht so viel Geld? Bist du wegen deinem Reichtum schon mal verletzt worden?« Sie lässt mir keine Fluchtmöglichkeit, ihre Worte prasseln auf mich ein wie spitze Nägel, präzise und schmerzhaft.

Ja. Ja, verflucht, und es geht sie einen feuchten Scheiß an.

»Nein. Was soll die Frage?«, antworte ich genervt.

»Du lügst.«

Ich wende mich von ihr ab, will davonfahren, aber Storm lässt nicht locker.

»Floyd. Du lügst. Wer? Wer hat dich verletzt? Sag es mir!«

Ich bleibe stumm.

»Wer?«

Ich drehe mich zu ihr, versuche mich an einem Lächeln. »Storm, komm schon. Das ist Hausfrauenpsychologie. Hör auf.«

Sie denkt nicht daran. »Wer, Floyd?«

Sie fährt auf mich zu, ich gleite rückwärts.

»Hör auf, hab ich gesagt!« Ich werde lauter. Das ist doch bescheuert!

»Wer, Floyd?«

Sie sieht mich an, blinzelt nicht, kein Muskel in ihrem Gesicht bewegt sich. Die Halle wird plötzlich ganz klein, die Wände kommen auf mich zu. Sie packt mich am Arm.

»Wer? Sag es!« Sie schüttelt mich, ich schlage ihre Hand weg.

»MEIN VATER, OKAY?« Ich schreie so laut, dass sie zurückzuckt. »Ich wünschte, er wäre ein armer Schlucker! Ein Bauarbeiter oder ein Lehrer oder sonst was! Dann hätte er vielleicht Zeit für mich gehabt! Dann wäre ich wichtiger als seine Scheißfirma und das SCHEISSGELD!«

Als ich verstumme, ist die Stille endgültig.

»Zufrieden?«, frage ich heiser.

Wie schafft sie das? Wenn ich denke, ich habe alles im Griff, zerstört sie meine Selbstsicherheit mit einem Wimpernschlag.

Storm nickt langsam. »Ja. Zufrieden«, sagt sie leise, runzelt die Stirn. In ihre Augen tritt ein seltsamer Ausdruck. Irgendwie weich und fragend. Als hätte sie eine Erkenntnis, die wichtig ist. Hat sie etwa Mitleid mit mir? Das brauche ich nun wirklich nicht.

»Lass deine Beileidsbekundungen stecken ja? Ich bin erwachsen, ich verkrafte das«, sage ich mürrisch, weil ich mich über mich selbst ärgere. Woher kam dieser Ausbruch eben, verflixt noch mal?

»Das ist verrückt. Männer können ja doch Gefühle zeigen«, antwortet Storm. Ihre Mundwinkel gehen nach oben, die großen Augen werden noch größer. »Das ist schön, Floyd«, sagt sie dann, und plötzlich erkenne ich echte Zuneigung in ihrem Blick.

Der Gedanke, dass Storm mich tatsächlich mag, haut mich total um. Vor lauter Verlegenheit unterbreche ich unseren Augenkontakt und drehe mich ein paarmal um die eigene Achse. Die Kufen meiner Schlittschuhe wirbeln feines Eis auf.

Storm hebt die Hand, hält mich am Ärmel fest und will etwas sagen, als ich aus dem Tritt komme und das Gleichgewicht verliere. Stolpernd ziehe ich sie mit und wir fallen rückwärts um. Ich kann mich gerade noch abfangen, ohne dass mein Kopf auf das harte Eis knallt, presse die Arme um Storms Hüfte, und sie landet in einem sanften Sturz auf mir. Ihr Körper ist so leicht, dass ich sie durch die dicke Kleidung kaum spüre, ihre Nase stupst gegen meine.

»Huch«, sagt sie.

Sekundenlang sehen wir uns in die Augen, sie ist so nah, dass ich die feinen Sommersprossen auf ihrer Haut zählen könnte. Sie riecht nach meinem Waschpulver und dem Zitronenshampoo.

»Sorry.« Mein Mund ist so trocken wie Schmirgelpapier.

Storm zögert kurz, dann rollt sie sich von mir herunter. Wir liegen nebeneinander auf dem kalten Eis, ich starre an die Decke.

»Tut mir leid mit deinem Vater. Meiner gewinnt auch keinen Preis, das ist mal sicher.«

»Lässt er dich in Ruhe?«

»Im Moment schon. Du hast ihm Angst gemacht mit deiner schrecklichen Drohung!« Storm lacht.

Ich war so in Rage, ich weiß nicht mehr, was ich gesagt habe. Aber was ich ganz sicher weiß, ist, dass ich durchdrehe, wenn er ihr etwas antut.

»Die zwei Stunden sind um. Wir müssen gehen.« Vorsichtig stehe ich auf, reiche Storm die Hand und ziehe sie hoch.

»Das war echt cool, Floyd. Danke.« Sie hält meine Hand länger als nötig, ihr Gesichtsausdruck ist weder zynisch noch spöttisch.

»Mir hat es auch Spaß gemacht. Danke, dass du mitgekommen bist.«

Wir fahren zur Bande, ich helfe Storm aus den Schlittschuhen und packe die Sachen zusammen.

»Musst du arbeiten?«, frage ich beim Hinausgehen.

»Nein. Ich habe die Schicht mit John getauscht.«

Ich werfe die Tasche auf den Rücksitz. »Hast du Hunger?«

»Wie ein Bär.« Storm leckt sich die Lippen und steckt sich die lang entbehrte Zigarette zwischen die Lippen.

»Bist du mutig?«

»Van Berg, ich verstehe die Frage im Zusammenhang mit meiner Person nicht.« Storm grinst und bläst mir den Rauch ins Gesicht.

»Gut. Dann weiß ich, wo wir essen gehen.« Ich grinse zurück, Storm raucht zu Ende und wir steigen ein. Ich starte den Motor und lenke den Wagen vom Parkplatz.

Ich glaube, ich fühle so etwas Ähnliches wie Glück.

Kapitel 16

Wir sitzen in einem kleinen Restaurant am Rande der Stadt. Der Besitzer ist ein Sternekoch, der sich auf besondere Vorspeisen der ganzen Welt spezialisiert hat. Er ist ein alter Schulkollege meiner Mutter und die van Bergs sind gern gesehene Gäste. Wir haben einen Tisch am Fenster.

Die sanft geschwungenen Felder und das goldene Abendlicht bieten eine gigantische Aussicht, die mich völlig kaltlässt, weil meine gesamte Aufmerksamkeit ihr gilt. Storm ist hier so fehl am Platz wie eine Fliege in der Suppe und es interessiert sie überhaupt nicht. Sie trägt mein Shirt, ihr Bikinioberteil war keine Alternative, und sitzt im Schneidersitz auf dem Stuhl. Die nackten Knie ragen über die Tischkante. Ich schwitze in dem dicken Pullover, den ich mir notgedrungen übergeworfen habe, aber es ist mir egal. Der schwarze Lack an ihren Nägeln blättert ab, ihre Haare hängen vom Eislaufen in zotteligen Strähnen über ihren Rücken. Sie sieht nach draußen, in ihren Pupillen spiegelt sich die tief stehende Sonne.

Der Kellner kommt, und sein Blick huscht ganz kurz zu dem Knie, das ihm im Weg ist. Ich grinse verstohlen.

»Herr van Berg, wie schön, Sie in unserem Haus begrüßen zu dürfen.« Er reicht mir die Speise- und die Weinkarte.

Storm dreht den Kopf und wackelt mit den Augenbrauen.

»Ja, Herr van Berg«, sagt sie und sieht mich an. »Es ist so schön, dass wir hier sind. Ich piss mir gleich in die Hose vor Freude.«

Der Kellner zuckt nicht mal mit der Wimper, mir rutscht ein Lachen heraus.

»Möchten Sie die Empfehlung des Tages oder wählen Sie aus der Karte?« Er füllt die Wassergläser auf.

»Wir nehmen die Karte, danke.«

»Soll ich den Sommelier schicken, Herr van Berg?«

Ich sehe zu Storm. »Willst du Wein?«

Sie nickt. »Klar will ich Wein. Und einen Jenssen-Arcana-Cognac mit Gingerale als Aperitif. Auf Eis, bitte«, wendet sie sich an den Kellner, der anerkennend nickt.

»Eine gute Wahl, Madame.« Er entfernt sich und ich pfeife leise.

»Du überraschst mich immer wieder, Storm.«

»Ich kann mir das vielleicht nicht leisten, aber das bedeutet nicht, dass ich mich nicht auskenne, Floyd.«

Kapitulierend hebe ich die Hände. »Ich bin völlig vorurteilsfrei, Madame.«

Sie lacht, und irgendwie ist es, als würden tausend winzige, kitschige Feen über den Tisch flattern und sich in meinem zweifellos lahmgelegten Hirn festsetzen. Ich schüttle mich und vertreibe diese absolut unmännliche Vorstellung.

Um mich wieder wie ein normaler Mensch zu benehmen, stelle ich ihr eine stinknormale Frage.

»Auf welcher Schule warst du?«

Wir verfallen kurz in eine Plänkelei über das Gymnasium, das Storm besucht hat, suchen gemeinsame Bekannte, die wir aber nicht haben. Weil Storm zugibt, dass sie keine Freundschaften pflegt.

»Das ist mir zu kompliziert. Diese Klüngeleien. Mit wem man befreundet sein darf und wer mit wem nicht, weil er in eine No-go-Area gehört. War nie mein Ding. Hab nichts vermisst«, tut sie es ab, und ich sehe, dass sie lügt. Ein feiner Schmerz zeichnet sich in ihren Augen ab.

»Na gut. Bestellen wir jetzt oder was?«, sagt sie dann einen Tick zu laut, und ich gehe auf ihr Angebot ein, so zu tun, als wäre nichts. Grinsend klappe ich die Karte auf.

»Also, es gibt hier nur Vorspeisen. Aus der ganzen Welt. Wir wechseln uns ab, jeder nennt ein Land, in dem er schon mal war, und wir suchen ein Essen dazu aus.« Ich hebe den Kopf. »Einverstanden?«
Ich finde die Idee witzig, so probieren wir die Karte hoch und runter.

»Dann bleibt mir nur Kartoffelsuppe oder Feldsalat«, sagt Storm.

»Wie jetzt?«

»Ich war noch nie im Ausland. Außer in Dover, der Heimat meiner Mutter. Aber da war ich zwei Jahre alt.«

Der Kellner bringt ihren Aperitif und verschwindet so leise, wie er gekommen ist. Storm trinkt einen Schluck, die Eiswürfel klirren im Glas, weil ich sie stumm anstarre.

»Du warst noch nie im Urlaub? Du verarschst mich doch!«

»Ich habe nicht gesagt, dass ich nicht im Urlaub war. Obwohl«, sie denkt nach, »ich war nur einmal im Ruhrpott, bei den Eltern meines Vaters. Die sind aber jetzt tot. Damit fällt das auch weg. Sonst habe ich die Ferien zu Hause verbracht. Und seit ich alt genug bin, mach ich Ferienjobs. Also nein, ich war noch nie im Ausland. Und auch nur einmal im Urlaub.« Sie spitzt die Lippen und knibbelt an der Haut ihres Knies.

»Spanien?«

Sie schüttelt den Kopf.

»Italien?«

Storm blickt nach unten, schüttelt immer noch den Kopf.

»Holland?« Ich klinge verzweifelt.

»Nein, Floyd. Kapier's doch.« Sie schnaubt.

Einen Versuch wage ich noch. »Das Meer? Die Ostsee?«

»Nein«, antwortet sie knapp. »Außer in Dover. Aber wie gesagt, ich war zwei.« Sie zuckt mit den Schultern. »Letztes Jahr wollte ich nach Südfrankreich. Bis der Typ sich als Internetfreak entpuppt und private Fotos von mir ins Netz gestellt hat. Alleine hatte ich dann keine Lust.«

Der Sommelier kommt, bevor ich antworten kann. Er hält ein Buch in der Hand, so dick wie die Bibel.

»Guten Abend, darf ich mich vorstellen? Mein Name ist Jaques.« Er reicht erst Storm die Hand, dann mir. »Welchen Wein darf ich Ihnen empfehlen?«

Seine Finger streichen liebevoll über das in Leder gebundene Buch. Ich deute mit einer leichten Geste auf Storm. Sie schildert ihm, was sie mag, er blättert voller Eifer durch die Seiten, und die beiden sind sofort in ein Gespräch vertieft. Storms Aufmachung scheint ihn nicht zu stören, und ich höre, dass sie wirklich Ahnung von Wein hat.

Meine Gedanken schweifen ab. Ich fahre jedes Jahr in den Urlaub. Irgendwohin auf der Welt. Im Winter zum Skifahren, im Frühling nach Asien, im Sommer in eine Stadt, die mir gefällt. Seit zwei Jahren bin ich ohne meine Eltern unterwegs, entweder mit Ben oder allein. Ich reise gerne, es macht mir nichts, ohne Begleitung zu sein.

Der Sommelier scheint zufrieden mit Storms Wahl. Er sieht aus, als würde er sie am liebsten nach ihrer Telefonnummer fragen, und versichert uns mit einem glücklichen Lächeln, dass der Wein sofort kommt.

»Hast du den Schock verdaut?« Storm grinst mich an. »Erzähl mal, wo du schon überall gewesen bist.«

»Kontinente? Alle. Länder? So ungefähr die Hälfte. Städte? Kann ich nicht zählen, sonst sitzen wir morgen noch.« Ich glaube nicht, dass ich bei Storm mit falscher Bescheidenheit punkten kann.

Sie nickt. »Dachte ich mir schon. Na, dann muss ich improvisieren. Gib mal die Karte.«

Ich reiche sie ihr und unsere Finger berühren sich kurz. Ihr Zeigefinger streicht über meinen Handrücken, so leicht, dass ich es kaum spüre. Ich sehe sie an, aber Storm ist schon in die Seite vertieft, die sie aufgeschlagen hat. »Ich nehme Frankreich und Spanien. Und England.«

Obwohl ich das meiste kenne, studiere ich das Angebot ebenfalls. »Dann nehme ich Korea und Südamerika.« Ich hebe leicht die Hand und der Kellner nimmt unsere Bestellung auf.

»Ich wollte immer mal nach Barcelona. Es war die Lieblingsstadt meiner Mutter.« Storm nippt an ihrem Drink. »Sie hat dort ein Semester Architektur studiert.«

»Woran ist sie gestorben?«

Storms Augen verdunkeln sich. »Krebs.« Sie holt tief Luft. »Ich will nicht drüber reden, okay?« Sie klingt aggressiv.

»Kein Problem.« Ich kann ihren Schmerz sehen, er wabert wie dichter Nebel über den Tisch, und ich wedle unwillkürlich mit der Hand, um ihn zu vertreiben, dann wechsle ich das Thema. »Barcelona ist echt irre. Ich mag die Stadt, sie ist so unkompliziert. So einfach und so wunderschön. Und sie hat einen Strand.«

Ich weiß nicht, ob es richtig ist, dass ich ihr von der Stadt erzähle, aber Storm hört mir aufmerksam zu, lacht, und die düstere Stimmung weicht angenehmer Konversation. Zwischendurch kommt der Wein. Storm schwenkt das Glas, hängt die Nase über den Rand und schnuppert. Dann kostet sie einen Schluck, schiebt ihn im Mund hin und her, auf ihren vollen Lippen glänzt ein Tropfen. Der Sommelier und ich starren sie an, ihre Bewegungen sind so natürlich, so unbefangen, dass ich in seinen Augen die Bewunderung lesen kann. Unwillkürlich empfinde ich so etwas wie Stolz, was restlos bescheuert ist. Sie ist nicht mal meine Freundin und doch fühlt es sich in diesem Moment so an.

Storm bemerkt von alledem nichts, sie strahlt den Sommelier an und lobt den Wein. Er rauscht mit einem seligen Gesichtsausdruck davon.

»Vielleicht spare ich und fahre nächstes Jahr mal hin«, sagt sie.

»Vielleicht komme ich mit.« Ich bin mutig, mehr als ein Nein geht nicht.

Sie sieht nachdenklich aus dem Fenster. »Ja. Warum nicht? Das wäre schön. Dann kannst du mir deine Lieblingsplätze zeigen.«

Ich muss mich zurückhalten, um nicht sofort mit dem Handy einen Flug zu buchen. Ich kann mir nicht vorstellen, was ich lieber täte. »Wir könnten sofort ...«

Der Kellner kommt und bringt mich zum Verstummen. Ist wahrscheinlich besser so.

»Die Froschschenkel, die Austern, die Kutteln und die Lammpastete mit Minzdip.« Er arrangiert die Teller zwischen uns, Storm faltet die Serviette auf ihrem Schoß.

Der zweite Kellner bringt den Rest. »Die Kimchisuppe und das Cuy. Bitte sehr. Ich wünsche einen guten Appetit. Brauchen Sie noch etwas?«

Ich verneine, Storm glotzt auf die Froschschenkel und das Cuy. Ihr entsetzter Blick spricht Bände.

»Was ist das?« Sie deutet auf das Cuy.

»Das ist Südamerika.« Ich halte mir die Faust vor den Mund, grinse und räuspere mich dann. »Du hast gesagt, du bist mutig.«

»Es sieht aus wie eine tote Ratte! Das ist ekelhaft, Floyd!«

»Es ist eine Delikatesse aus Peru. Ein Meerschweinchen.«

Gleichmütig greife ich zum Besteck. Storm hustet, trinkt einen großen Schluck Wein. Ich nehme mir von allem ein wenig, vor den Kutteln habe ich den meisten Respekt. Innereien sind kein Leibgericht von mir, vorsichtig steche ich mit der Gabel in die undefinierbare Masse.

»Also, ich weiß nicht, ob ich das da herunterbekomme.«

Zaghaft rieche ich an dem Bissen, den ich aufgespießt habe, sehe Storm an und erwarte eine spitze Bemerkung. In ihren Augen schwimmen Tränen und hastig lasse ich die Gabel sinken.

»Was ist? Stimmt was nicht?«

Mir fällt auf Anhieb eine Sache ein, die zwischen uns ganz und gar nicht stimmt, und halte die Luft an.

Jetzt, Floyd. Sie wird aufstehen und gehen. Sie erinnert sich. Das war's. Du bist geliefert.

»Ich kann kein Meerschweinchen essen. Das geht nicht, Floyd. Auf keinen Fall«, flüstert sie, und eine Träne rollt über ihre Wange.

Die angehaltene Luft entweicht aus meiner Lunge, Erleichterung überschwemmt mich wie eine riesige Welle.

»Okay«, sage ich nur, ich traue meiner Stimme nicht.

Ich schlucke ein-, zweimal und lege mein Besteck zur Seite.

»Hey, Storm.« Den Kopf geneigt, fange ich ihren Blick ein. »Das macht doch nichts. Es tut mir leid. Ich wusste nicht, dass dich das so mitnimmt, sonst hätte ich es nicht bestellt.«

Zögerlich reiche ich ihr meine Serviette. Storm grapscht ungehalten danach, es ist ihr peinlich.

»Hör zu, wir können es abräumen ...«

Ihr Kopf schnellt nach oben, ihre Augen blitzen. »Wenn du noch ein Wort sagst, kleb ich dir eine!«, unterbricht sie mich. »Du erwähnst das hier nie wieder, klar?«

Ich lehne mich zurück, recke ihr die offenen Handflächen entgegen. »Wow! Verstanden, kein Problem.«

Wir beginnen zu essen, Storm nimmt sich die Suppe.

»Vorsicht, die ist ...«, fange ich an, aber ihr Blick bringt mich zum Verstummen. Sie sieht mich so böse an, dass mir der Rest des Satzes im Hals stecken bleibt. Ich beobachte, wie sie den Löffel in den Mund schiebt und schluckt. Sekundenbruchteile später fängt sie an zu husten. Ihr Gesicht läuft rot an, sie ringt um Luft. Ungerührt esse ich weiter. Sie wollte meine Hilfe ja nicht.

Als sie wieder sprechen kann, faucht sie wie eine Katze. »Bist du irre? Wie kannst du das bestellen?« Sie stürzt ihr Wasser hinunter und wischt sich die feuchten Augen. »Wolltest du mich umbringen, Floyd? Du hast sie doch nicht mehr alle!«

»Ich wollte dir ja sagen, dass es scharf ist, aber du hast mich nicht ausreden lassen.« Ich ziehe die Suppe zu mir herüber und schiebe ihr die Froschschenkel hin. »Hier. Vielleicht wird ja ein Prinz daraus, nicht so ein Fiesling wie ich.«

Ich sehe sie unschuldig an und löffle die Suppe, ohne eine Miene zu verziehen.

Storm muss lachen. »Das ist das seltsamste Dinner, das ich jemals hatte. Wie kannst du das schlucken, ohne zu sterben?« Sie sieht mich fragend an.

»Ich mag scharfes Essen.«

»So wie scharfe Bräute?«

»Touché.« Ich grinse.

Storm nimmt den Froschschenkel in die Hand, schließt die Augen und drückt einen Kuss auf die knusprige Haut. Erwartungsgemäß passiert nichts.

Bedauernd zucke ich mit den Schultern. »Ich könnte dir einen Schimmel schenken. Und ein Schloss. Und Schmuck und die schönsten Kleider. Dann wäre ich fast ein Prinz.«

Und plötzlich wird ihr Gesicht hart. »Selbst der Schimmel macht dich nicht zum Prinzen, Floyd. Und schon gar nicht zu meinem. Auch wenn du das gerne hättest.«

Wham. Die imaginäre Ohrfeige bringt meine Wange zum Brennen.

Storm schiebt den Teller weg. »Du musst nicht mit mir flirten, das ist völlig sinnlos. Wir sind maximal Bekannte. Das hier kann man noch nicht mal Freundschaft nennen. Also mach dir keine Hoffnungen, und heb dir deine Sprüche für die Frauen auf, bei denen du zum Stich kommst.«

Sie lächelt süß. Ich würge den Bissen runter, rücke meinen Teller ebenfalls zur Seite.

»Entschuldige, aber was genau habe ich verpasst?« Ich verstehe den Stimmungsumschwung nicht. Sie spielt Pingpong mit mir, und ich bin mir nicht ganz im Klaren, ob ich Lust dazu habe. Die Arme gekreuzt, warte ich auf ihre Antwort.

»Glaubst du, ich bin bescheuert, Floyd? Ich sehe doch, wie du mich anglotzt. Das alles hier ist doch nur das Vorspiel. Die Eishalle mieten, das Restaurant hier, der teure Wein. Du kannst es kaum abwarten. Dir läuft der Sabber schon vom Kinn.« Sie greift so heftig nach ihrem Glas, dass der Wein aufs Tischtuch schwappt.

»Storm, es war deine Idee. Du bist zu mir gekommen und wolltest es versuchen.« Ich bleibe ruhig. Auch wenn sie recht hat, habe ich nichts Falsches getan.

»Ja. Schön blöd! Können wir gehen? Ich will nach Hause.« Sie wirft die Serviette auf den Tisch, langt schon im Stehen nach ihrem Glas und leert es bis auf den letzten Tropfen.

»Sicher.« Ich erhebe mich seufzend.

Der Kellner kommt im Eiltempo und fragt atemlos, was nicht stimmt. Alles, würde ich am liebsten antworten. Alles stimmt nicht und das wird es auch nie. Ich beruhige ihn, bedanke mich für das Essen und zahle mit einem großzügigen Trinkgeld.

Storm steht vor dem Restaurant und raucht. Ihre bloßen Füße scharren wütend durch den feinen Kies, ihre Hände zittern leicht. Ich frage noch einmal.

»Kannst du mir bitte erklären, was los ist?« In einigem Abstand bleibe ich stehen, ihre zornige Miene ist Grund genug, ihr nicht zu nahe zu kommen.

»Nein!«

Ich nicke. »Gut. Dann nicht. Gehen wir.«

Wir fahren zurück, das Ritual des Schweigens hat uns fest im Griff. Ich setze Storm ab, sie verlässt ohne ein Wort das Auto und das Geräusch der zuschlagenden Tür knallt wie ein Pistolenschuss in meinem Ohr.

Um kurz vor drei weckt mich der Piepston meines Handys.

Ich mag dich. Das macht mir Angst.

Ich sinke auf das Kissen zurück und weiß nicht, ob ich lachen oder weinen soll.

Kapitel 17

Seit fünf Tagen lasse ich Storm in Ruhe, weil ich instinktiv spüre, dass sie mich nicht sehen will. Allerdings bringt mich die Langeweile beinahe um. Ich schwimme und esse und schlafe und lese und experimentiere mit den verschiedensten Fantasien, was sie mit John unternimmt. Mal sehen sie sich einen Film an, mal knutschen sie wild an unserem See. Sie gehen essen, er schiebt ihr mit seinen riesigen Händen kleine Häppchen in den Mund und Storm leckt ihm über den Daumen. Er kommt auf einem Schimmel angeritten und seine blöden Tattoos leuchten im Sonnenlicht und ich drücke mir das Couchkissen aufs Gesicht und brülle meinen Frust in den teuren Stoff. Auf ihre Nachricht habe ich ihr nicht geantwortet, mir ist nichts eingefallen.

Du hast Angst? Ja, klar, versteh ich. Schließlich sind wir uns nicht ganz sicher, was ich schon alles mit dir angestellt habe.

Keine gute Idee. Ich zwinge meine Hände, das Lenkrad zu drehen, während ich ziellos durch die Stadt fahre und wie in »Und täglich grüßt das Murmeltier« von Neuem in der Nähe des Kinos lande.

Ich muss Ben anrufen und mich entschuldigen, sonst werde ich verrückt. Er wird sich nicht melden, sonst säße er schon längst hier. Er bringt mich selbst in den schlimmsten Zeiten zum Lachen.

»Hey«, sage ich, als er nach endlosem Klingeln abnimmt. »Hier ist deine Frau. Das Abendessen wird kalt, wenn du nicht bald nach Hause kommst.« Mein Witz ist flach, etwas Besseres fällt mir nicht ein.

Er schnauft. »Hab keinen Hunger, Schatz«, antwortet er dann. Er lässt mich zappeln.

»Tut mir leid, Ben.«

»Hat sie dich sitzen lassen, die Schlampe? Die ist kalt wie 'ne Hundeschnauze, Fly, ich wusste es.«

Ich presse die Kiefer aufeinander, atme ein und übergehe seinen Spruch kommentarlos. Storm ist kein Thema zwischen uns, sonst kann ich das hier gleich vergessen.

»Muss ich Buße tun oder was?« Ich habe keine Lust und keine Nerven, mich im Staub zu wälzen. Ben bleibt still.

»Ben. Ja oder nein? Wenn nicht, dann leg auf, okay?« Er kennt mich gut genug, um zu hören, dass mein Geduldsfaden sehr dünn ist.

»Ach, leck mich, Fly! Ja, Mann!« Ich höre ihn durch das Telefon grinsen und mir fällt ein Stein vom Herzen.

»Was machst du heute?«

Wenn ich noch einen Abend allein hier rumhänge, bemale ich meinen Körper mit Fingerfarbe und renne nackt durch unsere Straße.

»Ich bin mit Torben im Club. Er hat frei und es kommen ein paar Weiber von seiner Party.«

»Um wie viel Uhr?«

»In einer Stunde.«

»Soll ich dich abholen?« Ich muss hier raus.

»Nein, ich bin schon in der Stadt. Sind was essen, Torben und ich.«

»Bescheißt du mich etwa, Schatz?«

»Wie kommst du drauf? Du bist der Einzige für mich, das weißt du doch.« Ben lacht, ich auch.

»Dann bis dann.«

Ich lege auf, dusche und ziehe mich an. Storm muss dringend aus meinem Kopf. Die Chancen, dass sie sich jemals wieder meldet, sind so verschwindend gering, dass ich ein Vergrößerungsglas brauche, um sie zu finden. Ich rufe mir ein Taxi, ich bin in Stimmung für einen Drink.

Der Club ist brechend voll, was an einem Freitag nicht anders zu erwarten war. Der wummernde Bass schießt mir direkt in den Kopf und vertreibt Storms Gesicht in einer Nanosekunde. Die vielen Menschen kommen mir gerade recht, ich sauge das Lachen und das Flirten auf wie ein Knastbruder nach zehn Jahren Haft.

An der Bar steht Ben, neben ihm Torben und zwei Frauen. Er sieht mich und hebt die Hand. Ich laufe zu ihnen und Ben umarmt mich kurz.

»Fly, Alter. Deine Haare sind ganz anders, warst du beim Friseur, Schatz?«, witzelt er und fummelt mir durch die Frisur. Ich bin so froh, dass er nicht sauer ist, dass ich ihn gewähren lasse.

Ben drückt mir einen Cuba Libre in die Hand, das kalte Glas schmiegt sich in meine Handfläche und es fühlt sich verdammt gut an. Selbst die Musik stört mich heute nicht. Ich begrüße Torben, er stellt mir Mina und Elli vor.

Torben verkehrt in denselben Kreisen wie ich. Sein Vater macht in Import/Export, was auch immer das sein mag. Torben bedeutet Geld noch weniger als mir, wie der Champagner und die Flasche Rum beweisen, die in Eiskübeln auf dem Tresen stehen. Seine weiblichen Begleitungen haben ausnahmslos Modelqualitäten, meistens sind sie es auch. So wie Mina und Elli. Beide sind Blond, die Art von blond, die nur ein teurer Friseur hinbekommt. Die Stofffetzen, die ihre Traumkörper bedecken, sind definitiv Designerware und der Schmuck, der an ihren Ohren hängt, ebenfalls.

Torben füllt den Champagner nach, Elli wendet sich an mich. Wir beginnen das übliche Balzritual, ihre Hand liegt auf meinem Oberarm, ihr teures Parfum hüllt mich ein. Torben sieht mich verärgert an, ich ignoriere seinen Blick. Was kann ich dafür, dass er aussieht wie eine Bratpfanne? Außerdem rückt Storm mit jedem Wort von Elli in weitere Ferne, und er wird nichts tun können, um mir dieses überaus erleichternde Gefühl zu nehmen.

Elli verschwindet zur Toilette und Ben schreit mir ins Ohr.

»Ich find's geil, dass du gekommen bist, Fly. Torben ist echt kein Ersatz. Er kann nicht mal Tennis spielen.« Ben haut mir auf die Schulter. »Und wie ich sehen kann, bist du schon wieder ganz der Alte.«
Er schnickt den Kopf in Richtung Elli, die gerade wieder zurückkehrt. Ihre Hüften schwingen im Laufen zum Takt

der Musik, sie hebt die Hände und fährt sich durch die langen Haare, fächelt sich im Nacken Luft zu.

Ich grinse Ben an. Storm kann mich mal. Ihre Unentschlossenheit ist echt anstrengend, ich bin doch nicht ihr ganz persönlicher Vollidiot.

Kompliziert und schwierig? Eher unzurechnungsfähig und irre.

»Viel Spaß, mein Freund«, sagt Ben und richtet seine Aufmerksamkeit auf Mina.

Torben steht angepisst zwischen uns. Er spricht Elli an, ich kann nicht verstehen, was er sagt. Elli macht einen Schritt zurück und lächelt höflich. Statt ihm zu antworten, dreht sie sich zu mir. Torben flucht und wirft mir noch einen giftigen Blick zu, bevor er sich verdrückt.

»Ist alles in Ordnung?«, frage ich, und Elli nickt.

Ich trinke meinen zweiten Cuba Libre. Der Alkohol klärt meine Sicht auf die Dinge. Es ist albern und verschwendete Energie, wenn ich mich weiter mit ihr beschäftige. Mit Storm. Sie mag mich nicht.

Ich mag dich. Und das macht mir Angst.

»Was?« Elli sieht mich überrascht an.

Habe ich das eben laut gesagt?

»Ich dich auch, Floyd. Du bist witzig. Und du siehst aus wie Bradley Cooper.«

Wie ich diesen Satz hasse! Trotzdem lächle ich und lege Elli den Arm über die Schulter, meine Finger berühren wie versehentlich ihre Brust. Silikon, nicht echt. Egal, sie sehen gut aus.

Ich flüstere ihr Dinge ins Ohr, die sie hören will, sie streicht mir zur Belohnung über die Brust. So geht es in einem fort, sie ist nicht so leicht zu knacken wie Carla. Ich brauche ihre Bewunderung heute ganz dringend, mein Selbstwert klettert in ungeahnte Höhen. Für Elli bin ich weder zu verschwenderisch noch zu überheblich. Kein Trottel, keine Witzfigur. Wir absolvieren das vorgeschriebene Programm, ich komme dem Ziel mit jedem Lachen aus ihrem hübschen Mund näher, bis sie mir irgendwann verrät, dass sie zufällig um die Ecke wohnt.

Spiel, Satz und Sieg Floyd.
Wir gehen. Ben ist schon längst weg. Mit Mina.

Elli wohnt tatsächlich nur eine Straße weiter, in einer WG. Was sonst? Models können sich in der Innenstadt keine eigene Wohnung leisten.

Was denke ich hier für einen Mist? Was interessiert mich ihre Wohnsituation?

Sie zieht mich kichernd in ihr Zimmer, legt den Finger an die Lippen und schleudert ihre High Heels von den Füßen. Sie zündet eine Kerze an und fummelt hektisch an meiner Hose herum. Ich umfasse ihren Nacken, ziehe ihren Kopf zu mir heran und presse meinen Mund auf ihren. Sie schmeckt nach Lippenbalsam, ihre Zunge ist klein und weich. Ich stöhne, schiebe ihr das Kleid nach oben. Ihre gemachten Brüste sind wie Melonen, sie hat ein Tattoo auf dem linken Unterarm.

Warum ist Storm eigentlich nicht tätowiert? Es würde zu ihr passen. Zum Beispiel eine Schlange, die sich häutet. Oder diese berühmte Frau mit den zwei Gesichtern, je nachdem, aus welchem Blickwinkel man sie betrachtet. Oder eine Machete, die gnadenlos alles zerstückelt, was ihr im Weg ist. Eine Handgranate, aus der der Stift gezogen wird.

»Floyd?« Elli sieht mich an, ihre Hand liegt auf meiner Wange. »Alles okay bei dir? Du guckst so komisch.«

Ich gebe ihr keine Antwort, dränge sie zum Bett. Sie fällt nach hinten, ich steige aus meinen Klamotten und packe ein Kondom aus. Elli schnurrt wie eine Katze, windet sich unter mir. Ihr Atem geht abgehackt, meiner auch. Ich weiß, ich bin zu schnell, zu grob, aber ich kann nicht anders. Elli scheint es zu mögen, ihre Augen sind geschlossen, sie stöhnt. Mit jeder Bewegung lösche ich Storm aus meinem Gedächtnis, immer heftiger und endgültiger und verzweifelter, bis es vorbei ist. Ich breche auf Elli zusammen, mein Kopf sinkt auf ihr Schlüsselbein.

»Wow. Das nenn ich mal bitter nötig«, keucht sie und kichert.

Ich hole zitternd Luft, die Zunge klebt mir am Gaumen. Ihre Hände fahren durch meine Haare und es ist mir unangenehm. Ihre feuchte Haut riecht plötzlich säuerlich und ich rolle von ihr herunter, strecke mich der Länge nach auf ihrem schmalen Bett aus.

»Hast du was zu trinken?«

Ich lege die Hand über mein Gesicht, befehle mir selbst, mich zusammenzunehmen. Auf gar keinen Fall kann ich jetzt ein Arsch sein, das hat Elli nicht verdient. Sie steht auf und läuft nackt in die Küche, bringt mir ein Glas Wasser und zündet sich eine Zigarette an. Der Geruch schleudert mich auf meinen Autositz.

Meine Hand langt über ihren Körper. »Es steht dir frei. Rauchen und hierbleiben oder mitfahren und verzichten.«

»Könntest du das bitte lassen? Mein Opa ist an Lungenkrebs gestorben, ich kann Zigaretten nicht ausstehen.«

Das ist völliger Quatsch, aber sie muss das Ding ausmachen. Sofort. Sonst springe ich aus dem Fenster.

»Oh, tut mir leid. Natürlich.« Elli drückt die Kippe im Aschenbecher aus. Sie kommt ins Bett und legt den Kopf auf meine Brust. »Also, gibt's noch 'ne zweite Runde?«

Sie sieht mich an, die Schminke unter ihren Augen ist verlaufen, ihre spitzen Brüste liegen in einem unnatürlichen Winkel auf meinem Bauch.

Ich kann das nicht!

Verzweifelt bemühe ich mich, nicht den gleichen Fehler wie bei Carla zu begehen. Ich schließe die Augen und umarme Elli. »Kleine Pause, okay?«

Vielleicht habe ich Glück und sie schläft ein. Dann verschwinde ich.

Was bist du nur für ein Mistkerl, Floyd.

* * *

Ich erwache im Morgengrauen. Feine Staubkörnchen tanzen durch den Raum, Elli liegt auf mir, ihr Arm umschlingt meine Hüfte. Ich hänge halb aus dem viel zu kleinen Bett, mein Kopf hämmert schmerzhaft. Vorsichtig befreie ich mich aus Ellis Umklammerung und stehe geräuschlos auf. Elli seufzt und dreht sich zur Wand. Ich ziehe mich leise an und werfe noch einen Blick auf ihren nackten Körper.

Sie ist wirklich schön, das trübe Morgenlicht fällt auf ihre sanft geschwungenen Kurven, und ich überlege, ob ich ihr einen Zettel schreibe, verwerfe den Gedanken aber wieder. Wofür? Ich empfinde nicht das Geringste für sie, will nur noch weg. Wie ein Dieb schleiche ich mich aus dem Raum und schließe die Tür.

»Du hast es aber eilig.«

Wie angewurzelt bleibe ich stehen. Hinter mir steht John. Ich fasse es nicht. Was tut er hier, Herrgott?

»Ich wohne hier.« Er läuft an mir vorbei und dreht sich an der Küchentür um. »Kaffee?«, fragt er und lächelt.

Auf keinen Fall. Ich kotze ihm das Zeug vor die Füße, mein Magen spielt völlig verrückt. Er wird Storm brühwarm erzählen, dass ich mit Elli im Bett war. Mir wird schlecht, der Alkohol von gestern wandert in meine Kehle. Ich halte mir die Hand vor den Mund und unterdrücke den Brechreiz, schüttle stumm den Kopf.

John wartet an der Küchentür, seine muskulösen Arme lässig vor der Brust verschränkt, die Beine gekreuzt. Er sieht mich prüfend an, seine Augen werden schmal. »Ich bin keine Petze, falls du das befürchtest. Aber wenn sie mich fragt, werde ich nicht lügen, okay?«

Ich nehme die Hand vom Mund und schlucke.

»Ich habe ihr einen Zettel hingelegt«, erwidere ich dreist. Um Elli kümmere ich mich, wenn es so weit ist. Im Moment will ich nur noch hier raus.

»Ich rede nicht von Elli. Ich rede von Storm.«

Ich weiß, du Blödmann, will ich sagen, stattdessen behaupte ich: »Storm und ich sind nur Freunde, sonst nichts. Das geht schon klar.«
John mustert mich von oben bis unten, zeigt mir deutlich, was für einen Mist ich hier verzapfe. »Okay. Geht mich ja auch nichts an.«

Ja. Genau. Du Zirkusclown.
Er dreht sich um und geht. Ich auch. Die Wohnungstür fällt mit einem Klicken ins Schloss, ich haste die Treppe hinunter. Ein Müllauto rauscht lärmend vorbei, die Luft ist klar und warm. Ich renne um die nächste Ecke, bleibe stehen und stütze mich an einer Hauswand ab. Mein Atem geht stoßweise, mein Kopf ballert ununterbrochen Morsesignale an meine empfindlichen Nervenzellen. Ich beuge mich nach vorne und erbreche einen Schwall Cuba Libre auf den Boden. Er brennt sauer in meinem Hals, kalter Schweiß steht auf meiner Stirn. Zum Glück ist keine Menschenseele zu sehen, es ist noch früh am Morgen. Ich richte mich auf und wische mir über den Mund. Mein Handy piepst.
Mein Tag. Um 12 Uhr am Spielplatz auf dem ehemaligen Kasernengelände.
Es ist so skurril, dass ich lachen muss. Ich stehe an einer Straßenecke, zu meinen Füßen eine Lache aus Erbrochenem. Eine wunderschöne Frau, die ich eben noch gevögelt habe, verliert gegen ein Mädchen, das mich herumkommandiert, als wäre ich Scheiß-Al-Bundy. Ich kneife die Augen zusammen, mein Kopf fällt in den Nacken, und ich lache so laut, dass ich keine Luft mehr bekomme.
Touché, Storm.

* * *

Zu Hause lege ich mich angezogen aufs Bett und schlafe sofort ein. Als ich aufwache, bin ich schweißgebadet, mein feuchtes Laken klebt an meinen Beinen. Ich habe vergessen, die Klimaanlage anzuschalten, die Hitze frisst sich grell durch die Fensterfront. Stöhnend drehe ich mich zur Seite. Auf meiner Zunge liegt der Geschmack von toter Katze, meine Klamotten stinken nach Verrat und Lüge.
Ach nein, Moment.
Das bin ich. Ich stinke. Nach Verrat und Lüge.

Ich stehe auf, das Gehirn weich wie Watte, der Magen ein Schlachtfeld. Ich schlurfe unter die Dusche, vermeide den Blick in den Spiegel und habe Gäste. Zu meiner Linken begrüßt mich Engelchen, zur Rechten Teufelchen. Ohne zu fragen, schleudern sie sich Wahrheiten und Lügen um die Ohren, mein Kopf fliegt imaginär von einer Seite zur anderen.

Sie ist nicht seine Freundin, er ist ihr keine Rechenschaft schuldig!

Nur ein Schwein tut so etwas!

Wer weiß, was sie mit John am Laufen hat. Wir sind hier nicht im Kindergarten!

Nur ein Schwein tut so etwas!

Hast du noch einen anderen Spruch auf Lager? Wenn nicht, dann halt die Klappe!

Teufelchen gewinnt, Engelchen verstummt beleidigt.

Das kalte Wasser läuft in meinen Mund, der harte Strahl prasselt auf meinen geplagten Kopf und die Watte löst sich langsam auf.

Ob ich professionelle Hilfe brauche? Einen Psychiater?

Ich verlasse die Dusche und wage einen schnellen Blick in den Spiegel. Die Ringe unter meinen Augen verleihen mir das Aussehen eines Pandabären, feine Bartstoppeln sprießen auf den hohlen Wangen. Durch die Säure der Kotze sind meine Lippen rissig und rot. Zusammengefasst sehe ich aus wie ein Statist der »Rocky Horror Picture Show«.

Der Alkohol. Ich sollte das einfach lassen.

Auf meiner Rolex ist es Viertel nach elf. Genug Zeit, um in Ruhe zu entscheiden, dass ich da nicht hingehen werde. Es hat keinen Zweck. Sie macht mich wahnsinnig. Ihre ganze Art ist chaotisch und verwirrend. Menschen, die sich nicht unter Kontrolle haben, sind nichts für mich. Sie machen mich nervös und bringen mich durcheinander. Storm gehört eindeutig dazu.

Ich laufe in Boxershorts nach unten, stelle die Klimaanlage an, koche Kaffee, schneide frisches Obst und öffne einen Becher Joghurt. Mit einem Glas frisch gepresstem Orangensaft und einem Tablett falle ich auf die Couch und schnappe mir meinen Laptop. Das Handy schiebe ich über den Teppich in die letzte Ecke des Raumes, ich will nicht wissen, ob es klingelt, summt oder vibriert.

Ich surfe im Internet, esse und trinke und meine Lebensgeister kehren zurück. Der Sekundenzeiger an meiner Uhr tickt so laut, dass ich den Artikel auf dem Bildschirm zum dritten Mal beginne. Die Leuchtanzeige der Fernsehanlage blinkt aufdringlich, die Uhrzeit sticht mir ins Auge. Ich drehe mich um, lege den Laptop auf die Rückenlehne der Couch, und freue mich wie ein kleines Kind über diesen genialen Trick.

Um fünf vor zwölf springe ich auf, renne in mein Zimmer und reiße wahllos Kleidung aus dem Schrank. Ich schlüpfe in die Hose, quetsche mir das T-Shirt über den Kopf, laufe nach unten und angle nach dem Handy und den Schlüsseln. Um exakt elf Uhr und achtundfünfzig Minuten rolle ich aus der Einfahrt.

Mir bleiben genau zwei Minuten.

Kapitel 18

Die ehemalige Kaserne liegt am Waldrand und ist vor zwei Jahren zu einem Freizeitgelände für Kinder umgewandelt worden. Es gibt einen Fußballplatz, einen Abenteuerspielplatz, ein Sommerplanschbecken und noch mehr. Ich lenke den Wagen auf den Parkplatz, auf dem es von Familienvans nur so wimmelt. Die Sonne brennt gnadenlos vom grellweißen Himmel. Ich parke, stelle den Motor ab und schlage den Kopf gegen die Nackenstütze. Ich könnte einfach wieder fahren, ich müsste nur den Schlüssel herumdrehen. Meine Hand geht zum Anlasser, das Metall klimpert kalt an meiner Hand.

Hau ab, Floyd! Hau einfach ab.

Ein Klopfen am Fenster lässt mich zusammenfahren. Storms Gesicht schiebt sich vor die Scheibe, sie grinst. Mein Entschluss schmilzt wie Schnee in der Sonne, als ich in ihre Augen sehe. Meine Hand zuckt vom Schlüssel zurück, als wäre er glühendes Eisen. Ich steige aus. Sie ist so gottverdammt schön, dass ich die Luft anhalte. Sie trägt mein Shirt, ich hatte vergessen, dass sie es noch hat. Ihre zierliche Figur lässt es wie ein Kleid aussehen.

»Du wolltest fahren?«

Ihre Stimme kriecht mir unter die Haut, breitet sich aus wie eine Droge, schießt mir ohne Umwege ins Gehirn, legt mein Denkvermögen lahm.

»Nein.«

»Doch. Ich habe dich beobachtet. Dein Auto ist nicht zu übersehen.« Ihr Blick ist offen und neugierig.

»Ich habe kurz überlegt. Aber ich bin ja hier, richtig?« Ich breite die Arme aus.

»Du siehst scheiße aus.«

»Danke. Wie nett, Storm.«

Sie lacht.

Es ist wie tausend Dinge auf einmal. Wie Sex und gute Musik und leckeres Essen und wie ein Sommer, so heiß und verrückt wie sie.

»Was tun wir hier?« Ich deute zum Eingang des Geländes.

»Bist du sauer?«

»Das ist keine Antwort auf meine Frage.«

»Okay. Du bist sauer.« Storm macht ein gespielt ängstliches Gesicht und zieht den Kopf ein.

»Wieso sollte ich?«

»Weil ich mich fünf Tage nicht gemeldet habe? Und mein Abgang war auch nicht vom Feinsten.«

Ich stecke die Hände in die Hosentaschen. »Hör zu, Storm. Wir sind uns nichts schuldig. Du hast vollkommen recht. Wir sind maximal Bekannte.«

Genau. Und deshalb kann ich schlafen, mit wem ich will. Und wann ich will.

Storm nickt langsam. »Ich ...« Sie stockt. »Es ging mir nicht so gut, Floyd. Ich hab Tage, da ist irgendwie alles schwarz. So dunkel, dass ...« Sie sieht kurz zu Boden. »Na ja, jedenfalls will ich damit niemanden belasten. Ich bin dann unausstehlich und muss das mit mir allein ausmachen. Ich könnte dich sonst verletzen und das will ich nicht.«

Ich bin in einer Ice Bucket Challenge. Jemand gießt einen riesigen Eimer eiskalten Wassers über mir aus. Während ich mich durch fremde Betten bumse, nimmt Storm Rücksicht auf meine Gefühle? Was soll das? Will sie mich auf den Arm nehmen? Das ist nicht die Storm, die ich kenne.

Ich bringe keinen Ton heraus, glotze sie nur an. Gleich wird sie hämisch grinsen und mir sagen, dass ich ein dämlicher Idiot bin, weil ich ihre Worte glaube. Ich warte auf den Knall, aber er kommt nicht.

»Jetzt guck nicht so, Floyd. Ich muss dich ja nicht immer schlecht behandeln. Ich habe dir doch geschrieben, wie es ist.« Sie klingt verunsichert und kaut auf ihrem Daumennagel herum. »Wieder Freunde?«
Sie reckt mir ihre Hand entgegen, ich starre auf ihre langen Finger mit den abgekauten Nägeln. Sie kommt einen Schritt auf mich zu.

»Ich verspreche dir, dass ich mich bessern werde. Und wenn wir Freunde sind, kann ich dir einfach sagen, wenn es mir schlecht geht, oder?«

Ihre Hand greift nach meiner, die schlaff an der Seite herunterhängt. Ihre kühlen Finger schließen sich darum, mein Kopf ruckt nach oben. Ihre Augen blicken mich direkt an.

»Jep«, sage ich. Meine Stimme kratzt, ich räuspere mich und drücke ihre Hand.

Storm lässt mich los und lächelt. »Gut.« Sie dreht sich um und läuft auf den Eingang zu.

Ich befehle meinem Gehirn, meinen Beinen zu sagen, dass sie loslaufen sollen, und stakse ihr hinterher.

»Wir bauen heute Hütten für die Kids. Ich dachte, das macht vielleicht Spaß und du lernst Demut.« Sie sieht über die Schulter und zwinkert. In Sachen Freundlichkeit braucht Storm heute keine Lektion, so viel steht fest. Ich verdränge die letzte Nacht und versuche, mich auf das Hier und Jetzt zu konzentrieren. Rückgängig machen kann ich es sowieso nicht. Ich konnte ja wohl kaum ahnen, dass Storm plötzlich wie ausgewechselt ist. Und außerdem sind wir seit eben offiziell Freunde. Oder so.

Wir stoßen auf dem Gelände zu einer Gruppe Menschen und Storm begrüßt einige. Sie stellt mich kurz vor.

»Hey, Leute. Das ist Floyd. Er ist unheimlich gut beim Hämmern und im Nageln. Stimmt doch, oder, Floyd?« Sie grinst mich an, kann es nicht lassen, mich zu blamieren.

Die anderen lachen verhalten, einer ruft in die Menge: »Frauen oder Holz? Ist ja manchmal dasselbe.«

Ein Scherzkeks, wie amüsant.

Ich hebe die Hand und nuschle ein Hi.

Wir teilen uns in Zweiergruppen auf, jeder bekommt eine Werkzeugkiste und Bretter in die Hand gedrückt. Storm dirigiert mich zu einem Platz unter einer alten Eiche, lässt das Werkzeug fallen und blickt prüfend in den Himmel.

»Was denkst du? Ist das ein guter Platz für eine Hütte?«

Ich lege den Kopf nach hinten. Die ausladenden Äste des Baumes wiegen sich leicht im Wind, die Blätter rauschen und die Sonne blitzt durch das Geäst. Die anderen sind etwas abseits von uns. Storm sucht das Besondere.

»Jep«, sage ich. Der Platz ist perfekt. »Ich bin handwerklich eine absolute Nullnummer, Storm. Ich habe noch nie irgendwas gebaut.«

»Auch nicht als Kind? Ein Baumhaus? Eine Bretterbude im Wald?« Storm sieht mich zweifelnd an.

»Nein. Ich war bei den Rettungsschwimmern«, versuche ich, mich zu verteidigen.

»So schwer ist das nicht, Floyd, keine Angst.« Sie lacht und wir legen los. Ich reiche Storm die Bretter und hole mir den ersten Splitter. Er bohrt sich tief in meine Haut und mir rutscht ein Schmerzensschrei heraus.

»Was ist?« Storm dreht sich um.

»Nichts.« Ich halte mir den Finger, Storm kommt auf mich zu.

»Lass mal sehen.«

»Es ist nichts.« Ich kann doch nicht wegen eines kleinen Holzsplitters so einen Aufstand veranstalten und wende mich ab. Storm steht neben mir und nimmt meine Hand.

»Du liebe Zeit! Du hast einen Ast im Finger, Floyd! Wir müssen amputieren. Ich rufe den Notarzt.«

Ich entziehe ihr meine Hand und lache. »Halt die Klappe, Storm.« Mühsam versuche ich, das blöde Ding zu entfernen, und rutsche immer wieder ab.

»Gib mal her.« Sie schnappt sich meinen Finger und steckt ihn in den Mund. Ihre Lippen legen sich um die Kuppe und ich bekomme beinahe einen Herzinfarkt. Ihr Mund ist warm und feucht. Sie fängt an zu saugen und sieht mir dabei unverwandt in die Augen. Meine Knie werden weich, ich schlucke.

»Na bitte.«

Storm spuckt den Splitter auf ihre offene Handfläche, ich bin damit beschäftigt zu atmen. Gott, sie macht mich irre! Sie hält den Splitter hoch.

»Mordsding«, sagt sie bewundernd und wischt ihn von ihrer Hand.

»Also, wir fangen mit der Bodenplatte an und machen dann die Wände, ja?«

Ich kann nur nicken, mein Finger pocht und ich spüre immer noch ihre Lippen auf meiner Haut. Storm bückt sich und begutachtet die einzelnen Holzteile. Sie findet ein Stück einer alten Palette und dreht sich zu mir.

»Das ist perfekt! Ich will, dass es die schönste Hütte von allen wird!«

Ich zwinge mich, nicht mehr an ihre Berührung zu denken, und packe mit an. Wir schleifen das Ding unter den Baum, und Storm rückt die Platte hin und her, bis ihr die Position zusagt. Dann reicht sie mir einen Hammer und das Kästchen mit den Nägeln. Wir arbeiten eine Weile schweigend, und ich stelle zu meiner Verblüffung fest, dass es Spaß macht. Ich schwitze, trotz des Schattens, den der Baum bietet, ist es heiß und schwül. Die Hütte nimmt Form an, die Wände wachsen unter meinen Händen, Storm hantiert mit Wasserwaage und Metermaß.

»Es muss gerade sein, Floyd!« Sie ist streng und ich entferne seufzend das eben angebrachte Brett. Ihrem feinen Augenmaß entgeht nicht der kleinste Patzer, sie kommandiert mich nach links und nach rechts, kritisiert und lobt und lacht. So gut gelaunt wie heute war sie noch nie.

Die körperliche Anstrengung vertreibt auch den letzten Rest Alkohol aus meinem Kopf, meine Stimmung hebt sich beträchtlich, je näher wir dem Ziel kommen.

»Gibt's auch was zu trinken?«, frage ich, richte mich auf und wische mir den Schweiß von der Stirn.

»Oh. Das hatte ich ganz vergessen. Ich hole was.«

Storm läuft davon und ich setze mich. Ich betrachte unser Werk. In einer Wand gibt es eine Aussparung, ein Fenster. Es fehlt nur noch das Dach. Ich blicke auf die Uhr. Überrascht stelle ich fest, dass drei Stunden vergangen sind, die sich anfühlten wie fünf Minuten. Es ist ein gutes Gefühl zu sehen, was wir erschaffen haben. Diese

Hütte wird hier noch ewig stehen, sie wird für immer etwas sein, was Storm und ich gemeinsam getan haben. Auch wenn wir uns vielleicht längst im verrückten Strudel unserer Gefühle verloren haben, wird dieser Baum da sein und unter ihm diese Hütte. Das ist schön und verschafft mir ein Maß an Zufriedenheit, das ich nicht erwartet habe.

Storm kommt zurück, in der Hand zwei Becher Kaffee und eine Flasche Wasser. »Hier. Ich wusste nicht, ob du Milch oder Zucker magst, deswegen hab ich ihn schwarz gelassen. Wie deine Seele, Floyd van Berg.« Sie lächelt bei dem Spruch.

Ich erwidere nichts, Ellis Gesicht blitzt ganz kurz hinter meinen Lidern auf. Wenigstens eine Nachricht hätte ich ihr dalassen können. Ich trinke einen Schluck und sehe über den Rand der Tasse zu Storm. Die Sonne lässt ihr Haar fast bläulich schimmern, reflektiert den goldenen Flaum auf ihren Armen. Sie sieht entspannt zu der Hütte.

»Das ist richtig gut geworden«, sagt sie und nickt zufrieden.

»Warum bist du heute so anders?« Es ist, als ob jemand einen Filter über sie gelegt hat. Die sonst so harten Konturen sind weich und sanft.

»Das ist meistens so, wenn das Dunkel vorüber ist.«

Ich bin nicht so blöd zu glauben, dass es mit mir zu tun hat, habe es aber insgeheim gehofft.

»Vielleicht bin ich froh, dass ich lebe.« Sie trinkt und sieht zu Boden.

Ich verstehe sie nicht. »Wie meinst du das?«

»Hast du dich noch nie gefragt, was wäre, wenn du nicht mehr da wärst?« Storm spricht so leise, dass ich mich zu ihr beugen muss.

»Du meinst tot?« Ich schnaube ungläubig. »Nein! Wieso sollte ich? Ich lebe ja.« Ihr Gerede beunruhigt mich, ich spiele ihre Worte herunter. »Obwohl sich manche vielleicht wünschten, ich wäre es.«

Der Witz verhallt, ohne dass sie lacht, und ich denke schon wieder an Elli und meinen beschämenden Abgang.

»Hast du Angst vor dem Tod?«

»Storm, ich weiß nicht, was das soll. Wir sind jung und leben, warum reden wir über so etwas?« Ich werde wütend. Ich habe Angst. Sie klingt so ernst.

»Bitte, Floyd.« Sie dreht den Kopf, und ihr Blick ist so inständig, dass ich mich abwenden muss.

»Ich weiß es nicht, Storm. Ich habe mir noch nie Gedanken darüber gemacht. Wahrscheinlich schon. Es kommt drauf an, wie ich sterben würde. Schätze ich.« Eine bessere Antwort habe ich nicht.

»Ich glaube, Schlaftabletten wären nicht schlimm«, murmelt sie und stiert vor sich hin.

Ich zucke zusammen. Habe ich sie eben richtig verstanden? Redet sie über Schlaftabletten? Ich stehe auf und stelle mich vor sie.

»Was hast du gesagt?«

Ich packe ihren Arm und zerre sie hoch, Storm ist so überrascht, dass sie stolpert. Ich ziehe sie ganz dicht an mich heran.

»Was du eben gesagt hast, will ich wissen«, wiederhole ich meine Frage und starre sie an. Storms Kinn bebt, ihre großen Augen sind ganz dunkel. »Wieso sagst du so was? Redest du ...?« Ich stocke, setze neu an. »Habe ich dich richtig verstanden? Reden wir hier über dich?«

Ich schüttle sie hin und her, sie macht sich mit einem Ruck los und geht einen Schritt zurück.

»Bist du bescheuert?« Sie stemmt die Hände in die Hüften und blickt mich böse an. »Wieso sollte ich so was tun wollen? Und wenn, wärst du wohl der Letzte, bei dem ich Hilfe suchen würde! Ich habe nur ganz allgemein gesprochen. Offensichtlich kannst du mit tiefgründigen Themen wenig anfangen.«

Ihr spöttischer Ton ist eine Erleichterung. Damit kann ich umgehen, so kenne ich sie. Ich atme aus.

»Du hast eben Schlaftabletten erwähnt. Ich dachte, du meinst ...« Ich deute hilflos auf sie.

»Ich meinte nicht mich damit, du Idiot! Ich wollte nur sagen, dass das wohl leichter wäre als eine tödliche Krankheit oder so.« Sie streicht sich die Haare aus der Stirn, sieht mich nicht an. »Lass uns weitermachen.«

Storm greift nach dem Hammer, und ich bin so dankbar, dass sie das Thema fallen lässt, dass ich keine weiteren Fragen stelle.

Es wird Abend. Wir schneiden ein kreisrundes Loch in das Dach, sodass die Kinder die Sterne sehen können, Storm will es so. Sie nimmt mich mit zu einem alten Container und wir suchen aus einem Sammelsurium von Spenden die Einrichtung für unsere Hütte zusammen. Wir finden einen kleinen Tisch und einen Hocker, Stoffreste für Vorhänge und einen Teppich. Storm fischt aus einer Ecke einen Eimer mit gelber Farbe und zwei Pinsel. Wir streichen die Wände, gelbe Farbkleckser bedecken meine Hose und Storms Unterarme.

»Das ist doch viel besser, als ein Schloss zu kaufen, gib's zu, Floydyboy.« Storm dreht sich zu mir, den tropfenden Pinsel in die Höhe gereckt.

»Wir hätten nur einen Raum. Das würde niemals gut gehen, Schatz«, sage ich gedankenlos und streiche über die letzten Holzbohlen.

»Ich bin nicht dein Schatz.«

Ach herrje. Ja sicher. »Gott sei Dank«, murmle ich mit dem Rücken zu ihr.

»Nimm das zurück.«

»Was?« Ich wende mich um. Storm steht mit gezücktem Pinsel vor mir.

»Nimm das zurück, van Berg.« Sie kneift die Augen zusammen.

Ich hebe die Hände und grinse. »Niemals.«

Storm springt nach vorne und Farbe landet auf meiner Brust. »Dann nimm das! Und das!«

Ein leuchtend gelber Streifen ziert mein Handgelenk. Storm streckt mir die Zunge raus.

»Schwerer Fehler, Madame.« Ich tauche meinen Pinsel ganz langsam in den Eimer und schleudere die tropfende Masse in ihr Gesicht. Storm reißt die Augen auf und schreit. Die Farbe läuft in dünnen Rinnsalen von ihrem Haaransatz über die Stirn bis zum Kinn. Sie macht einen Schritt auf mich zu und packt mich am Handgelenk. Ich wirble sie herum und schlinge meinen Arm um ihre Taille, ihr Pinsel fällt klappernd zu Boden. Sie lacht und windet sich in meinem Griff, ich umklammere sie eisern. Die Hand, in der ich den Pinsel halte, nähert sich ihrem Gesicht und schwebt vor ihrer Nase. Ihr zarter Rücken presst sich an meinen Brustkorb, sie kichert und japst nach Luft.

»Wer ist der beste Hüttenbauer im ganzen Land, Frau Königin?«, frage ich und schwenke den Pinsel. Storm tritt um sich und dreht den Kopf zur Seite, ich male einen feinen Strich auf ihre Nase.

»Wer?«, flüstere ich in ihr Ohr, ohne sie loszulassen.

»Du«, keucht sie lachend.

»Ich heiße Floyd! Nicht Floydyboy und nicht Pinkie. Einfach Floyd. Klar?«, schiebe ich hinterher, mit meiner Waffe vor ihrem Gesicht.

Sie lacht noch immer. »Ja. Ja, ich habe verstanden. Lass mich los, ich krieg keine Luft mehr.«

Ihr bloßer Hals ist nur Millimeter von meinem Gesicht entfernt. Unter der hellen Haut schimmern die blauen Adern, ich sauge ihren Duft ein, als wäre es mein letzter Atemzug.

»Lass mich los, Floyd.«

Ihre Stimme holt mich zurück, sie klingt angespannt. Jetzt erst bemerke ich, dass Storm nicht mehr lacht, sie ist ganz ruhig in meinen Armen.

»Floyd. Sofort!«, sagt sie, und ein leichtes Zittern begleitet ihren Ton.

Ich nehme meine Arme weg und Storm presst sich mit zwei Schritten an die gegenüberliegende Wand. Ihr Atem geht schnell, sie verschränkt die Hände hinter dem Rücken. Wir starren uns an, keiner rührt sich.

»Hey, ihr beiden. Es gibt Würstchen und Stockbrot.« Ein Mann steckt den Kopf durch das Fensterloch. »Alles in Ordnung bei euch?«

Er sieht fragend zu Storm, sie nickt.

»Ja. Alles in Ordnung, Dirk. Ist schön geworden, oder?« Sie wirft mir einen Blick zu, den ich nicht genau deuten kann, breitet die Arme aus und wendet sich an den Typ.

»Ja. Besonders die gelbe Farbe in deinem Gesicht.« Er lacht und Storm fällt ein.

Ohne ein Wort laufe ich an ihr vorbei ins Freie und gehe ein paar Schritte. Ich fahre mir durch die Haare und verschränke die Hände im Nacken. Was ist das bloß mit uns? Wie soll ich mich ihr gegenüber verhalten? Eine falsche Bewegung und sie schreckt zurück wie ein Eichhörnchen auf der Flucht.

»Willst du was essen?« Storm steht hinter mir. »Oder willst du gehen?«, fragt sie leise.

Ich drehe mich um. »Nein.«

Ich will, dass du keine Angst vor mir hast. Das will ich.

Sie reicht mir einen Lappen, ihr Gesicht ist sauber bis auf einen kleinen Fleck an der Augenbraue. Ich zeige mit dem Finger auf die Stelle.

»Du hast da noch Farbe.«

Ihre Hand fährt nach oben. »Wo?« Sie reibt sich über die Stirn.

»Da.« Ich gehe einen Schritt auf sie zu, rechne damit, dass sie zurückweicht, sie tut es nicht. Mit dem Lappen tupfe ich ihr vorsichtig über die Braue. Ich achte auf jedes noch so kleine Zeichen, ob ihr die Berührung unangenehm ist.

»So. Ist weg.« Ich lasse die Hand sinken.

»Danke«, sagt sie.

Wir gesellen uns zu den anderen, jemand reicht mir ein Bier und ich lehne in Erinnerung an den Cuba Libre dankend ab. Während wir essen, unterhalte ich mich ein wenig mit Dirk. Ich erfahre, dass alle Anwesenden ehrenamtlich arbeiten und dass sich Storm schon seit zwei Jahren für den Verein engagiert. Es gibt immer wieder neue Projekte, die sie in Angriff nehmen. Sie organisieren Fußballturniere und Malkurse, es gibt ein Büchermobil, eine Art fahrende Bibliothek, und Kochkurse.

Storm stellt sich zu uns und boxt Dirk verlegen auf den Arm, als er ihren Einsatz lobt. »Wir machen das gemeinsam Dirk. Ich bin das nicht alleine«, sagt sie und wird rot.

»Ja. Aber den Kinonachmittag, weißt du noch? Du hast drei Wochen mit deinem Chef gestritten und gedroht zu kündigen, wenn er die Vorstellungen nicht umsonst macht.« Dirk lacht. »Wenn sie was will, kriegt sie es auch. Zieh dich warm an, Floyd.«

Er zwinkert mir zu und ich lache höflich. Leider will sie mich nicht.

»Wollen wir unser Werk noch einmal bewundern?«

Storm zeigt auf unsere Hütte und ich nicke. Sie zaubert von irgendwoher Kerzen und zwei verschlissene Kissen. Dirk verabschiedet sich und wir laufen auf das leuchtend gelbe Haus zu. Storm legt die Kissen auf den Boden, entzündet die Kerzen, und wir positionieren uns so, dass wir durch das Dach in den Himmel sehen können. Die Kerzen flackern kurz und gehen aus.

»Ach Mist. Sind wohl doch zu alt.« Storm fummelt am Docht herum und gibt dann auf. Sie sinkt zurück und schiebt einen Arm hinter den Kopf, ihre andere Hand zeigt durch das kreisrunde Loch.

»Egal, wo ich bin, ich finde ihn immer. Den Großen Wagen.«

Mein Blick folgt ihrem Finger, der die Umrisse des Sternbildes nachfährt.

»Wenn ich eine gute Fee wäre, was würdest du dir wünschen?«, fragt sie.

Dich. Dass du mir vertraust. Dass ich dir nichts angetan habe, denn du bist der liebenswerteste Mensch, den ich jemals kennengelernt habe.

»Eine Zeitmaschine. Um alle Fehler, die ich jemals gemacht habe, ungeschehen zu machen.«

»Da hättest du aber viel zu tun, van Berg.« Storm stupst mich sanft und lacht leise.

»Denkst du wirklich, dass ich so ein schlechter Mensch bin?« Ich muss es wissen. Ich muss wissen, was sie über mich denkt.

Storm bleibt stumm.

»Sei ehrlich, Storm. Keine Sprüche.«

Sie dreht sich auf die Seite, stützt den Kopf in die Hände und sieht auf mich herab.

»Ich glaube, dass deine Eltern ganz schön Mist gebaut haben. Aber du bist mutig, Floyd. Du schaffst das ohne sie. Im Grunde hast du ein gutes Herz, du weißt nur nicht, wie man es benutzt.« Sie grinst. In der Dunkelheit leuchtet das Weiße ihrer Augen wie die Sterne. Sie streicht mir sanft eine Locke aus der Stirn. »Du kannst ja mich fragen.«

Sie streckt sich neben mir aus.

»Hältst du das wirklich für eine gute Idee?« Ich hebe skeptisch die Brauen.

Storm lacht. »Nein.«

»Wow. Gut. Ich dachte schon, ich müsste dir die Illusion nehmen.« Ich wische mir über die Stirn. »Und wenn ich die gute Fee wäre?«

»Mit einem rosa Röckchen und Glitzerflügeln?«

»Jep.«

»Dann würde ich mir wünschen, dass ich ein Foto von dir in diesem Outfit machen darf«, sagt sie und grinst.

Wir reden noch Stunden. Ich erfahre ihre Lieblingsfarbe, sie mein Lieblingsessen. Wir lachen und liefern uns eine heiße Diskussion über die Vor- und Nachteile einer vollautomatischen Kaffeemaschine. Ich komme mir vor wie fünfzehn, mit dem ersten Mädchen, das ich geküsst habe. Es wird immer später, die anderen verabschieden sich nach und nach und wir reden immer noch.

Irgendwann werde ich müde. Storm ist gerade mitten in einer Geschichte aus ihrer Schulzeit, als mir einfach die

Augen zufallen. Ich bin schon fast weg, als ich ihre Hand spüre, die über meinem Gesicht schwebt, ihre Finger, die sich auf meine Lippen senken. Ich hänge in diesem diffusen Zustand zwischen Schlaf und Wachen, als sie mich berührt. Sie fährt über meine Augenbrauen, meine Wangenknochen und über meinen Mund. Ihre Haut ist rau und riecht nach Farbe. Storm flüstert meinen Namen, ich will ihr antworten. Ihr sagen, was ich für sie empfinde, aber meine Augenlider sind so schwer wie Blei.

Ich schlafe ein.

* * *

Regen trommelt auf das Dach. Die Tropfen fallen durch das Loch und platschen auf mein Gesicht. Ich öffne die Augen und sehe Storm, die über mir steht und einen dampfenden Becher Kaffee in der Hand hält. Ich stütze mich auf den Ellenbogen und greife nach der Tasse.

»Guten Morgen«, sagt sie.

Ich räuspere mich. »Bist du schon lange wach?« Ich hoffe inständig, dass ich nicht geschnarcht habe oder, schlimmer noch, mir ein Speichelfaden aus dem Mund hängt. Verstohlen wische ich mir über das Kinn und trinke einen Schluck Kaffee. Er schmeckt fantastisch.

»Fuck! Du kennst dich mit Wein aus, du kannst Kaffee kochen. Was kostest du, oh Sklavin?«

Storm lacht. »Das kannst selbst du dir nicht leisten, mein Freund.«

Sie setzt sich neben mich.

»Wir müssen das Dach abdichten.« Ihr Blick geht nach oben. »Es hat seit Wochen nicht geregnet. Ausgerechnet jetzt.«

»Ich habe dir gesagt, wir dürfen am Dach nicht sparen. Aber du wolltest ja unbedingt die teure Terrasse anstatt Ziegel.« Ich grinse sie über den Rand der Tasse an.

Nachdem ich mir den Schlaf aus den Augen gerieben habe, bauen wir eine Konstruktion, um die Hütte vor Nässe zu schützen. Als wir fertig sind, ist es Mittag, und ich könnte heulen, weil Storm mir sagt, dass sie arbeiten muss. Was ich ihr selbstverständlich nicht verrate. Und was mich fürchterlich beunruhigt. Ich will nicht mehr ohne sie sein. Ohne ihre Stimme und ihr Lachen und ihren Geruch. Das ist verrückt! Ich brauche Hilfe. Professionelle Hilfe.

Ich fahre so langsam durch die Stadt, dass der Porsche um ein Haar rückwärtsrollt, und schiebe die Frage nach einem Wiedersehen in meinem Mund hin und her, bis sie schmeckt wie schales Bier. Und da ist ja auch noch John. Und seine wunderschöne Mitbewohnerin Elli. Wird er heute im Kino sein? Er hält sich raus, hat er gesagt. Trotzdem bekomme ich Schnappatmung, wenn ich mir vorstelle, was er Storm erzählen könnte.

»Arbeitest du heute mit John?«, frage ich, bevor ich es verhindern kann.

Storm dreht den Kopf, sieht mich verwundert an. »Ja. Wir haben die meisten Schichten zusammen. Wieso?«

Sie grinst amüsiert. Sie denkt, ich bin eifersüchtig. Ich verfluche mich innerlich für diesen blöden Fehler und starte eine jämmerliche Ablenkung.

»Mann. Echt ein Sauwetter heute.«

Ich beuge mich zur Windschutzscheibe, mustere den Himmel und lege die Stirn in Falten. Und schrecke hoch, als jemand gegen die Reifen des Autos tritt. Storm zuckt neben mir im Sitz zusammen und greift hastig nach dem Türgriff.

»Ich muss gehen. Bis dann, Floyd.«

Ihr Vater steht im Regen, donnert seinen Schuh an meine Felgen.

»Ist der irre? Was tut er denn da?« Ich will aussteigen und ihn in die Schranken weisen, aber Storm legt mir die Hand auf den Arm.

»Bitte nicht, Floyd.« In ihrer Stimme liegt so viel Angst, dass ich den Kopf schüttle.

»Auf keinen Fall lass ich dich da raus!« Ich starte den Motor.

Ihr Vater brüllt. »Wo warst du die ganze Zeit? Ich hab Hunger! Geh einkaufen, du faules Stück!«

Sein Fuß kracht immer noch gegen mein Auto, mein Zorn wird so übermächtig, dass ich Blut im Mund schmecke, weil ich mir auf die Zunge beiße.

»Es reicht! Ich mach ihn fertig!« Meine Hand liegt auf dem Türöffner.

Und Storm brüllt mich an.

»Hör gefälligst auf, Floyd! Er ist mein Vater und das alles geht dich einen Scheiß an!« Sie ist stinkwütend. »Ich werde schon mit ihm fertig. Das ist nicht deine Aufgabe. Halt dich da raus, klar?«

Sie steigt aus, lässt mich sitzen wie einen debilen Vollidioten und knallt die Tür. Sie läuft auf ihren Vater zu, greift ihn am Hemd.

»Jetzt bin ich ja da. Lass uns reingehen, ja?«

Ich höre ihre gedämpfte Stimme, ihr Vater überhäuft sie mit Beschimpfungen und Flüchen, die ich schlecht verstehe, weil er lallt. Er schwankt unter Storms Griff, sie redet beschwichtigend auf ihn ein. Ich sitze wie erstarrt hinter dem Steuer, meine Finger graben sich in meinen Oberschenkel. Am liebsten würde ich schreien, und kurz bevor ich mich entscheide, dass ich Storm unmöglich allein lassen kann, dreht sie sich um. Sie sieht mir in die Augen und schüttelt langsam den Kopf. Ihre Lippen formen ein deutliches Nein.

Dann ist sie weg.

Kapitel 19

Ich bin noch keine Minute zu Hause, als ich sie anrufe. Ich muss wissen, wie es ihr geht. Sie nimmt nicht ab. Ich laufe im Haus auf und ab wie ein Tiger im Käfig und versuche es noch einmal. Der Klingelton bohrt sich in mein Gehirn und verwandelt sich dort in Bilder. Storm, die am Boden liegt, ihr Vater, wie er auf sie einprügelt. Ihr Kopf, der auf ihrem Hals hin und her fliegt wie ein Punchingball. Ich tippe eine Nachricht.

Wenn du nicht sofort rangehst, komme ich vorbei!

Ich drücke auf Senden und halte das Handy so dicht an meine Augen, dass das Display verschwimmt. Sekunden später, die mir wie Jahre vorkommen, lese ich ihre Antwort.

Halt dich raus. Du bist nicht mein Scheißmärchenprinz, Floyd!

Ich werfe das Handy auf die Couch und brülle die Wand an. Sie macht mich wahnsinnig! Mit einer Handbewegung fege ich die Zeitschriften vom Wohnzimmertisch und falle in den Sessel. Was glaubt sie, wie es mir dabei geht? Dieser miese Drecksack! Ich hasse ihn! Ich will ihm seine dämliche Visage polieren, bis er um Gnade winselt.

Ich renne ins Souterrain, reiße mir die Klamotten vom Leib und habe das Gefühl zu ersticken, wenn ich nicht sofort ins Wasser komme. Mit einem sauberen Kopfsprung tauche ich ein und schwimme. Ich bekomme kaum noch Luft, meine Arme und Beine durchbrechen das Wasser in einem Rhythmus, den ich längst nicht mehr selbst bestimme. Ich folge den Bewegungen meines Körpers, schalte meinen Verstand aus, bis ich vor Erschöpfung am Beckenrand zusammenbreche. Mein Herz donnert gegen die Rippen, ich sauge Luft in meine Lungen und weiß nicht, ob mein Gesicht nass von Wasser oder Tränen ist.

* * *

Ich schreibe ihr. Jeden Tag. Aber Storm antwortet nicht. Einmal noch hat sie mir deutlich gemacht, dass ich sie gefälligst, und verfluchte Scheiße noch mal, in Ruhe lassen soll. Danach kam nichts mehr.

Ich bin mit Ben unterwegs, wir unternehmen den üblichen Kram. Er steht immer noch auf Mina, deshalb ist seine Zeit begrenzt.

»Elli fragt nach dir.« Er wackelt mit den Augenbrauen.

»Mhm«, sage ich und schiele auf mein Handy.

»Sie ist sauer, Fly! Kapiert? Das war ein Witz. Sie quetscht dir die Eier, wenn sie dich sieht, soll ich dir ausrichten.«

»Mhm.« Ich sehe aus dem Fenster. Wir sind in einem Starbucks, die klimatisierte Luft hält uns schon zwei Stunden hier drinnen.

»Kommst du morgen in den Club? Finch legt auf. Du stehst auf der Gästeliste. Na, du weißt schon.«

»Elli wird ja wohl da sein, oder? Ich bin doch nicht lebensmüde, Ben!«

Und außerdem habe ich keine Lust. Es ist Sonnenfinsternis, seit Storm weg ist, siehst du das denn nicht?

»Elli kommt ganz sicher nicht. Sie hat einen Job in Mailand.«

»Und Mina? Kratzt sie mir dann stellvertretend die Augen aus?«

»Ich beschütze dich, Schatz.« Ben formt einen Kussmund und klappert mit den Lidern. Ich werfe ihm ein Zuckertütchen an den Kopf.

»Jetzt komm schon, Fly. Lass dich nicht feiern.«

»Ich mag diesen DJ nicht mal, Ben. Die Musik ist schrecklich.«

Ben kreuzt die Arme. »Gut. Du lässt mir keine andere Wahl. Du hast mich sitzen lassen, Floyd! Auf dem Tennisplatz! Mitten in einem Spiel!« Er lässt sich Zeit, bevor er weiterspricht. »Und ich«, großzügig neigt er den Kopf, »habe dir verziehen. Ja, so bin ich. Tolerant und geduldig. Aber du schuldest mir was. Du kommst mit.«

Das ist sein letztes Wort. Ich nicke ergeben.

* * *

Keine Nachrichten, keine Anrufe. Ich habe im Rekordtempo geduscht, um das Klingeln nicht zu verpassen, das überhaupt nicht kommt. Das Telefon bleibt stumm, es verhöhnt mich lautstark aus jedem Winkel des Raumes. Es pocht in meiner Hosentasche wie ihr Herzschlag an meiner Brust. Es ist halb elf abends, Ben wartet unten. Er wollte das Risiko nicht eingehen und ist mit dem Taxi gekommen.

»Keine Chance zur Flucht, Fly«, sagt er grinsend und schlägt die Autotür zu.

DJ Finch schafft es, dass der Club voller ist, als ihm guttut. Die Leute drängen sich so dicht, dass ich Beklemmungen bekomme. Ben quetscht sich mit einer Selbstsicherheit durch die Menge, die klarmacht, dass er hier zu Hause ist. Es dauert noch mindestens zwei Stunden, bis sich der Gott der DJ-Szene an die Turntables bitten lässt, und ich wünschte, es wäre schon vorbei.

Wir stehen an der Theke, ich nippe an einer Cola, Ben stürzt den Wodka runter. Mina ist noch nicht da, Ben hält suchend Ausschau. Ich ziehe mir einen Barhocker heran und sehe zum milliardsten Mal auf mein Handy. Nichts. Ich seufze und stecke es weg. Ben schubst mich und winkt aufgeregt. Mina ist endlich hier und ich muss über seine offensichtliche Freude grinsen. Sie reckt die Hand über die Köpfe der Menschen und lächelt Ben an. Dann sieht sie mich und ihr Lächeln gefriert zu Eis.

Das kann ja heiter werden, Floyd.

Sie dreht sich um, spricht mit jemandem und deutet auf mich. Als sie näher kommt, kann ich erkennen, wen sie mitbringt. Es ist Elli.
Ich schnappe nach Bens Arm. »Du hast gesagt, sie ist nicht da!«
Bens Mund steht weit offen. »Scheiße.«
»Ja! Verdammt richtig! Scheiße, Ben! Vielen Dank auch. Ich verschwinde.«

Ich rutsche vom Barhocker und teile die Menge mit meinen Armen. Mina ist schon fast bei uns, Elli hat mich längst gesehen. Wenn ich jetzt gehe, bin ich ein noch größerer Penner als sowieso schon. Ich beschließe, Größe zu zeigen und ihr die Chance zu geben, mich zu beschimpfen. Dann werde ich gehen. Mina taucht vor mir auf.

»Hi, du Arsch«, sagt sie zuckersüß und küsst Ben auf den Mund.

Hinter ihr steht Elli. Und hinter Elli steht John. Ich stöhne. Kann es noch schlimmer kommen?

Meine Frage wird sofort beantwortet. Ja. Kann es.

Hinter John steht Storm.

»Ich hab noch ein paar Freunde mitgebracht. Hab erzählt, wir gehören zu dir. Das ist doch in Ordnung, oder, Ben?«, plappert Mina.

Ich starre auf Storm, sie starrt mich an. Der Lärm um mich herum verstummt, alles schrumpft auf die Größe einer Postkarte. Sie trägt eine schwarze Jeans und mein T-Shirt. Es ist in der Taille geknotet und der weite Ausschnitt legt eine Schulter frei. Ihre Haare sind ausnahmsweise offen und glänzen in der roten Beleuchtung der Tanzfläche. Sie steckt die Hände in die Hosentaschen und zuckt mit den Schultern.

Ich erwache aus meiner Schockstarre und will mich zu ihr durchschlagen, als Elli mir den Weg versperrt. Sie holt aus und verpasst mir eine Ohrfeige. Mein Kopf zuckt zur Seite, mein Blick bleibt auf Storm gerichtet. Die reißt überrascht die Augen auf, dann wird aus der Überraschung Verstehen.

»Du hättest mir wenigstens einen Zettel schreiben können«, faucht Elli.
Ich murmle eine unbedeutende Entschuldigung und schiebe sie grob zur Seite. Storm steht immer noch am Rande der Tanzfläche und bewegt sich nicht. Als ich endlich vor ihr stehe, komme ich mir vor, als wäre ich tausend Jahre gelaufen, um sie endlich zu finden. Storm rührt sich nicht, ihre Miene ist undurchdringlich.

»Warum hast dich nicht gemeldet?«, frage ich leise. Die Musik ist so laut, dass sie mich eigentlich nicht verstehen kann, und doch antwortet sie.

»Ich weiß es nicht, Floyd.« Ihr Blick ist traurig, sie senkt den Kopf.

Ich lege den Daumen unter ihr Kinn und zwinge sie, mich anzusehen. »Storm. Ich hätte dir geholfen. Mit ihm. Du musst das nicht alleine schaffen.«

»Wie denn? Das geht doch nur im Märchen.« Sie dreht den Kopf und meine Hand fällt herab. »Du kennst Elli?«, fragt sie, den Blick auf die Tanzfläche gerichtet.

»Flüchtig. Mina ist mit Ben ... ach, ist doch auch egal«, sage ich.

»Ja. Klar. Flüchtig.« Storm schnaubt. »Du lügst.« Ihre Wimpern senken sich, ihr Ton wird schneidend. »Was hast du getan, Floyd? Warst du mit ihr im Bett?«

Sie wartet, ihre Miene drückt Abscheu aus. Ich habe Glück. John erlöst mich. Er legt mir die Hand auf den Rücken und fasst Storm am Arm. »Wir trinken was. Los.«

Er bugsiert uns an die Bar, auf der drei Gläser Wodka bereitstehen. Storm fackelt nicht lange und kippt die Drinks der Reihe nach weg. John lacht und schenkt nach. Er reicht mir ein Glas und wir stoßen an. Ich stelle es unberührt auf die Theke zurück, Storm vernichtet es. Sie leert in Rekordtempo vier weitere. Ich weiß, sie tut es wegen mir. Ich sehe es an ihrem Blick. Sie lacht und scherzt mit John, aber das Lächeln erreicht ihre Augen nicht. Storm betrinkt sich. Viel zu schnell. Ich schiebe mich an John vorbei und stelle mich zwischen die beiden. John lässt mich gewähren.

»Lass uns gehen«, sage ich zu ihr.

Sie gefällt mir nicht. Eine Aura wilder Selbstzerstörung umgibt sie, allein das Tempo, das sie mit dem Wodka vorlegt, ist mir Zeichen genug. Storm wirft den Kopf zurück.

»Nein. Ich habe Spaß Floyd. Was dagegen?«

Sie fasst nach ihrem Glas und stößt es aus Versehen um. Es fällt auf meinen Schuh, der Wodka tränkt meine Hose.

»Uups. Sorry.« Sie presst sich die Hand vor den Mund und kichert schrill.

»Storm, bitte. Ist doch scheiße hier.« Ist es tatsächlich. Es ist voll und heiß und die Konstellation der Menschen um uns herum ist das reinste Pulverfass. Wenn Storm so weitermacht, knallt es früher oder später.

»Wir könnten was essen oder wir fahren zum See?« Ich gebe nicht auf, fasse sie sanft am Ellenbogen. »Ich bring dich hier weg und wir reden?«

Ich habe sie fast so weit, Storm blinzelt verunsichert. Ihr Hilfeschrei ist so laut, dass ich mich frage, warum ihn sonst niemand hört. Sie sieht mich kurz an und nickt ganz leicht. Erleichtert atme ich auf und nehme ihre Hand. Wir wenden uns Richtung Ausgang. Jemand schlägt mir von hinten auf den Rücken. Es ist Ben. Er legt seinen Kopf auf meine Schulter.

»Storm! Das ist ja irre. Du hier? Passt irgendwie gar nicht zu dir. Ich dachte immer, du stehst auf Depeche oder Marilyn Manson.«

Ich stoße einen lauten Seufzer aus und drehe mich um. Ein falsches Wort und er macht alles kaputt.

»Hey, Süße, du siehst aus, als könntest du was gebrauchen.« Ben grinst Storm verschwörerisch an.

Da ist es. Das falsche Wort. Kann er nicht einfach das Maul halten?

»Ben, wir wollten gerade gehen. Ist mir zu voll heute.« Storm steht hinter mir, ich halte immer noch ihre Hand.

»Wer sagt das?« Storms Finger lösen sich aus meinen, sie drückt sich an mir vorbei.

Scheiße. Ich verliere sie.

»Was hast du denn so im Angebot?« Sie legt ihren Arm um Bens Hals und krault seinen Nacken. Ich sehe mich verzweifelt nach Mina um, kann sie nirgendwo entdecken. John ist ebenfalls verschwunden.

»Hör mal, Ben, ist echt kein guter Zeitpunkt. Nächstes Mal vielleicht.« Ich greife Storm um die Taille und ziehe sie zu mir.

Ihr Kopf fliegt herum.

»Wenn du nicht sofort deine Finger wegnimmst, trete ich dir in die Eier, Floyd.« Sie lächelt und sagt es ganz leise, doch ihr Ton ist so ätzend wie Salzsäure. Ich zwinge mich zur Ruhe und nehme langsam die Hände weg.

»Komm schon, Storm. Hauen wir ab.«

Bens Blick fliegt hin und her wie bei einem Tennismatch. Er verfolgt meine Bemühungen mit erhobenen Brauen. Storm presst die Lippen aufeinander, der Zorn umgibt sie wie ein dunkler Nebel.

»Geh und fick Elli, Floyd. Dann sind alle zufrieden.«

Mit diesen Worten dreht sie sich um und hakt sich bei Ben unter. Er ruckt mit den Schultern und die zwei verschwinden in Richtung Toilette.

Das war's. Was auch immer er ihr anbietet, es wird im Chaos enden, es steht Storm auf die Stirn geschrieben. Ich lehne an der Theke und würde ihm gerne die Schuld in die Schuhe schieben. Kann ich aber nicht. Es ist meine Schuld. Es war in dem Moment vorbei, als Elli mir eine geklebt hat.

Nein, Floyd. Es war vorbei, als du mit Elli nach Hause bist.

Elli steht am anderen Ende der Theke und wippt im Takt der Musik. Sie sieht umwerfend aus. Das goldene Top betont ihre Haut, ihre Haare fallen weich um ihren Kopf. Vielleicht kann ich wenigstens diesen Fehler wiedergutmachen. Ich hole tief Luft, laufe zu ihr hinüber. Elli sieht demonstrativ in die andere Richtung.

»Spar dir die Spucke, Floyd«, sagt sie, ohne mich anzusehen. »Hau einfach ab.«

Ich nicke. »Wenn du mir nicht zuhören willst, ist das absolut in Ordnung. Ich werde es trotzdem versuchen.« Elli schnaubt genervt, Mina stößt zu uns. »Hier riecht's irgendwie nach faulen Eiern«, sagt sie, zieht die Nase kraus und rückt von mir ab.

»Kannst du uns einen Moment?«, frage ich und deute hinter mich.

»Nein.« Sie klopft mit ihren langen Nägeln auf die Theke.

Ellis Mundwinkel zucken.

»Gut. Dann nicht.« Ich wende mich an Elli. »Ich brauch nur ganz kurz, Elli.«

Sie dreht sich zu mir. »Ja. Darauf wett ich, Floyd.« Ihr Lächeln ist böse und Mina kichert leise.

»Es tut mir leid, Elli. Ich war ein Arsch.« Ich sehe zu Boden. Das ist schwerer, als ich dachte. »Du hast jedes Recht der Welt, sauer zu sein. Ich weiß, ich war nicht mal gut.«

Ich grinse zerknirscht, Elli nicht. Ihr Fuß tippt ungeduldig auf und ab, sie bläst die Backen auf. Ich könnte ihr jetzt erzählen, dass ich so etwas noch nie getan habe und ich nicht weiß, was mit mir los war. Kurz, ich könnte lügen, dass sich die Balken biegen. Aber ich beschließe, ehrlich zu sein.

»Ich habe Mist gebaut. Es ging mir nicht gut an dem Abend. Du warst da und das war schön. Du bist schön. Und sexy. Und obwohl ich wusste, dass ich mich nie wieder melden würde, war es mir egal. Es war mir egal, dass ich dich verletze, weil ich dich ganz dringend gebraucht habe. Ich habe dich benutzt und dann hab ich mich verpisst wie ein mieser Feigling.« Ich hebe die Hände. »Tut mir echt leid, Elli. Das war nicht fair.«

Mina ist ganz still, Elli kneift die Augen zusammen. Ich nicke noch einmal und will mich umdrehen, da hält mich Elli am Arm fest.

»Es ist wegen Storm, richtig?«

Sie sieht über meine Schulter, ich folge ihrem Blick. Storm klebt an John, lacht übertrieben laut und mir wird schlecht. Ich gebe Elli keine Antwort, das muss ich nicht. Der größte Vollidiot kann sehen, wie ich zusammenzucke, als sie John auf den Mund küsst und sich an ihn presst.

»Sie wird dir bei lebendigem Leib die Haut abziehen, Floyd.« Ellis Stimme ist ein kleines bisschen schadenfroh, ihr Blick eher mitleidig. »Wenn du am Boden liegst, tritt sie zu. Ich kenne Storm. Hau ab, solange du noch kannst.« Sie legt mir die Hand an die Wange.

Mina stößt ein raues Lachen aus. »Dann weiß er wenigstens mal, wie das ist. Das nennt man mieses Karma, Floyd«, sagt sie, nimmt Elli an der Hand und zieht sie zur Tanzfläche.

»Hey, Alter. Nimm's nicht so schwer. Sie ist nichts für dich.« Ben strahlt mich an, hält mir einen Cocktail vor die Nase.

»Was hast du ihr gegeben, Ben?« Auch wenn ich weiß, dass ich den Falschen anfahre, kann ich es nicht verhindern. Wäre er vorhin nicht zu uns gestoßen, wäre ich jetzt mit Storm über alle Berge.

Ben schnalzt mit der Zunge, wackelt mit dem Zeigefinger. »Na, na, Floyd! Du bist nicht ihr Kindermädchen. Ist ihre Entscheidung. Hat ein feines Näschen, die Kleine.«

Er rubbelt sich die Nase.

Also Koks. Na super.

»Was interessiert's dich, Fly?« Ben schüttelt fragend den Kopf.

Er hat recht. Was geht mich das an? Ich bin ein Niemand für Storm. Die Rolle des Moralapostels steht mir bestimmt nicht zu.

Ben sieht zu Storm und nickt anerkennend. »Also, sie ist echt scharf. Auch wenn sie überhaupt nicht mein Typ ist, sie ist scharf. So viel muss man ihr lassen.«

Storm tanzt mit John. Sie schmiegt sich an ihn, ihre Hände fahren über seinen Körper. Sie geht in die Knie und streicht über seine Oberschenkel, seinen Hintern und seinen Rücken. Sie bringt ihr Gesicht ganz dicht an seines, ihre Finger vergraben sich in seinem Haar. Er umarmt Storm, quetscht seinen Schenkel zwischen ihre Beine. Ihre zierliche Gestalt versinkt in seinen Armen. Eifersucht kocht in mir hoch, so heftig, dass ich die Fäuste balle und nach Luft schnappe. Dieses Gefühl ist neu und erwischt mich eiskalt. Nie zuvor habe ich derartig empfunden und die Hilflosigkeit lässt mich noch wütender werden. Ich kann meinen Blick nicht abwenden. Die Sinnlichkeit, mit der Storm sich ihm hingibt, treibt mich an den Rand von irgendetwas, was ich nicht benennen kann.

John fasst Storm an den Haaren und biegt ihren Kopf nach hinten, sein Mund presst sich auf ihren Hals. Dann dreht er sie herum, reibt sich an ihr. Storm beugt sich vornüber, John packt sie im Nacken wie eine Katze ihr Junges und lacht. Ben pfeift bewundernd durch die Zähne und ich verliere die Kontrolle. Die Lichter gehen aus. Einfach so.

Ich schiebe mich an Ben vorbei und stürze auf die Tanzfläche. Bei Storm angekommen, versetze ich John einen Stoß und schnappe grob nach ihrer Hand. John stolpert, und bevor er sich fangen kann, zerre ich Storm hinter mir zum Ausgang. Sie schreit, stemmt die Beine in den Boden und zappelt an meiner Hand. Ich ignoriere ihren Protest und die Blicke der Gäste. Ich bin der glühende Zorn. Ich schubse und remple uns rücksichtslos durch die Menge, die Menschen um mich herum verschwimmen zu einer einzigen Masse. Storm beißt mir ins Handgelenk. Abrupt bleibe ich stehen und drehe mich um.

»Du kommst jetzt mit. Und wenn ich dich hier raustrage. Verstanden?«, zische ich ihr ins Gesicht, und ohne sie loszulassen, laufe ich weiter.

Ihr Widerstand wird geringer, ein Türsteher kommt auf uns zu, ich halte ihm im Lauf die Hand entgegen.

»Sie muss kotzen. Komm lieber nicht näher.«

Er zuckt zurück, Storm sagt nichts.

Ich rausche an der Garderobe vorbei, stoße die Tür ins Freie auf und schleudere Storm von mir.

»Was, verfluchte Scheiße, sollte das dadrinnen? Du benimmst dich wie die letzte Schlampe! Willst du ihn mitten auf der Tanzfläche besteigen?«, schreie ich wie von Sinnen. Alle meine Muskeln sind bis zum Zerreißen gespannt, ich habe das Gefühl, meine Halsschlagader platzt gleich. Schweiß läuft mir in die Augen und ich atme schwer.

Storm ist ganz ruhig. Sie mustert mich von oben bis unten und legt den Kopf schief. Als sie spricht, klingt sie klar wie Glas.

»Du bist so jämmerlich, Floyd.« Ihr Gesicht verzieht sich zu einem Grinsen. »Sieh dich an. Du siehst aus wie mein Vater. Nur der Bauch fehlt.« Sie deutet auf mich und schnaubt. »Warum bumst du nicht irgendeine Tussi und entspannst dich? Auch wenn's nur zwei Minuten dauert, würde es dir wahnsinnig guttun, glaub mir.«

Sie zündet sich eine Kippe an.

»Kann ich jetzt gehen?« Sie läuft davon.

»NEIN!«

Sie bleibt stehen und lächelt verblüfft. »Spinnst du?«, fragt sie mit hoher Stimme.

Ich bekomme keine Luft mehr. Meine Lunge pfeift, mein Kopf schrumpft auf die Größe einer Mandarine. Ich muss Dampf ablassen, sonst zerspringe ich in tausend Scherben. Ein kleiner Teil in mir rät mir aufzuhören. Die Klappe zu halten. Ich erwürge ihn kurzerhand mit bloßen Händen und mache einen Schritt auf Storm zu.

»Ausgerechnet du spielst hier die Heilige? Dass ich nicht lache. Was läuft da mit dir und John? Und noch wichtiger, was willst du dann von mir, wenn er es dir doch schon besorgt?« Mein Verstand fleht mich an. Er bettelt um die Gnade des Verstummens. Ich schalte ihn aus.

»Sag, Storm, bläst du ihm oft einen?«

Ich imitiere mit der Zunge in der Wange einen Blowjob und stöhne.

Storm sieht mich überrascht an und fängt an zu lachen.

»Bist du etwa eifersüchtig, Floyd?« Ihr Lachen wird immer lauter, sie zeigt mit der brennenden Zigarette auf mich. »Ich fasse es nicht! Du bist tatsächlich eifersüchtig! Der große Floyd van Berg scheißt sich in die Hosen!«

Storm packt mich am Arm, wischt sich das Grinsen aus dem Gesicht. Ihre Augen spucken Feuer, ihr Ton Gift und Galle.

»Du hörst mir jetzt mal ganz genau zu. Ich bin nicht dein Eigentum, klar? Ich habe dir gesagt, ich bin schwierig und kompliziert. Und ich habe dir gesagt, dass ich dich mag. Du hast genau gewusst, worauf du dich einlässt. Wenn du damit nicht klarkommst, ist das nicht meine Schuld. Und offensichtlich kommst du damit nicht klar, du ziehst nämlich los und schläfst mit Elli.« Storm tritt ihre Kippe aus, schiebt sich immer näher an mich, ihr zorniger Atem riecht nach Alkohol. »Ich hoffe nur, sie hat freiwillig mitgemacht. Oder hast du sie auch gezwungen? So wie mich?«

Den letzten Satz spuckt sie mir ins Gesicht, ich weiche geschockt zurück.

Sie vertraut mir nicht! Hat sie nie und wird sie nie. Sie hat mir was vorgespielt, mich belogen, die ganze Zeit. Die Enttäuschung ist so überwältigend, so absolut, dass ich schreien muss. Ich schreie ihr hemmungslos mitten ins Gesicht.

»Du brauchst dringend Hilfe, Storm! Du bist irre! Eine durchgeknallte Irre, die den Bezug zur Realität verloren hat! Kein Wunder, dass dein Vater mit dir nicht klarkommt! Er muss ja saufen, wenn er dich ertragen muss! Du trampelst auf anderen Menschen herum, und wenn sie im Dreck liegen, lachst du noch, weil es dir völlig egal ist!«

Ich steche zu. Immer und immer wieder. Die Klinge bohrt sich in ihr Herz, ihr Gesicht verzerrt sich zu einer Grimasse, voller Schmerz. Sie presst die Hände auf die Ohren und schüttelt den Kopf.

»Hör auf«, flüstert sie. »Hör auf, Floyd!« Ich kann nicht. Ich sehe sie mit John im Bett, wie sie sich vertrauensvoll an ihn schmiegt, die Augen vor Verzückung geschlossen. Und treibe die Klinge bis zum Schaft.

»Du bist so kaputt. Vielleicht sind Schlaftabletten doch keine schlechte Idee. Vor dir ist nämlich niemand sicher«, sage ich leise und stoße sie zur Seite.

Storm verliert das Gleichgewicht und fällt. Sie liegt vor mir am Boden, hilflos und starr vor Entsetzen. Ich stehe über ihr und ringe keuchend nach Luft. Und ihr Anblick katapultiert mich in die Wirklichkeit.

Ich habe es geschafft. Ich habe Storm gnadenlos vernichtet. Ich habe sie zu Staub zermahlen, ihr Blick ist leer, sie sieht aus wie der Tod. Jegliche Farbe ist aus ihrem Gesicht gewichen, sie atmet angestrengt und flach. Hektisch versucht sie, auf die Füße zu kommen, und rutscht mit den Händen immer wieder ab. Tränen laufen ihr über die Wangen, kein Laut ist zu hören außer dem Scharren ihrer Stiefel, die nach Halt suchen.

Was habe ich getan?

Was, in Gottes Namen, habe ich mir dabei gedacht? Ich starre Storm an, und wie ein Tsunami überspült mich die Erkenntnis, dass all diese schrecklichen Dinge, die ich gesagt habe, für mich bestimmt sind. Storm ist mein Spiegel, meine ganz persönliche Nemesis. Ich bin es, der Menschen wie Dreck behandelt. Ich bin es, der lacht, wenn jemand wie Lisa oder Tanja oder Carla leidet. Die Liste ist endlos, seit Jahren benehme ich mich wie ein Steinzeitmensch. Ich hole mir, was ich brauche, und wenn es genug ist, gehe ich einfach.

Ich blinzle irritiert, wackle mit dem Kopf in der Hoffnung, dass alles wieder an den rechten Platz fällt.

»Hör zu, Storm«, sage ich und recke ihr die Hand hin. »Das war alles scheiße. Ich habe Scheiße erzählt, okay?«

Meine Hand zittert vor ihrem Körper.

»Ich weiß nicht ...«, ich stottere, will ihr aufhelfen. »Es tut mir leid, ja? Ich hab das nicht so gemeint. Ich bin ... Ich weiß nicht, was mich da eben geritten hat, ich bin verrückt. Völlig verrückt. Das ist alles überhaupt nicht wahr! Überhaupt nicht wahr.«

In meiner Stimme liegt eine Dringlichkeit, die sich mit Lichtgeschwindigkeit Bahn bricht. Sie muss das verstehen! Jetzt sofort!

Ich beuge mich zu ihr hinab, meine Hand greift nach ihrem Arm. »Du musst mir verzeihen, ja?«

Storm kriecht rückwärts, die Augen so weit aufgerissen, dass sie beinahe aus den Höhlen kullern.

»Storm, bitte. Du musst die Entschuldigung annehmen. Ja? Bitte!«

Ich laufe ihr hinterher, Storm schüttelt den Kopf. Sie kommt endlich auf die Beine, ihr zarter Körper schwankt.

»Bitte, Storm. Verzeih mir!«

Ich will sie berühren, muss ihr klarmachen, wie bescheuert ich bin. Meine Fingerspitzen langen nach ihrem T-Shirt, kurz spüre ich ihre eiskalte Haut unter meiner Hand. Dann dreht sie sich um und läuft weg.

»Storm! Warte!« Ich setze ihr nach.

Storm sprintet los, wird immer schneller. Ich fange an zu rennen, meine Füßen klatschen auf den Asphalt, mein Herz hämmert im Rhythmus meiner Schritte. Storm überquert die Straße und hastet zur U-Bahn hinunter. Ein Bus donnert an mir vorbei, seine Abgase hüllen mich ein, als ich hinter ihm über die Straße hetze. Storm ist weg. Ich rase zur Treppe, nehme zwei Stufen auf einmal und höre das dröhnende Geräusch der ankommenden Bahn. Ich überspringe den letzten Treppenabsatz und schreie ihren Namen. Als ich sie wieder sehen kann, schließen sich die Türen der U-Bahn vor ihrem Gesicht.

Im Laufen pralle ich gegen die Tür, Storm blickt mich an. Ich knalle die Hand gegen das Plexiglas, sie hebt ebenfalls die Hand und legt sie an die Scheibe. Genau auf meine. In ihren Augen schwimmen Tränen, ihre Lippen sind blutig gebissen. Sie schüttelt immer noch den Kopf, der Zug fährt mit einem Ruck an. Ich trete gegen den Wagen und ein sengender Schmerz schießt durch meinen Fuß. Die U-Bahn wird schneller, verschwindet im dunklen Tunnel und mit ihr Storm.

»Scheiße!«, brülle ich. »Verfluchte, verdammte Scheiße!«

Die Kacheln werfen das Echo von den Wänden, Köpfe drehen sich in meine Richtung.

»Was glotzt du so? Kümmere dich gefälligst um deinen eigenen Mist!«, schreie ich einen Mann an, der sofort davonläuft. Ich fasse mir in die Haare und stoße ein Wutgeheul aus. Ich bin der totale Versager. Heute habe ich mich übertroffen.

Kapitel 20

Ich laufe zurück, muss Ben sagen, dass ich gehe. Ich kann ihn nicht schon wieder sitzen lassen. Mein Körper übernimmt die Führung, meine Beine bewegen sich vorwärts, meine Lungen atmen ein und aus. Mein Kehlkopf schluckt, meine Lider blinzeln, mein Herz schlägt regelmäßig. Alles funktioniert einwandfrei. Alles außer meinem Verstand. Er ist ein großes schwarzes Loch. Die Leuchtreklame des Clubs sticht mir so grell ins Auge, dass mein Kopf pocht.

»Hey, Floyd.«

Ich überhöre den Ruf geflissentlich. Wer auch immer jetzt etwas von mir will, ist besser beraten, mich in Ruhe zu lassen.

»Floyd! Warte doch mal.«

Es ist John. Er hält mich an der Schulter fest, ich drehe mich ruckartig um und hebe die Faust zum Schlag.

»Nimm deine Griffel weg, du Arsch!« Ich halte ihm die Hand vors Gesicht, atme wütend aus.

John macht einen Schritt rückwärts, ein fremder Typ steht neben ihm und legt schützend den Arm um seine Schulter.

»Hey, immer langsam mit den jungen Pferden«, sagt er, und sein Blick ist drohend. »Was bist du denn für eine Witzfigur?«

Er kommt mir gerade recht. Ich winsle praktisch um Streit. Soll er doch zuschlagen, mich grün und blau prügeln, mich den tröstlichen Schmerz spüren lassen.

Ich fletsche die Zähne. »Was is'? Schiss? Ich mach dich platt, du Penner!« Ich schubse ihn, John packt meine Hand.

»Hör auf, Floyd. Ich will nur wissen, wo Storm ist, sonst nichts.« Er zwingt mein Handgelenk nach unten, seine dämliche Frage fährt meinen Blutkreislauf noch weiter nach oben.

»Was denn? Willst du sie ficken? Sorry. Wir haben's dahinten gerade getrieben, Storm ist durch für heute.«

Ich rotze neben ihn auf den Boden und stelle verblüfft fest, dass John lacht. Hat er sie noch alle? Was gibt's da zu lachen?

»Ich steh nicht auf Frauen, Floyd. Hat Storm wohl vergessen zu erwähnen. Das ist mein Freund, Peter. Peter, das ist Floyd. Ein Freund von Storm.«

Peter grinst und reicht mir die Hand. Ich glotze die beiden an, als wären sie Außerirdische. Was hat er eben gesagt? Er ist schwul? Im Ernst?

»Hast du was gegen Schwule? Du guckst so komisch.« Peter klingt angepisst. Ist mir egal. Jetzt kann er erst recht zuhauen.

»Lass mal, Peter«, höre ich John aus weiter Ferne. »Also, wo ist Storm denn jetzt?«

Ich sehe zu John, runzle die Stirn, als würde er chinesisch sprechen.

»Wieso habt ihr so getanzt? Was sollte das?«, frage ich. Ich schnappe nach seinem Shirt. »Wieso? Wenn du nicht auf sie stehst, hä?« Ich rüttle ihn hin und her. »Antworte mir gefälligst!«

Meine ganze Verzweiflung bricht durch, ich bin so ein Idiot, ich kann es nicht fassen! Peter zerrt mich weg, er ist stinksauer.

»Bist du voll oder was? Komm mal runter, Bubi.«

Wieder pfeift John ihn zurück. »Peter, lass ihn. Floyd, Storm und ich machen das immer. Vor mir hat sie nichts zu befürchten, ich kann ihr nicht gefährlich werden. Schließlich steh ich nicht auf sie, klar? Storm ist sehr vorsichtig, was Männer betrifft. Ihr Vertrauen muss man sich hart erarbeiten. Kein Wunder bei dem Vater«, murmelt er leise.

Ich will nichts mehr hören. Gar nichts mehr. Es ist schlimmer, viel schlimmer, als ich mir vorstellen konnte.

»Ich habe ihr versprochen, dass wir sie mit nach Hause nehmen. Bloß, im Club kann ich sie nicht finden.« John klingt besorgt. Wenn er eine Ahnung hätte, wie

Storm noch vor zehn Minuten aussah, würde sein Freund mir gepflegt die Fresse polieren, und John würde nicht mal mit der Wimper zucken.

Ich muss das in Ordnung bringen. Egal, wie. Heute noch. Ich muss zu Storm.

»Kannst du Ben ausrichten, dass ich gegangen bin? Ich bringe Storm nach Hause, ich hole nur den Wagen.« Ich kann die Lügen schon nicht mehr zählen, verliere langsam den Überblick. Ich bin nicht mal mit dem Auto da. Ohne seine Antwort abzuwarten, renne ich los.

»Sag ihr einen schönen Gruß, ich melde mich morgen«, schreit John mir hinterher.

Jaja! Leck mich! Ich hebe die Hand, zücke im Laufen mein Handy und rufe ein Taxi. Im Auto überhäufe ich den Inder hinter dem Steuer mit saftigen Flüchen auf rote Ampeln und Geschwindigkeitsbegrenzungen und springe aus dem Wagen, bevor er anhält. Zum Dank schmeiße ich dem geduldigen Herrn einen Hunderter auf den Beifahrersitz, stürme in die Garage, lenke den Porsche mit quietschenden Reifen vom Grundstück und rase durch die Stadt.

Unterwegs tippe ich ununterbrochen die Wahlwiederholung, aber Storm geht nicht ran. Ich bequatsche ihre Mailbox mit dem größten Mist, den die Menschheit jemals gehört hat, und werfe das Handy achtlos in den Fußraum, als ich vor ihrem Haus stehe. Es ist alles dunkel.

Ich laufe zur Haustür und klopfe. Nach ein paar Minuten öffnet mir ihr Vater. Er kratzt sich verschlafen am Hals.

»Ist Storm da?«, frage ich und schiebe in Gedanken ein *du blöder Arsch* hinterher. Er blickt sich über die Schulter, zuckt mit den Achseln.

»Weiß ich doch nich'. Storm?«, schreit er dann in den Hausflur. Es bleibt still. »Nee, isse nich'. Und jetzt hau ab.« Er schlägt mir die Tür vor der Nase zu.
Ich sehe unschlüssig nach links und rechts. Wo ist sie, verdammt?

Sie kann überall sein. In einem Club, in einer Bar, irgendwo ziellos durch die Stadt streifen.
Du bist so kaputt. Vielleicht sind Schlaftabletten doch keine schlechte Idee. Vor dir ist nämlich niemand sicher.
Ich ziehe bei dem Gedanken an meine Worte die Luft durch die Zähne und stöhne laut.
Denk nach, Floyd, verflucht! Denk nach!
Die Eisfabrik. Ihr seltsames Lager kommt mir in den Sinn. Dort fange ich an. Wenn ich keinen Erfolg habe, überlege ich mir den nächsten Schritt.

Ich springe hinter das Steuer. Das ungute Gefühl, das mich plagt, seit ich weiß, dass sie nicht zu Hause ist, verstärkt sich. Es drückt mir auf die Brust, presst mir die Luft aus den Lungen. Das Gaspedal am Anschlag, rase ich mit hundert Sachen durch die Nacht. Ihr Gesicht an der zerkratzten Plexiglasscheibe der Bahn, die Traurigkeit in ihren Augen lassen mir das Blut in den Adern gefrieren.

Kies spritzt auf, als ich auf den Waldweg einbiege, der zur Fabrik führt. Der Porsche prescht über Schlaglöcher, die Bodenplatte donnert über die Unebenheiten, die Scheinwerfer hüpfen auf und ab und beleuchten die verlassene Umgebung. Ich kneife die Augen zusammen und beuge mich dicht an die Windschutzscheibe, die mit Dreck und Staub bedeckt ist. Auf dem Parkplatz lege ich eine Vollbremsung hin, der Wagen dreht sich einmal um die eigene Achse und kracht gegen eine rostige Tonne. Es scheppert und kratzt und die Tonne fliegt in hohem Bogen zur Seite. Ich lasse den Schlüssel stecken und hechte aus dem Auto.

»Storm?«, schreie ich im Laufen. Ich betrete das stockdunkle Gebäude, der Wind pfeift durch das leere Treppenhaus. »Storm!«

Mein Ruf hallt gespenstisch von den Wänden wider. Ich aktiviere die Taschenlampe an meinem Handy und überspringe so viele Stufen, wie ich kann. Im zweiten Stock stoße ich die Tür zu der Halle auf. Der dunkle Raum ist leer. Kein Licht, keine Storm.

»Scheiße!«

Ich kicke eine Mülltüte in die Ecke und höre ein leises Stöhnen. Angestrengt blicke ich in den hintersten Winkel und bemerke das leichte Flackern einer Kerze.

»Storm«, stoße ich hervor und haste durch den Raum.

Schlitternd komme ich zum Stehen. Sie liegt auf der Matratze, ihre Lippen sind so bleich wie weißes Wachs. Schlaff hängen ihre Arme auf dem steinigen Boden, die Augen sind geschlossen. Verschwitzte Strähnen hängen auf ihrer Stirn, Speichel läuft ihr aus dem Mund.

»Oh Gott, nein! Nein, nein, nein!«

Ich falle auf die Knie und taste nach ihrem Puls. Meine Finger zittern an ihrem Hals, ich schließe die Augen und zwinge mich zur Konzentration. Ganz leicht flattert ihr Puls unter meiner Kuppe, dann setzt er aus. Ich rüttle Storm an der Schulter und schreie ihr ins Gesicht. Sie rührt sich nicht. Ich wähle die 112, klemme das Telefon zwischen Hals und Schulter. Während ich warte, sehe ich mich hektisch um und finde zwei Packungen Schlaftabletten. Eine ist leer, die andere halb voll.

»Oh, fuck!«, schreie ich panisch.

Ich darf jetzt nicht durchdrehen! Ich habe eine Ausbildung zum Rettungsschwimmer, da muss doch was hängen geblieben sein.

Bleib ruhig, Floyd. Es wird schon werden.

Die nasale Stimme einer Frau fragt mich nach meinem Anliegen, und ich schildere ihr kurz und präzise, was ich sehe. Ich beschreibe Storms Zustand und nenne ihr die Adresse. Ich lese den Namen der Schlaftabletten vor und streiche unentwegt über Storms Stirn. Sie ist eiskalt, der feuchte Schweiß klebt unter meinen Fingern. Die Frau versichert mir, dass der Rettungswagen unterwegs sei, und ich werfe das Handy zur Seite.

Das ist ein Albtraum! Ein einziger Albtraum!

Sie muss sich übergeben. Das Zeug muss aus ihrem Magen raus. Ich drehe Storm zur Seite. Ihr Körper ist so leicht wie der eines Kindes. Ich halte mein Ohr an ihren Mund, spüre ihren Atem kaum.

Bitte, lieber Gott! Ich tue alles. Alles, was du willst, aber hilf mir. Bitte hilf mir!

Ich kann sie nicht verlieren! Auf keinen Fall!

Ich öffne Storms Mund und schiebe ihr vorsichtig meinen Finger in den Hals. Sie krampft und zuckt. Als ich höre, dass sie würgt, fange ich an zu heulen. Ich heule und schniefe und die Tränen laufen mir über das Gesicht. Mit meinem Finger pule ich in ihrer Kehle herum und bete lautlos zu einem Gott, an den ich gar nicht glaube.

Und Storm kotzt. Sie krümmt sich und das Erbrochene läuft warm aus ihrem Mund über meine Hand. Ich stoße einen lauten Jubel aus, bin völlig aus dem Häuschen, als hätte ich den Nobelpreis gewonnen. Noch nie habe ich mich über Kotze so gefreut. Ich halte ihren Kopf und rede beruhigend auf sie ein. Storm hustet und spuckt und ich wische ihr glücklich die Brocken aus dem Mund.

»Jetzt wird alles gut. Es tut mir leid. Alles wird gut, Storm. Du musst dir keine Sorgen machen, ich bin bei dir.«

Ich brabble vor mich hin, säubere ihr Kinn und ihren Hals, fische die Kotze aus ihren Haaren. Dann ziehe ich mein T-Shirt aus und lege es ihr um die Schultern. Ihre Lider flattern, sie stöhnt leise.

»Storm? Hörst du mich? Der Notarzt kommt gleich.«

Sie reagiert nicht, und ich bette ihren Kopf in meinen Schoß, wiege sie sanft hin und her. Die Rotze läuft mir aus der Nase, salzige Tränen vermischen sich mit dem Schweiß, der meinen ganzen Körper bedeckt. In der Ferne erklingt Sirenengeheul.

»Oh Gott, verfluchte Scheiße! Ich danke dir«, flüstere ich heiser in den dunklen Raum. Ich höre schwere Schritte und schreie, so laut ich kann. »Hier. Wir sind hier!«

Ich schnappe nach meinem Handy und die Taschenlampe leuchtet hell. Die Sanitäter rennen in den Raum und übernehmen das Kommando. Sie lösen mich von Storm, stülpen ihr eine Atemmaske über und stecken die leere Tablettenschachtel ein. Nach der Erstversorgung heben sie Storm vorsichtig auf eine Trage und bringen sie nach unten. Ich folge ihnen, die beiden schieben die Trage in den Krankenwagen. Das alles läuft wie in einem Film vor mir ab. Ich funktioniere nur noch.

»Wollen Sie mitfahren?«, werde ich gefragt, und ich nicke hektisch.

Ich springe in den Wagen, kauere mich neben Storm und greife nach ihrer Hand. Sie sieht schrecklich aus. Das grelle Licht der Innenbeleuchtung zeigt die Ausmaße in aller Deutlichkeit. Die Tür knallt zu, das Martinshorn zerreißt die Stille. Der Wagen fährt mit einem Ruck an. Der Sanitäter kümmert sich mit routinierten Bewegungen um Storm.

Sie sieht aus wie tot.

* * *

Seit einer Stunde sitze ich auf einem harten Plastikstuhl in der Notaufnahme. Irgendwann hat mir eine Schwester eine Decke um die nackten Schultern gelegt. Ich war auf der Toilette und habe mir die getrocknete Kotze von den Fingern geschrubbt. Dabei habe ich ununterbrochen geweint. Der Spiegel offenbart mir gnadenlos mein Versagen.

Ich hasse diesen Typen, der mir mit blutunterlaufenen Augen entgegenblickt.

»Du mieser, abgefuckter Penner. Du kriegst echt gar nichts auf die Reihe, van Berg. Leg dich am besten ins Bett und steh nicht mehr auf. So schadest du wenigstens niemandem, du Drecksack«, flüstere ich und spucke an die Glasscheibe. Dann zeige ich mir den Mittelfinger und schlurfe auf den Flur zurück.

Ich nehme auf dem Stuhl Platz, auf dem vor mir Hunderte Menschen um das Leben eines anderen gebangt haben. So wie ich um Storm. Die Sanitäter haben sie im Eiltempo in den Operationssaal geschoben, die vollautomatischen Türen schlossen sich mit einem leisen Schmatzen vor meiner Nase.

Ich beuge mich vornüber und vergrabe den Kopf in den Händen. Wo ist diese verdammte Fee? Mit den Glitzerflügeln und dem rosa Röckchen? Wo, verflucht noch mal, wird sie dringender gebraucht als hier? Ich will die Zeiger der Uhr zurückdrehen. Ich will mit Storm reden und lachen und sie mit gelber Farbe beschmieren. Ich will ihr beim Rauchen zusehen, von mir aus in meinem Auto, ist mir scheißegal.

Die Tür geht auf, der Arzt kommt heraus. Ich springe auf, die Decke fällt herab.

»Sind Sie ein Angehöriger?« Er scheint in Eile zu sein, sieht gehetzt auf die Uhr.

Ich schüttle den Kopf und sage Ja.

»Was denn jetzt? Ja oder nein?«

»Ja. Ich meine, nein.«

»Dann darf ich Ihnen keine Auskunft geben. Herr ...?« Er zieht die Brauen nach oben.

»Van Berg. Ich heiße van Berg.« Der Arzt will weitergehen und ich halte ihn am Kittel fest. »Hören Sie. Ihre Mutter ist tot und ihr Vater wird nicht kommen. Ich bin der Einzige, der da ist. Ich will nur wissen, wie es ihr geht und ob ich sie sehen kann.«

Meine Stimme bricht, ich verachte mich für meine Schwäche. Gerade jetzt, wo Storm mich am dringendsten braucht, heule ich wie ein Baby. Der Arzt stößt genervt die Luft aus.

»Der jungen Dame geht es so weit gut. Wir mussten ihr den Magen auspumpen, aber sie war bei Bewusstsein. Haben Sie sie gefunden?«

Ich nicke.

»Das war auf die letzte Sekunde. Ein paar Minuten später und sie hätte das Bewusstsein verloren. Dann weiß man nie, was passiert. Leberschaden, Herzversagen, Koma. Sie haben ihr das Leben gerettet.« Er lächelt beruhigend. »Sie schläft jetzt. Sie muss zwei Tage hierbleiben und wir schicken einen Psychologen. Das ist üblich bei Suizidversuchen. War es ihr erster?«

Er sieht mich fragend an. Ich habe keine Ahnung. Hat Storm das schon einmal getan? Wie konnte mir entgehen, wie schlecht es um sie steht? Ich bin ein grober Holzklotz. Ein unsensibler Mistkerl.

»Ja«, sage ich. Ich will sie nicht in Schwierigkeiten bringen, habe keinen Schimmer von der üblichen Vorgehensweise. Geschichten von Zwangseinweisungen und Entmündigungen purzeln durch meinen Kopf und ich halte meine Klappe. Der Arzt wird weicher. Als er spricht, klingt er fürsorglich und verständnisvoll.

»Wir brauchen noch Angaben zu Ihrer Freundin. Ihren vollständigen Namen, ihre Adresse und ihre Krankenkarte. Das hat keine Eile, aber sie wird auch ein paar Dinge benötigen. Sie können jetzt kurz zu ihr. Sehen Sie zu, dass sie sich helfen lässt. Ein Suizidversuch ist ein Hilfeschrei. Sie braucht in jedem Fall professionelle Unterstützung. Ich wünsche Ihnen alles Gute, Herr van Berg.«

Er drückt meinen Arm und läuft so schnell davon, dass sich sein weißer Kittel bauscht. Ich wende mich an den Informationsschalter und frage, wo ich Storm finden kann. Die Schwester hinter der gläsernen Scheibe nennt mir das Stockwerk und ihre Zimmernummer. Ich drücke den Knopf für den Aufzug. Das rote Licht verschwimmt vor meinem Gesicht, das leise Ping, mit dem sich die Türen öffnen, kratzt in meinem Ohr wie ein Fingernagel, der über eine Tafel schabt. Ich drücke die Zahl des Stockwerks und starre auf meine Schuhe. Ein Schnürsenkel ist offen, die Hose ist völlig verdreckt, ich trage kein Oberteil. Ich stinke nach Erbrochenem und meine Augen brennen wie Feuer.

An ihrem Zimmer angekommen, klopfe ich leise und trete ein. Storm liegt allein, das Bett an der Tür ist leer. Es ist still. Ich laufe langsam auf sie zu und habe eine Scheißangst. Ihr schmächtiger Körper verschwindet förmlich in dem Bett, sie ist immer noch so bleich, dass ihre schwarzen Haare aussehen, als hätte jemand Tinte darübergeschüttet. Ihr Gesicht ist gesäubert, die Lippen sind rissig, um ihre Augen liegen tiefe Schatten. In ihrem Arm steckt eine Infusionsnadel.

Ich falle an ihrem Bett auf die Knie und schiebe meine Finger in ihre schlaffe Hand. Mein Kopf sinkt auf ihre Brust und ich fange an zu schluchzen. Ihr Anblick ist so absolut vernichtend, dass ich mich nicht mehr beherrschen kann. Ich flenne und meine Tränen durchnässen das Krankenhaushemd.

»Es tut mir so leid, Storm. Es tut mir so schrecklich leid.« Die erstickten Laute brechen aus mir heraus, aus dem tiefsten Innern meines Herzens, und verlassen als krächzende Töne meinen Mund. »Du kannst mich nicht verlassen, weißt du das denn nicht?«

Ich flüstere und stammle und stottere und mein ganzer Körper zittert unkontrolliert.

Eine Hand legt sich auf meinen Rücken und streicht sanft auf und ab. »Junger Mann. Wenn Sie sich nicht zusammenreißen, müssen Sie gehen.«

Ich hebe den Kopf. Speichel läuft aus meinem Mund, ich wische mir mit dem Handrücken über das Kinn. Meine Augen sind so verschwollen, dass ich kaum noch etwas sehen kann. Die Krankenschwester reicht mir eine Box mit Kleenex und ich putze mir die Nase.

»Sie braucht Ruhe. Wie wär's, wenn Sie nach Hause fahren und ein wenig schlafen und dann wiederkommen?« Sie nickt aufmunternd. Ich entziffere den Namen Heidi Kleber auf dem Namensschild ihres Kittels.

»Ich bleibe.« Ich stehe auf und setze mich auf den Stuhl, der in der Ecke des Zimmers steht.

»Sie wird die nächsten Stunden nicht aufwachen. Gehen Sie und packen Sie ihr ein paar Sachen.«

»Später. Jetzt bleibe ich.«

Von mir aus soll sie mich rausschmeißen. Den Wachdienst rufen. Die Polizei. Dann können sie mich verhaften. Wegen unfassbarer Ignoranz und krimineller Betrügerei. Wegen sexueller Nötigung oder wahllosem Geschlechtsverkehr. Ist mir egal. Ich umklammere die Lehnen des billigen Stuhls, als würde mein Leben davon abhängen, und sehe demonstrativ an Schwester Heidis tadelndem Blick von vorbei aus dem Fenster. Die Sonne geht gerade auf, die Nacht ist vorüber.

»Eine Stunde. Dann gehen Sie.«

Sie verlässt den Raum, ihre Gesundheitsschuhe quietschen leise, als sie die Tür schließt. Kaum ist sie verschwunden, schiebe ich den Stuhl an Storms Bett. Ich kann gar nicht mehr aufhören, auf ihren Brustkorb zu starren. Wie er sich in gleichmäßigen Atemzügen hebt und senkt. In diesem Augenblick ist es das größte Wunder, das ich jemals gesehen habe. Ich lege die Hand auf ihre Stirn und streiche ihr eine Strähne aus dem Gesicht. Nie war sie schöner als jetzt.

»Wir kriegen das schon hin, Storm. Wir kriegen das hin. Ich verspreche es«, flüstere ich.

Hoffentlich ist es nicht wieder eine Lüge.

Kapitel 21

Die Stunde ist rum. Schwester Heidi rüttelt mich sanft an der Schulter.

»Sie müssen gehen.«

Ich bin völlig orientierungslos, der Schlaf hängt mir wie Blei in den Gliedern. Mein Kopf liegt auf Storms Bett, meine Arme baumeln taub an den Seiten herab. Um die Lider zu öffnen, brauche ich Streichhölzer. Meine Zunge ist auf die doppelte Größe angeschwollen. Als ich probeweise schmatze, erwarte ich beinahe, dass sie mir aus dem Mund kullert und auf den Boden klatscht.

»Ich habe Ihnen einen Kaffee mitgebracht.«

Die Schwester hält mir einen dampfenden Becher vor die Nase. Aus der liegenden Position, in der ich mich befinde, lese ich die Aufschrift auf der Tasse. »Vorsicht, Chef pisst« steht da.

»Ihr Chef pisst?«, frage ich ernst und hebe den Kopf.

»Wie bitte?« Die Schwester sieht mich an und runzelt die Stirn.

»Das steht auf der Tasse.« Ich weiß selbst nicht, was ich da rede, wie soll sie es verstehen? Sie dreht den Becher und lacht.

»Beißt. Da steht ›Vorsicht, Chef beißt‹.«

»Ach so.« Ich greife nach dem Kaffee und nie kam mir ein Duft verlockender vor. »Danke. Das ist nett.«

Sie lächelt. »Ist eine Ausnahme. Sie sahen aus, als könnten Sie den gebrauchen.« Sie geht ums Bett herum und überprüft Storms Infusionsbeutel.

»Wie geht es ihr?«

»Sie ist stabil, aber sie braucht Ruhe. Ich schätze, in ein, zwei Stunden wacht sie auf.«

Als ich aufstehe, tut mir alles weh. Das Blut schießt in meine Arme zurück und sticht wie tausend Messer. Storm sieht friedlich aus. Ihre Gesichtszüge sind entspannt, die rissigen Lippen leicht geöffnet.

»Haben Sie einen Labello? Oder eine Lippencreme oder so?«, frage ich und sehe die Schwester an.

Sie greift in ihren Kittel und hält mir einen Fettstift entgegen. »Behalten Sie ihn.«

»Danke«, sage ich und schmiere mir einen Batzen auf den Zeigefinger. So vorsichtig wie möglich verstreiche ich die Masse auf Storms Lippen. Ich will nicht, dass Storm Schmerzen leidet. Nirgendwo. Nicht an ihrem Körper und auch nicht in ihrer Seele.

Ja klar, Floyd. Die Erkenntnis kommt etwas spät, meinst du nicht?

»In einer Stunde bin ich wieder hier. Ich hole ihr nur frische Sachen. Können Sie ihr das sagen, falls sie aufwacht?«

»Machen Sie sich keine Sorgen. Ich richte es ihr aus.«

Dicht über Storm gebeugt, flüstere ich: »Ich komme gleich wieder. Ich hole dir nur was zum Anziehen. Dann bin ich wieder da, okay?«

Das Geräusch ihres Atems an meinem Ohr verursacht mir einen Kloß im Hals, und ich schlucke angestrengt, um die aufsteigenden Tränen zu unterdrücken. Ich bin so eine Heulsuse, es ist nicht zu fassen. An der Tür werfe ich noch einen Blick zurück, aber Schwester Heidi wedelt mit der Hand. »Jetzt gehen Sie schon.«

Vor dem Krankenhaus steige ich in ein Taxi, nachdem ich dem Fahrer mehrfach versichern musste, dass ich die Fahrt in jedem Fall bezahlen kann, auch wenn ich aussehe, als würde ich gerade aus der psychiatrischen Abteilung fliehen. Mein Handy liegt noch in der Fabrik, mein Geldbeutel im Fußraum des Porsche, der mit dem Schlüssel im Schloss auf dem Parkplatz der alten Eisfabrik steht. Wenn er das noch tut. Es geht mir am Arsch vorbei.

Ich weiß nicht, welcher Schutzengel für Fahrzeuge jeglicher Art zuständig ist, aber offensichtlich hat er Überstunden gemacht. Die Fahrertür steht sperrangelweit offen, die Delle und die Kratzer der Tonne, die ich umgefahren habe, stören mich überhaupt nicht. Ich bezahle das Taxi, steige in den Porsche und fahre los. Die

Gegend rauscht an mir vorbei. In der Stadt öffnen die Läden, Bäckereien, Cafés. Menschen hasten über die Ampel, erledigen furchtbar wichtige Dinge, während sich mein Leben um hundertachtzig Grad dreht. Nichts ist mehr wie vorher. Die Farben sind blasser, die Gerüche schwächer, die Geräusche dumpfer.

Ich biege in Storms Straße und Wut kocht hoch. Dieser Typ, der sich ihr Vater nennt, weiß nicht mal, dass sie im Krankenhaus liegt. Geschweige denn, dass er eine Ahnung hat, wie es in ihr aussieht. Er ist ein noch mieseres Arschloch als ich. Die Demütigungen, die Storm ertragen muss, die Sauferei und die Geldsorgen gehen ganz allein auf sein Konto. Ich parke, laufe zum Haus und trete so heftig gegen die Tür, dass sie in den Angeln zittert.

»Mach auf, du Drecksack!«, schreie ich. Meine Müdigkeit ist wie weggeblasen, ich spüre einen monströsen Druck auf der Brust.

Der versoffene Kerl öffnet und ich flippe aus. Ich presche auf ihn zu und ramme ihn gegen die Wand.

»Was soll das? Warum machst du ihr das Leben zur Hölle, hä?«, schreie ich ihn an, und es tut so verdammt gut, dass ich mich nicht im Zaum halten kann. »Sie ist im Krankenhaus! Sie hat versucht, sich umzubringen, du Scheißkerl!«

Ich brülle ihm in sein verquollenes Gesicht, sein Atem stinkt nach Bier. Bei meinen Worten erstarrt er unter meinem Griff.

»Was?« Weit aufgerissene Augen sehen mich entsetzt an. »Storm ist im Krankenhaus?«

Er zittert am ganzen Leib, sieht so erbärmlich aus, dass ich ihn loslasse. Am liebsten würde ich ihm sagen, wo er sich seine Besorgnis hinstecken kann, doch ich bin mir sicher, dass Storm das nicht wollen würde. Sie würde gar nichts von dem wollen, was ich hier gerade abgezogen habe, aber dafür ist es jetzt zu spät.

»Bitte. Du musst mir erzählen, was passiert ist«, sagt Storms Vater leise, während er sein Unterhemd in die Hose stopft.

Ich mache einen Schritt zurück, schüttle mich kurz, um mich wieder zu fangen. Die ganze Wut von eben verraucht, weicht einer gnadenlosen Erschöpfung. Ich lehne mich an die Wand und schließe die Augen.

»Es geht ihr den Umständen entsprechend. Sie lebt«, sage ich, und bei meinen Worten spüre ich schon wieder einen Kloß im Hals.

Storms Vater atmet hörbar aus. »Großer Gott!«, flüstert er. »Komm mit, Junge.«

Er schlurft vornweg durch den Flur in die Küche. Zögernd folge ich ihm. Die Küche sieht aus wie ein Schlachtfeld. Überall stehen leere Bierflaschen herum, dreckiges Geschirr sammelt sich in der Spüle und auf dem Tisch. Der Boden klebt und es riecht nach Müll.

»Storm war länger nicht da«, sagt er und deutet auf die Unordnung.

»Ich wusste nicht, dass sie Ihre Putzfrau ist. Ich dachte, sie wäre Ihre Tochter.«

»Ich komme ohne sie nicht so gut zurecht«, murmelt er. »Ohne Agnetha säße ich schon auf der Straße.« Er setzt Kaffee auf, seine Bewegungen sind unsicher und fahrig.

»Was denn? Sie erwarten doch jetzt kein Mitleid, oder?«

»Nein«, antwortet er, seine Schultern sacken herab.

Eine Weile bleibt es still, nur das gurgelnde Geräusch der Kaffeemaschine erfüllt den Raum. Irgendwann dreht sich Storms Vater um, reicht mir zitternd eine schmutzige Tasse. Der Kaffee ist schwarz und stark. Ich trinke zögerlich, aber wider Erwarten schmeckt das Gebräu. Auch Storms Vater nimmt einen Schluck.

»Also? Was ist mit meiner Tochter?«, fragt er. Seine Aussprache ist noch verwaschen, aber seine Augen blicken klar. Und ängstlich. Alles in mir sträubt sich, mit ihm auch nur ein Wort zu wechseln, aber schließlich ist er Storms Vater. Ich tue es nur für sie.

»Sie ist im Stadtkrankenhaus. Sie hat heute Nacht versucht, sich umzubringen. Mit Schlaftabletten. Sie haben ihr den Magen ausgepumpt, jetzt ist sie stabil. Ich brauche Kleidung und Waschzeug.«

Ich starre an ihm vorbei aus dem Fenster, weil ich ihn nicht ansehen will. Storms Vater fängt an zu weinen. Erst leise, dann immer lauter und verzweifelter. Das Geräusch ist so überraschend, dass ich den Kopf drehe. Wie ein Häufchen Elend sitzt er auf dem Boden, die Beine von sich gereckt. Sein massiger Körper krümmt sich unter seinen Schluchzern.

»Das ist alles meine Schuld. Ich bin ihr kein guter Vater. Nie gewesen.« Er heult und flennt. Seine Nase verstopft, sein Kopf ruckt hoch und runter.

Wie ich heute Nacht. Und plötzlich trifft mich die Erkenntnis wie ein Hammer. Gerade ich weiß, was er empfindet. Diese ungeheuerliche, unaussprechliche Schuld. Sie gleicht meiner. Wer bin ich, über ihn zu urteilen? Wie er habe ich gewusst, was ich ihr antue. Ich habe genau gewusst, dass ich zu weit gehe. Bei jedem gottverdammten Wort, das aus meinem Mund kam. Es ist schrecklich, was ich mit diesem Mann gemeinsam habe. Scham überfällt mich, sammelt sich sauer in meinem Mund. Abrupt stehe ich auf.

»Wo ist ihr Zimmer?«

Ich muss hier weg, ich ertrage ihn keine Sekunde länger. Oder mich, ich weiß es nicht. Er deutet vage in den Flur, gefangen in seinem Schmerz. Ich kann und will ihm nichts Tröstliches sagen, ich würde mir vorkommen wie ein Heuchler.

Stumm verlasse ich die Küche und stoße die nächstbeste Tür auf. Es ist Storms Zimmer. Es riecht nach ihr, nach Sonnencreme und Zitrone. Ich schließe die Augen und hole tief Luft. Ich setze einen Fuß in den Raum und komme mir wie ein Eindringling vor. Eine Wand ist grau gestrichen. An ihr hängen unzählige Kohlezeichnungen. Mangas und Comic-Heldinnen. Ich trete näher und erkenne Wonder Woman und Elektra, Catwoman und Supergirl. Sie kann fantastisch zeichnen, die Striche sind filigran und präzise. Und zwischen all den Figuren entdecke ich mich. Storm hat mich gemalt. Ich lache, meine Locken fallen mir in die Stirn und das einzig Bunte sind meine blauen Augen. Sie strahlen in verschiedenen Tönen, es ist, als ob sie mir direkt in die Seele geblickt hätte. Meine Kehle wird eng, ich schlucke.

Auf ihrem Bett liegen ein Laptop und ein Berg schwarzer Kleidung, ein Paar schwarze Stiefel stehen am Boden davor. Auf dem Nachttisch finde ich ihren Geldbeutel und eine Packung Kippen. Ich stoße die Luft aus, öffne ihren Schrank und greife nach einem überlangen T-Shirt und einer Hose, die bequem aussieht, dann werfe ich die Sachen auf das Bett.

Ich kann hier nicht bleiben. Es ist nicht richtig. Storm würde ausflippen. Ich werde alles Nötige kaufen. Ich schnappe mir die Geldbörse und die Zigaretten und sehe noch einmal zu der Zeichnung. Mit meinem Bild vor Augen verlasse ich den Raum, verlasse das Haus, ohne mich zu verabschieden, und fahre davon.

* * *

Zu Hause dusche ich so lange mit eiskaltem Wasser, bis mir die Haut brennt, schlüpfe in frische Sachen und fühle mich immer noch beschissen. Ich fahre zu einem Einkaufszentrum in der Nähe des Krankenhauses. Eine nette Verkäuferin berät mich bezüglich Storms geschätzter Größe und ich erstehe einen Schlafanzug, Unterwäsche und einen Jogginganzug, mehrere T-Shirts, eine Zahnbürste, eine Haarbürste und Haargummis. Außerdem noch ein Paar Flipflops. Wenn Storm selbst entscheiden könnte, wäre ihr das Ganze so peinlich, dass sie mir eine feuern würde. Kann sie aber nicht. Sie liegt im Krankenhaus, weil sie ihrem Leben ein Ende bereiten wollte.

Ich bezahle mit zitternden Händen. Wenn ich nicht zusammenbrechen will, sollte ich etwas essen, aber schon bei dem Gedanken an Nahrung zieht sich mein Magen zusammen. Ich kaufe mir trotzdem einen Apfel und für Storm ein wenig Obst und eine Flasche Saft.

Beladen mit Tüten haste ich vom Aufzug über den Krankenhausflur und treffe auf Schwester Heidi.

»Sie ist wach«, sagt sie. »Gehen Sie nur rein. Sie wird sich freuen.«

Jep. Mit Sicherheit.

»Ich habe hier ihre Krankenkarte und ihren Ausweis.« Ich halte Schwester Heidi den Geldbeutel entgegen.

»Das machen wir später. Vielleicht möchte die junge Dame das ja gerne selbst erledigen«, weist sie mich freundlich, aber bestimmt zurecht.

Na prima. Wenn sie schon denkt, dass ich in Storms Privatsphäre eindringe, wie wird es Storm erst finden? Ich werde immer nervöser, die Tüten rutschen mir aus den feuchten Händen. Schwester Heidi nickt mir noch einmal zu und läuft davon. Ich straffe die Schultern, atme tief ein und betrete das Zimmer. Durch das geöffnete Fenster strömt warme Sommerluft in den Raum. Leise schließe ich die Tür.

Storm sitzt im Bett. Ihr Gesicht ist mir abgewandt, sie blickt nach draußen.

»Hey«, sage ich und muss mich räuspern, um nicht zu quietschen wie eine Maus.

Storm sieht mich nicht an, ich bin mir nicht mal sicher, ob sie mich gehört hat. Ich stelle die Sachen ab und laufe an ihr Bett. Ihre Finger krallen sich in die Decke, an den schmalen Handgelenken treten die Knochen hervor.

»Storm?« Sie rührt sich nicht. »Ich hab dir Sachen gebracht. Also, Klamotten und so. Und eine Zahnbürste und Haargummis.« Meine Stimme hängt irgendwo zwischen einem hohen Falsett und der Kastration.

»Warum bist du hier?«, fragt sie. Ihre Stimme hängt irgendwo zwischen halb tot und tot.

»Wo soll ich denn sonst sein?«, antworte ich leise. Storm dreht den Kopf. In ihren Augen schwimmen Tränen, hängen in ihren dichten Wimpern und kullern dann schwer über ihre Wangen.

»Kannst du bleiben? Bitte?« Ihre Hand schiebt sich langsam über die Decke, ihre Fingerspitzen berühren mein Handgelenk.

»Ich hab schreckliche Angst, Floyd«, sagt sie tonlos und fängt an zu weinen.

Ihre Verzweiflung packt mich ohne Vorwarnung am Schopf und schleudert mich mit solch einer Wucht quer durch den Raum, dass es mir die Luft aus den Lungen presst. Ich ziehe Storm an mich und lege ihren Kopf an meinen Bauch. Unablässig streiche ich ihr über das Haar, während Storm alle Tränen vergießt, die in ihr sind. Ihre Arme schlingen sich um meine Taille, sie vergräbt den Kopf in meinem Shirt und schluchzt. Der feuchte Stoff klebt an meiner Haut, ich sehe aus dem Fenster und weine stumm mit ihr.

Ich weiß nicht, wie lange wir so verharren. Meine Beine fangen an zu zittern, meine Muskeln werden steif. Ich bewege mich keinen Millimeter, warte einfach ab, bis sie sich beruhigt. Ihr Schluchzen geht in einen Schluckauf über, der Schluckauf in ein Schniefen. Als Storm den Kopf hebt und zu mir hochblickt, sieht sie aus wie eine nasse Katze. Sie rückt von mir ab, wischt sich mit dem Ärmel übers Gesicht und deutet auf den Fleck auf meinem T-Shirt.

»Tut mir leid. Hoffe, es ist kein Designerstück«, krächzt sie und greift sich an den Hals. »Dadrinnen ist alles wund. Vom Kotzen. Ekelhaft.« Sie verzieht den Mund und macht ein Würgegeräusch. »Ich hab doch gekotzt, oder?«

»Jep«, sage ich. Mehr nicht. Ich sage ihr nicht, dass es das schönste Geräusch der Welt war. Dass ich geheult habe vor Erleichterung. Der intime Moment ist vorbei, die unsichtbaren Grenzen klar gezogen, und ich werde mich hüten, sie zu überschreiten. Ich rupfe an meinem Shirt.

»Ist von Dolce und Gabbana. War mein Lieblingsteil.«

Ich flüchte mich in unseren alten Umgangston, um meine Unsicherheit zu überspielen. Wenn Storm mir im Augenblick nicht mehr geben kann, ist das in Ordnung.

»Also, was hast du mitgebracht?« Storm zeigt auf die Tüten und ich bin dankbar für die Ablenkung.

Geschäftig präsentiere ich ihr die Sachen, und Storm versichert mir kühl, dass sie mir die Auslagen sobald wie möglich zurückzahlen wird. Wir tun so, als hätte sie sich ein Bein gebrochen oder einen schweren Schnupfen, und hüpfen um die Packung Schlaftabletten herum wie Kinder um ein Feuer. Peinlichst genau achten wir darauf, uns nicht zu verbrennen.

Die Schwester kommt und bringt das Mittagessen. Gulasch und Nudeln, ein wässriger Gurkensalat und Schokoladenpudding im Plastikbecher. Storm sieht entsetzt auf die riesige Portion und legt sich die Hand vor den Mund. Ich muss grinsen.

»So. Bitte sehr«, sagt die Schwester und wechselt Storms Infusionsbeutel. »Frau Tanz, der Psychologe kommt morgen Vormittag um elf.«

Storms Kopf schnellt herum. »Was für ein Psychologe?«

Ich stelle mich ans Fenster, hole mein Handy heraus, wische wahllos darauf herum und bemühe mich, unsichtbar zu sein.

»Das ist so üblich bei Suizidversuchen. Kein Grund zur Sorge. Es ist nur ein Angebot«, höre ich die freundliche Stimme der Schwester.

»Sie können ihm ausrichten, dass er sich sein Angebot in den Arsch stecken kann. Und zwar ganz tief rein.« Storms Ton trieft vor Sarkasmus und ich unterdrücke ein Lachen.

Die Schwester bleibt ruhig. »Das werden Sie ihm schon selbst sagen müssen. Herr Dr. Bauer wird sicher begeistert sein.«

Sie geht und das Wort Suizid hängt im Raum wie die Nachricht eines grausamen Flugzeugabsturzes.

»Ach Herrgott, Floyd! Jetzt frag schon, das ist ja nicht zum Aushalten!«, faucht Storm nach minutenlanger Stille. Ich weiß genau, dass sie es nicht will. Sie will nicht darüber reden, ich höre es. Und obwohl ich nichts lieber hätte, als dass sie mich von meiner Schuld erlöst, mir sagt, dass es nichts mit den Worten zu tun hat, die ich ihr an den Kopf geworfen habe, beuge ich mich ihrem Wunsch.

»Wie ist das Gulasch?«, frage ich stattdessen und drehe mich grinsend um.

Ich kann den Stein sehen, der ihr vom Herzen fällt.

»Mindestens so gut wie die Kutteln.« Storm grinst ebenfalls.

Ich ziehe den Stuhl an ihr Bett und greife zur Gabel.

»Lass mal sehen.« Ich schiebe die Fleischstücke hin und her. »Sieht doch köstlich aus, ich weiß gar nicht, was du hast.«

Zum Beweis spieße ich eine Nudel auf, tunke sie in die Soße und stecke sie mir in den Mund. Ich will, dass Storm isst.

»Schmeckt nicht schlecht. Wirklich.« Ich kaue und sehe Storm aufmunternd an.

»Floyd. Sie haben mir den Magen ausgepumpt! Ich weiß gar nicht, warum sie mir das überhaupt hinstellen. Ich kann nichts essen.« Sie schüttelt sich. »Auf keinen Fall!«

Ich nehme das Tablett weg. Sie hat recht.

»Einen Tee? Oder Saft?«

»Mann! Bei deiner Fürsorge bekomm ich das Gefühl, ich hab 'ne tödliche Krankheit!« Es rutscht ihr heraus, bevor sie es verhindern kann.

Ich beiße mir auf die Lippen.

»Tee wäre super«, sagt sie in die Stille hinein, und ich nicke.

An der Getränkestation entscheide ich mich für Kamille. Als ich ins Zimmer zurückkomme, liegt Storm mit geschlossenen Augen im Bett. Ich stelle die Tasse ab und beuge mich über sie.

»Bist du müde?«

»Mhm.«

»Okay. Dann geh ich jetzt. Ich komm morgen wieder.« Ich richte mich auf, Storm schlägt die Augen auf.

»Bleib, Floyd. Wenn es dir nichts ausmacht?« Sie blinzelt ängstlich, ihre Finger greifen meinen Oberarm.

»Klar. Kein Problem.« Ich hatte sowieso keine Lust, sie allein zu lassen, mir graust es vor der Vorstellung, nach Hause zu fahren.

Storm rutscht ein Stück zur Seite. »Kannst du dich zu mir legen?«

Sie fragt es so selbstverständlich, als hätten wir das schon hundertmal getan. Bei mir schlägt der Blitz ein.

»Klar. Kein Problem«, wiederhole ich mich, weil mich meine Sprachkenntnisse jäh im Stich lassen.

Ich schlucke und lege mich neben sie. Das Bett ist viel zu klein, Storm dreht sich zur Seite, achtet darauf, mich nicht zu berühren. Durch das dünne Krankenhaushemd kann ich ihre Wirbelsäule sehen, ihre Schulterblätter, so fein wie die eines Vogels. Ihre Haare kitzeln mich am Hals, und ich muss mich mit meiner ganzen Kraft zwingen, sie nicht an mich zu ziehen, sie nicht mit meinen Armen zu umschlingen und einfach festzuhalten. So fest, dass sie niemals wieder auf eine so scheißdämliche Idee kommt.

Ich konzentriere mich auf meinen Atem, bin so angespannt, dass mir nach kurzer Zeit der Rücken wehtut. Trotzdem bleibe ich liegen.

Um nichts in der Welt will ich hier weg.

Kapitel 22

Ich muss dann doch gehen. Die Gulaschschwester fordert mich am Ende ihrer Schicht höflich, aber mit deutlichem Unterton auf, die Nacht zu Hause zu verbringen.

»Schließlich ist das kein Hotel, junger Mann.« Sie legt die Stirn in Falten und deutet mit dem Kopf in Richtung Tür. »Morgen früh ab acht ist Besuchszeit.«

Widerwillig erhebe ich mich aus der Position, in der ich seit Stunden liege. Storm hat viel geschlafen, was normal sei, wie man mir versicherte. Wenn sie wach war, haben wir gequatscht. Belanglose Dinge, harmlose Themen, die uns nicht gefährlich werden konnten. Ich strecke mich vorsichtig, die Schwester tippt ungeduldig mit dem Fuß und hält die Tür auf. Betont langsam ziehe ich mir die Schuhe an und schreibe Storm eine Nachricht auf den Einkaufszettel aus der Tüte. Ich lege ihn auf die leere Seite des Bettes und gehe.

Als ich zu Hause ankomme, steht Ben vor der Tür. Er erscheint mir so unwirklich, wie aus einer anderen Zeit, einer anderen Welt. Eine Welt, die mich nicht mehr interessiert. Aber ich will nicht ungerecht sein. Ben hat keine Ahnung, was ich die letzten Stunden erlebt habe, wahrscheinlich kommt er direkt von Mina.

»Wow! Du siehst beschissen aus, Fly! Und was ist mit dem Wagen passiert?«

Ich folge seinem Blick. Die Delle hatte ich schon vergessen. »Die Tonne aus der Sesamstraße ist mir vor den Kühler gelatscht.«

Ich schließe auf und Ben folgt mir ins Haus. Dort steuere ich direkt zur Bar, schenke mir einen Whisky ein und kippe ihn in einem Zug. Der Alkohol brennt in meinem leeren Magen und verteilt sich warm in meiner Blutbahn. Ben tut es mir gleich, trinkt allerdings mit Genuss.

»Sag mal, isst du nichts mehr? Du siehst aus wie der Tod«, sagt er zwischen zwei Schlucken und fläzt sich auf die Couch. Er wartet meine Antwort nicht ab und plappert weiter. »Wie läuft's mit Storm? Du bist doch mit ihr nach Hause, oder?«

Er klingt ehrlich interessiert. Ich wende mich ab. Kann ich ihm vertrauen? Ich muss dringend mit jemandem sprechen, sonst platze ich.

»Storm hatte einen Unfall ...«, beginne ich zögerlich. Ben stellt sein Glas ab und beugt sich nach vorne.

»Was? Wie?« Er glotzt mich verständnislos an. »Was für einen Unfall? Mit dem Auto? Die Delle?«

»Nicht direkt.« Alles in mir schreit, dass ich einen schweren Fehler begehe.

»Floyd! Jetzt sag schon! Geht es ihr gut?« Ben ist ganz weiß im Gesicht, seine Besorgnis schubst mich über den Abgrund der Verschwiegenheit. Er ist mein Freund. Wenn ich ihm nicht vertrauen kann, wem dann?

»Sie hat versucht, sich umzubringen. Mit Schlaftabletten. Ich hab sie gefunden.« Im Reden falle ich auf die Couch, mein Kopf sinkt auf die Lehne. Ich schließe die Augen, nur um sie gleich darauf wieder aufzureißen, als Ben mich anschreit.

»Was? Ist sie irre?« Er springt auf und läuft vor mir auf und ab. »Warum, verdammt noch mal? Was soll die Scheiße?«

»Ich weiß es nicht.«

Ich weiß es sehr wohl, ich bin nur zu feige, es auszusprechen.

»Und ich Idiot geb ihr das Koks! Wenn die das rausbekommen, wenn Storm petzt, bin ich geliefert. Ich mach sie fertig, wenn sie quatscht!« Er fährt sich nervös durch die Haare und faselt vor sich hin.

»Sag mal, bist du bescheuert? Hast du mir eben zugehört?«

Ben beachtet mich gar nicht, zückt sein Handy und tippt hektisch eine Nachricht. »Ich muss Alex Bescheid geben. Wir sind alle dran, wenn sie plappert.«

Hä? Was redet er denn da? Ich starre ihn an und kann nicht glauben, was ich höre.

»Ben!«

Er reagiert nicht, tigert herum wie ein Geisteskranker. Ich schiebe meinen Fuß nach vorne und stelle ihm ein Bein.

Ben stolpert, fängt sich wieder und faucht mich an. »Spinnst du? Was soll das?«

»Spinnst du vielleicht? Was tust du denn da? Wenn du irgendjemandem erzählst, was ich dir gerade gesagt habe, mach ich Hackfleisch aus dir.«

Mein Ton ist immer noch scherzhaft, er wird die Show ja wohl gleich beenden. Er ist nur durcheinander, das ist alles. Wie auch nicht, bei dieser Nachricht? Ben sieht mich an, als wäre ich der Weihnachtsmann.

»Mensch, Floyd, bist du so blöd oder tust du nur so? Sie werden Storm mit Sicherheit löchern und mit dem ganzen Psychoscheiß volllabern. Eine Freundin meiner Mutter hat sich mal die Pulsadern aufgeschnitten und der Psychodoktor hängt ihr heute noch am Arsch!« Ben schreit mich an, er ist völlig von der Rolle. »Ich hab ihr Kokain gegeben, Floyd! Kokain, kapiert? Ich hab das Zeug zu Hause! Wenn sie meinen Namen nennt, bin ich geliefert!«

Ich verstehe immer noch nicht, worauf er hinauswill. Storm wird ihn nicht verraten, sie hat ganz andere Probleme.

»Das ist doch albern, Ben. Storm hat ganz andere Probleme«, wiederhole ich meinen Gedanken. Ich bin sicher, dass er gleich lacht und sich selbst einen paranoiden Saftsack nennt.

Bens Zorn trifft mich wie eine Keule. Er verzieht angewidert das Gesicht. »Gott! Dir kann man doch immer noch erzählen, dass es den Osterhasen gibt.«

Er beugt sich ganz nah über mich, seine Arme umklammern die Sofalehne.

»Sie werden nach den Ursachen forschen, bis Storm der Kopf glüht. Und Drogenmissbrauch ist laut ärztlicher Aussage eine Ursache für so hirnrissige Aktionen. Und dann werden sie keine Ruhe geben, bis sie wissen, von wem sie ihr Zeug bekommt.« Er stößt sich wütend von der Couch ab und brüllt mich an. »Was glaubst du, wie ich mein Leben finanziere? Mit dem Scheißjob in der Bar? Das langt vielleicht für eine Woche! Du hast diese Probleme ja nicht! Herr van Berg kann sich alles und jeden kaufen.«

Feine Speicheltröpfchen fliegen durch die Luft, während er schreit. Ich sitze wie erstarrt vor Ben, und mein Gehirn ist zu langsam für die Worte, die mir um die Ohren fliegen.

»Ich deale, Floyd, okay? Ich bin ein gottverdammter Dealer. Ich habe massenhaft Drogen zu Hause. Gott, ich hasse diese Schlampe! Die bringt nichts als Stress!«

Er rennt zur Bar und füllt seinen Drink nach. Dann zeigt er mit dem vollen Glas auf mich.

»Du kannst ihr ausrichten, wenn sie auch nur ein Sterbenswörtchen ausplaudert, nehme ich das für sie in die Hand. Dann braucht sie keinen Selbstmord mehr, die blöde Kuh.« Er trinkt einen Schluck und schüttelt den Kopf. »Sogar das kriegt sie nicht hin. Zu dumm zum Sterben, ich fasse es nicht.«

Endlich rasten die Zahnräder ein. Seine Sätze erreichen meinen Verstand. Mein Verstand sendet Signale an meine Nerven. Meine Nerven zerbersten in kleinste Splitter. Ich stehe ganz langsam auf und laufe zu ihm hinüber. Zu meinem bis vor ein paar Sekunden besten Freund.

»Raus hier«, sage ich leise und deute auf die Tür.

Ben ist so in Gedanken, dass er nicht mal aufsieht. Er scrollt durch das Handy, seine Hände zittern.

»RAUS!«, brülle ich und schlage ihm das Telefon aus der Hand. Es rutscht über den Parkettboden und kracht gegen die Wand.

Ben hebt den Kopf, ballt die Faust und schlägt mich mitten ins Gesicht. Es knirscht und ein gleißender Schmerz zuckt durch meine Nase. Blut spritzt auf mein Shirt, ich gehe einen Schritt rückwärts. Ich presse mir die Hand an die blutende Nase.

»Fuck! Bist du noch ganz sauber?«, keuche ich durch meine Finger. »Verpiss dich, Ben! HAU AB!«

Ich grapsche nach seinem Ärmel, mein Blut verschmiert sein weißes Hemd, und ziehe ihn grob zur Haustür.

»Mein Handy!«, brüllt er.

Ich stoße ihn von mir, laufe zu seinem Telefon, hebe es auf und schleudere es durch den ganzen Raum, direkt vor seine Füße. Mit Genugtuung sehe ich, wie es zerbricht, kleine Teile schießen in alle Richtungen davon. Ben bückt sich, sammelt die kümmerlichen Überreste auf und schreit wie ein Verrückter.

»Du mieser Arsch! Das war nagelneu! Das will ich ersetzt haben, du Penner!« Mit diesen Worten dreht er sich um, reißt die Haustür auf, die mit einem lauten Knall gegen die Wand prallt, hastet die Stufen hinab und verschwindet in der Dunkelheit. Der automatische Türschließer aktiviert sich und mit einem alles verhöhnenden, leisen Klicken fällt die Tür hinter ihm sanft ins Schloss. Ich stehe schwer atmend im Wohnzimmer und kann nicht glauben, was hier eben passiert ist.

»Scheiße!«, schreie ich, und neues Blut quillt aus meiner Nase. Ich ziehe mir mein sowieso schon ruiniertes T-Shirt aus und presse es auf mein Gesicht, um die Blutung zu stoppen. Vollkommen erschöpft sinke ich auf die Couch, lege den Kopf nach hinten und starre an die Decke.

Ich habe ein richtig mieses Karma, so viel steht fest. Die Stille des Hauses legt sich schwer auf mein Gemüt. Mein Gesicht schmerzt, mein Kopf brummt. Soeben habe ich meinen besten Freund verloren und Storm wäre um ein Haar gestorben. Und meine Eltern sind nicht da. Das waren sie noch nie. Ich habe sie aber auch noch nie so gebraucht wie jetzt.

Ich wünschte, ich könnte zum Telefon greifen und meine Mutter anrufen und ihr erzählen, wie es mir geht. Sie würde mich trösten und mir versichern, dass alles wieder gut werden würde, wenn sie erst wieder zu Hause wäre. Die Geschichten von heißer Milch am Abend und Spucke auf Mückenstichen und Gutenachtgeschichten, wenn man schlecht geträumt hat, kenne ich nur aus Erzählungen. Selbst in den Zeiten von FaceTime und Skype bleiben meine Eltern unerreichbar. Meine Mutter würde sich an die Schläfe fassen und mir unmissverständlich klarmachen, dass sie fürchterliche Kopfschmerzen bekäme von solch einem schrecklichen Mädchen wie Storm. Und mein Vater würde mich dazu anhalten, wie ein Erwachsener zu agieren und die Finger von ihr zu lassen. Er verabscheut jede Art von lasterhaftem und disziplinlosem Verhalten. Storm würde ihm den Schweiß auf die Stirn treiben.

Mir auch. Und zwar nicht zu knapp. Trotz meiner Schmerzen muss ich grinsen. Seufzend stehe ich auf und humple ins Bad. Ich dusche, wasche mir wieder einmal Blut vom Gesicht und lege mich mit einem Eisbeutel auf der Nase ins Bett. Ich bin so erschöpft, dass ich innerhalb von Sekunden einschlafe.

* * *

Ich habe zehn Stunden geschlafen, und obwohl ich mich besser fühle, ist mein Spiegelbild eine Katastrophe. Ben hat ganze Arbeit geleistet. Meine Nase ist geschwollen, ungefähr auf die Größe eines Hoden, was im Gesicht echt grotesk aussieht. Unter meinem linken Auge färbt sich die Haut violett und ich näsle wie eine schlechte Tagesschau-Sprecherin.

Nichtsdestotrotz fühle ich mich ausgeruht und fit. Ich frühstücke eine Kleinigkeit und fahre ins Krankenhaus.

Als ich den Kopf ins Zimmer stecke, sieht auch Storm viel besser aus. Sie hat geduscht, ihre feuchten Haare sind zu einem Zopf gebunden. Sie trägt die Jogginghose und ein T-Shirt. Es ist immer noch heiß, ich hätte ihr eine kurze Hose besorgen sollen.

»Hey«, sage ich und schiebe mich in den Raum. Storm löffelt einen Joghurt.

»Hast du kein Zuhause?«, fragt sie und lächelt mich mit dem Löffel im Mund an. »Uups. Wo bist du denn dagegengerannt?« Sie deutet mit großen Augen auf mein Gesicht. »Ich bin mir sicher, das war da gestern noch nicht.«

»Ich hatte eine Auseinandersetzung mit unserer Haushälterin. Sie weigert sich konsequent, meine Unterhosen zu bügeln.« Ich kann unmöglich ehrlich sein.

Ist doch klar, oder, Floyd?

»Faule Kuh.« Storm grinst und dringt nicht weiter in mich. Sie ist ein glühender Verfechter der Privatsphäre, auch nachdem ich sie in der schlimmsten Stunde ihres Lebens begleitet habe. Ich passe mich an.

»Wie geht es dir?«, frage ich und reiße das Fenster auf, um die stickige Luft entweichen zu lassen.

»Ich will hier weg.« Storm verdreht die Augen. »Wie ist das? Wie lange können die mich hier festhalten?« Sie steht auf und stellt sich neben mich ans Fenster. Die Vögel zwitschern, der blaue Himmel spannt sich über die grünen Bäume im Krankenhauspark.

»Ich schätze, gar nicht.« Ich zucke mit den Schultern.

»Es geht mir wieder gut. Diesen ganzen Scheiß brauche ich nicht.« Sie rüttelt an ihrem Infusionsständer. »Was soll da überhaupt drin sein? Wodka wohl kaum.«

Ich lache nicht, weil unsere Meinungen da ziemlich weit auseinanderliegen. Ich finde sehr wohl, dass sie Hilfe braucht. Und die Medikamente, die tröpfchenweise in ihre Adern fließen. Und Ruhe.

Und mich. Bitte brauche mich, Storm.

»Frau Tanz?«

Wir fahren herum, als wären wir bei etwas Verbotenem erwischt worden. Ein Mann steht in der Tür und lächelt freundlich. Er hat graue Haare und einen Bart. Sein langer, dünner Körper steckt in einem abgetragenen Cordanzug, unter dem Arm klemmt eine dünne Akte. Er schließt die Tür und kommt mit ausgestreckter Hand auf

Storm zu. Storm weicht zurück und presst sich überraschenderweise an mich. Ich setze alles auf eine Karte und lege lässig meinen Arm um ihre Schultern.

»Ich bin Dr. Bauer.«

Aha. Der Seelenklempner. Bens Todfeind.

Er wendet sich an mich. »Und Sie sind ...?«

»Van Berg«, sage ich, und obwohl ich vor zwei Minuten noch anderer Ansicht war, nehme ich in eine abwehrende Haltung ein. Ich recke die Schultern und überrage den Arzt um einen Kopf. Storm verkriecht sich unter meiner Achsel, als wäre ich in der Lage, sie unsichtbar zu machen.

»Wir haben einen Termin.« Sein Gesicht ist offen und verständnisvoll, es gibt nicht den geringsten Grund, ihn nicht zu mögen. Und doch kann ich ihn nicht leiden. Storm wohl noch weniger. Sie versteift sich unter meiner Berührung und knirscht mit dem Kiefer, so laut, dass ich es hören kann.

»Vielleicht wollen wir uns setzen?«

Dr. Bauer deutet auf das Bett und nimmt sich den Stuhl. Irrationalerweise fühlt er sich wie ein Eindringling an. Das ist mein Stuhl. Und Storms Bett. Was völliger Quatsch ist. Das ist nicht meine Wohnung und Storm ist nicht meine Freundin. Mit dieser Tatsache scheine ich mich nur schwer abzufinden, so oft, wie ich mich darauf hinweisen muss. Dr. Bauer schiebt sich eine Brille auf die Nase und schlägt die Akte auf. Dann sieht er mich an.

»Wenn Sie dann freundlicherweise draußen warten würden?«

Es ist keine Bitte. Ich bewege mich keinen Schritt. Was will er tun? Mich aus dem Fenster werfen?

»Er bleibt.« Storm löst sich von mir und setzt sich im Schneidersitz auf das Bett. Ich kreuze die Beine und stütze mich an der Fensterbank ab. Eins zu null für mich. Ich grinse.

Dr. Bauer zeigt sich gänzlich unbeeindruckt. Er hat wohl noch nicht verstanden, dass das hier ein Wettbewerb ist und ich den ersten Punkt eingefahren habe.

»Nun, Frau Tanz, wollen Sie sich mit mir unterhalten? Ich bin da, um Ihnen zu helfen, aber nur, wenn Sie das auch möchten.«

Storm sieht zu mir. Sie zieht fragend die Brauen nach oben. »Was denkst du, Schatz? Soll ich mit ihm sprechen?«

Ich habe keine Ahnung, was sie vorhat, und nicke zögerlich, kneife die Augen zusammen. Aller Wahrscheinlichkeit nach wird sie mich in die Pfanne hauen. Schätze ich. Dr. Bauer schlägt die Beine übereinander und sagt nichts.

Und Storm legt los.

Sie lehnt sich in die Kissen zurück und öffnet ihren Zopf. Ihre dunklen Haare fallen schwer auf die hellen Kissen und bilden einen krassen Kontrast zu ihrer bleichen Haut. Sie senkt die Lider und fährt sich mit der Zunge über die Lippen. Ihr Oberteil rutscht wie zufällig über die Schulter und der zarte Ansatz ihres Dekolletés ist deutlich zu sehen. Sie reckt ihre langen Beine und spreizt die Oberschenkel. Sie ist der pure Sex.

Die Luft im Raum wird dick, mein Blick huscht zu Dr. Bauer. Sein Blick ist gelangweilt, aber sein Kehlkopf hüpft verräterisch auf und ab. Ich weiß, ich sollte diesem Treiben sofort ein Ende bereiten, aber ich kann nicht. Ich bin von ihrer plötzlichen Verwandlung so fasziniert, dass ich sie anstarre und keinen Ton herausbekomme.

»Wie ist das so, wenn einem die Menschen vollkommen ausgeliefert sind? Wenn sie einem ihre tiefsten Ängste und Albträume anvertrauen? Macht Sie das an, Doktor?«

Storms rauchige Stimme öffnet allein durch ihren Ton die Knöpfe an meiner Hose, senkt meinen IQ auf den eines Höhlenmenschen.

Dr. Bauer bemüht sich angestrengt, professionell zu bleiben. Er räuspert sich und wechselt die Position. Storm steckt sich derweil den Finger in den Mund und bewegt ihn auf und ab. Der glänzende Speichel zieht Fäden und Storm verteilt die Nässe auf ihren Lippen. Mein Herz pumpt das Blut in die unteren Regionen, ich verschränke die Finger vor meinem Schritt.

Floyd, in Gottes Namen. Sag was!

Ich öffne meinen Mund, der so trocken ist wie die Wüste Sinai, und versuche krampfhaft, genug Spucke zu sammeln, als Storm weiterspricht.

»Wollen Sie die Frauen dann ficken, Doktor? Sie über Ihren Schreibtisch beugen und ihnen den Rock hochschieben und sie ficken?«

Storms Hand gleitet langsam über ihren Bauch zu ihrem Schritt. Sie schiebt den Bund der Jogginghose nach unten und sieht Dr. Bauer in die Augen. Der Arzt ist ebenso stumm wie ich, starrt Storm nur an. Storms Hand verschwindet unter ihrer Hose und mein Verstand kehrt zurück. Bauers lüsterner Blick ist die letzte Ohrfeige, die ich brauche. Ich bin mit zwei Schritten an ihrem Bett und packe ihr Handgelenk. Die Situation hat auf einmal überhaupt nichts Erotisches mehr. Es ist nur noch billig und verzweifelt und vergiftet.

»Hör auf!« Ich zwinge ihre Hand aus der Hose und schiebe ihr das Shirt zurecht. »Das reicht!« Ich versperre ihr die Sicht auf den Arzt und lege so viel Autorität in meine Stimme, wie ich kann.

Storm grinst mich an und schnalzt mit der Zunge. »Gib's zu! Es hat dir auch gefallen, Schatz. Oder?«

Ich höre, wie Dr. Bauer aufsteht und ohne ein Wort den Raum verlässt. Storm und ich taxieren uns, mein Herz klopft immer noch bis zum Hals.

»Ihr Männer seid alle gleich. Es ist so einfach, dass es schon langweilig ist.«

Ich kenne diesen Satz. Er gehört eigentlich mir.

»Wenn du das von mir denkst, warum bin ich dann hier?«

»Ich hab keine Ahnung, Floyd. Warum bist du hier? Von mir aus kannst du auch gehen.«

Sie greift sich einen Apfel und beißt hinein. Ich habe keine Lust auf ihre Spielchen.

»Weißt du, was, Storm? Ich hatte echt eine Scheißangst um dich. Ich bin nicht hier, um mit dir zu streiten. Das ist das Letzte, was ich gerade will! Deshalb geh ich jetzt. Wenn ich wiederkommen soll, ruf mich an.«

Damit wende ich mich um, bin schon fast an der Tür, als eine Tasse dicht neben mir an die Wand kracht und in tausend Scherben zerspringt. Ich ducke mich weg, der kalte Tee verfehlt mich nur knapp.

»Ja! Hau ab, Floyd!«, schreit Storm. Ich zwinge mich, die Tür zu öffnen, den Mund zu halten und, ohne mich umzudrehen, zu gehen. Wenn ich jetzt nachgebe, kann Storm mit mir machen, was sie will. Und mein Instinkt warnt mich so eindringlich, dass ich ihm folgen muss. Storm braucht keine Marionette.

Auf dem Gang treffe ich Schwester Heidi und kritzle ihr meinen Namen und meine Handynummer auf einen Zettel aus meinem Geldbeutel.

»Wenn was ist, rufen Sie mich an? Geht das?« Ich sehe sie bittend an und Schwester Heidi nickt.

»Ausnahmsweise.«

»Danke.«

Ich fahre nach Hause, lümmle den ganzen Tag vor dem Fernseher, zappe durch die Kanäle und glotze den stumpfsinnigen Mist, den die C-Promis verzapfen. Meine Gedanken kreisen unablässig um die Show, die Storm abgezogen hat. Ich begehre sie so sehr, dass es schmerzt. Unser Verhältnis ist eine einzige Katastrophe. Und immer noch ist unklar, was auf meinem Geburtstag geschehen ist. Wenn ich mit Storm im Bett war, und ich lege die Betonung auf das Wörtchen »wenn«, dann hätte ich mich spätestens heute erinnern müssen. Sie war eine vollkommen andere. Selbst ihre Stimme klang zwei Oktaven tiefer. Die Verwandlung, die sich in Sekundenbruchteilen vollzogen hat, war unglaublich.

Das Haustelefon klingelt. Ich hebe ab und die dröhnende Stimme meines Vaters erfüllt meinen Kopf. Ich empfinde Erleichterung, bis mir wieder einfällt, dass er mir nicht helfen wird.

»Floyd?«

»Hey, Papa«, sage ich.

»Wir wollten nur Bescheid geben, dass wir nächste Woche nach Hause kommen. Du vergisst bitte das Dinner nicht?«

Es ist wie immer. Kein Interesse an meinen Problemen. Keine Frage, wie es mir geht. Ich seufze. Das Dinner. Ja, sicher.

»Ja. Ich vergesse es nicht.«

»Ist im Haus alles in Ordnung?«

Nein. Einbrecher haben das Schwimmbad verwüstet, auf die Couch gepisst und die Küche mit Graffiti besprüht. Außerdem haben sie deine Autos demoliert und den Garten umgegraben.

»Floyd! Warum lachst du?« Er klingt besorgt, wartet auf die erlösende Antwort, dass das Haus noch steht.

»Ja. Ist alles okay.«

»Schön. Dann bis in fünf Tagen.«

Er legt auf. Keine Verabschiedung, kein »Wir freuen uns auf dich«.

Er muss mich wirklich nicht ausstehen können.

Kapitel 23

Mein Handy klingelt. Ich fahre aus dem Bett und greife blind zum Nachttisch. Die Sonne scheint bleich durch die Fenster, es ist noch früh. Das Telefon fällt mir zweimal aus der Hand, bis ich so klar bin, dass ich rangehen kann.

»Hallo?«, krächze ich.

»Herr van Berg?«

»Ja?«

»Hier ist das Stadtkrankenhaus. Es geht um Frau Tanz.«

Mein Blut gefriert zu Eis. Alle Todsünden fallen mir ein, meine Hand fängt an zu zittern, als hätte ich einen Tremor.

»Was ist mit ihr?« Ich bringe die Frage kaum über die Lippen.

Bitte, lieber Gott. Nur noch ein Mal. Ein Mal brauche ich dich noch!

»Sie ist weg. Frau Tanz ist weg.«

Ich schließe die Augen. »Wie, weg?«

»Sie hat heute Nacht wohl das Krankenhaus verlassen. Schwester Heidi meinte, Sie wüssten vielleicht ...?« Die Dame beendet den Satz nicht.

»Fuck! Wie geht denn das? Haben Sie keinen Scheißwachdienst?« Ich bin so wütend, dass ich schreie.

Die Dame findet das offenbar nicht gut. Ihr Ton wird scharf. »Wir sind hier kein Gefängnis.«

Ich lege auf und springe so schnell in meine Klamotten, dass ich mich verheddere und fluche wie ein Gassenjunge.

»Du blöde Kuh! Du bist doch völlig verrückt!« Ich beschimpfe Storm in allen Farben und Formen und bin mir sicher, noch nie im Leben so schnell das Haus verlassen zu haben. Im Auto überlege ich fieberhaft, wo sie sein könnte.

Sie steht auf einer Brücke und springt. Sie liegt auf den Gleisen und die Bremsen des herannahenden Zuges quietschen laut. Sie schneidet sich mit einer glänzenden Rasierklinge in die Haut.

Meine Hand donnert auf das Lenkrad, ich bin kurz davor, auszusteigen und dem Autofahrer vor mir die Visage zu polieren.

»Nur weil da fünfzig steht, muss man noch lange keine fünfzig fahren, du Wichser!« Ich brülle die Windschutzscheibe an. Jetzt ist es so weit. Ich drehe durch. Mein Bein auf dem Gaspedal hüpft auf und ab, meine schweißnassen Hände rutschen über das Lederlenkrad. Ich puste mir die Haare aus den Augen.

Auf dem Beifahrersitz liegt das Päckchen Zigaretten aus Storms Zimmer und ich grapsche danach. Ich fische mit den Zähnen eine Kippe heraus, wühle ungeduldig nach dem Feuer in der Verpackung, zünde mir die Zigarette an und inhaliere tief. Ein Hustenanfall schüttelt mich, aber ich baue auf die Behauptung, dass Nikotin die Nerven beruhigt.

Zuerst fahre ich zur Eisfabrik, sie wird wohl kaum nach Hause gegangen sein. Der Rauch brennt heiß in meiner Lunge und vernebelt mir das Gehirn. Das funktioniert nicht. Rauchen ist nichts für mich. Mit einem Kopfschütteln werfe ich die Kippe aus dem offenen Fenster.

An der Fabrik angekommen, erlebe ich die gleiche Situation wie zwei Nächte zuvor. Nur dass dieses Mal Sonnenlicht durch das Gebäude fließt, als ich durch das Treppenhaus sprinte. Ich ramme die Tür im zweiten Stock auf und Storm hockt seelenruhig auf ihrer dämlichen Matratze. Sie liest. In einem Taschenbuch. In ihrer Hand glimmt eine Kippe, ihre Haare fallen ihr ins Gesicht, die Stirn ist in konzentrierte Falten gelegt.

»Wusstest du, dass der Franzose Stéphane Mifsud den Weltrekord im Zeittauchen hält? Mit elf Minuten und fünfunddreißig Sekunden?«, fragt sie und sieht nicht mal auf.

Ich rase auf sie zu und mein Fuß donnert gegen die Matratze. »Ja, verflucht! Das weiß ich! Mit dir ist einfach nichts normal, oder?«

Storm hebt den Kopf.

»Wieso?« Sie zieht ein letztes Mal an der Zigarette und drückt sie auf dem Betonboden aus.

»Ach Scheiße, Storm!« Ich lasse mich neben sie fallen und versuche, zu Atem zu kommen. »Was tust du denn hier?« Angeekelt mustere ich die Matratze, die immer noch nach Erbrochenem riecht.

Storm legt das Buch zur Seite. Sie dreht sich zu mir, hebt die Hand und berührt meine Nase.

»Tut es noch sehr weh?« Ihre Finger streicheln mein Gesicht, sie legt die Hand an meine Wange.

»Ich weiß es nicht. Ich habe keine Zeit, darauf zu achten, weil ich meinen Tag damit verbringe, mir in die Hosen zu scheißen, ob du noch lebst!«, sage ich und will, dass sie ihre Hand da liegen lässt, wo sie gerade ist.

»Es tut mir leid, Floyd. Ich konnte da nicht mehr bleiben. Ich hatte das Gefühl zu ersticken. Außerdem hatte ich Angst, dass du nicht mehr kommst. Also habe ich dafür gesorgt, dass du kommst.«

Sie verzieht entschuldigend den Mund. Ich bin so froh, dass sie keine Brücke, keinen Zug und keine Klingen gefunden hat, dass meine Wut verpufft wie ein schlechter Zaubertrick. Storm legt sich zurück, verschränkt die Arme hinter dem Kopf.

»Weißt du, ich habe mir vorgestellt, wie ich am Meer sitze. Ich schwöre, Floyd, ich habe das Rauschen der Wellen gehört! Die Möwen haben geschrien und die Luft roch nach Salz und Tang. Ich habe die Füße in den warmen Sand gegraben und auf das glitzernde Wasser geblickt. Es war wunderschön. Und so friedlich. Es gab keine Dunkelheit. Alles war gleißend hell. Meine Mutter war da. Sie hat mir gewinkt. Und dann hast du mich zum Kotzen gebracht.« Ihr letzter Satz klingt trocken.

Ich brauche einen Moment, um ihre Worte einzuordnen. »Du weißt das noch?«
Sie grinst. »Du hast geheult. Wie ein Baby. Und du hast gesagt, dass alles gut wird.« Sie greift nach meiner Hand. »Wird es das, Floyd?«

Ich gleite nach hinten, lehne meinen Kopf an ihren. Meine Finger verschlingen sich mit ihren, ich streiche ihr sanft über den Daumen. Die Decke über uns ist rissig, alte Rohre rosten vor sich hin.

»Mein Tag«, antworte ich. »Lass uns verschwinden, Storm. Nur für ein paar Tage. Wir fliegen ans Meer. Lass uns einfach abhauen.« Ich warte mit angehaltenem Atem auf ihre Antwort. »Bitte«, schiebe ich hinterher.

»Okay.«

Ich stütze mich auf die Ellenbogen und sehe sie an. »Echt? Einfach okay?«

»Mhm.«

»Egal, wohin? Ich entscheide?«

»Dein Tag.« Storm zuckt mit den Achseln.

»Gut.« Ich grinse breit. »Barcelona, wir kommen.« Ich pisse mir vor Freude gleich in die Hose. »Schaffst du das überhaupt?«

»Bist du bescheuert? Umsonst nach Barcelona? Ich verstehe die Frage im Zusammenhang mit meiner Person nicht, Herr van Berg.« Storm grinst jetzt auch.

Ich springe auf, laufe aufgeregt vor ihr auf und ab.

»Wie machen wir das? Du musst packen! Ich fahre dich nach Hause und warte auf dich. Und dann halten wir kurz bei mir und dann fahren wir an den Flughafen.« Ich sehe sie fragend an.

»Du kannst doch zu dir fahren und ich zu mir und wir treffen uns am Flughafen.«

»Ich verstehe den Vorschlag im Zusammenhang mit Ihrer Person nicht, Frau Tanz.« Ich zeige Storm einen Vogel. »Du glaubst doch nicht im Ernst, dass ich dich eine Sekunde aus den Augen lasse.« Ich hebe die Augenbrauen und schüttle den Kopf. »Auf keinen Fall!«

»Okay.« Storm steht auf und sammelt ihre Sachen ein.

»Welche Pillen haben sie dir gegeben? Du bist willenlos. Faszinierend!«

Storm lacht laut. »Das ist der betörende Duft, den du verströmst, van Berg. Duschen ist wohl out.« Sie rümpft die Nase.

»Ich habe keine Zeit für so profane Dinge. Ich muss eine Freundin von Dummheiten abhalten.«

Seit ihrer Schilderung vorhin ist es kein Tabuthema mehr. Zumindest für mich nicht.

Storm klopft mir auf den Rücken. »Das nennt man mieses Karma, Herr van Berg.«

Ich fühle mich hundert Kilo leichter. Vielleicht war es diesmal keine Lüge.

Vielleicht wird wirklich alles gut.

* * *

Ich sitze im Auto vor Storms Haus und buche über das Handy die Flüge. Ich nehme die erstbesten, habe keine Lust auf Preisvergleiche. Es ist so unfassbar, dass sie überhaupt Ja gesagt hat, dass ich, ohne zu überlegen, die Kreditkarte zücke. Unser Flug geht in knapp vier Stunden. Ich buche außerdem noch ein Hotel und nicke zufrieden, als die Bestätigung per Mail eintrifft.

Storm ist schon eine Weile verschwunden, ich vermute, sie redet mit ihrem Vater. Wenn er in der Verfassung dazu ist. Ich habe ihr nicht gesagt, dass ich hier war. Sollte er es tun, werde ich ihr alles erklären.

Ich blicke auf, Storm kommt zurück. Sie hat sich umgezogen, trägt ein dunkles Sommerkleid und in der Hand ihre Boots. Ihre Wangen sind gerötet und ihre Augen leuchten erwartungsvoll. Mein Herz geht auf. Mir schwillt vor Stolz der Kamm, und ich fühle mich, als wäre ich zwei Meter groß.

Storm steigt ein. Sie riecht nach Zitrone, der Duft breitet sich im Wagen aus, und hätte ich eine Dose, würde ich ihn einfangen und den Deckel zuschrauben.

»Startklar?« Ich sehe sie an.

»Ja.« Sie legt die Füße auf das Armaturenbrett und es stört mich nicht im Geringsten. »Du warst bei meinem Vater?«

»Jep.«

»Was hast du ihm gesagt?« Storm klingt neugierig.

»Nichts. Wieso?«

»Er hat sich bei mir entschuldigt. Für seine Trinkerei.« Sie schüttelt den Kopf. »Ich meine, ich habe keine Hoffnung, dass sich irgendetwas ändert, aber es war ... nett.«

Storm sieht mich an und runzelt nachdenklich die Stirn.

»Mit mir hat das nichts zu tun. Ich habe ihm nur gesagt, dass du im Krankenhaus bist und warum. Ich wollte Sachen für dich holen.« Ich rucke mit der Schulter.

»Warst du in meinem Zimmer?«

»Mhm.« Mein Mund wird trocken.

»Oh. Okay.« Mehr sagt sie nicht.

»Nur kurz. Ich habe deinen Geldbeutel geholt. Und die hier.« Ich reiche ihr das Päckchen Kippen. Das Bild erwähne ich nicht. Ich befürchte, dass die Stimmung kippt. Bevor wir im Flieger sitzen, gehe ich kein Risiko ein, so viel ist sicher.

Ich fahre in meine Einfahrt und parke.

»Willst du mit reinkommen?« Eigentlich kenne ich die Antwort, frage eher aus Höflichkeit.

Storm verneint stumm.

»Ich beeile mich, okay?« Im Haus packe ich eine Tasche mit diversen Kleidungsstücken und überprüfe meinen Pass, mein Bargeld und meine Kreditkarten. Ich schreibe Frau Hauser eine Nachricht. Nicht dass es sie interessieren würde, aber mir ist es lieber so.

Nach einer knappen Viertelstunde sitze ich wieder hinter dem Steuer. Am Flughafen stelle ich das Auto in die Tiefgarage und wir fahren mit dem Aufzug zur Abflughalle. Wir checken ein und sind viel zu früh am Gate. Storm kauft sich Zeitschriften und Getränke. Und mir fällt siedend heiß ein, dass ich meine Tabletten gegen die Flugangst vergessen habe.

»Scheiße!«, fluche ich leise.

»Was ist?« Storm sieht mich besorgt an.

»Ich ... ich habe Flugangst.« Ich nehme auf einem der Plastikstühle Platz. Mir ist plötzlich ganz schlecht.

»Was? Du hast doch gesagt, du warst schon überall.« Storm sieht belustigt aus.

»Ja, schon. Normalerweise habe ich Tabletten. Die habe ich blöderweise vergessen.« Ich stütze die Arme auf meinen Knien ab, meine Atmung wird schneller.

Storm legt mir die Hand auf den Rücken. »Ich kann dich beruhigen, Floyd. Die Wahrscheinlichkeit, dass wir abstürzen ...«

Ich unterbreche sie mit einem Handzeichen. »Kein Wort, okay? Ich kann dieses Wort jetzt nicht hören!«

Es ist zu spät. Der Begriff »abstürzen« breitet sich in meinem Kopf aus, bis nichts anderes mehr Platz hat.

»Oh Gott!« Ich beuge mich vornüber und lege mir die Hände vors Gesicht.

Storm lacht. »Floyd!« Sie zwingt meine Finger auseinander, bis sie mich sehen kann. »Es wird nichts passieren, ja? Kein Grund zur Panik!«

»Woher willst ausgerechnet du das wissen? Du bist noch nie geflogen! Du hast keine Ahnung! Storm, das ist ein Albtraum! Wenn sie die Turbinen anwerfen und das ganze klapprige Ding plötzlich wackelt und ruckelt. Und dann rollt es erst langsam und dann immer schneller über die Startbahn. Und dann verlieren wir den Kontakt zum Boden!« Ich sehe Storm mit riesigen Augen an.

»Deshalb nennt man es fliegen, Floyd«, sagt sie.

Ich deute mit meiner flachen Hand einen steilen Winkel an. »So, Storm! So steil hebt sich dieses Ding in die Luft. Das ist abnormal! Nichts, was so schwer ist, kann fliegen!« Meine Hand zittert leicht und Storm grinst.

»Doch. Die Hummel. Es ist wissenschaftlich erwiesen ...«

Ich unterbreche sie wieder. »Jaja! Wie auch immer diese Scheißhummel das macht, sie gehört zur fantastischen Welt der Tiere! Ein Flugzeug nicht! Zehntausend Meter über der Erde muss nur eine Schraube oder eine Dichtung kaputt sein, und wusch«, ich klatsche lautstark mit der Hand auf die Stuhllehne, »sind wir alle Staub!«

Ich starre ihr sekundenlang in die Augen, unerschütterlich in dem Glauben an die Katastrophe, die sich in wenigen Stunden ereignen wird.

»Wow! Vielen Dank für diese präzise Beschreibung meines ersten Fluges, Herr Kapitän.« Storm legt die Hand an die Stirn und salutiert.

Unser Flug wird aufgerufen. Ich bleibe sitzen.

Die Menschen um uns herum stehen auf, die Schlange am Boarding wird in der nächsten halben Stunde immer kürzer. Irgendwann sind nur noch wir beide übrig, die Mitarbeiterin der Fluggesellschaft sieht prüfend zu uns herüber. Ich starre auf den Boden, an dem meine Füße wie festgeschraubt sind.

»Floyd?«, fragt Storm leise und streicht mir über den Arm.

Ich drehe den Kopf, sehe sie an und hebe den Finger.

»Eine Sekunde noch, ja?« Die Verzweiflung in meiner Stimme ist nicht zu überhören. In der Regel bin ich in diesem Stadium von den Tabletten schon so benebelt, dass ich debil lächelnd mein Ticket zeige. Ich muss in dieses Flugzeug! Unbedingt. Ich will nach Barcelona, will ihr die Stadt zeigen. Und das Meer.

Floyd, du verdammter Feigling! Steh auf, verflucht noch mal!

Ich hole tief Luft, schlage mit den Händen auf die Knie und stehe auf. »Okay. Lass uns gehen.«

Storm grinst und schnappt sich ihre Tasche. Sie stürmt an den Schalter und ich stakse ihr mit wackligen Beinen hinterher. Nervös krame ich nach den Tickets, und die Frau fragt mich freundlich, ob alles in Ordnung sei. Ich nicke.

»Boarding completed«, sagt sie in den Hörer, und ich zucke zusammen.

Storm greift nach meiner Hand und zieht mich durch den schlauchartigen Gang zum Flugzeug. Wie in Trance begrüße ich die Stewardessen, deren Lächeln mich noch nervöser macht. Was sollen sie auch sonst tun, wenn sie eine Panik verhindern wollen? Wie verrückt herumschreien und mit den Armen fuchteln? Wohl kaum.

»Willst du ans Fenster?« Storm neigt fragend den Kopf, ich zeige ihr den Vogel.

»Bist du irre? Auf keinen Fall!«

»Cool!« Sie freut sich wie ein Schneekönig, ich schnaube ungläubig.

Ich falle in den Sitz und lege den Kopf nach hinten. Sofort fällt mein Blick auf die Vorrichtung für die Sauerstoffmasken.

Storm blättert in der Broschüre für die Notfallmaßnahmen. »Sieh mal. Es gibt Schwimmwesten und eine Rutsche und ...«

Mein Kopf schnellt herum, ich kneife die Augen zusammen. »Halt. Die. Klappe. Storm! Ich muss mich konzentrieren.«

Storm presst die Lippen zusammen und unterdrückt ein Lachen.

»Das ist nicht witzig, Frau Tanz«, weise ich sie mit dem letzten Rest Selbstbeherrschung zurecht. Die nasale Stimme des Piloten knistert durch die Reihen. Ich blende sein Gefasel über die Flugzeit und das Wetter in Barcelona aus und schließe die Augen. Meine Finger krallen sich um den Anschnallgurt, mein Magen fährt Free Fall und in meinem Kopf hüpft ein kleines Männchen auf und ab und wiederholt kontinuierlich das Wort »Absturz«. Die Maschinen fahren hoch, mein Kreislauf herunter.

»Oh Gott«, murmle ich, als wir beschleunigen.

Ich öffne den Mund und atme hektisch ein und aus. Mein Herz pumpt und pumpt, und doch habe ich das Gefühl, dass es mit jedem Schlag langsamer wird. Meine Fingerspitzen werden taub, es pfeift in meinen Ohren. Ich presse den Kopf gegen die Nackenstütze und schlucke. Wir heben ab und ich verliere den letzten Rest Selbstbeherrschung.

»Scheiße! Oh Gott, Scheiße!«, stoße ich zwischen zusammengepressten Zähnen hervor und spüre Storms Hände, die sich um mein Gesicht legen.

»Floyd. Sieh mich an.«

Ich schüttle panisch den Kopf.

»Floyd! Sieh mich an!« Storm spreizt die Finger und verstärkt den sanften Druck. Ich öffne ein Auge. Ihr Gesicht ist ganz nah, ihre Augen sehen mich ernst an. »Ich verspreche dir, dass nichts passieren wird, okay? Ich bin bei dir. Wir sind am See.«
Der Pilot informiert uns, dass wir die Flughöhe erreicht haben. Die Flugbegleiter klappern im hinteren Bereich mit den Getränkewagen. Storm sieht mich immer noch an. Ich öffne das andere Auge. Ihre Hände sind warm und trocken und sie streicht mir ganz zart über die Schläfen.
»Wir sind am See und es ist heiß. Du gehst schwimmen. Kannst du es sehen? Die Hitze und den Steg und die glitzernde Oberfläche des Wassers?«
Ich nicke.
»Du gehst hinein und tauchst unter. Die Kühle ist erfrischend und es ist ganz still. Du hältst die Luft an und dein Verstand fährt herunter. Nichts ist mehr wichtig. Nur noch du und das Wasser. Wie ist das? Was fühlst du?«
Ich konzentriere mich auf ihr Gesicht, die feinen Sommersprossen und die schmalen Augenbrauen. Die rote Linie ihrer Lippen, die kleinen Grübchen in ihren Wangen.
»Es ist ... es ist friedlich«, krächze ich.
»Und? Was noch?«
»Körperlos. Als bestünde ich nur aus Luft.« Ich entspanne mich ein winziges bisschen, entkrampfe meine Finger.
»Okay. Das ist gut. Hast du Angst?«
Ich schüttle den Kopf.
»Gut. Dann tu, was du unter Wasser tust. Lockere die Muskeln in deinen Beinen, in deinen Armen. Hör auf deinen Herzschlag. Schlägt dein Herz?« Storm legt eine Hand auf meine Brust. Ich spüre ihre Haut durch den dünnen Stoff meines Hemdes.
Die Stewardess kommt und fragt nach unseren Wünschen.

»Zwei Wodka, Tomatensaft, Salz und Pfeffer«, antwortet Storm, ohne meinen Blick loszulassen. »Siehst du. Es schlägt. Laut und deutlich, Floyd. Und das wird es auch die nächsten achtzig Jahre tun.«

Sie beugt sich langsam vor und küsst mich auf die eiskalte Wange. Einfach so. Ihre Lippen sind weich und warm. Sie verharrt sekundenlang an meiner Haut, ich höre ihren leisen Atem an meinem Ohr.

»Geht es wieder?«, flüstert sie, und ich kann nur nicken.

Bleib da! Lass deinen Mund für immer da, wo er gerade ist. Ist mir egal, wie lange ich in diesem verdammten Ding sitze. Solange dein Mund dableibt.

»Gut.« Storm rückt von mir ab und reckt mir die offene Hand hin. »Ich muss die Getränke bezahlen, Floyd.«

Die Flugbegleiterin lächelt mich freundlich an. »Sie haben es schon bald geschafft. Der Flug ist ruhig, keine Sorge.«

Bedauerlicherweise tauche ich wieder auf, kehre zurück und meine Wange brennt wie Feuer. Die allumfassende Panik von vorhin ist vorbei, trotzdem sind meine Bewegungen langsam und vorsichtig. Ich krame meinen Geldbeutel hervor und reiche ihn Storm. Sie bezahlt und mixt uns eine Bloody Mary.

»Fehlt nur der Sellerie,« sagt sie und stößt an meinen Becher.

»Ich hasse Tomatensaft.« Ich ziehe die Nase kraus.

»Aber das trinkt man doch auf einem Flug, oder?« Ihr Gesichtsausdruck ist so unschuldig, dass ich tatsächlich lache. In einem Flugzeug. In einem fliegenden Flugzeug.

»Jep.« Ich trinke ihr zuliebe und es schmeckt gar nicht so übel.

Den Rest des Fluges spielen wir Schere, Stein, Papier. Storm liest mir aus dem »Buch des unnützen Wissens« vor und gesteht mir, dass sie so etwas wie ein fotografisches Gedächtnis hat.

»Ich erzähle das nicht so gerne. Es klingt so schrecklich überheblich.« Sie grinst schief.

Wir setzen zur Landung an, und bevor ich die Nerven überhaupt verlieren kann, fängt Storm an zu singen. Sie singt Kinderlieder. Fürchterlich schief schmettert sie mir Reime und Verse ins Ohr, ihre Stimme krächzt durch das ganze Flugzeug.

Irgendwann dreht sich ein Mann um und blickt uns erbost an. »Hat Ihnen schon mal jemand gesagt, dass Sie eine grauenvolle Stimme haben? Ich bekomme Kopfschmerzen von Ihrem Gedudel!«

Storm streckt ihm die Zunge heraus und der Pilot setzt auf. Er drosselt die Geschwindigkeit und ich habe es geschafft. Ich stoße einen tiefen Seufzer aus und lasse die Luft ganz langsam aus meinen Lungen entweichen.

»Hey, Floyd.« Storm schubst mich. »Im Flugzeug sagt der Pilot durch: Wenn sich ein Arzt an Bord befindet, soll er bitte ins Cockpit kommen! Ein Mann steht auf und geht nach vorne. Nach wenigen Minuten ertönt die Stimme des Arztes aus den Lautsprechern: Wenn sich ein Pilot an Bord befindet, soll er bitte ins Cockpit kommen.«

Sie stößt ein kehliges Lachen aus und boxt mich auf den Arm.

Ich muss schmunzeln. »Du bist echt verrückt, weißt du das?«

Kapitel 24

Wir fahren mit dem Taxi in die Altstadt. Storm hüpft auf dem Sitz auf und ab und klatscht in die Hände, als das Meer in Sicht kommt. Im Hafen liegt ein riesiges Kreuzfahrtschiff, über uns baumelt die Seilbahn des Montjuïc. Ich bekomme das Grinsen überhaupt nicht mehr aus dem Gesicht, ihre glänzenden Augen sind das schönste Geschenk.

Der Fahrer setzt uns vor dem kleinen Hotel in El Born ab und Storm dreht sich staunend um die eigene Achse. Es riecht nach Meer und Sonne, nach Stadt und Leben und Spaß.

»Das ist einfach geil, Floyd!« Sie breitet die Arme aus und legt den Kopf in den Nacken.

Ich lächle und betrete das Hotel. An der Rezeption zeige ich die Buchungsbestätigung, während Storm sich in einen Korbsessel fallen lässt. Der Mann hinter dem Tresen windet sich. Er erklärt mir mit einem entschuldigenden Lächeln, dass mit der Buchung etwas falsch gelaufen sei, es tue ihm schrecklich leid. Storm tritt zu uns.

»Was ist?« Sie sieht fragend von mir zu dem Mitarbeiter.

»Es gibt nur noch ein Doppelzimmer.«

Der Rezeptionist preist den Balkon und das übergroße Bett, ich klopfe wie ein Irrer auf meine Bestätigungsmail, als würde sich dadurch das Problem lösen. Storm legt die Hand auf meine.

»Floyd. Du hast mir den Finger in den Hals gesteckt und ich habe dir auf die Hand gekotzt. Verstehst du? Wir werden uns wohl ein Zimmer teilen können.« Sie schiebt die Unterlippe vor und zuckt gleichgültig mit der Schulter.
Ich hebe eine Braue und sehe sie skeptisch an. »Drei Nächte? Wir haben nur ein Bett. Keine Couch, keinen Sessel. Nichts.«
Storm zwinkert. »Schiss?«

Ich zeige auf mich. »Meinst du mich?«, frage ich grinsend und unterschreibe die Buchung. Der Mann händigt uns erleichtert den Schlüssel aus.

Das Zimmer ist okay. Es gibt einen kleinen Tisch, einen Flachbildschirm und einen Schrank. Der Balkon ist wirklich groß, allerdings blicken wir auf eine Mauer. Hotelzimmer sind mir nicht wichtig. Ich war schon in den schlimmsten Absteigen, auf meinen Reisen ist mir das egal.

Storm lässt ihre Tasche auf das Bett fallen und wirft ein Kissen auf den Boden.

»Das wäre dann dein Schlafplatz, fürchte ich.« Sie prüft mit dem Schuh den Parkettboden und spitzt die Lippen. »Schon Willy Meurer sagte: ›Wer so arm ist, dass er auf dem Boden schlafen muss, hat den Vorteil, dass der nie aus einem weichen Bett fallen kann.‹« Sie lächelt zuckersüß.

»Das kannst du vergessen, Madame.« Ich lächle zuckersüß zurück, lege mich auf das Bett und kreuze die Arme hinter dem Kopf.

»Okay, okay. War nur Spaß.«

Storm öffnet die Balkontüren und tritt hinaus. Die heiße Luft knallt ins Zimmer. Sie zündet sich eine Kippe an und zieht ihre Schuhe aus.

»Was machen wir jetzt?«, ruft sie und späht über die Mauer.

»Ich hab Hunger. Wir gehen was essen. Und dann ans Meer.«

Ich betrachte Storm durch die Scheibe. Sie zieht versonnen an der Zigarette, das Gesicht der Sonne zugewandt. Ihre langen Beine liegen entspannt auf der Liege, sie reckt die Zehen, kreuzt die schmalen Knöchel. Bei ihrem Anblick rücken die Ereignisse der letzten Tage in weite Ferne, werden unwirklich und nebulös. Ich darf mich von dem trügerischen Frieden nicht täuschen lassen. Ich hoffe hier auf eine Gelegenheit, mit ihr über die Geschichte zu sprechen. Aber nicht auf leeren Magen.

Ich treibe Storm an. Sie steht auf und verschwindet kurz im Bad, während ich in ein frisches T-Shirt schlüpfe und mir notdürftig durch die Haare fahre. Als wir startklar sind, verlassen wir das Hotel.

Auf der Straße zeige ich nach links. »Hier geht's zum Meer. Oder in die Stadt? Was willst du lieber?«

Storm deutet nach rechts und wir laufen los. Wir bummeln durch die Altstadt. Storm bleibt an jeder Kirche, an jedem Brunnen und an jedem alten Gebäude stehen und reißt die Augen auf. Sie bestaunt die filigranen Bauten, die wuchtigen Bauten, die neuen Bauten. Sie kommt mir vor wie ein Kind, das zum ersten Mal auf einem Spielplatz ist.

Wir finden eine Tapasbar und beladen uns mit den kleinen Tellern, die in der gläsernen Auslage stehen. Storm bestellt ein Glas Wein, ich eine Cola und wir essen im Freien. Sie quatscht ununterbrochen, über alles und nichts, gestikuliert wild vor meinem Gesicht herum, und ihre großen Augen blitzen. Wir beobachten die Passanten und denken uns Geschichten über ihr Leben aus. Die Sonne geht unter.

»Können wir ans Meer?« Storm zappelt ungeduldig auf ihrem Stuhl.

Ich bezahle und wir schlendern am Hafen vorbei zum Strand. Schon von Weitem leuchten uns die kleinen Bars mit ihren Lichtern und der Musik entgegen. Wir sind kaum am Strand, als sie auch schon ihre Schuhe auszieht, zum Wasser hinunterläuft und laut kreischt.

»Das ist so abgefahren! Floyd! Komm her.« Sie winkt mir hektisch und feuert ihre Schuhe zur Seite. Schmunzelnd kicke ich meine Sneakers in den Sand.

Es ist Vollmond. Er bescheint die Brandung, die Wellen glitzern silbern. Storm greift nach meiner Hand und zieht mich ans Wasser. Es ist immer noch warm, das Salz in der Luft kitzelt in meiner Nase.

»Lass uns schwimmen.«

»Wir haben keine Badesachen dabei.« Ich sehe an mir herunter.

Storm lacht. »Herrgott, Floyd. Sei nicht so ein Spießer!«

Sie reißt sich das Kleid über den Kopf und steht in Unterwäsche vor mir. Ich starre auf ihren zierlichen Körper, auf ihre dünnen Glieder und falle geradewegs auf die alte Matratze in der Eisfabrik. Wie ich ihren Kopf in meinem Schoß halte und um ihr Leben flehe.

»Ich hätte dich um ein Haar verloren«, sage ich leise.

Storm hört auf zu lachen, wird ganz still. Ihre Schultern sacken nach vorne, gleichzeitig macht sie einen Schritt rückwärts. Abwehrend hebt sie die Hand.

»Nicht jetzt, Floyd. Mach diesen Moment nicht kaputt.« Sie gräbt die Zehen in den Sand und sieht zur Seite.

Ich dagegen sehe ihre bleichen Lippen, die verschwitzte Stirn und ihren Brustkorb, der sich kaum mehr hebt und senkt. Ich fuchtle vor meinem Gesicht herum, will die Bilder vertreiben und mache es noch schlimmer. Der Geruch der Kotze schießt mir in die Nase, das Martinshorn gellt in meinem Ohr.

»Warum hast du das getan, Storm?«

Ich muss es wissen. Weder das Meer noch der Mond noch die Stadt befreien mich von meiner Schuld. Das kann nur Storm.

»Nicht jetzt, Floyd!« Sie verschränkt die Arme. »Ich will jetzt nicht!« Sie wird wütend und grapscht nach ihrem sandigen Kleid.

»Ich aber. Ich will. Und zwar jetzt. Wir können nicht so tun, als wäre nichts passiert. Das geht nicht.« Ich stemme die Beine in den Boden, spreche mir Mut zu.

Storm funkelt mich böse an.

»Vielen Dank auch. So hab ich mir das vorgestellt.« Ihr Arm schwenkt zornig Richtung Wasser. »Ich wollte schwimmen gehen, sonst nichts!«

Sie krempelt ihr Kleid um und streift es über den Kopf, stampft wütend mit dem Fuß auf.

»Warum hast du das getan?« Ich wiederhole meine Frage, bleibe eisern, Storm stumm.

»Sag es. Warum?«

»Fick dich, Floyd!« Storm dreht sich um, will davonlaufen, ich halte sie am Arm fest.

»Warum?«

Storm wirbelt herum, ihr Gesicht ist im Mondschein weiß wie eine Wand, ihre Lippen sind nur noch dünne Striche.

»Weil mich sowieso keiner vermissen würde, okay? Wer schert sich schon um mein Scheißleben, Floyd?«, schreit sie mich an. »Wer? Du? Dass ich nicht lache! Du kennst mich ungefähr zwei Minuten!« Storm ballt die Fäuste, die Adern an ihrem Hals treten hervor. »Ich ertrage es nicht mehr! Diese verschissene Dunkelheit! Sie kotzt mich an. Du hast es selbst gesagt, Floyd. Ich bin verrückt. Irre! Niemand hält es mit mir aus!«

Sie brüllt und ich brülle zurück.

»Ich, Storm! Ich halte es mit dir aus! Das war alles völliger Blödsinn, was ich da gesagt habe, okay?« Ich mache einen Schritt auf sie zu und schlage mir mit der flachen Hand auf die Brust. »Ich war eifersüchtig auf John! Verstehst du? Ich war in meinem ganzen Leben noch nie so wütend und hilflos und ängstlich. Mir sind die Sicherungen durchgebrannt! Ich hab euch auf der Tanzfläche gesehen und bin durchgedreht! Nichts von dem, was ich gesagt habe, stimmt! Nichts!«

Ich stehe schwer atmend vor ihr, Storm sieht nicht im Mindesten beeindruckt aus. Sie ist immer noch zornig. Was mir ganz recht ist. Solange sie wütend ist, ist sie nicht tot.

»John ist schwul, du Idiot! Du lügst. Du sagst das nur, um mich zu beruhigen.«

»Nein, Storm.«

»Doch!«

»Nein.« Ich schüttle den Kopf, zeige ihr meine offenen Handflächen.

»Sag verflucht noch mal nicht immer Nein, wenn ich Ja sage!«

Storm bückt sich, hebt eine Hand voll Sand auf und schleudert mir die feinen Körnchen entgegen. Die Ladung trifft mich im Auge und ich schlage mir die Hände vors Gesicht.

»Au!«, schreie ich. Der Sand klebt zwischen meinen Wimpern und scheuert auf meiner Pupille.

»Oh Gott! Tut mir leid!« Storm ist mit zwei Schritten bei mir und fasst mich am Ellenbogen. »Ich ziele sonst furchtbar schlecht! Das wollte ich nicht!«

Sie klingt reumütig, ich zucke und bebe hinter meinen Händen.

»Floyd. Lass mich mal sehen. Ich mach dir die Augen sauber, komm her.«

Storm biegt meine Finger zur Seite und ihr ängstlicher Blick gibt mir den Rest. Das Lachen platzt laut aus mir heraus, ich kann nicht mehr an mich halten.

»Was ist witzig?« Sie sieht mich perplex an.

Die Lachtränen spülen mir die letzten Körnchen aus den Augen.

»Wie bescheuert war das denn, bitte? Wie im Kindergarten«, keuche ich. »Du bewirfst mich ernsthaft mit Sand? Storm! Wir sind doch keine fünf mehr!«

Ich lache und lache, und mein Bauch schmerzt, weil ich mich nicht beruhigen kann. Storm verzieht angesäuert die Mundwinkel.

»Du bist so ein Blödmann!« Sie kickt mit dem Fuß noch mehr Sand in meine Richtung.

»Nimm das zurück«, sage ich zwischen zwei Glucksern.

»Nein!« Storm schiebt immer mehr Sand auf meinen nackten Fuß.

»Na warte.« Ich packe sie bei den Oberarmen und ziehe ihr mit meinem Bein den Boden unter den Füßen weg. Wir fallen sanft auf den weichen Sand, Storm kichert und zappelt. Ich presse ihre Arme zur Seite und zwinge sie, mich anzusehen. »Jedes verdammte Wort war einfach nur gelogen. Jedes Wort, Storm. Ich halte es ohne dich nicht mehr aus. Das ist die Wahrheit.«

Storm hört auf zu zappeln, ich lockere meinen Griff.

»Als ich dachte, du stirbst, waren das die schlimmsten Sekunden meines Lebens.« Ich muss mich räuspern, allein der Gedanke daran macht mich heiser. »Ich kenne dich vielleicht erst seit zwei Minuten, aber die genügen mir. Mehr brauche ich nicht. Ich mag dich, Storm. Sehr sogar.«

Ich flüstere nur noch und habe eine Heidenangst. Angst vor ihrem spöttischen Lächeln. Angst vor ihrer Zurückweisung. Angst vor meinen eigenen Worten.

Storm sagt nichts. Gar nichts. Sie sieht mir nur in die Augen, ihre Pupillen sind riesig in dem diffusen Licht.

Und ich küsse sie. Ich muss, sonst sterbe ich. Sandkörner reiben zwischen unseren Lippen, mein Herz klopft heftig gegen ihren Brustkorb. Ihr Mund ist weich und voll und warm, sie schmeckt noch süßer, als ich es mir jemals vorgestellt habe. Ich presse meine Lippen sanft auf ihre, verharre bewegungslos. Ich kann hier nie wieder weg. Hier ist mein Platz, nie war ich mir so sicher wie in diesem Moment.

»Das geht mir ein bisschen zu schnell, Floyd«, wispert Storm an meinem Mund.

Mir nicht! Du irrst dich!

Ich blinzle und löse mich von ihr. Storm streicht mir eine Haarsträhne aus der Stirn. Die Geste ist so liebevoll, dass sich meine Enttäuschung in Grenzen hält.

»Tut mir leid«, sage ich und rolle zur Seite. Ich falle auf den Rücken und stoße die Luft aus.

Storm beugt sich über mich.

»Ich mag dich auch, Floyd. Weiß der Teufel, wieso, aber ich tu's.« Sie grinst und fährt mir zart mit dem Finger über den Mund. »Lass es uns langsam angehen, okay?«

Ich nicke. Was bleibt mir anderes übrig? Ich bin ihr ausgeliefert. Ganz und gar.

»Können wir jetzt schwimmen gehen?« Storm springt auf und zieht ihr Kleid aus. Ich liege im warmen Sand und warte, dass mein Puls herunterfährt. »Komm schon, du fauler Sack!«

Sie ruckt an meinem Arm und ich setze mich auf. Ich falte meine Kleidung zu einem ordentlichen Stapel und Storm sieht mir ungeduldig zu.

»Floyd, wir sind hier an einem Strand. Das ist nicht dein Kleiderschrank!«

Nur noch in Boxershorts stehe ich auf und fasse nach ihrer Hand. »Bei drei?«

Storm bejaht, ich zähle und wir preschen in die Wellen. Die Gischt spritzt um unsere Beine, Storm juchzt und kreischt und lässt sich fallen. Sie taucht prustend unter, rudert mit den Armen, eine Welle klatscht über unseren Köpfen zusammen. Das Wasser ist noch warm, das Salz läuft mir in die Augen und ich fühle mich so frei wie schon lange nicht mehr. Storm springt auf meinen Rücken, legt die Arme um meinen Hals. Ihre langen Beine schlingen sich um meine Hüften.

»Hey, van Berg. Warum lieben Männer intelligente Frauen?«, flüstert sie mir ins Ohr.

Ihre nassen Strähnen hängen auf meiner Wange, ihre Finger verschränken sich auf meiner Brust. Im Wasser ist sie noch leichter als sowieso schon. Selbst wenn ich die Antwort auf ihren Witz wüsste, könnte ich nichts sagen. Ich bin viel zu beschäftigt, ihren Körper so nah an meinem zu verarbeiten. Deshalb zucke ich nur mit den Schultern.

»Gegensätze ziehen sich an.«

Ich spüre ihr Lächeln an meinem Hals und muss kontern.

»Hey, Storm? Im Prinzip sind alle Menschen intelligent. Ausnahmen haben die Regel.«

Mit diesen Worten lasse ich mich nach hinten fallen und drücke sie unter Wasser. Sie strampelt und befreit sich aus meinem Griff und wir tauchen lachend wieder auf. Storm sieht glücklich aus.

Gott, verdammt, wie ich das liebe.

* * *

Wir haben uns eine Strandbar gesucht, lümmeln auf einer feuchten Liege und starren aufs Meer. Wir sind sandig und salzig und unsere Haare trocknen zu verfilzten Strähnen. Storm nippt an ihrem Cocktail und lehnt ihren Kopf an meine Schulter.

»Danke, Floyd. Für das Kotzen. Du hast mir das Leben gerettet«, sagt sie leise.

Nein. Du mir. Du weißt es nur nicht.

»Gern geschehen«, antworte ich, ebenso leise.

Ein Mann klappt die Liegen um uns herum zusammen, es ist weit nach Mitternacht. Er erklärt uns in gebrochenem Englisch, dass die Bar schließe, und wir trinken aus. Wir laufen zum Hotel zurück. Tausende Nachtschwärmer füllen die kleinen Gassen mit ihren Restaurants und Bars und Clubs. Ich lege den Arm um Storms Schultern und sie schmiegt sich an mich. Es ist das geilste Gefühl der Welt, so viel ist klar.

Im Zimmer fallen wir ungeduscht ins Bett.

»Ich bin todmüde«, murmelt Storm und schließt die Augen.

»Was denn? Keinen Nikotinschub mehr? Du hast die letzten Stunden keine einzige Kippe geraucht.« Ich drehe den Kopf und hebe in gespieltem Entsetzen die Brauen.

»Ich habe eine neue Sucht, van Berg.«

Storm liegt mir zugewandt, schiebt ihre Hand unter ihre Wange und grinst leicht. Welche das sein soll, verrät sie mir nicht mehr. Sekunden später atmet sie gleichmäßig und ist eingeschlafen. Obwohl ich selbst fürchterlich müde bin, bekomme ich kein Auge zu. Ich bin so aufgewühlt, dass mein Verstand nicht zur Ruhe kommt. Ich beobachte Storm beim Schlafen. Ich wälze mich von links nach rechts. Ich spüre ihre Lippen auf meinem Mund und muss mich zurückhalten, um sie nicht im Schlaf zu küssen. Ich rutsche ganz nah an sie heran und atme ihren Geruch ein. Meine Nasenspitze berührt ihre, und ich verschränke die Arme vor der Brust, um mich nicht auf sie zu stürzen.

Storm öffnet ein Auge.

»Floyd. Wenn du nicht sofort aufhörst rumzuzappeln, schläfst du doch auf dem Boden. Klar?« Sie schließt das Auge wieder und dreht sich um. Dann schiebt sie sich an mich und legt meinen Arm um ihren Oberkörper. »Und jetzt halt still!«

Sie seufzt, ich auch, und irgendwann schlafe ich doch ein.

Mit ihrem Herzschlag an meiner Hand.

Kapitel 25

»Deine Mutter war also Architektin?« Ich sehe Storm an. Sie leckt an einer riesigen Kugel Eis.

Wir sitzen auf einer Mauer in einer Gasse, hinter uns spendet ein Baum den nötigen Schatten. Storm hat mich zu einer Stadtrundfahrt überredet, die Menschenmassen, die ständig ein- und ausstiegen, haben mich ganz irregemacht. Nach zwei Stunden habe ich Storm vom Sitz gezogen und entschieden erklärt, dass das Sightseeing beendet sei. Wir haben gegessen, Fisch und Paella, und getrunken, Wein und Kaffee, und jetzt schleckt Storm an ihrem Nachtisch. Es ist unfassbar, was sie alles essen kann.

»Ja.« Storm knabbert an ihrer gigantisch großen Waffel. »Sie hat aufgehört zu arbeiten, als ich kam, aber vorher hat sie in einem großen Büro in Frankfurt gearbeitet. Sie hat hier ein Semester studiert, aber ich weiß zu wenig darüber. Meine Mutter ist bei meinem Vater ein Tabuthema.« Sie leckt sich die klebrigen Finger.

»Wann ist sie gestorben?«

Storm sieht zur Seite. »Ich war fünf. Es ging schnell. Brustkrebs. Den einen Tag war sie noch da und dann war sie weg.« Sie schluckt, kramt nach ihren Zigaretten. »Mein Vater hat das nie verkraftet. Er hat schon immer gern getrunken. Und gefeiert. Sie haben fruchtbar viel gestritten, so viel weiß ich noch. Als meine Mutter tot war, hat er angefangen zu saufen.«

»Hast du keine Oma oder Tante oder so?«

Storm schüttelt den Kopf. »Die Familie meiner Mutter ist in England. Ich kenne sie kaum. Ich glaube, sie hat eine Schwester.« Sie zuckt mit den Schultern. »Und die Eltern meines Vaters sind vor ein paar Jahren bei einem Autounfall gestorben. Wir hatten wenig Kontakt.«

Storm inhaliert den Rauch und hält die Luft an.

»Was ist bei dir so los? Wie sind deine Eltern so?«, fragt sie mit erstickter Stimme und bläst kleine Ringe in den Himmel.

»Meine Eltern sind spitze! Nie da, stinkreich, intelligent, gut aussehend und ich gehe ihnen am Arsch vorbei. Und das seit ungefähr immer. Ab dem Moment, in dem ich alt genug war, ohne sie klarzukommen, fühlten sie sich von ihrer Elternpflicht entbunden. Nicht dass sie die vorher besonders ernst genommen hätten. Das haben sie dann doch lieber den Kindermädchen überlassen.«

Ich mustere die Passanten, will nicht, dass Storm sieht, wie mir die Kehle zuschwillt.

»Mein Vater ist fürchterlich enttäuscht von mir. Ich will die Firma nicht übernehmen. Das macht ihn wahnsinnig.« Ich grinse. »Und alles, was ihn wahnsinnig macht, macht mich zufrieden. Meine Mutter ist ...«, ich suche nach Worten, die sie beschreiben. »Sie hat meinen Vater sehr jung kennengelernt und wurde ziemlich schnell schwanger mit mir. Sie liebt ihn abgöttisch, schon immer. Irgendwie hatte ich da wohl keinen Platz, schätze ich. Wenn er auf Geschäftsreisen ist, leidet sie wie ein Hund. Das ist verrückt, weil er nichts anderes kennt als die Firma. Ich habe keine Ahnung, warum sie ihm das durchgehen lässt. In vier Tagen sind sie aus China zurück. Dann gibt es ein schrecklich wichtiges Dinner bei uns zu Hause. In Vorbereitung auf ihre dämliche Spendengala in einem Monat.«

Ich hänge die Zunge aus dem Mund und würge.

»Es werden lauter Leute da sein, die mir auf die Eier gehen, und es besteht Anwesenheitspflicht für mich. Mein Vater wahrt den Schein. Ich bin sein Vorzeigesohn. Klug, höflich und anständig.« Ich lege den Kopf schief und breite die Arme aus. »Also genau so, wie du mich kennst.«

Storm schnickt mir ans Ohrläppchen. »Das hättest du wohl gern, van Berg. Du bist ein angeberischer Mistkerl. Ein aufgeblasener Idiot, der zufällig umwerfend aussieht.«

Ich zeige mit dem Finger auf sie. »Hast du eben gesagt, ich sehe umwerfend aus?« Ich schiebe die Ray-Ban nach unten und sehe sie über die Brillengläser an. »Das macht mich scharf, Frau Tanz. Mehr davon.«

Storm beugt sich zu mir, ihr Blick bohrt sich in meinen. »Das kannst du vergessen, Süßer.«

Ich zucke mit den Schultern. »Auch du wirst meinem unwiderstehlichen Charme erliegen. Du wirst mich anflehen, dich nie wieder zu verlassen. Es ist nur eine Frage der Zeit. Ich bin ein sehr geduldiger Mensch.«

»Ich glaube, ich muss da mal was klarstellen, Floydyboy.« Sie dehnt den Spitznamen wie einen Kaugummi, rutscht von der Mauer und geht auf die Knie. Sie faltet die Hände vor der Brust. »Es ist schon längst so weit.«

Storm zieht die Mundwinkel nach unten, ihre Stimme klingt weinerlich.

»Bitte, Floyd, verlass mich nicht!« Passanten bleiben stehen und blicken irritiert auf Storm, die im Staub kniet. »Ich kann ohne diesen Luxus nicht mehr leben!«

Ich muss lachen.

»Floyd! Das ist mein Ernst! Ich tue, was du willst, nur verlass mich nicht!« Sie gleitet auf mich zu, umklammert meine Beine und vergräbt ihr Gesicht in meiner Hose.

Die Sache wird peinlich. War ja klar. Storm fängt fürchterlich an zu schluchzen. Ihr Körper zuckt, sie wird immer lauter.

»Bitte! Ich brauche das Geld. Den Schmuck. Die Autos und die Kleider.«

Ich fange an zu schwitzen und werde rot. Zwei Männer bleiben stehen, ich höre, dass sie deutsch sprechen. Die Muskeln an ihren Armen haben den Umfang meiner Oberschenkel. Sie nicken in meine Richtung und runzeln die Stirn. Ich fasse Storm unter den Achseln.

»Storm. Hör auf«, sage ich immer noch belustigt.

Storm denkt gar nicht daran.

»Bitte, Schatz«, keucht sie, hebt kurz den Kopf. »Du kannst auch weiter mit anderen Frauen schlafen. Und mich schlagen, wenn ich böse war. Aber verlass mich nicht.«

Die Männer kommen näher, der eine verengt missbilligend die Augen.

»Storm, es reicht! Die Leute sehen schon zu uns herüber. Steh auf«, zische ich. Sie bringt uns noch in Teufels Küche.

Storm legt einen Zahn zu. »Schatz, ich geh auch wieder auf den Strich für dich. Ehrlich. Das macht mir nichts. Nur verlass mich nicht!«

Sie küsst verzweifelt meine Beine, ich lächle die Umstehenden entschuldigend an.

Es kommt, wie es kommen muss. Die beiden Superhirne treten auf uns zu, einer stemmt die Hände in die Hüften. »Ist bei Ihnen alles in Ordnung?«

Storm reagiert nicht, heult und klagt an meinem Schritt.

Ich hebe die Hände. »Ja. Alles prima, danke.« Ich streiche Storm über die Haare und grinse ihn beruhigend an.

»Das sehe ich anders.« Er baut sich drohend vor mir auf. »Ihre Freundin kniet vor Ihnen im Dreck.« Er zeigt auf Storm. »Sie heult.«

Ach was? Du bist ja ein ganz Schlauer.

»Ja«, ich lache nervös. »Das ist nichts. Stimmt's, Schatz?«

Ich kneife Storm in den Arm und sie schreit gequält auf. »Au! Du hast mir wehgetan!«

Jetzt wird der Typ richtig sauer. Er schnaubt und erinnert mich an Hulk, bevor er grün wird.

»Mädel.« Der Kerl fasst Storm sanft am Rücken. »Komm her.«

Mittlerweile sind wir von Neugierigen umringt. Eine ganze Traube Menschen starrt auf die Szene, die Storm ihnen liefert. Die Stimmung ist aggressiv, einige schütteln demonstrativ die Faust. Storm steht langsam auf, und nur ich sehe das hämische Grinsen, das sie mir zuwirft. Sie läuft zwei Schritte rückwärts und stellt sich neben Hulk.

Der ruckt mit dem Kopf. »Verschwinde! Oder ich rufe die Polizei.«

Ich glaube, ich spinne! Überall höre ich Geschichten von mangelnder Zivilcourage und Hilfsbereitschaft und ausgerechnet mir begegnet Robin Hood? Super. Danke, Storm. Ich sehe sie an und verdrehe die Augen. Ihre Lippen formen ein leises »Uups.« Ich atme ein, schiebe mir die Sonnenbrille zurecht und hüpfe von der Mauer.

»Nein. Sie kommt mit mir.« Und wenn er mir die Fresse poliert, das Spiel ist hier zu Ende.

Der Typ schnauft. »Vergiss es«, sagt er.

Er kommt näher, spannt die Muskeln und knackt mit den Gelenken. Mein Blick gleitet zu Storm. Sie sieht nicht mehr ganz so glücklich aus. Ich nicke ihr unmerklich zu und zähle tonlos bis drei.

»LAUF!«, schreie ich, so laut ich kann, und sprinte los. Ich springe behände durch die Menge, die Leute hopsen überrascht zur Seite. Ich verschwinde blitzschnell um die nächste Ecke, renne mit großen Schritten durch das Gewirr von Gassen und Straßen. Ich laufe und laufe und sehe mich nicht um. Ich weiß, dass sie mir folgt.

Nach ein paar Minuten, in denen ich ziellos von links nach rechts abgebogen bin, werde ich langsamer und bleibe schließlich stehen. Ich stütze mich auf den Beinen ab und ringe um Luft. Storm stoppt ein paar Meter hinter mir. Auch sie ist völlig außer Atem. Ihr glockenhelles Lachen erfüllt die dunkle Gasse, sie kichert und gluckst. Sie stolpert nach hinten, lehnt sich an eine Hausmauer und sieht mich an.

»Sei lieber vorsichtig mit deinen Aussagen, van Berg! Du weißt nie, wohin dich das führt«, ruft sie mir zu. »Demut. Weißt du noch?«

Sie grinst.

»Jaja! Du mich auch«, sage ich leise. Ich pumpe angestrengt Sauerstoff in meine Lungen.
Storm kommt auf mich zu. »Soll ich dich immer noch anflehen, dass du bei mir bleibst?«, keucht sie atemlos und klimpert dabei kokett mit den Wimpern.

»Auf keinen Fall!« Ich schüttle heftig mit dem Kopf. »Du bist mit dem Teufel im Bunde! Du bist die Ausgeburt der Hölle. Bleib mir vom Leib, Satansweib!«

Ich drehe mich um und laufe davon. Storm nimmt Anlauf und springt auf meinen Rücken.

Du kannst mir nicht entkommen, Floyd. Weißt du das nicht?« Ihre Stimme vibriert in meinem Nacken, rieselt meine Wirbelsäule hinab. Wo sie recht hat, hat sie recht, das muss ich neidlos anerkennen.

Ich trage Storm huckepack durch die Straßen der Altstadt, sie dirigiert mich mit leichtem Schenkeldruck nach rechts und nach links und ich folge ihr willig. Ich bin Wachs in ihren Händen. Weiches, nachgiebiges Wachs, und es ist mir scheißegal.

Wir landen in einer Bar, finden zwei Plätze an der Theke und bestellen Schnaps. Ich sträube mich, aber Storm hält mir das Glas an die Lippen und zwingt mich lachend zu trinken. Wir quatschen und lachen und trinken und die Nacht bricht an.

Es wird immer voller. Einheimische mischen sich mit Touristen, der Geräuschpegel steigt, die Stimmung ebenfalls. Irgendwann steht Storm auf und zieht mich zur Tanzfläche. Wir sind nicht ganz betrunken, nicht ganz nüchtern. Es laufen alte Rocksongs. Aerosmith und Guns N' Roses und die Rolling Stones. Und Storm tanzt. Sie wirft die Arme in die Luft, wiegt den Kopf hin und her und schmettert lautstark den Text mit. Sie hüpft auf mich, kreuzt die Beine hinter meinem Rücken und wiegt ihren Oberkörper vor meinem Gesicht. Dann schlingt sie die Arme um meinen Nacken, ihre Finger fahren durch mein Haar.

»Verlass mich nicht, Floyd«, sagt sie und sieht mich an.

Ich schüttle den Kopf. »Auf keinen Fall.«
Storm schmiegt ihr Kinn an meine Schulter. »Ich bin müde. Können wir gehen?« Sie gähnt in mein Ohr.

»Klar.«

Sie hopst von mir herunter und wir kämpfen uns zum Ausgang. Draußen erwische ich ein Taxi. Storm sinkt auf dem Rücksitz an meine Brust und schließt die Augen und atmet gleichmäßig in meine Achsel. Ich blicke auf ihr wunderschönes Gesicht.

»Auf keinen Fall«, flüstere ich leise.

Storm lächelt, schon halb im Schlaf. Die Lichter der Stadt ziehen am Fenster vorbei, im Radio laufen die Kings of Leon. Es ist der perfekte Augenblick. Still und friedlich und zu zweit.

* * *

Den letzten Tag verbringen wir am Strand. Storm hat es sich gewünscht. Wir sind unterhalb von Poblenou, an dem Strandabschnitt mit den angeblich schönsten Wellen. Es ist heiß und unfassbar voll. Wir suchen uns einen Platz etwas abseits, was sich als sinnlos erweist. Überall sind Menschen und ich werde nervös.

Storm schiebt unsere Liegen zusammen und fasst mich an der Wange. »Niemand wird dir hier was tun. Es sind nur Menschen, die einen Tag am Strand verbringen wollen, Floyd. So wie du und ich.«

Sie lächelt, ich nicht.

»Ich brauche eine Schaufel, um uns einen unterirdischen Tunnel zum Wasser zu graben«, sage ich mit wackliger Stimme.

Ich zeige auf die Massen, die das Ufer bevölkern. Kinder und Eltern und ganze Generationen von Spaniern breiten Decken und Handtücher und Essen und Strandspielzeug aus. Das Meer ist bunt gefleckt von den unzähligen Luftmatratzen und Schwimmreifen. Ich lege mir das Handtuch über mein Gesicht und versuche, den Geräuschpegel auszublenden.

Storm kitzelt mich am Fuß. »Floyd, sei ein Mann!«
Ich schüttle unter dem Handtuch den Kopf. »Kein Mensch mit Verstand geht um diese Uhrzeit an den Strand!«, stöhne ich gedämpft.

Storm legt sich der Länge nach auf mich. Sie stützt die Arme auf meine Brust, ihre Füße enden auf Höhe meiner Schienbeine. Sie lüpft das Handtuch, ich halte die Luft an. Ihre Rippen drücken sich zart in meinen Bauch, die Hüftknochen an mein Becken. Ihre Haut ist glatt und schlüpfrig von der Sonnencreme und mir wird schwindlig. Ich schlucke angestrengt.

»Warum bist du eigentlich so schrecklich nervös, van Berg?« Sie schiebt sich die Sonnenbrille auf die Stirn, ihr Atem riecht nach der Tüte Kartoffelchips, die sie sich zum Frühstück einverleibt hat.

Die Wörter wirbeln in meinem Kopf durcheinander.

Du bist das Schönste, was ich je gesehen habe. Du bist die Sonne und der Mond und die Freiheit und Sex. Scheiß auf die vielen Menschen hier.

Das ist es, was ich antworten will. Ich fordere mein Blut auf, im Kopf zu bleiben. Wenn Storm aufhören würde, auf mir herumzurutschen, würde das die Sache wesentlich vereinfachen. Ich denke an hässliche alte Damen und Naturkatastrophen und behaarte Männerärsche, und als ich mich einigermaßen unter Kontrolle habe, kann ich wieder sprechen. »Ich habe das seit einem fürchterlich peinlichen Auftritt, den ich meinem Vater zum Geburtstag geschenkt habe. Seitdem fühle ich mich unter zu vielen Menschen irgendwie unwohl.«

Storm runzelt die Stirn. »Was ist passiert?«

Die Erinnerung an die Geschichte rückt Storms körperliche Nähe ein winziges bisschen in den Hintergrund.

»Ich habe ihm, also meinem Vater, ein Lied auf der Gitarre vorgespielt und dazu gesungen. Er war davon weniger begeistert.«

Ich grinse schief und überlege krampfhaft, wo ich mit meinen Händen hinsoll. Im Augenblick umklammere ich die Beine der Liege, um sie daran zu hindern, sich auf Storms Hintern zu legen.

Storm bettet ihr Kinn auf meinem Schlüsselbein. »Was hat er getan?«, fragt sie.

»Ach, die Sache ist doch hundert Jahre her«, wiegle ich ab.

»Was hat er getan, Floyd?« Storm kneift die Augen zusammen. Ihr typischer Blick, wenn sie etwas will und es auch bekommt. Ich gebe auf. Ziemlich schnell.

»Nichts. Er hat einfach nichts getan. Er stand nur da und hat geglotzt. Als wäre ich ein Alien, der mitten auf seiner Party gelandet ist.« Ich versteife mich unter Storm, selbst nach all den Jahren habe ich diese Demütigung nicht vergessen.

Storm sieht mich prüfend an. »Aber wieso? Warst du so schlecht?«

Ich zucke mit den Schultern. »Ich weiß es nicht. Ich denke nicht. Aber wie soll ein Zwölfjähriger das einschätzen? Außerdem ist es doch auch egal!« Ich werde lauter. »Ich meine, wenn dir dein Kind etwas schenkt, freust du dich als Eltern, oder? Selbst wenn es total bescheuert ist! Oder? Das tut man doch so! Er dagegen hat beinahe geheult! Ich habe es in seinen Augen gesehen. So enttäuscht war er, der alte Mistsack!«

Vor lauter Rage habe ich Storm von mir geschoben. Ich starre in den Sand, Storm räuspert sich.

»Vielleicht war er so gerührt? Vielleicht hatte er deshalb Tränen in den Augen?«, fragt sie vorsichtig.

Ich schnaube. »Vergiss es! Er kann mich nicht leiden, da wird er kaum aus Rührung flennen.« Ich zeige ihr einen Vogel. »Danach hatte ich die Schnauze voll. Ich hab's aufgegeben, dass er mich mag.«

Ich verstumme, denke an die Zeit zurück. Es war eine Mischung aus Erleichterung und Zorn damals. Erleichterung, diesen Kampf nicht mehr zu kämpfen, und Zorn, dass er es mir so einfach machte.

»Hat er denn nie etwas dazu gesagt?« Storm lässt nicht locker.

Ich verdrehe die Augen. »Nein.«

In dem Augenblick, in dem ich es ausspreche, durchfahren mich die Erinnerungen wie ein Blitz.

Das stimmt nicht.

In den Monaten danach gab es mehrere Situationen, in denen er meine Nähe suchte. Er fragte mich sogar, ob ich ihm das Stück noch einmal vorspielen könne. Aber ich blockte ab, war gefangen in meiner Wut auf ihn. Wieso fällt mir das ausgerechnet jetzt ein? Wo waren diese Bilder die ganzen letzten Jahre? Ich blinzle, sehe Storm verwundert an.

»Doch«, gebe ich dann zerknirscht zu.

Storm horcht auf.

»Ein Mal wollte er, dass ich es spiele. Es war an einem Sonntagmorgen, als meine Mutter nicht da war. Er machte Frühstück für uns beide und hat mir sogar erlaubt, Kaffee zu trinken.«

Ich muss wider Willen lächeln. Er stellte mir einen Espresso hin, als wäre ich erwachsen. Ich habe ihn eiskalt angefaucht, ob er es vernünftig fände, einem Kind Koffein anzubieten? Mein Vater verneinte erschrocken und trank ihn selbst.

»An dem Tag ging er auf den Dachboden und kam mit einer uralten Gitarre in der Hand nach unten. Er blies den Staub von dem Instrument und hielt sie mir hin. Das hat mich so wütend gemacht. Ich meine, was dachte er sich dabei? Weil wir diesmal keine Zuschauer hatten oder wie? Außerdem gehörte mir die Gitarre nicht mal. Meine war an dem Abend kaputtgegangen und ich habe mir erst später eine neue gekauft. Das Teil war mit Sicherheit nicht mal gestimmt.«

Ich höre selbst, wie trotzig ich klinge, und muss Storms hochgezogene Braue gar nicht sehen, um zu wissen, dass ich gerade wieder zwölf bin.

»›Das kannst du vergessen‹, hab ich ihm gesagt und bin in mein Zimmer abgedampft.«

»Aha«, macht Storm nur, und ihr Blick bohrt sich in meinen.

»Was?«, frage ich schnippisch, als sie den Kopf schief legt.

»Nichts«, wehrt Storm ab.

»Jetzt sag schon!«

»Okay.« Storm macht es sich wieder auf mir bequem. Sie stützt das Kinn in die Hände, spitzt die Lippen. »Wie ich das verstehe, hat es ihm wohl leidgetan. Er wollte sich entschuldigen, denke ich.«

Ich gehe sofort auf Abwehr. »Verteidigst du ihn etwa?«, frage ich scharf.

Storm legt ihre Hände um mein Gesicht. »Nein, van Berg. Ich sage eben gerne meine Meinung.«

Ihr Ton ist ganz ruhig. Meiner nicht.

»Sein Verhalten kotzt mich an, klar! Seitdem habe ich keinen Spaß mehr am Spielen. Und das ist seine Schuld! Das Herz fehlt, verstehst du?«

»Na gut. Geht mich ja auch nichts an. Dann ist er eben ein Arsch.« Sie zieht die Schultern hoch. »Kannst du nix machen. Wann hast du angefangen, Gitarre zu spielen?«

»Mit fünf«, brumme ich, während ich grüble, ob sie recht hat.

»Mit fünf? Du warst ein Scheißbaby, Floyd!« Sie setzt sich auf. »Wieso so früh?«

Ihre Schenkel drücken gegen meine, ihre Hände liegen locker auf meinem Bauch. Ich kann so nicht reden. Das geht einfach nicht. Sanft schiebe ich sie von mir und setze mich ebenfalls auf. Ich blicke über die Köpfe der Menschen hinweg auf die gleißend helle Oberfläche des Meeres.

»Ich weiß nicht. Es hat mich eben fasziniert. Meine Mutter kaufte mir eine Gitarre und ich brachte mir das Spielen bei. Ein paar Jahre hatte ich einen Privatlehrer, aber den mochte ich nicht.«

Ich finde das gar nicht so beeindruckend. Es war leicht und hat Spaß gemacht. Storm flippt völlig aus.

Sie hüpft von der Liege. »Du musst wieder spielen! Du bist ein verdammtes Wunderkind!«

Ich lache. »Das weißt du doch gar nicht. Vielleicht bin ich grottenschlecht und mein Vater hat sich zu Recht in die Hosen gepisst.«

Storm beugt sich über mich, sieht mir ganz tief in die Augen. »Du weißt, dass du Scheiße verzapfst, van Berg.

Du hast Schiss! Wenn wir zu Hause sind, will ich was hören, klar?« Sie bohrt mir ihren Zeigefinger in die Hüfte, ich zucke zur Seite.

»Okay, okay. Wird gemacht, Frau Feldwebel.«

Ich versuche, nicht an zu Hause zu denken. Ich will nicht zurück. Ich will hierbleiben und mit jedem Tag ein Stück ihres Vertrauens gewinnen. Ich will diese Geschichte, die zwischen uns steht, in Deutschland lassen. Hier am Strand ist alles so weit weg wie der Mond. Storm ist glücklich und gelöst und ich bin scheißverliebt. Früher oder später wird sie mir vertrauen. Ich werde sie auf Händen tragen, egal, wohin sie will, und wenn es bis ans Ende der Welt ist. Ich kann ihr nichts angetan haben, das ist unmöglich.

Nichts ist unmöglich, Floyd!

Ich war mein Leben lang viel zu schnell unterwegs. Wie ein rollender Güterzug, unaufhaltsam, ohne Pause. Ruhelos und rastlos. Um die Frage zu verdrängen, ob mich meine Eltern jemals wirklich gewollt haben. Ob sie mich lieben, so wie ich bin. Storm zeigt mir, dass ich noch etwas anderes kann als Geld ausgeben und Frauen flachlegen. Sie reißt mir die Maske herunter. Sie glotzt mir schamlos in die Karten und grinst. Sie löscht das Feuer, das mich ausbrennt. Ich brauche sie.

Sonst verrecke ich.

Kapitel 26

Der Abend bricht an. Das Publikum am Strand ändert sich. Eltern packen ihre verschwitzten, klebrigen Kinder unter lautstarkem Protest, um sie nach Hause zu bringen, jüngere Menschen mit Tattoos und lässigem Gang nehmen ihren Platz ein. Es riecht hier und da nach Pot, Frisbeescheiben fliegen hin und her.

Storm und ich dösen, schwimmen und essen. Ich hole Cocktails, wir schlürfen Cola Rum und Mojito mit frischer Minze. Der Alkohol hier hat eine andere Qualität. Er benebelt mich, aber auf eine angenehme Art. Er hat nichts Kämpferisches, nichts Kriegerisches. Er ist Genuss, sonst nichts. Wir müssen die Liegen räumen und strecken uns kurzerhand im warmen Sand aus. Die Sonne geht hinter dem Tibidabo unter und taucht die Silhouette der Stadt in Pink und Gold. Neben mir hat Storm die Augen geschlossen und macht einen Sandengel. Sie schiebt ihre schlanken Arme und Beine durch den feinen Sand und summt. Ich stemme mich auf die Ellenbogen, beuge mich über sie und nehme mir eine Handvoll Sand. Er rieselt langsam auf ihren Bauch.

»Storm?«

»Mhm?«

»Kannst du mir versprechen, dass diese Sache eine einmalige bleibt?« Mir klopft das Herz bis zum Hals.

Storm öffnet ein Auge und schielt mich an. »Das ist jetzt blöd. Ich dachte schon, dass ich vielleicht noch mal ans Meer fahre.«

Sie weiß genau, wovon ich spreche. Ich verteile noch mehr Sand auf ihrem Bauch, male mit meinem Finger kleine Kreise und warte ab.

Irgendwann später flüstert Storm, so leise wie der Wind: »Kennst du das Gefühl, dass alles keinen Sinn hat? Egal, was du versuchst, egal, wie sehr du dich anstrengst, es ändert sich einfach nichts? Alles bleibt dunkel. So dunkel, dass kein Licht der Welt stark genug ist. Es wird einfach verdammt noch mal nicht hell, Floyd.« Unter ihren geschlossenen Lidern quillt eine Träne hervor. »Manchmal glaube ich, meine Mutter hat das Licht mitgenommen. Vielleicht hat sie es gebraucht. Vielleicht hatte sie Angst.«

Storm dreht den Kopf, ich streiche ihr über die Stirn. Meine Finger schlingen sich um ihre sandigen Haare.

»Wie kann ich es ihr wieder wegnehmen, Floyd? Das Licht? Wenn sie es doch braucht?«

Die Träne läuft über ihre Schläfe, ich lege meinen Daumen auf ihre Bahn und fange den glitzernden Tropfen auf.

»Deine Mutter hat das Licht nicht mitgenommen, Storm. Du kannst es nur nicht mehr sehen. Sie würde dir das Leuchten nicht stehlen.«

Storm schluckt.

»Du leuchtest selbst. So hell, dass ich eine Sonnenbrille brauche, siehst du?« Ich setze die Ray-Ban auf und grinse.

Storm grapscht danach. »Ich will deine Augen sehen, wenn du schon lügst, van Berg.«

»Ich schenke dir eine Taschenlampe. Damit du dich nie wieder in der Dunkelheit verläufst, okay? Versprich mir das!«, sage ich ernst.

»Ich kann dir das nicht versprechen, Floyd, verstehst du das nicht?« Storm schließt die Augen.

Ich setze mich auf. »Du musst! Ich schaff das nicht! Ich kann nicht jede Sekunde Angst um dich haben, Storm. Ich drehe durch!«

Wie zum Beweis fange ich jetzt schon zu stottern und schwitzen an. Ich packe Storm am Arm.

»Storm, das ist mein Ernst. Du musst es mir versprechen! Wenn du es allein nicht kannst, dann suchen wir uns Hilfe. Also jemand richtig Gutes, nicht so 'ne Flitzpiepe wie Dr. Berger. Ich geh auch mit, wenn du dich dann wohler fühlst.«

Ich finde meine Idee super, Storm nicht.

»Wir werden sehen.«

Ihre lapidare Antwort macht mich wahnsinnig, ich zwinge mich, ruhig zu bleiben. Wenn ich ausflippe, macht sie dicht. Ich lege ihr die Hand unters Kinn und drehe ihren Kopf zu mir. Ihre Lider flattern, ihr Blick schweift ab.

»Storm, es ist mir egal, ob du das hören willst oder nicht. Ich sage es trotzdem. Mir ist es nicht gleichgültig, wie es dir geht. Ich will alles von dir wissen. Ich will wissen, was dich glücklich macht. Und was dich traurig macht. Und was dich wütend macht. Ich will für dich da sein und dir geben, was du brauchst. Wenn du mich lässt.« Ich nehme meine Finger weg, sie soll mir freiwillig in die Augen sehen.

»Du wirst kläglich scheitern, van Berg.« Sie sagt es mit einer endgültigen Gewissheit, trostlos und unumstößlich und leicht spöttisch.

»Du kennst mich ungefähr seit zwei Minuten. Ich mag in deinen Augen vielleicht ein Clown sein, Storm. Ein Idiot, der keine Ahnung hat, was wirklich wichtig ist.« Ich werfe kleine Steine und Muscheln in Richtung Brandung. »Aber das bin ich nicht. Das ist eine einzige verfluchte Show, die ich da abziehe. Und auf die ich schon lange keine Lust mehr habe. Sie kotzt mich an.«

Ich stehe auf und laufe ans Wasser. Nach zwei Schritten drehe ich mich noch einmal um.

»Sie. Kotzt. Mich. An. Ich kann nicht mehr zurück. Ob mit dir oder ohne dich.«

Bevor ich mich abwende, sehe ich Storms nachdenklichen Blick. Ich stürze mich in die Wellen und schwimme, als ob mein Leben davon abhängt. Das Ufer rückt in weite Ferne, es wird dunkel. Es stimmt, was ich gesagt habe. Ich kann nicht mehr zurück. Selbst wenn Storm mich fallen lässt wie eine heiße Kartoffel, haben mich die letzten Wochen verändert. Ich weiß nicht genau, was es bedeutet, was daraus wird, aber es fühlt sich gut an.

Als ich aus dem Wasser komme, bin ich total entspannt, Storm dagegen fuchsteufelswild. Sie sieht aus wie eine

Amazone, während sie mich anschreit, kaum dass ich mir das Wasser aus den Ohren geschüttelt habe. Sie steht breitbeinig in der Brandung und fuchtelt mit den Armen vor mir herum.

»Bist du völlig bescheuert? Du warst eine halbe Stunde weg, Floyd! Es ist stockdunkel und du schwimmst aufs Meer hinaus? Du elender Scheißkerl! Ich hab dich nicht mehr gesehen. Du warst einfach weg!«

Sie haut mir die Faust auf die nasse Brust. Ihre Stimme bricht.

»Ich war kurz davor, um Hilfe zu rufen, du Arschloch!« Sie schlägt die Hände vors Gesicht, ihre Schultern zucken unkontrolliert. »Ich dachte, du bist ertrunken. Die Flut und die Haie und ...« Storm heult.

»Haie?«, frage ich belustigt und kassiere den nächsten Schlag.

»Das ist doch jetzt scheißegal, Floyd! Es ist gefährlich. Und wag es ja nicht, mir zu widersprechen!«

Ich nehme sie vorsichtig in die Arme, ihr kleiner Körper verschwindet in meinem Griff.

»Hey. Es tut mir leid, okay?«

Es hat keinen Sinn, ihr zu erklären, wie gut ich schwimmen kann. Darum geht es auch gar nicht. Sie hat Angst um mich. Ich reibe ihr beruhigend über den Rücken und alles in mir jubelt. Sie hat tatsächlich Angst um mich!

»Tut mir echt leid, Storm. Das wollte ich nicht.«

Doch. Genau das wollte ich.

Sie soll wissen, wie das ist.

Jetzt weiß sie es.

* * *

Nachdem ich mich gefühlte hundert Mal entschuldigt habe, fährt Storm wieder herunter. Innerlich grinse ich immer noch so breit, dass sie es eigentlich sehen müsste. Vielleicht tut sie es auch. Wenn, dann zeigt sie es nicht. Ich habe Nachos geholt und neben uns lässt sich eine

Gruppe junger Leute nieder. Sie packen Getränke aus, Bier und Wein. Und ein Typ eine Gitarre.

Storm sieht mich an und wackelt mit den Brauen. »Wer hätte das gedacht, Floyd? Ich komme schneller zu meiner Kostprobe, als dir lieb ist.«

Sie springt auf und ich halte sie am Arm fest. »Lass das. Ich will nicht, Storm. Hören wir lieber ihm zu.«

Er klimpert mehr schlecht als recht und Storm ist wie zu erwarten nicht aufzuhalten. Hätte ich nur die Klappe gehalten! Ich beobachte Storm, die sich in fließendem Spanisch vorstellt und sich lachend und plaudernd in die Gruppe einfügt. Zwei Mädchen rutschen zur Seite und klopfen auf den Platz neben sich. Storm winkt mich zu ihnen und ich erhebe mich seufzend.

»Zwei Fliegen mit einer Klappe, Floyd. Gitarre spielen. Vor vielen Menschen. Ich war schon immer ein Freund der Konfrontationstherapie.«

Sie lächelt unschuldig und stellt mich vor. Höflich grüße ich in die Runde, und das Mädchen zu meiner Linken, eine zierliche Brünette, kichert atemlos, während sie mich auf meine Ähnlichkeit mit Bradley Cooper hinweist. Ich lächle angestrengt und höre, wie Storm meine Gitarrenkünste lobt. Sie übertreibt maßlos.

»Ich hab gesagt, ich will nicht«, unterbreche ich ihren Redeschwall. Storm beachtet mich gar nicht.

Schon reicht ihr der Typ die Gitarre und nickt begeistert, während ich den Kopf schüttle, mich überschwänglich entschuldige und abwehrend mit den Händen fuchtle.

»Bist du taub?«, zische ich leise. »Ich will nicht, okay? Du kannst mich hier doch nicht anpreisen wie einen Zirkusbären.« Mein Ton ist übertrieben freundlich, niemand soll erkennen, wie unangenehm mir das ist. »Gib sie ihm zurück, Storm. Jetzt!«

Mein Blick durchbohrt sie, während ich gleichzeitig die Mundwinkel nach oben ziehe.

Storm übersetzt meine Worte auf ihre ganz eigene Art. Alle Köpfe drehen sich zu mir, als sie zuckersüß erklärt, wie wahnsinnig ich mich darauf freue zu spielen. Lautstark werde ich aufgefordert anzufangen. Wenn ich jetzt kneife, kann ich mir genauso gut gleich die Eier abschneiden.

Ich greife nach der Gitarre, die Storm über die Köpfe der anderen hält. Der schlanke Hals gleitet mir beinahe aus den feuchten Händen.

»Dafür bezahlst du, Storm. Bis auf den letzten Cent«, sage ich strahlend und recke ihr am Gitarrenhals den Mittelfinger entgegen.

»Keine Frage, van Berg«, antwortet sie und grinst.

Ich lege mir vorsichtig die Gitarre auf die gekreuzten Beine und streiche über den vertrauten Holzkorpus. Es ist ein mittelmäßiges Instrument, schon älter, aber gepflegt. Das Gewicht auf meinem Schoß fühlt sich gut an, meine Nervosität legt sich ein wenig. Ich lockere meine Gelenke und meine Finger wandern probeweise über die Saiten. Die Augen geschlossen, hole ich Luft und konzentriere mich auf das scharfe Metall, das mir in die Fingerkuppen schneidet. Die Geräuschkulisse um mich herum wird leiser.

Ich beginne mit etwas Einfachem und entscheide mich für Jeff Buckleys »Hallelujah«, und schon als ich die ersten Akkorde anschlage, bin ich drin. Einfach so. Die Melodie ist wie ein alter Freund, der mir nach ewigen Zeiten über den Weg läuft, meine Finger bewegen sich völlig automatisch, so als hätte ich nie mit dem Spielen aufgehört. Ich fange an zu singen, meine Stimme klingt rau und heiser. Es ist mir egal.

Als ich die Augen öffne, sehe ich direkt in Storms Gesicht. Ihr Anblick ist alles, was ich brauche. Ich kann gar nicht anders, als jedes Gefühl, das ich besitze, in meine Stimme zu legen. Sie sitzt mir mit offenem Mund gegenüber, ihre blauen Augen weit aufgerissen.

»Fuck«, sagt sie leise.

Ich spiele den Song, die Gespräche verstummen und alle hören zu. Ich fühle nichts mehr außer die Musik und Storms Blick. Sie ist mein geheimer Akkord, mein ganz persönliches Halleluja. Ich vergesse die Schwierigkeiten, die wir haben, die Leute um mich herum, den Strand. Die Bar hinter ihr beleuchtet ihre Umrisse, den zarten Rücken, die schmalen Schultern. Sie ist so schön, dass ich nicht mehr wegsehen kann. Ich spiele und singe und versinke in ihren Augen.

Als die letzten Töne verklingen, ist es mucksmäuschenstill. Nur das Rauschen der Brandung ist zu hören. Storm starrt mich an, als wäre ich ein Geist. Ich räuspere mich verlegen und will dem Kerl die Gitarre zurückgeben. Er schüttelt heftig den Kopf und fordert mich auf weiterzuspielen. Die anderen stimmen lachend mit ein, ich werde beglückwünscht und geschubst und gestoßen, das Mädchen neben mir klopft mir aufmunternd auf den Rücken. Nur Storm rührt sich nicht.

»Willst du gehen?«, frage ich leise.

»Auf keinen Fall, van Berg.« Sie steht auf und kommt zu mir herüber. Sie beugt sich zu mir hinab, nimmt mein Gesicht in ihre Hände und sieht mich an.

»Floyd, du verfluchter Bastard. Das war Magie, verdammt!«, flüstert sie und küsst mich. Auf die Stirn. Wie eine Schwester oder eine Cousine.

Ich kriege trotzdem Gänsehaut wie ein frisch gerupfter Truthahn und der Stolz in ihrem Blick lässt mich schweben wie einen Fakir über einem Scheißnagelbrett. Dann mache ich Musik. Ich spiele alles, was mir einfällt, Bob Marley und Johnny Cash, die White Stripes und Coldplay. Ein paar aus der Gruppe singen mit, es wird geklatscht, die Mädels springen auf und tanzen im warmen Sand. Storm hüpft durch die Brandung, ihre langen Beine wirbeln das Wasser auf. Sie sieht aus wie ein Fohlen, ungelenk und schlaksig, die feinen Tropfen glänzen silbern im Mondlicht.

Nach zwei Stunden bin ich durch. Die Kuppen an meinen Fingern sind taub, meine Muskeln verkrampfen und werden steif. Zu guter Letzt haue ich eine Hommage an die Stadt raus, »Barcelona« von George Ezra. Die meisten kennen den Text, wir grölen die Liebeserklärung an ihre Heimat in den Nachthimmel.

Storm fällt neben mir in den Sand, völlig außer Atem.

»Scheiße, das war echt geil!«

Ich lege die Gitarre behutsam beiseite und grinse.

»Findest du?«

Ich weiß, dass es gut war, ich habe schließlich Ohren.

Storm umarmt mich stürmisch und wirft mich um. Sie reibt ihre Nase an meiner. Ich beschließe, dass ich das verdient habe, und schlinge meine Arme um ihre Taille.

»Dein Vater muss ein gehörloser Vollidiot sein, Floyd«, flüstert sie.

Mein Vater ist der Letzte, an den ich denken will. Der Allerletzte, wenn ich es genau nehme.

»Jetzt«, sage ich leise.

»Was, jetzt?«

»Jetzt leuchtest du. So hell wie die Sonne«, flüstere ich.

Meine Finger fahren ihren Rücken hinab, ich stoppe an jedem Wirbel und zähle leise. Storm vergräbt den Kopf an meiner Schulter, die Härchen auf ihrer Haut stellen sich auf.

»Deine Stimme ist echt richtig gut, Floyd. Hat dir das noch niemand gesagt?«

Ich schüttle den Kopf.

»Du musst Musik machen. Jeden verdammten Tag. Such dir 'ne Band oder so. Hör nicht auf deinen blöden Vater, er hat keine Ahnung!«

Storm rollt sich bedauerlicherweise von mir herunter, sodass sie mich besser sehen kann.

»Hast du gehört, Floyd? Kein Wunder, dass du nicht weißt, was du tun sollst. Das musst du machen. Musik!«

Es stimmt. Aber jetzt bin ich hier. Mit ihr. Mehr brauche ich im Moment nicht. »Wir werden sehen«, sage ich.

»Worauf du deinen Arsch verwetten kannst. Das werden wir. Ich werde dir keine Ruhe lassen.« Storm grinst mich an.

Der Typ mit der Gitarre ruft nach ihr und reckt ein Bier in die Höhe.

»Bin gleich wieder da«, sagt sie und steht auf. Sie schlendert davon, prostet mit den anderen und lacht laut über irgendetwas, was der Kerl sagt.

Die zierliche Brünette von vorhin lässt sich neben mir nieder und reicht mir ebenfalls eine Flasche Bier. Sie verwickelt mich in ein Gespräch. Ich habe eigentlich keine Lust zum Reden, will aber nicht unhöflich erscheinen. Sie verrät mir ihren Namen, Elena, und erzählt, dass sie hier studiert. Ihre Eltern stammen aus Valencia, sie ist zweiundzwanzig und hat drei Brüder. Ihre braunen Locken hüpfen lustig auf ihrem Kopf, während sie spricht und wild gestikuliert.

Ich sehe hinüber zu Storm, die mir einen kurzen Blick zuwirft und lächelt. Ich grinse zurück. Elena fragt mich derweil tausend und eine Sache, ich muss mich anstrengen, um ihr zu folgen. Mein Spanisch ist nicht schlecht, aber sie spricht schnell und abgehackt. Ich bin so euphorisiert von Storm und meinem Spiel und dem ganzen Abend, dass mir zum ersten Mal in meinem Leben entgeht, dass eine Frau mit mir flirtet. Obwohl ihre Hände immer öfter wie zufällig auf meinem Oberarm landen, sie näher an mich heranrutscht und mir ins Ohr kichert. Und obwohl sie mir durch die Haare wuschelt und sich königlich über mein Schulspanisch amüsiert, bin ich wie vernagelt.

Bis wir anstoßen, Elena unsere Ellenbogen kreuzt und wir Brüderschaft trinken. Sie strahlt mich an, schließt die Augen und legt ihren Mund auf meinen. Ihre Zunge leckt mir leicht über die Lippen, sie schmeckt nach Bier und Salz. Ich bin so perplex, dass ich erstarre.

Ein Schatten fällt auf uns, ein Knie trifft mich mit voller Wucht an der Schulter. Ich knalle gegen Elenas Kopf und Elena beißt mir versehentlich auf die Lippe.

»Au«, entfährt es mir, und ich schmecke Blut.

Elena hält sich die Stirn und verzieht schmerzhaft das Gesicht.

»Uups. Entschuldigung!« Storm lacht gekünstelt. »Soll ich ihr das Höschen zur Seite schieben, Floyd? Dann kannst du oben die Zunge reinstecken und unten die Finger? Ich bin euch wirklich gerne behilflich.«

Wow! Ihre Stimme klingt wie Schleifpapier. Körnig und rissig und stinksauer. Elena springt auf die Füße und flucht in ihrer Muttersprache wie eine Hexe. Sie wirft Storm einen bösen Blick zu und stapft davon. Ich fahre mit der Zunge über die blutende Stelle an der Lippe und stehe auf. Storm stemmt die Hände in die Hüften und schiebt die Unterlippe vor.

»Schade. Jetzt ist sie weg.« Sie zeigt auf die Stelle, an der Elena eben noch saß, und reißt die Brauen nach oben. »Sieh mal! Ein feuchter Fleck!« Dann grapscht sie mir in den Schritt und funkelt mich an. »Na, so scharf kannst du nicht gewesen sein.«

Ich schlage ihre Hand beiseite und mache zwei Schritte zurück. »Sag mal, spinnst du?«

»Was denn? Eben noch beim Petting und jetzt auf einmal schüchtern wie eine Eisprinzessin? Ts, ts, Floydyboy. So kenn ich dich gar nicht.« Storm ist so sauer, dass mir ihr Speichel um die Ohren fliegt.

Ich hebe die Hände. »Hör mal, das war nur Spaß. Ich habe überhaupt nicht kapiert, worauf sie hinauswill, okay?«

In dem festen Glauben, die Situation mit diesen Worten bereinigt zu haben, grinse ich entschuldigend und gehe auf Storm zu. Selbst Stevie Wonder würde sehen, dass Elena mir scheißegal ist. Wie auch nicht, wenn Storm bei mir ist? Ich lege den Arm um ihre Schultern und ihr flacher Handrücken trifft mich an meiner noch nicht ganz verheilten Nase.

Erschrocken zucke ich zurück. »Storm, verflucht noch mal! Pass doch auf!«

»Erzähl mir nicht so einen Bockmist! Als ob der große Floyd van Berg nicht merkt, wenn eine Frau auf ihn steht. Du denkst doch auch, ich bin völlig beschränkt.«

»Sag mal, war der Schlag eben Absicht?« Ich halte mir die Nase. Es blutet zwar nicht, dafür zieht es höllisch.

Storm muss gar nicht antworten, ich sehe es an ihrem Blick. Sie sieht aus wie eine Katze, die in einen Topf Sahne gefallen ist.

»Ernsthaft jetzt? Du schlägst mich? Bist du noch ganz bei Trost? Wegen der da?« Ich deute mit dem Daumen hinter mich. Elena hockt schon längst bei jemand anders und knutscht. »Du bist eifersüchtig!«

Ich fange an zu lachen. Eine ganz schlechte Idee. Storm sprüht Funken. Ihr Ton wird, wenn überhaupt möglich, noch schärfer, ihre Augen sind ganz schwarz.

»Du kannst mich mal, Floyd. War ja klar, dass du denkst, ich bin eifersüchtig. Ich steh nicht mal auf dich, falls du es noch nicht gemerkt hast.«

»Komm schon, Storm, das ist doch Kinderkacke. Du lügst und das weißt du. Du bist eifersüchtig, aber deswegen musst du mich nicht gleich schlagen. Das tut weh!« Liebevoll lächle ich sie an, ich will diese dämliche Auseinandersetzung nicht.

»Das sagt der Richtige. Lieber eins auf die Nase als die Seele in tausend Stücke zerfetzt. Das ist ja eher deine Spezialität, stimmt's?«

Ihre Worte treffen mich genau da, wo sie es haben will. Mitten ins Herz. Die Hilflosigkeit lässt mich zur einzigen Waffe greifen, die ich kenne. Wut. Ich werde laut.

»Ich hab mich entschuldigt, Storm! Mehr als einmal. Du musst dich schon entscheiden. Verzeihst du mir oder nicht?« Ich sehe sie an, meine Augen sind nur noch schmale Schlitze.

»Das sieht doch ein Blinder, du Idiot«, schreit sie mir ins Gesicht. »Nein, Floyd! Nein, ich verzeihe dir nicht. Niemals!«

Storm dreht sich um und rennt los. Mit großen Schritten spurtet sie über den Strand in Richtung Straße.

»Ach Scheiße!«, fluche ich. »Storm, warte!«

Ich packe die Tasche, schlüpfe in meine Sneakers und laufe ihr hinterher. Storm rennt, als wäre der Teufel hinter ihr her, aber ich hole mühelos auf. Ich kann mich entspannen, die Fußgängerampel über die stark befahrene Straße Richtung Stadt ist rot. Ich werde langsamer, Storm nicht. Sieht sie nicht, dass Rot ist?

Ich fange wieder an zu laufen und schreie ihren Rücken an. »Bleib stehen, verdammt noch mal!«

Ich weiß nicht, ob sie mich wegen des Verkehrslärms nicht hört oder ob sie einfach nicht will. Es spielt auch keine Rolle. Mein Sichtfeld verengt sich auf die vorbeifahrenden Autos und auf Storms Schritte, die nicht langsamer werden. Ich lasse die Tasche fallen, höre auf zu denken und sprinte los. Ein Taxi hupt schrill.

»FUCK!«, schreie ich, als Storm auf die Straße läuft. Bremsen quietschen gellend, ich reiße den Arm nach vorne, packe Storm und ziehe sie brutal zurück. Der Taxifahrer kommt Millimeter vor uns zum Stehen, zeigt mir schäumend vor Wut einen Vogel. Sekundenlang glotze ich keuchend auf die spiegelnde Windschutzscheibe, laufe dann ganz langsam rückwärts, bis ich auf dem Fußgängerweg stehe, Storms Rücken fest an meinen Brustkorb gepresst. Ich umklammere sie wie ein Schraubstock, Storm ist steif wie ein Brett. Wie paralysiert starre ich auf das Taxi, das mit durchdrehenden Reifen davonfährt, und bekomme kaum noch Luft.

»Ich hab die Autos nicht gesehen, Floyd, ich schwöre es!« Storm ist ganz leise, ihre Stimme zittert. »Ich hatte nur noch dich vor Augen. Wie du sie küsst. Und Elli. Ich hab dich mit Elli gesehen.«

Mir wird schlecht. Sie klingt so traurig, so schrecklich traurig.

»Das wird sich nie ändern, stimmt's? Du bist einfach so.«

Ich höre ihre Worte wie in Trance.

»Storm, du musst mir verzeihen! Verstehst du mich?«, stoße ich an ihrem Hals hervor. Tränen laufen mir übers Gesicht, ich kann gar nicht schnell genug reden, meine

Stimme überschlägt sich. »Ich liebe dich, verfluchte Scheiße noch mal! Und deswegen musst du mir verzeihen. Okay? Du musst einfach!«

Ich wiederhole die Worte unablässig, wie ein Irrer, meine Nase geht zu, ich vergrabe mich weinend in ihrem Nacken.

»Es tut mir leid, Storm. Alles, was ich dir jemals angetan habe. Alles tut mir so fürchterlich leid. Hilf mir. Bitte!«

Storms Anspannung lässt mit einem Mal nach, sie hängt wie eine Puppe in meinen Armen. Ihr Kopf fällt an meine Brust.

»Das habe ich doch schon längst, Floyd«, sagt sie leise.

Wir stehen minutenlang am Straßenrand, Menschen laufen plappernd und lachend vorbei, niemand nimmt Notiz von uns. Irgendwann lockert Storm meinen Griff und dreht sich um. Sie wischt mir die Tränen von den Wangen.

»Schon längst, Floyd«, wiederholt sie und küsst mich. Lang und zärtlich. In meinem Kopf explodieren tausend Farben, alle gleichzeitig. Es knallt und brennt und feuert und meine Hände schlingen sich in ihr Haar und um ihren Hals und sie schmeckt bittersüß.

Ich weiß nicht, wie lange wir uns küssen, und ich weiß nicht, wie wir zurück ins Hotel kommen. Ich weiß nur, dass wir lachen und reden und Storm mir hundert Witze erzählt, bis es fast Morgen ist. Wir stopfen uns mit Chips und Oliven voll und trinken ekelhaft süße Limonade aus dem Automaten.

Außer diesem Kuss passiert nichts. Ich habe die Hosen voll, habe panische Angst, alles kaputtzumachen. Ihre Nähe ist so kostbar, so zerbrechlich, dass ich sie für nichts auf der Welt aufs Spiel setzen würde. Ihr Kopf liegt auf meinen Beinen und auf meinem Rücken und auf meiner Brust. Meine Hände streichen über ihre Arme, ihren Hals und ihr Gesicht, verflechten sich mit ihren Fingern und es ist gut so. Es ist das Beste, was ich je erlebt habe.

Die Sonne geht auf und wir schlafen ein. Ihr Atem an meinem geöffneten Mund ist das Letzte, was ich spüre, bevor ich die Augen schließe.

Kapitel 27

Mittags checken wir aus dem Hotel aus. Unser Flug geht erst am Abend. Obwohl ich so gut wie nicht geschlafen habe, fühle ich mich wie Gott. Oder so ähnlich. Mein Herz zerspringt mir in der Brust, wenn ich Storm ansehe. Ich benehme mich, als wäre ich zwölf, als hätte ich gestern den ersten Ständer meines Lebens gehabt. Es ist albern und bescheuert und richtig.

Storm ist gelöst und aufgedreht und wunderschön. Alles Spröde ist von ihr abgefallen, ihre Konturen sind weich und sinnlich. Sie lacht ununterbrochen und wir können die Finger nicht voneinander lassen. Ihre Arme liegen um meine Taille, meine um ihre Schulter. Ich stecke die Nase in ihr Haar und inhaliere ihren Duft, Storm kriecht unter meine Achsel und steckt den Daumen in meinen Hosenbund. In einer Apotheke kaufe ich ein Mittel gegen Flugangst, Storm deckt sich in einem Supermarkt mit Süßkram ein.

Ich bleibe vor einem Schaufenster stehen. Auf der abgedunkelten Scheibe grinst mir ein Totenkopf entgegen, daneben steht in dicken Lettern der Slogan »Tattoo you«. Storm zieht ungeduldig an meinem Arm.

»Warte mal«, sage ich.

Sie stöhnt. »Ich will ein Eis, Floyd.« Sie zeigt auf eine Eisdiele zwei Meter weiter.

»Ich will ein Tattoo.«

Storm dreht sich zu mir um. »Wie bitte?« Sie schiebt den Kopf zurück und die Sonnenbrille nach unten.

»Ich will ein Tattoo.«

»Bist du irre? Das geht nie wieder weg!« Storm rümpft die Nase.

Ich verdrehe die Augen. »Das ist ja der Sinn der Sache, Storm.«

»Du kannst doch nicht einfach entscheiden, dass du ein Tattoo willst! Das sollte man sich in Ruhe überlegen. Und überhaupt! Was für ein Motiv denn? Und wohin?«

Ich muss lachen. »Ich verstehe diese Haltung im Zusammenhang mit Ihrer Person nicht, Frau Tanz. Seit wann bist du hier der Spießer?«

»Ich bin kein Spießer! Das ist eine ernste Sache, Floyd.«

»Es ist mir ernst, Storm. Du hast keine Ahnung, wie sehr.«

Mit diesen Worten schleife ich sie in den Laden. Die Einrichtung ist hip und clean. Hinter dem gläsernen Tresen steht eine Frau mit langem rotem Haar. Sie blättert in einer Zeitschrift und sieht aus wie eine Lehrerin. Kein Schmuck, kein Tattoo, kein Piercing. Es riecht nach Desinfektionsmitteln und Räucherstäbchen. Sie begrüßt mich in hölzernem Englisch und fragt, was sie für uns tun kann. Ich erkläre ihr, was ich gerne hätte, und Storms Augen weiten sich.

»Du willst meinen Fingerabdruck auf deinem? Bist du verrückt? Das kann jeder sehen!«

»Ich würde ihn mir auch mitten auf die Stirn tätowieren lassen. Allerdings ist das dann noch eine Spur auffälliger.« Ich drücke mir den Daumen auf die Stirn und grinse blöd.

»Das ist das Dämlichste, was ich je gehört habe.« Sie schnaubt und zuckt mit den Schultern. »Okay. Ich mach mit.«

»Natürlich machst du mit. Ich hatte nichts anderes erwartet.«

Storm legt mir die Hand auf den Mund. »Halt die Klappe, Floyd.«

Wir nehmen hinter einem Vorhang Platz und Storm lässt mir den Vortritt.

»Reiß dich gefälligst zusammen, van Berg. Wenn du losheulst wie ein Baby, krieg ich Schiss«, sagt sie, während die Frau den Abdruck ihres Zeigefingers nimmt.

»Ich hätte gerne deinen Mittelfinger. Wenn du mir auf den Sack gehst, hab ich wenigstens gleich die richtige Stelle.«

Ich beuge mich zu ihr. »Ich werde dir nicht auf den Sack gehen. Nie.«

»Du wirst kläglich scheitern, van Berg.« Sie grinst diabolisch und leckt sich den Mittelfinger. Die Frau drückt mich auf den Stuhl zurück und legt meinen Arm auf die Liege. Sie rollt einen Hocker heran und füllt Tinte in das Gerät. Ich mag Schmerzen nicht besonders, und als sie mir mit einem Stück Papier Storms Abdruck auf den Zeigefinger dupliziert, werde ich doch ein klein wenig nervös. Sie hält eine Lampe über die Zeichnung und sieht mich fragend an. Der Abdruck passt beinahe zweimal auf meine Kuppe, die filigranen Linien sehen aus wie Spinnenbeine. Ich schlucke und nicke.

»Du machst das tatsächlich?« Storm legt den Kopf schief.

Die Nadel fängt an zu sirren.

»Jep«, sage ich und schließe die Augen, als die feinen Stiche meine Haut durchbohren. Es ist ein süßer Schmerz, es brennt und dauert nicht mal zehn Minuten.

»Wow. Krass!« Storm klingt ganz begeistert und ich öffne vorsichtig ein Auge.

»War gar nicht schlimm«, lüge ich und betrachte das Tattoo. Die schwarze Farbe leuchtet mir entgegen, ich lege mir den Finger auf mein Herz. »Jetzt trage ich dich immer bei mir.«

Ich weiß, ich bin kitschig und rührselig, völlig unpassend für einen Typen wie mich, aber es geht mir am Arsch vorbei.

Storm schnickt mir verlegen an die Stirn. »Du hast einen Sonnenstich. Ganz klar!« Aber ich sehe, dass es ihr gefällt. Ihre Augen strahlen und sie beißt sich lächelnd auf die Lippe.

Storm ist weitaus tapferer als ich. Sie beobachtet die Arbeit ganz genau, blinzelt nicht mal, als es losgeht. Sie hebt den Kopf und sieht mich an.

»Wie konnte ich jemals glauben, dass du ein Arsch bist, Floyd?«, fragt sie mich, und die Nadel sticht in ihre Haut.

Ich lege meine Stirn an ihre. »Ich war ein Arsch, Storm. Ganz einfach.«

Ich küsse ihre Nasenspitze, das Tattoo ist fertig. Die Frau empfiehlt uns eine Salbe für die nächsten zwei Tage und ich bezahle.

Draußen vor dem Laden springt Storm auf meinen Rücken. »Krieg ich jetzt ein Eis?« Sie streckt die Hand aus und presst ihr Tattoo sanft auf meines. »Passt perfekt, Floydyboy.«

Ich kneife ihr in den Oberschenkel und Storm quietscht.

»Ich weiß«, sage ich.

* * *

Wir sind am Flughafen. Ich habe keine Angst mehr, nach Hause zu kommen. Was auch immer gestern geschehen ist, alles ist anders. Und ich weiß, dass es so bleibt. Ich spüre Storms Vertrauen, ich kann es sehen. Es strahlt aus jeder Pore, hüllt uns ein und macht uns unbesiegbar. Wir sind wie auf Droge. Ihre Stimme, ihr Geruch, ihr Lachen, ich sauge sie auf und bekomme nicht genug. Alle zwei Meter bleibe ich stehen, ziehe sie an mich und betrachte ihr Gesicht, ihre großen Augen und die vollen Lippen. Sie legt ihren Kopf an mein Herz und lauscht auf die leisen Worte, die ich ihr ins Ohr flüstere. Ich berühre ihr Haar, schiebe die Hände unter ihr Shirt und mein Daumen streicht über die zarte Kuhle über ihrem Hosenbund.

»Wenn wir so weitermachen, verpassen wir den Flug«, murmelt sie an meinem Hals.

»Egal. Dann bleiben wir eben hier.«

Die Passagiere hasten an uns vorbei, wir stehen mittendrin und bewegen uns keinen Schritt. Das ist es, was ich am liebsten tun würde. Mich nie wieder bewegen. Einfach die Welt anhalten. Mit Storm in meinen Armen. Ich küsse sie auf den Kopf, Storm greift nach meiner Hand und macht einen Schritt zurück. »Los jetzt. Das wird langsam albern, van Berg.« Ihre Stimme ist weich und sie lächelt.

Ich seufze, und wir schlendern zum Gate, als Storm vor einer dieser Kabinen stehen bleibt, in denen man Fotos machen kann. Der verschlissene rote Vorhang hängt nur noch halb an der Stange, insgesamt macht das Ding keinen besonders funktionsfähigen Eindruck. Sie dreht sich zu mir und grinst. Ich krame fünf Euro aus der Hosentasche, wir quetschen uns in das altersschwache Teil und ich nehme auf dem grünen Hocker Platz. Storm hüpft auf meinen Schoß, mit dem Rücken zur Linse, ein Bein links und eins rechts von mir, und rutscht ganz dicht an mich heran. Ihre Arme schlingen sich um meinen Hals, ihr Ausschnitt klafft vor meinem Gesicht.

Mir wird heiß.

Ihre Schenkel reiben auf meiner Hose, ihr Becken an meinem. Storm wendet den Kopf und sieht in die Kamera.

»Kann's losgehen?«, frage ich krächzend, die Hand auf dem Auslöser. Storm nickt.

Auf dem ersten Bild grinsen wir wie blöd, auf dem zweiten strecken wir die Zungen heraus. Auf dem dritten wirft Storm den Kopf zurück und lacht aus vollem Hals, weil ich mich bewege und beinahe vom Hocker falle. Vor dem letzten Klick nimmt Storm mein Gesicht in ihre Hände und küsst mich. Sie presst sich an mich, ich pralle mit dem Rücken an die Kabinenwand. Sie schließt die Augen, ihre Lippen öffnen sich und ihre Zunge schiebt sich vorsichtig in meinen Mund. Sie spreizt die Finger in meinem Haar und zieht sanft an meinen Locken.

Ich sterbe. Hier, jetzt und sofort. Mein Verstand verwandelt sich in grünen Wackelpudding. Mein Herz rast so schnell, dass ich sicher bin, dass es einen Selbstzerstörungsmechanismus hat, der sich in diesem Moment aktiviert. Es kann sich nur um Sekunden handeln, bis es implodiert. Storm schiebt sich noch näher an mich heran, und es ist unmöglich, dass sie die Beule in meiner Hose nicht spürt. Zwischen unseren Lippen entfährt ihr ein leises Stöhnen, und ich weiß nicht, wohin mit meinen Händen. Ich will sie nicht verschrecken und drücke meine Handflächen gegen die Wand, weil ich sonst für nichts garantieren kann. Ihr Kuss wird immer drängender, ich fange an zu schwitzen. Was denkt sie, wer ich bin? Der Papst, verflucht noch mal?

»Storm, hör auf.«

Ihre Zunge macht mich völlig irre, ihr Geschmack wahnsinnig.

»Okay.« Sie löst sich abrupt von mir und hebt die Hände. »Okay, okay«, wiederholt sie, ihre Wangen sind gerötet, aus ihrem Zopf haben sich Strähnen gelöst und hängen ihr wirr ins Gesicht. Wir sind beide außer Atem.

Storm steigt umständlich von mir herunter und zupft an ihrem Shirt. Ich stehe auf und stoße mir den Kopf am Dach der viel zu kleinen Kabine. Mir ist immer noch schwindlig, und der Schmerz, der mich durchzuckt, macht es nicht besser.

»Scheiße! Bloß raus hier«, sage ich und reibe mir über die Beule, die sich bildet.

Storm lacht.

»Das ist nicht witzig, Frau Tanz«, knurre ich.

Sie zeigt auf meine Hose und grinst vergnügt. »Jetzt hast du zwei Beulen. Oben eine und unten eine.«

»Haha! Wie außerordentlich lustig. Du solltest Komikerin werden.« Ich schiebe den Vorhang zur Seite und muss selbst lachen.

Storm hält mir den Fotostreifen unter die Nase. »Sieh mal. Cool, oder?«

Ich betrachte die grobkörnigen Schwarz-Weiß-Aufnahmen und registriere verblüfft, dass ich total anders aussehe. Glücklich. Scheißglücklich. Meine Arme liegen locker um Storms Hüfte, ihre um meinen Hals. Meine Augen leuchten, Lachfalten kringeln sich darum. Auf dem letzten Bild ist nur Storms Rücken zu sehen und der Ansatz ihres schlanken Nackens. Ich stecke mir den Streifen vorsichtig in die hintere Hosentasche, wie einen Schatz.

Ich will mich für immer so fühlen. Zufrieden und gelöst und glücklich. Falls ich es vergesse, brauche ich mir nur die Fotos anzuschauen.

Die Nummer unseres Fluges hallt durch das Gebäude. Ich krame nach den Tabletten und der Wasserflasche.

»Ich habe keine Ahnung, wie die wirken. Wenn ich gleich gackere wie ein Huhn und durch den Flughafen taumle, kann ich mich drauf verlassen, dass du mich nach Hause bringst?« Ich drücke zwei der weißen Dinger auf meine Hand und sehe Storm an.

Sie hakt sich bei mir unter. »Ich habe da so meine Erfahrungen mit Drogen, Floyd. Mich kann nichts schocken, keine Sorge. Ich bin die beste Begleitung, die du in so einem Fall haben kannst«, sagt sie fröhlich.

Die Anspielung ist makaber und meine Stirn legt sich in zweifelnde Falten.

»Stand da nicht was von einer Tablette?« Storm tippt auf die Packung.

Ich werfe mir die Pillen in den Mund und schlucke.

»Da geh ich lieber auf Nummer sicher.«

Auf der Packung steht »Antihistamínico«. Ich habe die Frau in der Apotheke kaum verstanden und nicht den leisesten Schimmer, was in Spanien rezeptfrei verkauft werden darf. Es interessiert mich auch herzlich wenig. Hauptsache, das Zeug ballert mich weg.

Eine halbe Stunde später setzt die Wirkung ein. Ich stehe entspannt in der Warteschlange zum Boarding. Die leichte Übelkeit, die sich in meinem Magen ausbreitet, ignoriere ich geflissentlich.

»Also, ich weiß ja nicht, was ich da genommen habe, aber es hilft, Storm.« Ich recke den Daumen in die Höhe. »Es hilft. Ich fühle mich prima! Einfach prima!«

Wie irre grinse ich Storm an, sie nimmt mir behutsam die Tickets aus der Hand und klopft mir auf den Rücken. »Das freut mich, van Berg.«

Dann höre ich nicht mehr auf zu reden. Eine leichte Euphorie hat von mir Besitz ergriffen, ob von dem Medikament oder von Storms Kuss, ich weiß es nicht. Als sich das Flugzeug in die Luft erhebt, beuge ich mich zu ihr hinüber.

»Ich weiß nicht, ob ich's schon erwähnt habe, aber ich bin total in dich verschossen. Du hast da so zwei Grübchen, wenn du lachst«, ich steche ihr mit dem tätowierten Zeigefinger in die Backe, »genau da! Ich glaube, ich geb ihnen Namen.«

Ich schließe kurz die Augen und denke angestrengt nach.

»Mal sehen. Vielleicht Sweet und Sugar?«, frage ich, und Storm schüttelt sich.

»Sweet und Sugar? Das ist selbst unter Medikamenteneinfluss absolut indiskutabel.« Sie bestellt sich eine Cola Rum und mir einen Apfelsaft.

»Na gut, na gut!« Ich werfe mich prustend in den Sitz zurück. »Kein Sweet und Sugar. Dann vielleicht Humpty Dumpty?« Jetzt schüttle ich den Kopf. »Nein, nein, nein. Das geht auch nicht.«

Ich versuche, mich zu konzentrieren, mir ist schwindlig und schlecht. Wieder schließe ich die Augen, die Getränke kommen und Storm lehnt sich zum Bezahlen über mich.

»Jetzt weiß ich's«, flüstere ich dicht an ihrem Ohr. »Liebe Mich.« Ich öffne ein Auge. Storm hält in der Bewegung inne, dreht sich zu mir. Ich berühre ihr Gesicht. »Links ist Liebe und rechts ist Mich.«

Sekundenlang sehen wir uns nur an, Storm schluckt.

Dann reicht uns die Stewardess die Becher und der Augenblick geht vorüber. Der Rest des Fluges wabert an meinem Bewusstsein vorbei, ich döse immer wieder weg. Als wir landen, nimmt Storm mir die Autoschlüssel weg.

»Du fährst nicht.«

»Jep.«

Ich bin schrecklich müde und froh, dass ich einen Fuß vor den anderen setzen kann. Die kurze Nacht und diese dämlichen Tabletten sind keine gute Kombination.

»Von mir aus kannst du ihn auch zu Schrott fahren. Ist mir egal«, sage ich lapidar und falle wie ein nasser Sack auf den Beifahrersitz.

»Floyd, ich kann Auto fahren.« Storm legt mir beruhigend die Hand aufs Bein. Ihre Finger passen da perfekt hin. Ich sage es ihr sofort. Das ist etwas, was sie wissen sollte, finde ich.

»Alles an dir passt perfekt zu mir. Ist dir das schon aufgefallen? Das ist eine außerordentlich wichtige Information. Und wenn wir schon dabei sind ...«, ich lehne mich zurück, muss die Augen schließen.

Storm fährt vorsichtig und umsichtig und verdammt schnell. Zumindest kommt es mir so vor. Die Lichter der anderen Fahrzeuge ziehen grell an mir vorbei, das Sportfahrwerk holpert und wirft mich im Sitz hin und her.

»Also, wo wir schon dabei sind«, beginne ich meinen Satz neu. »Das vorhin, in dem Fotoding da. Das war ...« Ich suche nach Worten. »Ich steh auf dich, Storm. Ich meine, du weißt das, du bist ja nicht bescheuert, richtig?«

»Tatsächlich?« Storm klingt amüsiert und ich nicke bekräftigend.

»Ich weiß nur nicht genau, wie wir das ... also, wie du das so findest. Versteh mich nicht falsch, ich will mit dir ins Bett. Ganz unbedingt.«

Ich drehe mich zu ihr, meine langen Beine stoßen ans Armaturenbrett. Storm unterdrückt ein Lachen und ich verstehe das als Aufforderung weiterzusprechen.

»Ich meine, mit unserer Geschichte und so.«

Ich weiß nicht, wieso das aus meinem Mund kommt. Es ist vermintes Gebiet, eine trügerische Eisschicht auf einem tiefen See, eine geladene Waffe.

»Du willst jetzt darüber reden?« Storms Finger krallen sich ums Lenkrad.

Will ich?

»Nein. Eigentlich nicht.« Ich verstumme, mir ist mittlerweile richtig übel. Magensäure sammelt sich in meinem Mund, ich habe einen schrecklichen Geschmack auf der Zunge. »Du erinnerst dich an gar nichts?«

Bin ich bescheuert? Was ist bloß los mit mir? Storm schüttelt den Kopf, die Lippen fest zusammengepresst.

»Auch nicht, wenn du mich küsst?«

Kann mir bitte jemand den Mund zunähen?

Euer Ehren, der Angeklagte ist unzurechnungsfähig. Sie müssen ihn freisprechen.

Storm blinkt, drosselt die Geschwindigkeit und schert auf einen Autobahnparkplatz ein.

Die Geschworenen sind zu einem Urteil gelangt. Du wolltest es ja nicht anders, Floyd. Bitte sehr. Die Höchststrafe.

Storm parkt. Sie blickt angespannt durch die Windschutzscheibe, ich sinke in mich zusammen.

»Ich weiß nicht, was passiert ist, Floyd. Ich weiß nur, dass etwas passiert ist. Aber du«, sie dreht sich zu mir, »du hast nichts damit zu tun. Das kann nicht sein.«

Oh Gott, danke! Ich fange wieder an zu atmen.

»Ich muss das hinter mir lassen. Du hast gesehen, was mit mir los ist. Ich muss das vergessen, sonst drehe ich durch, verstehst du?« Storm lässt das Fenster hinunter und zündet sich eine Kippe an. Es regnet. Die Tropfen platschen leise ins Auto und auf ihre Hose. »Vielleicht werde ich es nie erfahren, Floyd. Ich bin mir nicht mal sicher, ob ich nicht vielleicht spinne.«

Asche fällt auf ihre Hand, die glühende Spitze zittert leicht.

»Aber dich«, sie richtet die Kippe auf mich, »dich mag ich. Sogar sehr. Und das macht mir niemand kaputt.«

Ich bin so scheißerleichtert, dass ich kotzen könnte. Und das tue ich auch. Die Übelkeit rumort in meinem Magen wie tausend Brausestäbchen, ich reiße die Tür auf, beuge mich aus dem Wagen und würge. Ich höre Storm lachen, wische mir über den Mund und lasse mich zurück auf den Sitz fallen.

»Geht's wieder?« Sie schmunzelt, streicht mir über die feuchte Stirn.

»Jep«, sage ich und schließe erschöpft die Augen.

Storm lässt den Motor an und fährt los. Ich schlafe ein. Ungefähr zwei Sekunden später rüttelt sie mich sanft an der Schulter.

»Floyd. Wir sind da.« Wir stehen vor meinem Haus. Ich bin so müde, dass ich nur nicke. Storm steigt aus und öffnet mir die Tür. »Ich bring dich rein.«

Sie nimmt meine Tasche und fasst mich unter der Achsel.

»Is' schon okay. Ich schaff das. Du musst nicht mit rein«, nuschle ich undeutlich und hieve mich in Zeitlupentempo aus dem Wagen. Meine Beine sind weich wie Butter, ich halte mich an der Autotür fest, um das Gleichgewicht nicht zu verlieren. Storm tut so, als hätte sie mich nicht gehört, und ich schlurfe mit ihrer Hilfe langsam zur Haustür. Sie schließt auf, wir betreten den Eingangsbereich.

»Scheiße, hab ich einen Durst. Ich hätte besser doch nur eine von den Dingern genommen.« Ich lasse die Tasche fallen, wanke und bleibe am Türrahmen zur Küche hängen.

»Du gehst am besten ins Bett. Ich bring dir was zu trinken.« Storm schiebt mich zur Treppe, und ich bin zu fertig, um zu widersprechen.

Ich schleppe mich die Stufen nach oben, lege mich angezogen der Länge nach ins Bett und will nur noch schlafen. Irgendwann höre ich Storm auf leisen Sohlen ins Zimmer schleichen. Sie flüstert meinen Namen und hält mir eine Flasche Wasser vor die Nase.

»Danke«, bringe ich gerade noch heraus, schraube den Verschluss auf und trinke mit großen Schlucken die halbe Flasche. »So muss sich Robinson Crusoe gefühlt haben, nachdem er Wasser gefunden hat.«

Ich sinke zurück auf die Matratze. Storm holt aus dem Bad einen nassen Waschlappen und legt ihn mir auf die Stirn. Sie schiebt mich vorsichtig zur Seite und schlüpft neben mir ins Bett.

»Kann ich hierbleiben?« Ihr Kopf liegt auf meiner Brust, ihr Bein über meinem.

»Ich verstehe die Frage im ...«

Storm verschließt mir mit dem Zeigefinger den Mund. »Pst. Schlaf einfach, Floyd.«

Ich nicke, ziehe sie noch näher an mich heran und bin weg.

Kapitel 28

Als ich aufwache, ist das Bett leer. Storm ist weg. Ich sehe auf die Uhr, es ist Mittag. Auf dem Kissen neben mir liegt ein Zettel.

Hab mir das Auto geliehen. Melde dich, wenn du wach bist.
Darunter, in verschmierter Tinte, ihr Fingerabdruck. Ich muss grinsen.

Nach einer ausgiebigen Dusche fühle ich mich wieder wie ein denkender Mensch. Im Erdgeschoss wird der Staubsauger angeworfen und Frau Hauser singt. Vermutlich weiß sie nicht, dass ich da bin, sonst würde sie die schiefen Töne lassen. Ich gehe nach unten, und Frau Hauser stolpert erschrocken über das Kabel, als sie mich sieht. Sie macht den Sauger aus.

»Hallo«, sage ich und schalte die Kaffeemaschine an.

»Deine Eltern kommen morgen wieder. Ich soll dir die Gästeliste für das Dinner übermorgen geben. Du sollst dir ansehen, wer alles kommt, und die Namen auswendig lernen. Außerdem war dieser Ben zweimal hier.« Sie rümpft die Nase, meine Freunde kann sie genauso wenig leiden wie mich.

Halt. Ben ist ja gar nicht mehr mein Freund. Ich lange mir unwillkürlich an die Nase. Der Schmerz ist verschwunden. So wie Ben.

»Ich finde es unmöglich, dass er einen Schlüssel hat. Er spaziert durch das Haus, als würde er hier wohnen.«

Stimmt. Er hat noch einen Schlüssel. Mist.

»Ich soll dir ausrichten, dass du ihn anrufen sollst. Irgendetwas wegen seinem Telefon.«

Sie reicht mir eine dünne Klarsichtmappe, die Unterlagen für das Dinner. Namen, Beruf und Alter der zwanzig geladenen Gäste sind in ihrer stechenden Handschrift aufgelistet.

»Und ich bin nicht eure Sekretärin. Das kannst du dem Bengel mal ausrichten. Ihr schreibt euch doch sowieso ständig Nachrichten.«

Mir liegt eine scharfe Bemerkung auf der Zunge, als ich es mir anders überlege.

»Danke, Frau Hauser. Das ist wirklich nett von Ihnen«, sage ich stattdessen.

Sie sieht mich an und runzelt die Stirn. »Ich erledige keine extra Sachen für dich, Floyd, wenn du darauf hinauswillst. Dafür habe ich keine Zeit. Die Vorbereitungen für das Abendessen sind aufwendig genug.«

Ich schenke mir Kaffee ein. »Ich brauche nichts, Frau Hauser. Ich wollte nur Danke sagen.«

Ihr Blick wird noch misstrauischer. Ich nehme den Kaffee und gehe nach oben. Auf halbem Weg wende ich mich um. Frau Hauser sieht mir hinterher.

Ich zögere kurz und gebe mir dann einen Ruck. »Was ich ...« Ich räuspere mich. »Das mit Ihrer Tochter ...« Frau Hauser versteift sich, ich springe mit Anlauf über meinen riesigen Schatten. »Das war ... also, was ich sagen will ... es tut mir leid. Ehrlich.«

Mehr bringe ich angesichts des Themas, um das es geht, nicht über die Lippen. Sie ist schließlich ihre Mutter. Frau Hauser wird rot. Sie sieht aus wie eine reife Tomate. Ich rucke mit dem Kopf und sehe zu, dass ich verschwinde. Das war für uns beide peinlich genug.

Ich bin schon oben, als sie mir hinterherruft. »Vielleicht wird ja doch noch ein anständiger Junge aus dir. Obwohl ich das bezweifle. Eine Schwalbe macht noch keinen Sommer«, sagt sie dann leiser und stellt den Sauger wieder an.

In meinem Zimmer werfe ich die Mappe aufs Bett und schalte mein Handy ein. Das Ding entwickelt ein Eigenleben. Es vibriert und piept und blinkt und etliche Nachrichten ploppen auf. Meine Eltern, die mich an die Unterlagen erinnern, die mir Frau Hauser gerade in die Hand gedrückt hat, mit der Bitte, mich auf die Gäste vorzubereiten. Ein paar Jungs aus dem Schwimmteam, die sich Pornoclips und dämliche Sprüche schicken. Ich muss grinsen, als mir die riesigen Brüste irgendeines blondierten Sexsternchens entgegenhüpfen, und lösche das Video.

Zwei Nachrichten von Ben. In der einen macht er mich wegen des kaputten Handys zur Sau und schickt mir eine Liste der schlimmsten Schimpfwörter. In der zweiten ist sein Ton versöhnlicher. Es könne ja wohl nicht angehen, dass uns eine Psychoschnalle wie Storm auseinanderbringe, schließlich seien wir schon Freunde, seit er sich das erste Mal einen runtergeholt habe. Ich solle ihn anrufen, er sei bereit, die Sache zu vergessen. Ich nicht. Storm ist keine Psychoschnalle und er ist ein blöder Penner.

Ich drücke auf Löschen und rufe Storm an. Es klingelt ewig, irgendwann lege ich enttäuscht auf.

Die nächste halbe Stunde blättere ich durch die Unterlagen. Die meisten Namen kenne ich. Da wäre unser geschätzter Anwalt, Carlas Onkel, nebst Gattin. Die Frau des Fußballers. Der Chefarzt einer Schönheitsklinik, Geschäftsfreunde meines Vaters und deren Ehefrauen, die sich ebenfalls für die Spendengala engagieren, der Bürgermeister und zwei weitere Lokalpolitiker. Außerdem noch zwei Frauen, die ein Frauenhaus leiten und einem Verein angehören, der Opfer sexueller Gewalt betreut.

Die Wörter brennen sich auf meiner Pupille ein. Opfer sexueller Gewalt. Ich kann mich verschwommen an die Unterhaltung gestern auf dem Nachhauseweg erinnern. Gehört Storm auch dazu? Ist sie ein Opfer sexueller Gewalt? Jetzt, wo sie beschließt, die Sache auf sich beruhen zu lassen, fange ich an zu grübeln. Wer war alles auf dieser Scheißparty? Die Hälfte der Leute habe ich noch nie gesehen. Was, wenn es doch Ben war? Oder irgendein Fremder? Allein der Gedanke, dass ihr jemand etwas angetan haben könnte, treibt mich zur Weißglut.

An die Bilder, die mich vor Wochen heimgesucht haben, kann ich mich kaum noch erinnern. Sie sind weg. Ich bekomme kein Gefühl mehr dazu, egal, wie sehr ich mich anstrenge. Ich sehe Storm, wie sie durch die Brandung tanzt. Ihren Körper, so fragil und schmal. Und ihr Herz, so labil und zerbrechlich.

Wenn ich mir vorstelle, wie sie vergewaltigt wird, irgendein Typ sie missbraucht, fange ich an zu zittern. In meinem Kopf wird es dunkel und der Film fängt an. Auf der Großleinwand zertrümmere ich dem Kerl mit einem Baseballschläger das Gesicht. Ich trete auf ihn ein, während er am Boden liegt. Ich traktiere ihn mit Fäusten und Füßen, bis er Blut kotzt und ihm der Kopf platzt wie eine reife Melone.

Ich merke, dass ich aufgehört habe zu atmen. Mein Kiefer schmerzt und das Blatt mit den Namen steckt zerknüllt in meiner Faust. Mein Telefon klingelt. Ich brauche einen Moment, bis ich wieder zu mir komme.

»Ja«, sage ich viel zu barsch.

»Deinem Auto geht es gut, keine Sorge.« Storms süße Stimme kriecht in mein Ohr und macht mich paradoxerweise noch aggressiver.

»Mein Auto interessiert mich einen Scheiß«, sage ich, und Storm muss denken, dass ich spinne. Ich hole tief Luft und kneife mir in den Nasenrücken.

»Oh, gut! Dann ist es ja nicht schlimm, dass ich es an einen Schieber verkauft habe. Es ist gerade auf dem Weg nach Polen. Von dem Geld kaufe ich mir ein Paar Schuhe, ja?« Sie lacht.

»Storm, bitte!« Mein Ton ist ekelhaft und hart. Sie wird auflegen. Jetzt.

»Ich bin in zehn Minuten bei dir. Hast du Hunger? Wir könnten was essen gehen?«

»Mhm.« Ich habe überhaupt keinen Hunger. Ich will wissen, was passiert ist, und dem Schwein so richtig schön die Fresse polieren!

»Was? Ich verstehe dich nicht, sprich mal lauter! Geht's dir noch schlecht? Irgendwie bist du komisch.«

Noch einmal hole ich tief Luft. Wenn ich mich nicht sofort in den Griff kriege, war das alles, was ich heute von Storm gehört habe.

»Nein, alles okay. Ich zieh mich gerade an.«

»Cool. Dann bis gleich.«

Storm legt auf, ich setze mich aufs Bett und vergrabe den Kopf in den Händen. Die ganze Zeit war mir nichts wichtiger, als diese Geschichte zu vergessen, und jetzt benehme ich mich wie ein Enthüllungsjournalist, der einen Politskandal aufdecken will. Ich bin verrückt! In ein paar Minuten ist Storm da und bis dahin muss die Büchse der Pandora luftdicht verschlossen sein. Ich muss die Finger davon lassen, sonst verliere ich sie. Mit den Fäusten drücke ich mir so fest gegen die Augen, dass ich Sterne sehe, und es hilft.

Das satte Dröhnen des Porsche dringt durch unsere Straße. Storm hupt, ich stehe seufzend auf und haste nach unten.

»Ist das dein Auto?« Frau Hauser sieht aus dem Wohnzimmerfenster zum Porsche.

Ich nicke und schiebe meinen Geldbeutel in die hintere Hosentasche.

»Du verleihst dein Auto? Ich dachte immer, das Ding ist dir heilig.« Sie schnaubt.

Du liebe Zeit! Diese Frau weiß alles. Es ist unglaublich, was man als Haushaltshilfe mitbekommt. Sie kennt mich besser als meine Mutter.

»Mhm. So kann man sich täuschen, Frau Hauser. Ich bin dann mal weg.« Ich winke ihr zu und öffne die Haustür.

Storms Anblick trifft mich voll auf die Zwölf. Mein Magen schlägt einen Purzelbaum und ich stöhne leise auf. Sie sieht umwerfend aus. Sie steht am Wagen und raucht, ihre Beine stecken in einem ultrakurzen schwarzen Rock, darüber trägt sie ein verblichenes Top mit dem Konterfei von Che Guevara. Die Sonnenbrille verdeckt ihre Augen, aber ihre Lippen verziehen sich zu einem sexy Lächeln. Meine miese Laune verschwindet im Eiltempo, und ich fange an, zu grinsen wie die Katze aus »Alice im Wunderland«.

»Fuck! Dafür, dass du dich gestern noch kotzend aus dem Auto geworfen hast, siehst du echt verdammt gut aus.« Sie schnickt die Kippe in unseren Hof und leckt sich die Lippen.

Ich grinse wie zwei Katzen aus »Alice im Wunderland«. Mein Verstand rutscht drei Etagen tiefer. Also ungefähr in die Gegend meiner Kniekehlen. Betont lässig laufe ich die Stufen hinunter und bleibe unschlüssig vor ihr stehen. Soll ich sie küssen? Weil ich es nicht weiß, stecke ich die Hände in die Hosentaschen und wippe auf den Füßen vor und zurück.

Mann, Floyd! Selbst der elfjährige Scheißer aus deiner Nachbarschaft hat mehr Mumm als du!

Storm nimmt mir die Entscheidung ab. Sie stellt sich auf die Fußspitzen und legt die Arme um meinen Hals.

»Krieg ich keinen Kuss?«, flüstert sie.

Ich nehme die Hände aus den Taschen und schiebe ihr die Brille nach oben. Sie riecht nach Erdbeeren und Kirschen und nach Storm. Ich neige den Kopf und küsse sie. Ganz leicht und sanft. Ich muss das aus dem Fotoding nicht vor meiner Haustür wiederholen, Frau Hauser fallen wahrscheinlich sowieso schon die Augen aus dem Kopf. Storm hüpft an mir hoch und kreuzt die Beine hinter meinem Rücken. Ich greife sie um die Taille, sie legt das Kinn auf meine Schulter.

»Ich musste nach Hause, ein paar Sachen erledigen. Mein Chef aus dem Kino war stinksauer. Ich habe ihm versprochen, dass ich ihm einen blase, wenn er mir nicht kündigt.«

Ich spüre ihr Grinsen an meinem Hals und muss schmunzeln. »Wirklich? Das ist aber großzügig von ihm. Ein netter Chef, den du da hast.« Ich lasse Storm behutsam herunter. »Was willst du essen?«

Ich halte die Hand auf, aber Storm klimpert mit den Schlüsseln. »Kann ich fahren?«

»Nein. Ist mein Schimmel, Prinzessin. Du kannst hinten mitreiten.« Ich öffne ihr die Beifahrertür und Storm schmollt.

»Schade. Die Leute glotzen so schön dämlich, wenn man Gas gibt.«

»Das ist ja der Sinn von einem Porsche«, sage ich und strahle sie an. Ich setze mich hinters Steuer und fahre aus der Einfahrt.

»Also? Wohin?«

»Pizza. Ich will Pizza.« Storm klopft sich auf den flachen Bauch und streift sich die Schuhe von den Füßen. Sie beugt sich zu mir und knabbert an meinem Ohr. Ich bekomme Gänsehaut.

»Du musst das lassen. Ich fahre Auto.«

Ihre Zunge kreist um mein Ohrläppchen, meine Hände werden feucht und ich biege in die falsche Straße ein. Eine Einbahnstraße. Ich habe Glück, dass mir kein Auto entgegenkommt, und schiebe Storm von mir.

Sie lächelt und zwinkert mit einem Auge. »Ich mach dich irre, stimmt's?«

»Jep.« Ich finde um die Ecke einen Parkplatz und drehe mich zu Storm.

Sie kneift mir in die Wange. »Das mag ich, Floydyboy. Wenn ich dich irremache.« Sie grinst so süß wie Zuckerwatte.

»Fällt kaum auf, Stormygirl.« Ich grinse so süß wie Zuckerwatte.

Sie kräuselt die Mundwinkel. »Stormygirl? Das ist ja schrecklich!«

»Wieso? Hört sich an wie eine Superheldin. Passt zu dir.« Ich steige aus, Storm auch.

»Gehen wir zu Luigis?«, fragt sie und legt sich meinen Arm um ihre Schultern.

»Kennst du das Lokal?« Ich esse meine Pizza seit ungefähr hundert Jahren hier, ich habe noch keine vergleichbare Pizzeria gefunden.

»Jeder, der auf gute Pizza steht, kennt Luigis, Floyd. Du wohnst nicht allein in dieser Stadt.«

»Ich hab dich da noch nie gesehen«, sage ich. Meine Finger spielen mit dem Träger ihres Tops. Ich drossle mein Tempo, bin viel zu schnell für Storm. Sie hampelt neben mir herum wie ein junger Hund, wenn ich einen Schritt mache, macht sie vier.

»Ich gehe nicht so oft aus. Das Geld ist mir zu schade. Was mich zum nächsten Thema bringt. Du bist heute eingeladen.« Sie strahlt mich an, ich finde es blöd.

»Storm, das ist doch Quatsch. Das ergibt überhaupt keinen Sinn!« Ich will nicht, dass sie bezahlt. Sie soll ihr Geld behalten, ich habe mehr als genug.

»Auf keinen Fall, mein Freund. Ich habe keinen Cent in Barcelona gelassen, heute bin ich dran.«

Ihr Ton reicht, um jeden Protest zu ersticken. Außerdem sind wir da. Wir ergattern die letzten Plätze im Freien, direkt an der Straße. Auf den klapprigen Plastiktischen liegen rot-weiß karierte Tischdecken und es ist voll. Hier ist es immer voll. Die Kellner hasten zwischen den Gästen hin und her, beladen mit Blechen frischer Pizza. Der Duft lässt mir das Wasser im Mund zusammenlaufen, ich habe einen Bärenhunger.

Der große Sonnenschirm schützt uns vor der schlimmsten Hitze, Storm rückt ihren Stuhl ganz dicht an meinen und legt die Hand auf mein Bein. Ihre Finger streichen über die Naht meiner Hose, und wir beobachten die Menschen, die an uns vorbeilaufen.

»Morgen Vormittag muss ich arbeiten. Aber nur bis zwei, dann können wir uns sehen.« Storm klingt unsicher. »Wenn du Lust hast?«

Ich sehe sie an. »Das soll wohl ein Witz sein?«

Ich platziere meinen Arm auf ihrer Stuhllehne und küsse sie auf die Nase.

»Ich setze mich auf den Bürgersteig vorm Kino und futtere Popcorn, bis du Feierabend hast.« Dann fällt mir ein, dass meine Eltern morgen zurückkommen, und ich schlage mir auf die Stirn. »Ach Scheiße!«

Storm zuckt zusammen. »Was?«

»Meine Eltern kommen morgen. Ich muss erst mal zu Hause bleiben. Kurz Hallo sagen und so.«

Storm sieht enttäuscht aus. »Ach so. Na gut, dann halt übermorgen. Aber da muss ich abends arbeiten.«

Das Dinner. Ich wünschte, es wäre schon vorbei.« »Da ist dieses blöde Dinner. Also, abends, meine ich. Danach hau ich ab.«

Der Kellner kommt, verteilt Besteck und nimmt die Bestellung auf. Ich nehme eine Pizza Diavolo, Storm rattert ihren gewünschten Belag herunter. »Ich hätte gerne Anchovis, Sardellen, Brokkoli, Mais, Zwiebeln, Kapern, Pilze, Ei und Ananas.«

Die Augen der Bedienung werden immer größer.

»Wie wär's mit Gummibärchen und Lakritz? Das würde den Geschmack abrunden.« Ich grinse Storm an, sie knufft mich in die Seite.

»Du hast keine Ahnung, was gut ist, van Berg.«

»Da muss ich dir vehement widersprechen. Sonst würdest wohl kaum du neben mir sitzen.«

Storm wird ein bisschen rot.

»Ich mach dich irre, stimmt's?«, frage ich unschuldig.

»Davon träumst du vielleicht«, antwortet Storm. Sie wird ernst. »Was ist das mit dem Dinner übermorgen? Was genau wollen deine Eltern da von dir?« Sie greift zu dem Glas Hauswein, das sie sich bestellt hat, und trinkt einen Schluck, während sie mich fragend ansieht.

»Das ist einfach zu erklären. Ich muss lächeln und Hände schütteln und Small Talk machen. Zu späterer Stunde werde ich den öffentlichen Demütigungen ausgesetzt, die mein Vater so subtil über mich verbreitet, dass niemand daran Anstoß nehmen kann. Am wenigsten ich. Dann wird meine Mutter zu viel trinken, ihr Lachen wird schrill und laut, was keinen stört, weil alle betrunken sind. Am Ende werden sie sich gegenseitig versichern, wie wunderbar die Spendengala werden wird und wie schrecklich arm dran die Opfer sind, für die sie sich dieses Mal engagieren. Dann gehen alle glücklich und zufrieden nach Hause und ich verschwinde. Das war's.« Ich klatsche in die Hände und Storms Blick ist prüfend.

»Was sagt er über dich?«

»Wer?«

»Dein Vater, Floyd! Was sagt er über dich?«

»Er sagt es nicht direkt, Storm. Er streut es zwischen die Zeilen. Er lobt meine guten Leistungen beim Abitur, während er gleichzeitig betont, wie perspektivlos ich in den Tag hineinlebe und sein Geld ausgebe. Er formuliert es so, dass sein Gesprächspartner schmunzelt und mir gönnerhaft auf die Schulter klopft. Das ist kompliziert.«

»Das ist überhaupt nicht kompliziert. Das ist grausam. Und gemein.«

Es gefällt mir, wie sie, ohne zu zögern, Partei für mich ergreift. »Ich wünschte, du könntest dabei sein.« Ich seufze.

»Nicht wirklich, Floyd, glaub mir.« Sie verengt die Augen. »Ich würde ihm wahrscheinlich sagen, wo er sich seine Kommentare hinstecken kann.«

Bei der Vorstellung muss ich lachen.

»Wie lange engagiert sich deine Mutter denn schon für diese Sachen?« Storm klingt ehrlich interessiert.

Seltsam. Ich habe noch nie mit irgendjemand darüber gesprochen. Deshalb muss ich tatsächlich nachdenken.

»Ich war zehn oder so, als sie das erste Mal damit anfing. Ich glaube, sie hat eine Beschäftigung gesucht und ist dabei hängen geblieben. Macht sich ja auch gut, so ein soziales Engagement«, sage ich lapidar, und Storm sieht mich plötzlich böse an.

»Was?«, frage ich irritiert.

»Ich kann diese überhebliche Art an dir nicht ausstehen.« Sie schüttelt den Kopf.

»Das ist nicht überheblich«, protestiere ich. »Sie misst diesem Scheiß mehr Bedeutung bei als mir! Was interessieren mich die Probleme anderer? Sie sollte an *meinem* Leben teilhaben! *Mich* sollte sie fragen, wie es mir geht, und nicht irgendwelche fremden Menschen!«

Ich scheine wütend zu sein. Meine Hände umklammern die Stuhllehne, ich habe mich nach vorne gebeugt, hänge dicht vor Storms Gesicht. Storm legt ihre Hand auf mein Bein.

»Floyd. Ich wollte dich nicht verletzen«, sagt sie ruhig. »Ich habe keine Ahnung von deiner Kindheit. Vielleicht erzählst du mir irgendwann davon. Aber ich weiß, wie viel Einsatz und Kraft es erfordert, mit Menschen zu arbeiten, denen es nicht so gut geht wie dir. Das ist nicht leicht und ich bewundere deine Mutter für ihre Hingabe. Das ist alles. Es tut mir leid, wenn ich dich wütend gemacht habe.« Sie nimmt meine Hand und küsst jeden einzelnen Finger. »Wieder gut?«

Ich nicke abwesend. Hat sie recht? So habe ich das noch nie betrachtet. Ich dachte immer, meine Mutter tut das, um nicht in der Langeweile zu versinken.

»Hey! Das ist ja ein Zufall!«, reißt mich eine Stimme aus meinen grüblerischen Gedanken.

Storm und ich blicken auf. John und Peter stehen vor uns, sie halten Händchen, und Storm springt auf.

»John!«, kreischt sie und umarmt ihn stürmisch.

Ich bleibe sitzen. Unsere letzte Begegnung ist nicht an die schönste Erinnerung geknüpft, die ich habe.

»Sag mal, wo warst du denn die letzten Tage? Ich hab mir echt Sorgen gemacht! Toni ist ausgeflippt! Ich habe deine Schichten übernommen. Dafür schuldest du mir was.« Er knufft Storm liebevoll in die Wange. »Ihr seid an dem Abend im Club einfach verschwunden und ward danach nie wieder gesehen.«

Er wackelt mit dem Zeigefinger, zieht sich einen freien Stuhl an den Tisch und setzt sich wie selbstverständlich. Der Typ hat echt keinen Anstand. Peter nimmt ebenfalls Platz, ich rücke näher an Storm und lege besitzergreifend den Arm um sie. Ich spüre, wie unangenehm ihr Johns Frage ist. Sie versteift sich unter meinen Fingern und stößt ein nervöses Lachen aus.

»Das war meine Schuld. Ich wusste nicht, wohin mit meiner Kohle, und da hab ich Storm gezwungen, mit mir zu verreisen. Ich habe sie gefesselt und geknebelt und ins Flugzeug gesetzt. Reiche, verwöhnte Säcke wie ich verstehen nun mal kein Nein.«

Storm atmet leise aus und drückt mein Bein. John kann mich sowieso nicht leiden. Das ist exakt das, was er von mir hält. Soll er ruhig. Ist mir schnuppe. Hauptsache,

Storm kommt nicht in Verlegenheit. Ich sehe ihn provozierend an, lümmle mich breitbeinig auf meinen Stuhl und warte auf seine zweifelsohne herablassende Antwort. Ich werde überrascht.

»Echt? Das ist ja cool. Storm ist noch nie geflogen, stimmt doch, oder? Wo wart ihr?« Sein Ton ist erfreut, seine Augen leuchten neugierig.

»In Barcelona«, sage ich kurz angebunden. Ich traue seiner Freude nicht.

»Oh Gott, ich liebe diese Stadt!« Er fasst sich an die muskulöse Brust und schubst seinen Freund. Wie konnte mir entgehen, dass John auf Männer steht? Ich muss blind gewesen sein, es ist total offensichtlich.

»Das war echt ein netter Zug von dir, Floyd.« John sieht mich nachdenklich an und wendet sich dann an Storm. »Und? Wie war's?«

Er schnippt nach der Bedienung und bestellt sich einen Aperol Spritz. Peter bleibt bei Cola.

Storm blüht auf. Ihre Augen sprühen Funken, während sie erzählt. Sie fragt mich, ob sie von meiner Flugangst berichten darf, und ich nicke. Sie beschreibt die Geschichte so charmant und witzig, dass ich selbst lachen muss. Die Pizza kommt, wir essen und reden und lachen. John ist ein intelligenter Gesprächspartner, in seinen Augen erkenne ich, wie gern er Storm hat. Wir unterhalten uns eine Weile über das Apnoetauchen, seine Band und dass ihnen ein Sänger fehlt. Der Leadsänger ist für ein Jahr nach Australien ausgewandert, und Storm petzt mich so fest ins Knie, dass ich aufschreie. Bevor ich Luft holen kann, liegt mein Talent auf dem Tisch, und John ist überzeugt, ich sei Jimi Hendrix und Chris Martin in einer Person.

»Sie übertreibt maßlos!« Ich winke ab.

»Tue ich nicht, Floyd! Du hast nur Schiss!« Storm sieht John beschwörend an. Peter mischt sich ein, wir diskutieren über verschiedene Bands und Songs und John bietet mir einen Probe-Gig an.

»Du kannst es dir ja überlegen. Wir suchen wirklich dringend jemanden.«

Ich bedanke mich, und er besteht darauf, dass wir Nummern austauschen. Der Nachmittag geht vorüber, und ich stelle verblüfft fest, dass ich Spaß habe. Ich muss meine Meinung über John revidieren. Er ist offen und herzlich und er mag Storm. Schon allein deshalb ist er mir sympathisch. Ich bin überrascht, wie schnell die Zeit vergeht und wie wohl ich mich fühle. Es ist entspannt und interessant und lustig.

Eine ganz neue Erfahrung für mich.

Kapitel 29

Wir beschließen weiterzuziehen. John will in eine kleine Kneipe, in der eine befreundete Band spielt, und Storm sieht mich bittend an. Muss sie gar nicht. Ich kann ihr sowieso keinen Wunsch abschlagen. Außerdem habe ich auch Lust. Die Rechnung kommt und ich greife automatisch in meine Hosentasche. Storm fasst mein Handgelenk und schüttelt den Kopf.

Ich beuge mich zu ihr. »Storm. Lass das doch.«

»Floyd. Lass das doch«, wiederholt sie meine Worte und küsst mich auf die Wange. Ich seufze und Storm bezahlt.

Schwatzend und witzelnd verlassen wir das Lokal. Wir müssen ein kleines Stück laufen. Peter hakt sich bei Storm unter, und ich höre, wie sie sich kichernd und gackernd gegenseitig Männerwitze an den Kopf werfen. John lässt sich zurückfallen, wir schlendern nebeneinanderher. Er ist eine Weile still, dann dreht er den Kopf.

»Ich war am nächsten Tag bei Storm zu Hause.«

Er verstummt, ich sage nichts.

»Ihr Vater war sterngranatenvoll. Er hat geheult und erzählt, Storm sei im Krankenhaus.«

Ich sage immer noch nichts, verschränke die Arme hinter dem Rücken.

»Er faselte was von Schlaftabletten. Und dass sie versucht hat ...« John schluckt.

Ich hefte meinen Blick auf Storms Rücken. Sie krümmt sich vor Lachen an Peters Seite, ihre glockenhelle Stimme erfüllt die ganze Straße.

»Er hat gesagt, du hast sie gefunden und den Notarzt gerufen.«

Ich hole scharf Luft und verdränge die Bilder.

»Floyd.« Er bleibt stehen und hält mich am Arm. Ich blicke weiterhin stur zu Storm, Johns Griff wird fester. »Sie hat das schon mal versucht. Vor zwei Jahren. Es ist nicht das erste Mal.«

Jetzt sehe ich John doch an.

»Es waren nur Aspirin. Völlig ungeeignet, um sich ernsthaft etwas anzutun. Aber genug, um zu verstehen, wie es ihr geht.« Seine Augen bohren sich in meine. »Wenn du es nicht ernst mit ihr meinst, wenn sie für dich nur ein Zeitvertreib ist, mach ich dich kalt. Klar?«

Ich schüttle ihn ab. »Das geht dich einen Scheiß an, John.«

Er will aufbrausen und mich zur Schnecke machen. Ich hebe die Hand und ersticke seine Tirade im Keim.

»Ich weiß, was du von mir hältst, ich bin nicht blöd. Und ich kann dich gut verstehen. Nach der Geschichte mit Elli würde ich mir auch kein Wort mehr glauben.«

Johns Gesicht entspannt sich.

»Ich hab Storm gefunden, das stimmt. Und es war das Beschissenste, was ich je erlebt habe.« Ich vergesse, wo wir sind, die Geräusche und die Gegend rücken in den Hintergrund. »Ich dachte, sie ist tot. Verstehst du? Tot! Ich hab sie geschüttelt und ihren Puls gesucht, und als sie dann geatmet hat, das war ...« Meine Hand schnellt vor und ich kralle meine Finger in seinen Oberarm. »Du hast keine Ahnung, wie das ist. Absolut keine! Du kannst dir deine dämlichen Sprüche sparen. Ich weiß, wie es ist, Storm zu verlieren. Das will ich nie wieder erleben. *Das* macht mich nämlich kalt. Klar?«

John fängt an zu grinsen. Erst zögerlich, dann immer breiter. Er haut mir mit voller Wucht auf die Schulter, mein ganzer Arm vibriert unter seinem Schlag.

»Das wollte ich hören, mein Freund!«

Ich kehre langsam zurück, die Umgebung wird wieder schärfer, Storms Geplapper dringt an mein Ohr.

»Und du täuschst dich, Floyd. Ich halte dich nicht für einen Idioten. Dafür ist Storm viel zu intelligent. Sie würde ihre Zeit nicht an jemanden verschwenden, der es nicht wert ist. Du bist ein feiner Kerl.« Seine Pranken landen abermals auf meinem Rücken, Peter dreht sich zu uns um und pfeift.

»Muss ich mir Sorgen machen, John? Immerhin sieht er aus wie Bradley Cooper!«

Storm läuft zu uns zurück und springt am mir hoch. Sie hängt an mir wie ein Äffchen und lächelt glücklich.

»Ich teile nicht, John. Sieh zu, dass du Land gewinnst.«

»Uh-huu. Bin schon weg.«

Ich schiebe die Hände unter ihren Hintern und Storm küsst mich. »Alles klar?«, fragt sie, und ich nicke.

»Alles klar.«

»Gut.«

Sie hüpft von mir herunter und wir sind da. Vor der Kneipe stehen Leute und rauchen, aus dem Innern wummert Rockmusik. John reißt die Tür auf und begrüßt sofort ein paar Bekannte. Storm zieht mich an einen Tisch und Peter holt Bier. Die Band ist gut, die kratzige Stimme des Sängers passt zur Location. Überall stehen Menschen und unterhalten sich, was mir seltsamerweise überhaupt nichts ausmacht. Die Einrichtung ist abgehalftert, einfach und zweckmäßig. Im hinteren Bereich sind Tische und Stühle zur Seite gerückt für eine provisorische Bühne und eine Handvoll kreischender Fans drängelt sich in dem engen Bereich vor der Band.

John stößt zu uns und zeigt auf den Sänger. »Elli steht auf ihn«, sagt er über den Lärm hinweg zu Storm und wackelt mit den Brauen.

Und bei der Erwähnung ihres Namens sehe ich sie. Elli kommt zur Tür herein, im Schlepptau Mina und Ben. Ich erstarre, Storm winkt den Mädels und schubst mich.

»Sieh mal, da ist Ben.«

Ja. Ben. Na prima!

Mina hat ihn verhext. Er hasst solche Lokale. Früher hätte er keinen Fuß in diese Kneipe gesetzt. Was mich daran erinnert, dass ich mich hier schleunigst verdrücken sollte.

»Storm.«

Sie hört mich nicht, schiebt sich an mir vorbei und umarmt Elli und Mina. Ich fasse sie an der Hand und ziehe sie zu mir herunter.

»Storm, lass uns gehen.« Ich nicke zur Tür.
Sie legt mir die Hand an die Wange. »Floyd. Ist schon okay. Ich bin nicht sauer. Das mit Elli ist gelaufen, wie es gelaufen ist. Ist Vergangenheit. Immerhin war ich nicht sehr nett zu dir.« Sie küsst mich schnell auf den Mund. »Und wegen Elli, sie ist wirklich anständig. Und falls nicht, ich beschütze dich, wenn sie dich fressen will, okay?«

Storm ist so ahnungslos, dass es wehtut. Hinter ihrer Schulter fange ich Bens Blick auf. Er glotzt mich an, als hätte ich Federn auf dem Kopf, mein Mund wird trocken. Wenn Storm erfährt, was ich ihm erzählt habe, bin ich geliefert. Einen schlimmeren Vertrauensbruch gibt es wohl kaum. Storm hat sich schon wieder weggedreht und quatscht mit Mina. Ben drückt sich an den beiden vorbei und quetscht sich neben mich. Ich umklammere mein Bier und hoffe auf einen Einsatz des SEK, das die Kneipe räumt, weil sich ein entlaufener Schwerverbrecher auf der Toilette versteckt.

Natürlich geschieht nichts dergleichen.

»Hey«, sagt Ben.

»Hey«, antworte ich.

»Wie geht's?«

»Gut.«

»Hast du meine Nachrichten bekommen?« Seine Stimme klingt mindestens so angespannt, wie ich mich fühle, und ich schöpfe ein winziges bisschen Hoffnung, dass uns der Laden hier nicht gleich um die Ohren fliegt.

»Mhm.«

»Wo warst du? Frau Hauser meinte, du bist verreist.«

Ich drehe den Kopf. Ben sieht mich an, als wäre nie etwas passiert.

»Ich war weg. Was dagegen?« Ich kann nicht vergessen, wie er über Storm geredet hat. Dafür gibt es keine Entschuldigung.

Ben ist sofort angepisst. Er schnaubt. »Entschuldige mal. Du hast mein Handy kaputt gemacht!«

»Du hast mir die Nase gebrochen.«

Na gut. Nicht gebrochen, aber es war verdammt schmerzhaft.

»Komm schon, Floyd. Diese Schlampe ist es doch nicht wert, oder? Ich meine, immerhin war ich vorher da. Ich bin dein ältester Freund und sie«, sein Blick gleitet zu Storm, »hat 'ne komplette Schraube locker! Die ist irre. Gehört in die Klapse, die Alte.« Er schüttelt ungläubig den Kopf.

Okay.

Das war's.

Jeder Funken Sympathie, der eventuell noch für Ben übrig war, macht sich so schnell aus dem Staub wie Speedy Gonzales.

»Fick dich, Ben. Du bist echt das Allerletzte. Am besten, du verpisst dich.«

Ich will aufstehen, als Storm auf meinen Schoß klettert. Sie steigt einfach mit ihren Stiefeln über den Tisch, nimmt ihr Bier und prostet Ben zu.

»Schwer verliebt, was?«, fragt sie freundlich.

Ben verzieht angewidert das Gesicht. »Was geht's dich an?«

Ich presse den Kiefer aufeinander, Storm zuckt nur mit den Schultern.

»Stimmt. Nichts.« Sie trinkt und schreit auf. »Oh fuck! Ich liebe diesen Song!« Der Gitarrist schlägt die ersten Töne von Guess Whos »American Woman« an und Storm schnappt sich meine Hand. »Wir gehen tanzen.«

Ich sehe gerade noch Bens hämisches Grinsen, dann schleift sie mich zur Bühne. Sie legt die Arme um meinen Nacken, presst die kühle Flasche Bier an meinen Hals.

»Du bist das Schärfste, was ich je gesehen habe, van Berg«, flüstert sie und fängt an zu tanzen. Ihre Hüften kreisen an meinem Becken, ihre Hände fahren über meine Brust. Ich stehe vor ihr, steif wie ein Brett, sie schlängelt sich an meinem Körper auf und ab und leckt sich die Lippen.

Meine Gedanken hängen immer noch bei Bens Worten.

Dieser Penner!

Aus dem Augenwinkel sehe ich, wie er aufsteht und zu uns rüberkommt.

Storm wirft den Kopf zurück, reckt mir ihren bloßen Hals entgegen.

Ben schiebt sich durch die Menge.

Storms Bewegungen werden immer sinnlicher, sie winkelt ihr Bein an und schlingt es um meinen Oberschenkel. Ihr Rock rutscht hoch. Ihre Brüste reiben an meinem Shirt, ihr Daumen streicht über meine Lippen. Sie ist so verflucht sexy und ich habe nur Augen für Ben. Er ist nur noch zwei Schritte von uns entfernt.

»Küss mich, Floyd«, sagt Storm.

Ihr Gesicht ist ganz nah an meinem, ihr Mund leicht geöffnet. Sie schließt die Augen, mein Blick schnellt zu Ben.

Er steht direkt neben uns, Storms Lippen landen in der Sekunde auf meinen, als er ihr ins Ohr flüstert.

»Brauchst du was, Süße? Koks? Speed? Pillen?«

Storm öffnet irritiert die Augen. »Hau ab, Ben! Du stinkst.«

Ben fletscht die Zähne. »Oder vielleicht Schlaftabletten?«

Wieso ist mir das nie aufgefallen? Diese Überheblichkeit. Diese Boshaftigkeit.

Ich weiß, warum. Weil wir ein Team waren. Weil ich mitgelacht habe. Ich habe mir auf die Schenkel geklopft, mich königlich amüsiert und das Mädchen eine dreckige Schlampe genannt.

Storms Gesichtszüge entgleisen vor meinen Augen wie in Zeitlupe. Ihr Ausdruck verändert sich von verwirrt zu fassungslos, bis sie mich reglos anstarrt.

»Ich meine ja nur. Falls es das letzte Mal nicht gereicht hat«, schiebt Ben hinterher.

Storm dreht sich ganz langsam zu ihm, ihr Blick ist so kalt wie Eis. »Das muss wirklich schlimm sein, Ben. Floyd hat mir erzählt, was los ist. Dass dein Penis so klein ist, dass er ausgefahren ohne Probleme in den Hals einer Wasserflasche passt. Und dass dich die Frauen deswegen immer fragen müssen, ob er schon drinsteckt.«

Sie legt ihre Hand auf Bens Hose, streicht über den Reißverschluss seiner Jeans.

»Uups. Es stimmt! Ich wollte ihm ja nicht glauben.« Ihre Finger öffnen seine Hose. Ben ist zu überrascht, um zu reagieren, ich beobachte die Szene wie ein Kaninchen vor der Schlange. »Aber da ist ja wirklich nichts!«

Sie fummelt an seiner Unterhose herum, hebt dann die Hand an die Nase und schnüffelt. »Ich wusste doch, dass es hier stinkt.«

Storm legt mir die Hand auf die Brust.

»Gehen wir ficken, Schatz?« Sie küsst mich auf den Mund, spitz und ungelenk und hart. »Ich warte draußen auf dich.«

Sie schlägt Ben zur Verabschiedung mit der flachen Hand auf den Arsch und taucht in der Menge unter.

»Du Bastard!«

Ich bin so wütend, dass ich zuschlage. Ich ballere Ben die Faust ins Gesicht, er knallt der Länge nach hin.

»Du mieser Bastard!«, schreie ich über ihm.

Mit einem Satz ist John bei uns und hält mich davon ab, Ben mit voller Wucht in die Rippen zu treten. Er packt mich und zerrt mich Richtung Ausgang. Ich werfe den Kopf zurück und zeige mit dem Finger auf Ben.

»Wenn du sie noch einmal ansprichst, Ben! Einmal noch und ich lade dich eigenhändig vor der Notaufnahme ab! Da können sie dir dann dein Gesicht wieder zusammenflicken, du dreckiger Wichser!«, schreie ich durch die ganze Kneipe. Die Leute rücken von mir ab, ich zapple unter Johns Griff wie ein wild gewordener Stier. Ben zeigt mir den Mittelfinger und hält sich die Nase. John schleudert mich grob aus der Tür.

»Hau ab, Floyd! Geh und sieh nach Storm! Ich warne dich! Wenn du das versaust …!« Er schubst mich unsanft die Stufen hinunter, ich stolpere.

»Passt schon, John. Ich bin okay.«

Storm hockt auf der Treppe und raucht. Sie ist blass und ihre Hand zittert. Sie sieht zu mir hoch.

»Hauen wir ab?«, fragt sie leise, steht auf und läuft los.

Ich folge ihr und fange an zu faseln. »Storm, das war echt scheiße von mir. Ich war an dem Abend so fertig, ich dachte, Ben ist mein Freund und ...«

Storm wirbelt zu mir herum. »Halt die Klappe, Floyd! Ich will es nicht wissen, okay? Ben ist ein Arsch. Keine Ahnung, was Mina an ihm findet. Ach, ist auch egal.«

Sie winkt ab. Ich stehe vor ihr und mein Kopf ist wie leer gefegt. Die Angst hat mich eisern im Griff, ich bekomme keinen Ton heraus.

Storm hebt den Kopf und das Licht in ihren Augen ist erloschen.

»Ich habe getan, was ich getan habe, Floyd. Dafür kann ich niemanden verantwortlich machen. Wenn er das witzig findet, hoffe ich nur, dass er das nie erleben muss.« Sie dreht sich weg. »Können wir jetzt bitte gehen?«

Ich kann sehen, wie sie ihre Mauer hochzieht. Jeden einzelnen Stein. Ich lege ihr die Hand auf den Rücken.

»Storm, tu das nicht. Bitte.«

Sie bleibt stehen, ihre Schultern fallen nach vorne. Ich trete näher an sie heran, Storm rührt sich nicht. Ich umfasse sie von hinten, kreuze die Arme vor ihrer Brust.

»Ich war dumm. So dumm, bevor ich dich getroffen habe. Es tut mir leid.« Ich lege mein Kinn auf ihren Kopf. »Ich habe dich überhaupt nicht verdient. Mit nichts, was ich bis jetzt geleistet habe.«

»Ist schon gut, Floyd. Hab ich doch schon gesagt.« Ihre Finger verschränken sich mit meinen.

»Nein! Du verstehst mich nicht. Ich war wie er, Storm. Rücksichtslos und grausam und ein mieser Bastard. Genau wie Ben.«

»Aber das bist du nicht mehr?« Ihre Stimme ist ganz leise, es klingt wie eine Frage.

»Nein. Das bin ich nicht mehr. Und das warst du, Storm. Siehst du nicht, was du mit mir machst? Du bist ein verdammter Engel.«

»Mit einem Engel darf man nicht fluchen, van Berg.«
»Ich schon. Ich bin Atheist.« Ich drehe Storm zu mir um, nehme ihr Gesicht in meine Hände. »Mach nicht zu, Storm. Schlag mich! Schrei mich an! Beschimpf mich, wenn du willst. Aber schließ mich nicht aus. Das ertrage ich nicht.« Ich lege meine Stirn an ihre.

Storm seufzt. »Du machst es mir aber auch nicht leicht. Immer wenn ich denke, alles ist prima, hackst du es in kleine Stücke, Floyd.«

»Ich weiß. Ich gebe mein Bestes. Ich muss lernen, wie man ein guter Mensch wird. Sei nachsichtig mit mir. Bitte.«

Storm lächelt ein winziges bisschen.

»Darf ich fahren?« Sie legt den Kopf schief, ich gebe ihr die Schlüssel.

»Er gehört dir. Er mag es sanft und leidenschaftlich. Kannst du das?«

»Du hast ja keine Ahnung.«

Sie grinst und nimmt mich bei der Hand.

»Ich hatte mal einen Babysitterjob. Bei einer Familie mit fünf Kindern. Die Mutter musste arbeiten und ich habe die Bälger den ganzen Tag nach der Schule gehütet.« Sie klimpert mit dem Schlüssel. »Glaub mir, Floyd. Die waren anständiger als du. Der Job war einfacher als ein Tag mit dir. Da wusste ich wenigstens, was auf mich zukommt.«

Wir sind am Wagen. Storm schließt auf. Ich sehe sie an.

»Wow! Das war knapp. John hätte mich in tausend Stücke zerlegt, wenn ich das verkackt hätte.«

Ich wische mir über die Stirn, Storm zeigt mir den tätowierten Mittelfinger. »Der Tag ist noch nicht vorbei, Floydyboy.« Sie steigt ein.
Ich blicke kurz an mir herunter, ob ich mich vor Erleichterung angepisst habe. Meine Hose ist trocken.

Das war haarscharf, Floyd!

Ich knalle die Autotür zu. Und Storm gibt Gas.

Kapitel 30

Sie fährt zum See. Unterwegs hält sie an einer Tankstelle und kauft einen Pack Kerzen und eine Flasche Wein.

»Ich will nicht nach Hause. Du?«

Ich zeige ihr wortlos einen Vogel und mustere ihr Profil. Auch wenn wir an der Katastrophe vorbeigeschlittert sind, sieht sie traurig aus. Ich muss das dringend wieder reparieren. Ihre Augen sollen wieder leuchten.

Ich nehme eine Jacke vom Rücksitz und mit der Flasche Wein und den Kerzen laufen wir zum Steg hinunter. Es ist stockdunkel, ich knipse die Taschenlampe meines Handys an. Unten angekommen, lege ich die Jacke auf das Holz, und Storm lässt sich im Schneidersitz nieder. Es ist still und warm und so verdammt romantisch, dass es schon albern ist. Das Wasser plätschert leise an die Holzbohlen, Storm zündet die Kerzen an und schraubt den Wein auf. Sie trinkt einen Schluck und blickt auf den See. Die Bäume rauschen im Wind und ein Käuzchen schreit.

»Früher wäre ich ausgeflippt. Ich hätte dich angeschrien und dich zum Teufel geschickt. Und mir dann zu Hause die Augen aus dem Kopf geheult.« Sie dreht den Kopf, der Kerzenschein macht ihr Gesicht noch schöner, als es sowieso schon ist. »Das macht doch gar keinen Sinn Floyd, oder?«

Ich schüttle langsam den Kopf, warte ab.

»Er ist der Arsch, nicht ich.« Sie nippt an dem Wein. »Es ist verrückt. Ausgerechnet du gibst mir das Gefühl, dass ich was wert bin. Du, Floyd!« Sie kichert. »Du hast so viel Geld, dass du es gar nicht ausgeben kannst. Du musst doch wissen, was wertvoll ist, oder? Wenn nicht du, wer dann?«

Sie sieht mich ängstlich an. Ich nehme ihr die Flasche aus der Hand und beuge mich zu ihr.

»Ich liebe dich, Storm. Du zeigst mir, dass ich da bin.«

Sanft umfasse ich ihren Nacken und küsse sie. Ich drücke meine Lippen auf ihren Mund, erst vorsichtig und behutsam, dann bestimmter. Meine Finger spielen mit ihrem Haar, ich öffne die Lippen und fahre mit der Zunge über ihren vollen Mund. Wir gleiten nach hinten, und ich stütze mich auf die Ellenbogen, um mein Gewicht abzufangen. Storms Hände schieben sich unter mein Shirt, streichen über meinen Rücken. Sie stöhnt und der Ton macht mich wahnsinnig. Storm nestelt mir ungeduldig das T-Shirt über den Kopf, setzt sich auf und zieht ihr Top aus. Sie trägt keinen BH.

Das ist es jetzt.

Wir werden Sex haben. Storm und ich. Ich schlucke. Ich will nichts mehr als das und bin so verflucht nervös, dass ich vergesse, was ich tun soll. Wie ein blutiger Anfänger starre ich auf ihre weiche Haut, auf ihre kleinen Brüste und in ihr verletzliches Gesicht.

Ihr Atem geht schnell und hektisch, sie sieht mich fragend an. »Was ist? Willst du nicht?«

Floyd, in Gottes Namen! Bist du völlig bescheuert? Sag was, du Idiot!

»Doch, Storm. Doch«, krächze ich und ziehe sie an mich. Ich lasse mich zurückfallen und Storm kommt auf mir zum Liegen. »Klar will ich.«

Ich finde meine Fassung wieder und schalte meinen Kopf aus. Storm winkelt die Beine an, küsst meinen Hals und meine Brust. Meine Hände übernehmen die Führung, ich lasse mich treiben. Ich streiche über ihren Rücken, über die zarte Rundung ihrer Brüste, die sich an meine Rippen drücken. Ich hebe mein Becken und stöhne. Sie macht mich verrückt. Noch nie habe ich eine Frau so begehrt. Ich schiebe ihren Rock nach oben, lege die Hände auf ihren Po. Meine Zunge leckt über ihren Hals, mein Puls schnellt nach oben. Wir küssen uns wie irre, Storm rutscht auf mir herum und atmet heiß und abgehackt in meinen Mund. Sie flüstert meinen Namen an meinem Ohr, immer und immer wieder. Und ich verliere den Verstand.

Ich weiß nicht, mit wie vielen Frauen ich schon geschlafen habe, ich habe aufgehört zu zählen. Noch nie hatte ich dabei das Gefühl, dass mein Körper aus flüssigem Wachs besteht, alle meinen Zellen verbrennen und meine Fingerspitzen vor Erregung taub werden. Meine Hände wollen überall gleichzeitig sein, in ihrem Haar, auf ihren Brüsten und unter ihrem Rock.

»Oh Gott, verflucht, ich liebe dich«, stoße ich an ihrem Mund hervor und schiebe meine Finger in ihre Unterhose.

Ich kann mir keine Zeit lassen. Ich will alles, und zwar sofort. Sonst explodiere ich in Millionen Teile. Ich fummle ungeduldig an ihrem Rock, Storm an meiner Hose.

»Warte«, sage ich heiser, und Storm rückt zur Seite. Ich öffne mit zitternden Fingern die Knöpfe und will mir die Hose ausziehen, als Storm aufspringt.

»Ich kann das nicht, Floyd.«

Sie steht schwer atmend über mir, ich hebe den Kopf. Meine Erektion drückt schmerzhaft gegen meine enge Jeans.

»Was?« Ich bin völlig desorientiert. Vor meinen Augen blitzt es, ich habe eindeutig zu wenig Blut im Gehirn.

»Es geht nicht.« Storm lässt die Arme an den Seiten herabhängen, ihre erhitzten Wangen leuchten im Kerzenlicht. Der Rock hängt ihr in der Taille, auf ihrer Haut glänzt feiner Schweiß.

Ich falle nach hinten, lege mir den Arm übers Gesicht. Ich muss erst mal zu mir kommen, befinde mich irgendwo im endlosen All, Lichtjahre entfernt von der Realität. Mit zusammengekniffenen Lidern vertreibe ich die grellen Sterne, die meine Sicht trüben.

»Tut mir leid. Ich weiß nicht, was mit mir los ist.«

Storms Stimme dringt in mein Bewusstsein. Die Geräusche kehren langsam zurück, der Wind streicht über meine verschwitzte Haut.

»Okay. Kein Problem. Kein Problem, Storm«, sage ich und hole tief Luft, einmal und dann noch einmal. Ich nehme den Arm weg und öffne die Augen. »Ist meine Schuld. Ich bin ...« Ich reibe mir über das Gesicht, stoße abermals die Luft aus. »Du machst mich verrückt! Ich bin verrückt nach dir!«, sage ich, werfe die Hände in die Luft und grinse.

Storm grinst nicht.

In ihren Augen schwimmen Tränen, sie sieht so verloren aus, dass meine Erregung verpufft wie ein schlechter Witz.

»Hey!« Ich greife nach ihrer Hand und ziehe sie zu mir herunter.

Storm lässt es widerstandslos geschehen. Ich greife nach ihrem Top und lege es ihr um die Schultern. Sie schlüpft wortlos hinein und sitzt vor mir wie ein Häufchen Elend.

»Hey. Storm.« Ich hebe ihr Gesicht an, suche ihren Blick. »Ich bin ein großer Junge. Ich sterbe nicht dran. Okay?«

Kurz hatte ich dieses Gefühl, was ich ihr aber in keinem Fall sagen werde. Sie schlingt die Arme so stürmisch um mich, dass wir umfallen.

»Ich will es ja auch, Floyd. Ganz bestimmt. Ich weiß nicht, was das eben war«, flüstert sie an meinem Ohr. »Irgendwie hat es klick gemacht und ...«

Sie beendet den Satz nicht, lässt mich ratlos zurück. Ich streiche ihr übers Haar. Sie riecht nach ihrem ganz eigenen Geruch, nach Schweiß und Sex und ganz schwach nach Zitrone. Irgendwo habe ich mal gelesen, dass der Geruch innerhalb von Sekunden entscheidet, ob man jemanden mag oder nicht. Storm jedenfalls hat den besten Geruch, den ich kenne. Ich brauche nichts anderes. Mein Herzschlag beruhigt sich unter ihrem, sie küsst mich auf den Hals und rollt sich von mir herunter. Ich beuge mich über sie und streiche ihr sanft über die Nasenspitze.

»Dann eben ein anders Mal. Wir haben ja Zeit«, sage ich und hebe die Hand, blicke auf die Uhr. »So in fünf Minuten vielleicht?« Ich grinse und Storm boxt mich leicht auf den Rücken.

»Tut mir echt leid, Floyd«, sagt sie ernst.

»Das muss es nicht, Storm. Ehrlich gesagt ist es eine ganz neue Erfahrung, nicht immer alles zu bekommen, was ich will. Das macht es interessant.« Ich spitze die Lippen und verenge die Augen. »Du bist nicht wie die anderen. Hab ich ja gewusst. Männer sind Jäger und Sammler. Jetzt muss ich eben jagen.«

Ich fange an, sie zu kitzeln, pikse ihr mit dem Finger in die Rippen, und Storm windet sich kreischend unter mir. Ich biege ihre Arme über ihren Kopf und bringe mein Gesicht ganz nah an ihres.

»Ich werde dir Hunderte Lieder widmen und singen, bis du dir die Ohren zuhältst. Und dir so viele Süßigkeiten und Eis kaufen, wie du willst. Du kannst den Porsche fahren, wann immer du möchtest. Ich trage dich huckepack durch die ganze Stadt. Bis du mich anflehst, mit dir ins Bett zu gehen. Du wirst betteln und flehen und ich werde dir jeden Wunsch von den Augen ablesen.«

Storm hat aufgehört zu lachen, sieht mich fasziniert an.

»Und dann wirst auch du verstehen, wie viel du mir bedeutest. Du hast mir das Leben gerettet, Storm. Jeden verdammten Tag, seit ich dich kenne.« Ich neige den Kopf und küsse sie auf die Augen, die Stirn und den Mund.

Sie schnaubt. »Gott, van Berg! Aus welcher Trickkiste stammt das denn? ›Sie steht auf mich, aber ich komme nicht zum Stich‹? Oder: ›Sie weiß nicht, was für ein geiler Typ ich bin, und ich muss es ihr unbedingt erklären‹?« Storm grinst mich an, ihre Stimme klingt gelöst.

»Das, meine Liebe, ist aus einer Trickkiste, die ich bis jetzt noch nie gebraucht habe.« Ich lasse sie zappeln, Storm zupft ungeduldig an meinen Haaren.

»Jetzt sag schon! Was steht drauf?«

»›Nur im Notfall zu öffnen. Vorsicht! Verletzungsgefahr, van Berg!‹ Das steht da drauf, Frau Tanz.«

Storm hört auf zu grinsen, ihre Finger fahren über meine Brauen. »Wow. Das klingt gefährlich.«

Sie küsst mich. Ich küsse sie. Wir lachen und albern und trinken. Mein Handy dudelt leise eine Playlist herunter, und Storm darf sich Songs wünschen, mit Texten, die ihr etwas bedeuten. Sie wählt eine ganze Palette trauriger und wehmütiger Lieder, bis ich sie stoppe.

»Hast du nicht auch was Witziges auf Lager? Meinetwegen ein Kinderlied?«

Storm zuckt die Schultern. »Das ist mein Leben, Floyd.«

»Jetzt nicht mehr. Ich zeige dir mal, was jetzt dein Leben ist.«

Ich spiele ihr geschätzte vierzig Mal »Zünde alle Feuer« von Philipp Poisel vor, weil ich ihr klarmachen will, dass sie meine Feuer zündet.

Irgendwann winselt Storm um Gnade. »Es reicht, van Berg! Mach den Song aus! Das ist ja die reinste Folter!«

Sie stöhnt, während ich ihr den Text ins Ohr schmettere und sie an den Schultern packe.

»Hör zu, Storm! Das ist es, was ich für dich empfinde! Das ist wichtig, du Kulturbanause!«

Sie lacht, und wir beschließen, schwimmen zu gehen. Ich kicke mir die Hose von den Füßen und wir springen mit Anlauf vom Steg ins Wasser. Es ist dunkel und unheimlich und Storm klammert sich an mich.

»Das ist echt gruselig. Man könnte glatt glauben, dass ein Ungeheuer auftaucht und uns unter Wasser zieht.«

Ich fuchtle mit den Armen, grapsche nach ihrem Bein und rolle grauenerregend mit den Augen.

»Hör auf.« Storm kichert und drückt meinen Kopf unter Wasser.

Ich tauche unter ihr weg und schwimme ein Stück auf den See hinaus. Wieder über Wasser, höre ich sie leise rufen.

»Floyd! Das ist nicht witzig!« Sie dreht sich suchend um, findet mich in der Dunkelheit nicht. Ihre Hand klatscht aufs Wasser. »Floyd! Ich weiß, dass du da bist! Jetzt hör schon auf damit, das ist albern!«

Ich weiß, dass ich mich kindisch benehme, trotzdem muss ich grinsen.

»Komm schon, Floyd. Bitte.« Sie klingt ängstlich und ein wenig wütend und ich schwimme zurück.

Ich tauche hinter ihr auf und puste Storm sanft ins Ohr. Sie schreit auf, wirbelt herum und hält sich an mir fest.

»Ich sagte ja, du wirst mich anflehen«, flüstere ich, und Storm beißt mich in die Schulter.

»Du Arsch. Das war weit entfernt von Anflehen, van Berg. Außerdem hatten wir das Thema doch schon geklärt, wenn ich mich recht entsinne.« Sie imitiert meinen dämlichen Gesichtsausdruck in der Gasse in Barcelona.

Ich muss lachen. »Die zwei waren kurz davor, mich zu Hackfleisch zu verarbeiten. Ich musste fliehen.«

Storm zittert in meinen Armen, ihre Zähne klappern leise.

»Lass uns rausgehen. Du frierst.«

Ich schwimme mit ihr auf dem Rücken zum Ufer und wir legen uns der Länge nach auf den Steg. Ich bedecke Storm mit meinem T-Shirt und sie rollt sich an meiner Brust zusammen.

»Ich muss nach Hause, Floyd. In ein paar Stunden muss ich arbeiten.« Sie gähnt.

»Mhm.« Ich will mich nicht von ihr trennen. Keine Minute mehr. Ich will sie nicht zu ihrem Vater bringen. Ich will sie überhaupt nirgendwohin bringen, sie soll bei mir bleiben.

»Ich muss schlafen. Sonst schnarche ich morgen während meiner Schicht und Toni schmeißt mich doch raus.« Sie klingt müde.

Ich ziehe sie noch näher an mich, würde am liebsten in sie hineinkriechen. »Mhm«, brumme ich noch einmal und küsse sie auf den Kopf.

Storm macht sich von mir los und steht auf, ich seufze laut und theatralisch.

Sie reckt mir die Hand hin. »Du liebe Zeit! Du solltest Schauspieler werden!«

Schwerfällig stehe ich auf, verspüre nicht die geringste Müdigkeit. »Ich bringe dich jetzt nach Hause, und sobald ich meine Eltern gebührend begrüßt habe, komme ich dich abholen.«

»Ist das eine Drohung, Floyd?« Storm reißt die Augen auf.

»Jep!«

Wir stapfen zum Wagen zurück, die Sonne geht langsam auf. Storm schläft im Auto ein. Sie küsst mich zum Abschied, ich sehe ihr durch die Windschutzscheibe nach und hatte noch nie weniger Lust, den Motor des Porsche anzuwerfen.

* * *

Ich zwinge mich, ein paar Stunden zu schlafen, aber ich bin viel zu aufgedreht, um wirklich Ruhe zu finden. Storms Lippen schweben vor meinem Gesicht, ich schmecke die herbe Süße ihrer Haut. Spüre ihre Hände auf mir und die irrsinnige Erregung, die mich erfasst hat.

Im Nachhinein ist es mir unbegreiflich, wie ich aufhören konnte. Was hat sie so verschreckt? War ich zu schnell? Oder war es etwas anderes? Hängt es mit der Nacht der Party zusammen? Damit, dass ihr jemand etwas angetan hat? Oder ich? Hat sich Storm erinnert, weil ich ...? Ich will nicht, dass sich der Gedanke in meinem Gehirn festsetzt.

Er tut es doch.

Ich wälze mich von einer Seite auf die andere, presse mir das Kissen vors Gesicht und brülle. Sie hat gesagt, sie weiß ganz sicher, dass ich nichts damit zu tun habe. Ich fühle nur sie, wenn ich mit ihr zusammen bin. Da regt sich nichts. Nicht der kleinste Gedankenblitz. Nicht die leiseste Erinnerung.

Ich döse ein und wache auf und es ist heiß und klebrig. Irgendwann gebe ich auf und hole mir einen Kaffee.

Unten ist es ruhig, Frau Hauser ist nicht da. Sie hat alles für die Rückkehr meiner Eltern vorbereitet. Der Kühlschrank ist gefüllt, die Betten frisch bezogen und das Haus glänzt und blitzt. Auf dem Tisch stehen frische Lilien, die Lieblingsblumen meiner Mutter. Ich hasse diese Dinger. Ihr Geruch verursacht mir Kopfschmerzen. Ich nehme den Kaffee mit nach oben und packe meine Gitarre aus. Im Schneidersitz setze ich mich aufs Bett, streiche über den Korpus und erinnere mich an den Tag, an dem ich sie entdeckte.

Ich habe sie kurz vor dem Desaster mit meinem Vater in einem klitzekleinen Laden in der Stadt gekauft. Der Besitzer war ein verschrobener Typ, der mich beäugte, als vermutete er, ich würde ihn gleich beklauen. Ich stand vor der Gitarre und musste förmlich darum betteln, dass er sie mir von der Halterung an der Wand herunterholte.

»Wenn du sie kaputt machst, musst du sie bezahlen, Bursche«, sagte er, und sein Widerwillen stand ihm ins Gesicht geschrieben.

Bis ich die ersten Töne anschlug. Seine Augen fingen an zu leuchten und sein Grinsen wurde immer breiter. Am Ende saßen wir zwei volle Stunden im seinem Laden und fachsimpelten über den Klang und die Vorzüge verschiedener Gitarren. Ich spielte und er redete und schließlich verkaufte er mir das Instrument.

»Pass gut auf sie auf, Junge«, sagte er zum Abschied.

Ein halbes Jahr später hing ein »Geschlossen«-Schild an der Tür. Jetzt ist da ein Handy-Shop.

Ich puste vorsichtig den Staub von den Saiten und stimme nach Gehör. Die Rundung schmiegt sich an meinen Oberschenkel, der Hals liegt locker in meiner Hand. Sie passt perfekt zu mir. Wie Storm.

Und so spiele ich dann auch. Ich schließe die Augen und spiele auf Storm. Ich stelle mir vor, es wäre ihr Körper, den ich berühre. Meine Finger, die über ihr Schlüsselbein streichen. Den zarten Rippenbogen nachfahren. Ihr heißer Atem an meinem Hals. Ihr Schweiß, der sich mit meinem vermischt.

»Was tust du denn da?«

Ich öffne die Augen und mein Vater steht im Türrahmen. Er sieht blendend aus. Als käme er aus einem Erholungsurlaub und nicht von einem anstrengenden Zwölfstundenflug. Ungeachtet dessen, dass es draußen fast vierzig Grad hat, ist sein maßgeschneiderter Anzug faltenfrei, jedes seiner grauen Haare liegt an seinem Platz, und der Geruch seines teuren Aftershaves wabert in mein Zimmer. Sein voller Mund verzieht sich zu einem Lachen.

»Du hast das Ding immer noch? Ich dachte, du spielst nicht mehr.« Er zeigt auf die Gitarre. »Seit wann lässt du deine Zimmertür sperrangelweit offen? Sonst ist dir deine Privatsphäre doch heilig.«

Vier dämliche Sätze in vier Sekunden. Das ist sogar für ihn Rekord. Bevor ich antworten kann, dreht er sich auch schon um. Im Gehen wirft er mir in seinem gewohnten Befehlston noch drei Sätze vor die Füße. »Zieh dich an. Wir gehen essen. In zehn Minuten.«

Herrje! Hat er keinen Jetlag, den er ausschlafen muss? Er ist wie das Männchen aus der Batteriewerbung. Ständig ein voller Akku, unbegrenzte Laufzeit, unerschöpfliche Energiereserven. Wer, verflucht noch mal, kann da mithalten? Kein Wunder, dass ich in seinen Augen ein Loser bin.

In meiner Vorstellung zeige ich ihm den Mittelfinger und knalle ihm die Tür vor der Nase zu. In der Realität renne ich im Rekordtempo unter die Dusche und wühle im Kleiderschrank nach meiner teuersten Hose und dem besten Hemd. Ich wuschle mir unbeholfen durch die feuchten Haare, die sich in meine Stirn locken. Scheiße. Ich war ewig nicht mehr beim Friseur.

Ja und? Storm mag es so, wie es ist.

Ich sehe ihr Gesicht im Spiegel, wie sie meinem Vater sagt, er soll sich verpissen, und muss grinsen.

»Floyd!« Er schreit durch das ganze Haus und klimpert ungeduldig mit den Schlüsseln. Ich stecke mein Handy ein und schnappe mir den Fotostreifen vom

Nachttisch. Storm und ich. Wie wir die Zunge herausstrecken. Ich sehe scheißglücklich aus. Vorsichtig schiebe ich den Streifen in die hintere Hosentasche, und allein das Gefühl, ihn dabeizuhaben, verschafft mir Luft zum Atmen.

Ein oder zwei Stunden. Ich werde es überleben. Ich muss. Wenn ich sterbe, kann ich Storm nicht sehen. Ich lächle und straffe die Schultern.

Wird schon werden, Floydyboy.

Kapitel 31

Wir sind im House of China. Ein absolut dämlicher Name für ein Sternerestaurant. Eine halbe Stunde sind wir gefahren, das Restaurant liegt außerhalb der Stadt. Man sollte doch meinen, nach einem ganzen Quartal in China ist ihm der Appetit auf diese Küche vergangen. Wohl nicht.

Ich nehme den Porsche, nachdem ich meinen Eltern verklickert habe, dass ich am Nachmittag verabredet bin. Mein Vater ist stinksauer. Er findet es unangebracht, dass ich ein eigenes Leben habe, wenn er nach drei Monaten nach Hause kommt. Anstandslos lasse ich die Tirade über mich ergehen, bleibe aber eisern. Er blickt ständig auf seine Patek Philippe und sein Hang zur Pünktlichkeit bringt ihn ins Schwitzen.

»Wir müssen los, sonst kommen wir zu spät. Dann fahr in Gottes Namen selbst.«

Punkt, Satz und Sieg Floyd!

Während der Fahrt grüble ich, warum er mich nicht einfach in Ruhe lässt. Wenn er mich doch sowieso nicht leiden kann, warum besteht er darauf, dass ich Zeit mit ihm verbringe? Dieses Essen jetzt. Und das Dinner morgen. Und diese dämliche Spendengala. Was ist so schwer daran, wenn wir uns einfach aus dem Weg gehen?

Im Restaurant werden wir hofiert wie Staatsoberhäupter und der Besitzer kommt alle naselang an unseren Tisch. Er empfiehlt uns dies und das, sein Lächeln ist so gekünstelt, dass ich schnaube.

»Ist irgendetwas nicht zu Ihrer Zufriedenheit?«

Ja. Ich will hier weg. Und zwar gleich. Dein blödes Restaurant geht mir am Arsch vorbei.

Der Typ beugt sich so nah an mich heran, dass ich zurückzucke. Der Blick meines Vaters ist vernichtend. Ich schüttle den Kopf und versichere glaubhaft, wie wunderbar alles sei. Meine Mutter sieht müde aus. Sie fasst sich ständig an die Schläfe und trinkt zu viel. Mein Vater langt über den Tisch nach ihrem Handgelenk und zwingt es nach unten, als sie nach ihrem Glas greifen will. Sie hebt den Kopf und lächelt gepresst. Er bestellt die Gerichte, ohne zu fragen, was wir möchten. Die Bedienung lobt ihn überschwänglich für die ausgezeichnete Wahl und schwebt in Richtung Küche davon.

Mein Handy vibriert. Ich ziehe es aus der Hosentasche und die Nachricht ist von Storm. Sie schickt ein Bild von sich. Sie sitzt im Kassenhäuschen des Kinos, macht einen Kussmund und informiert mich, dass sie in einer Stunde Feierabend hat. Ich tippe eine Antwort.

»Floyd, leg das Handy weg! Und du hast einen Fleck am Finger. Geh dir die Hände waschen.« Mein Vater. Wer sonst.

Ich ignoriere seinen Einwand.

»Floyd. Leg das weg. Wir sind beim Essen.«

»Ich sehe keine Teller. Du etwa?« Ich blicke nicht auf, tippe weiter auf meinem Telefon herum.

»Ich sage dir, du sollst das lassen. Deine Mutter und ich wollen uns mit dir unterhalten.«

Ich drücke auf Senden und hebe den Kopf. »Tatsächlich? Du willst dich mit mir unterhalten? Worüber denn? Ich bin erstaunt, dass du überhaupt noch weißt, wer ich bin.«

Ich habe keine Ahnung, woher das kommt. In der Regel halte ich den Ball flach. Das ist einfacher, kürzer und schmerzloser für uns beide. Heute offensichtlich nicht. Mein Vater runzelt die Stirn, meine Mutter lächelt beschwipst.

»Floyd! Ich warne dich. Mach hier keine Szene. Da drüben sitzt –«

»Barack Obama?«, unterbreche ich ihn und grinse. Ich habe meinem Vater noch nie, wirklich noch nie, das Wort abgeschnitten. Meine Mutter kichert, er wird kalkweiß. Ich fühle mich wie ein Zirkusakrobat bei einer Nummer hoch über dem Boden. Ohne Netz und doppelten Boden. Er wird mich in der Luft zerreißen und der Aufprall wird hart und schmerzhaft. Er folgt auf der Stelle.

»Sollte das witzig sein, Floyd? Wenn Barack Obama hier wäre, hätte ich euch nicht im Schlepptau, da kannst du dir sicher sein.«

Er blickt zu meiner Mutter und auf ihre Hand, die zitternd um den Stiel des Weinglases liegt. Dann sieht er mich an. Die Verachtung in seinen Augen ist allumfassend. Sie reicht von meinen Haarspitzen bis zu meinen Fußsohlen. Er ist noch nicht fertig, ich sehe es in seinem Gesicht. Er presst den Kiefer so fest aufeinander, dass die Muskeln hervortreten.

Ich wappne mich innerlich.

Ich bin bei Storm. Ihr Lachen klingt in meinen Ohren, ihr Duft steigt mir in die Nase.

Mein Vater holt aus.

Ich nehme Storms Gesicht in meine Hände.

Er öffnet den Mund.

Ich drücke meine Lippen auf ihre und schmecke Wein und Zuckerwatte.

Seine Stimme ist so weit weg, als wäre er noch in China.

Ich küsse Storm.

»Ohne mein Geld wärst du eine Null. Eine armselige Nummer auf dem Arbeitsamt. Du bist ein totaler Versager, Floyd! Und wenn ich dir sage, du sollst dein Telefon weglegen, dann tust du das gefälligst!«

Das Glas meiner Mutter wankt gefährlich und die Hand meines Vaters schnellt nach vorne. Er verhindert mit einem Griff, dass sie den Wein umschüttet, und schnalzt ungehalten mit der Zunge. Ich werfe die Serviette auf den Tisch und stehe auf.

»Hey, Dad?« Er hasst es, wenn ich ihn so nenne. Die Verunglimpfung unserer Sprache ist ihm ein Gräuel.

»Setz dich, Floyd!«, zischt er, so leise er kann.

Ich denke nicht daran.

»Warum lieben Männer intelligente Frauen?«

Ich sehe kurz zu meiner Mutter, während ich ihn frage. Sie schüttelt leicht den Kopf, aber ihr Blick ist erstaunt.

Mein Vater ballt die Faust. »Floyd! Setz dich. Sofort!« Er ist wütend und es steht ihm ganz und gar nicht. Auf einen Schlag sieht er alt und abgekämpft aus.

»Weil sich Gegensätze anziehen«, sage ich und klopfe mit den Knöcheln auf die Tischplatte. »Man sieht sich. Ich wünsche einen guten Appetit.«

Die Hand meiner Mutter zuckt nach vorne, streift zögerlich mein Hemd und fällt dann schwach auf ihren Schoß zurück. Mein Vater schiebt seinen Stuhl nach hinten. In der Sekunde, in der er aufstehen will, bringt der Kellner die Vorspeisen.

Das war's. Um nichts in der Welt würde er mich jetzt noch aufhalten.

Ich verschwinde.

Mit dem Auto, das ich ihm verdanke. Mit der Kleidung und dem Geld, der Intelligenz und dem guten Aussehen und den hundert anderen Dingen, die ich von ihm in mir trage, drücke ich das Gaspedal nach unten, als würde mein Leben davon abhängen. Als könnte ich so die Tatsache verdrängen, dass er für immer mein Vater bleiben wird.

Egal, was er tut.

* * *

Storm kaut Kaugummi und fängt an zu strahlen, als sie mich sieht. Sie beugt sich aus der gläsernen Öffnung und drückt mir einen Schmatzer auf die Wange.

»Wow! Du siehst scheiße aus, van Berg. Zu wenig Schlaf?«

»Deine Taktlosigkeit ist immer wieder erfrischend. Danke auch.«

»Du gefällst mir verwegen und verbraucht eben am besten.« Sie streicht mir durch die Haare.

»Ungeduscht bin ich am gefährlichsten. Tanz für mich, Frau Tanz.« Ich stupse an ihre Nase und fange an, ihre Sommersprossen zu zählen.

»Bekomme ich Geld dafür?« Sie grinst unanständig.

»Aber immer!«

Ihr Chef unterbricht unser Geplänkel. »Agnetha, ich übernehme.«

Er ist klein und gedrungen, trägt einen Hut und einen Oberlippenbart, der so streng gezwirbelt ist, dass ich Angst habe, er sticht mir die Augen aus. Storm stellt uns vor und er nickt wohlwollend.

»Dass sie mir das Mädchen ja anständig behandeln! Ich brauche sie.« Er lächelt Storm an und schubst sie aus dem Häuschen. »Na, mach schon. Verschwinde! Du hast Feierabend.«

Storm küsst ihn auf die Wange und greift nach ihrer Tasche. Wir laufen zum Auto.

»Du trägst schon wieder mein Shirt. Ich kann dir noch eins geben, wenn du willst. Dann musst du es nicht so oft waschen.«

»Wer hat was von Waschen gesagt?« Sie legt die Arme um meine Taille und grapscht nach den Autoschlüsseln.

Ich rümpfe die Nase. »Du trägst das ungewaschen?«

»Du hast eben selbst gesagt, du bist ungeduscht am ...« Sie sieht zu mir hoch. »Wie war das?«

»Am gefährlichsten, Storm. Am gefährlichsten.« Ich küsse sie auf die Nase.

»Jep. Ich mag deinen Geruch. Er ist so ...«, sie schiebt die Nase unter meine Achsel, »... so ursprünglich. So animalisch.«

Sie grinst und ich vergesse das katastrophale Mittagessen, meinen Vater und den todunglücklichen Gesichtsausdruck meiner Mutter.

Den Nachmittag verbringen wir im Park. Wir legen uns faul ins Gras und füttern uns gegenseitig mit Trauben und Wassermelone, die wir vorher in einem Supermarkt gekauft haben. Ich erzähle Storm von meinem Vater und sie kringelt sich vor Lachen über den Barack-Obama-Spruch.

»Läuft das öfter so zwischen euch zwei?«

Ihre Hand liegt auf meiner Brust, ich starre in den Himmel, denke nach.

»Eigentlich nicht. Er kotzt und ich schlucke. Ich bin ein Meister der Verdrängung. Das ist unser übliches Ritual. Es hat keinen Sinn, ihm Paroli zu bieten. Er gewinnt. Immer.«

»Wieso mag er dich nicht, Floyd? Du bist sein Sohn.« Storm stützt sich auf und sieht mich an.

Ich schiebe ihr eine Haarsträhne hinters Ohr.

»Ich hab keine Ahnung. Du konntest mich ja auch nicht leiden.« Ich grinse, Storm zwickt mich in die Nase.

»Nur weil ich nicht wusste, wie du wirklich bist. Aber er muss es doch wissen. Er kennt dich, seit du auf der Welt bist. Er ist dein Vater, verflucht noch mal.«

»Das qualifiziert ihn offensichtlich nicht automatisch, mich zu mögen.« Ich zucke mit den Schultern. »Wie sieht's bei dir aus? Was macht dein alter Herr? Wenn wir schon beim Thema sind?«

Storm lässt sich prustend zurückfallen.

»Er ist mal wieder so weit. Versucht krampfhaft, weniger zu trinken, und tigert den ganzen Tag durchs Haus wie ein Irrer. Erst abends gibt's Bier oder Schnaps oder beides. Und dann so viel, dass ich überprüfen muss, ob er schläft oder erstickt ist. Hatten wir schon öfter. Klappt nicht.« Jetzt zuckt sie mit den Schultern. »Früher hab ich mich abgestrampelt. Ich habe ihn überallhin geschleift. Zu den Anonymen Alkoholikern, zur Caritas, zu verschiedenen Ärzten und in die Klinik zum Entgiften. Ist voll für 'n Arsch. Hat aber 'ne Weile gedauert, bis ich das kapiert habe.«

Sie gibt sich betont lässig, doch ihre Augen sagen etwas anderes.

»Warum gehst du nicht, Storm? Warum bleibst du bei ihm?«

Storm hält eine Traube in den Himmel und kneift ein Auge zu. Die Sonnenstrahlen glitzern durch das weinrote Fruchtfleisch, im Innern kann man die kleinen Kerne sehen.

»Wenn ich gehe, Floyd, wird er vielleicht sterben. Wenn ich mich nicht um ihn kümmere, wer dann? Er wird trinken und trinken und vergessen zu essen und dann ...« Sie holt tief Luft. »Weißt du, er hat meine Mutter sehr geliebt, glaube ich. Zumindest habe ich das als Kind so empfunden. Er hatte es noch nie leicht. Er ist zu Hause ausgezogen, kaum dass er volljährig war. Er hat es ganz alleine geschafft, sich ein Leben aufzubauen. Zu studieren und einen guten Job zu ergattern. Er war Abteilungsleiter und hatte vierzig Angestellte unter sich. Dann wurde seine Abteilung wegrationalisiert und alle mussten gehen. Sie haben nicht einen einzigen behalten. Das hat ihn fertiggemacht. Die Geschichte habe ich schon tausendmal gehört, er erzählt das immer, wenn er einen im Tee hat.« Sie verdreht die Augen. »Na ja, jedenfalls ist es kompliziert. Wenn ich gehe, würde ich mich schuldig fühlen. Deshalb bleibe ich.«

Sie steckt sich die Traube in den Mund und kaut.

»Wie das wohl ist, wenn man ein intaktes Elternhaus hat? Mit liebevollen Eltern, die einem Fahrradfahren beibringen und sich um einen kümmern?«, frage ich in den blauen Himmel und stelle mir vor, wie mein Vater mir das Knie küsst, weil ich vom Fahrrad gestürzt bin. Das wäre ungefähr so, als wäre Vladimir Putin für die Ehe unter Gleichgeschlechtlichen. Undenkbar.

Storm greift nach meiner Hand. »Dafür, dass unsere Eltern es so verkackt haben, sind wir ganz gut geraten, oder?«

»War das ein Kompliment? An mich?«

Ich drehe mich zu ihr, muss schmunzeln. Anstatt mir zu antworten, küsst sie mich. Ich werde scharf und denke schnell an meinen Vater. Das reduziert das Maß meiner Erregung auf die Größe einer Gewürzgurke. Gut so. Ich will Storm Zeit lassen, sie soll sich sicher fühlen. Außerdem sind wir in einem öffentlichen Park, mit Kindern und Hunden und Omas, die womöglich einen Schlaganfall erleiden würden, wenn ich Storm hier vernasche.

Mitten im Knutschen reißt Storm die Augen auf. »Oh Scheiße!«

Sie springt auf, ich ebenfalls.

»Was? Was ist?« Ich blicke mich um und erwarte fast, dass Ben hinter mir steht. Ich habe Paranoia.

»Ich muss weg. Ich bin heute mit Fußballtraining dran! Das hab ich total vergessen. Wegen dir!« Sie fuchtelt mit dem Finger vor meiner Nase herum, ich weiche zurück. »Du machst mich gaga. Weich im Hirn. Du und dein Mund und dein Grinsen und dein Geruch.« Sie lächelt.

»Was denn für ein Fußballtraining, bitte? Spielst du Fußball?« Ich mustere ihre zierliche Gestalt und kann mir kaum vorstellen, wie Storm eine andere Spielerin foult, geschweige denn ein Tor schießt.

»Quatsch! Nein. Ich übernehme heute das Training für die Kids. Vom Verein? Du erinnerst dich? Wir haben ihnen eine Hütte gebaut, Floyd!«

Ich nicke.

»Ich muss los. Tut mir leid.«

»Kann ich mit?« Es ist gerade mal sechs. Was soll ich den ganzen Abend ohne Storm machen?

»Äh, klar. Hast du Lust? Ich warne dich, Floyd. Die Jungs sind wild und laut und fürchterlich frech.« Storm schneidet eine Grimasse und grinst.

»Ich zeige den kleinen Rotzlöffeln, wie man richtig Fußball spielt.« Ich klatsche in die Hände. Früher habe ich im Verein gespielt, dann kam das Schwimmen, und Fußball rückte in den Hintergrund.

Storm freut sich sichtlich. »Cool. Die flippen aus, wenn sie dein Auto sehen.«

Wir packen zusammen und fahren aus der Innenstadt in ein Viertel, das als Brennpunkt der Stadt gilt. Der Bolzplatz ist heruntergekommen und trocken und staubig, die Hitze der letzten Wochen hat jeden noch so kleinen Grünstreifen braun werden lassen. Ich stelle das Auto direkt am Zaun ab, um es im Auge behalten zu können, und wir steigen aus.

Sofort laufen zehn Kinder kreischend und johlend auf uns zu. Den Jüngsten unter ihnen schätze ich auf fünf, den Ältesten auf ungefähr dreizehn. Einige von ihnen tragen alte Fußballschuhe, die meisten sind bei diesem Wetter jedoch barfuß. Die verschiedensten Trikots leuchten mir entgegen, von Bayern München bis Real Madrid ist alles vertreten. Ihre schmutzigen Finger krallen sich in den Maschendrahtzaun, ihre Augen bestaunen den Porsche. Storm klopft leicht auf das Wagendach.

»Ich wusste es. In der Gegend hier siehst du höchstens mal einen getunten GTI.«

Der Älteste ergreift das Wort, während die anderen bewundernd zu ihm aufsehen. Er ist groß und hager und hübsch. Ein Band hält seine langen Haare aus der Stirn, über seinem breiten Mund ist der erste Bartflaum zu erkennen.

»Deiner?«, fragt er und reckt das Kinn.

Ich nicke.

Er wendet sich an Storm. »Bist du jetzt käuflich oder was?« Er rotzt auf den Boden und grinst frech.

Ich hebe die Brauen und sehe zu Storm. »Wie alt ist er? Zwanzig?«

Storm umrundet den Wagen. »Die sind hier anderes gewohnt, Floyd. Sie haben noch schlimmere Eltern als wir. Sie sind ängstlich und unsicher und stark und mutig. Sonst gehen sie unter. Das ist ihre Überlebensstrategie.«

Sie spricht so leise, dass nur ich sie hören kann, die Kinder gackern und kichern durcheinander. Wir laufen zum Eingang des Platzes und Storm wird stürmisch begrüßt. Tausend dreckige Kinderhände kleben an ihrem Shirt und ziehen an ihrer kurzen Hose. Der Junge von eben schlendert auf mich zu, ich stecke die Hände in die Hosentaschen.

»Was willst 'n hier? Wir kaufen keine Drogen. Kannst dich verpissen, wenn es das ist, was du willst.« Sein Gesichtsausdruck ist so feindlich, dass ich mich frage, was er schon alles gesehen hat, um so misstrauisch zu sein.

»Ich dachte, ihr lasst mich vielleicht mitkicken.«

Er glotzt auf meine Klamotten. Die teure Jeans mit der Kette, die an den Gürtellaschen herunterhängt, das schwarze Hemd mit der verdeckten Knopfleiste. Die strahlend weißen Sneakers, auf die sich eine dünne Staubschicht gelegt hat. Meine Rolex, die an meinem Handgelenk baumelt.

Er stößt ein abfälliges Schnauben aus. »So? Wenn du in den Dreck fällst, heulst du wie ein Baby.«

»Das lass mal meine Sorge sein. Sind schließlich nicht deine Sachen.« Ich recke ihm die Hand hin. Wenn er mich nicht akzeptiert, werden es die anderen auch nicht tun. Er ist der Leitwolf, so viel ist klar. »Ich heiße Floyd.«

Der Junge zögert, dann schlägt er ein. »Marvin.«

Der übliche Witz über meinen Namen bleibt aus, was ich ihm hoch anrechne. Storm beobachtet uns und neigt leicht den Kopf. Mir entgeht der anerkennende Zug um ihren Mund nicht und ich bin ganz kurz stolz auf mich. Sie klatscht laut in die Hände.

»Auf geht's, Jungs! Ich bin hier nicht zum Kaffeekränzchen.«

»Dann zeig mal, was du draufhast, Porschemann.«

Marvins Gunst ist nicht leicht zu gewinnen, er lacht höhnisch, dreht sich um und läuft zu dem Rest der Gruppe. Am Anfang kicken wir den Ball locker über den Platz, üben Elfmeter und Storm lässt die Kids trippeln und spurten. Sie ist mit Herzblut bei der Sache, die Kinder haben Spaß und nehmen sie ernst. Ich schwitze nach der halben Stunde wie verrückt und ziehe mir kurzerhand das Hemd aus.

Wir beginnen ein Spiel. Ich bin mit Marvin in einer Mannschaft und überraschenderweise sind wir ein echt gutes Team. Er ist fair, macht es den kleineren Jungs nicht zu leicht, aber auch nicht zu schwer. Er gibt den Ball ab, versucht keine Alleingänge und spielt einen überragenden Fußball.

Wir gewinnen knapp mit zehn zu acht und Marvin klatscht mich ab.

»Hätt ich nicht gedacht, Opi. Kannst ja doch was.«

»Hat Spaß gemacht. Danke, dass ich mitspielen durfte.«

Ich trinke aus der Wasserflasche, die Storm aus einem kleinen Häuschen am Rande des Bolzplatzes geholt hat. Sie schließt die Bälle weg und steckt den Schlüssel ein.

»Kann ich wiederkommen?« Ich meine die Frage ernst. Die letzten beiden Stunden sind wie im Flug vergangen, ich hatte vergessen, wie viel Spaß Fußball macht, und die Kids sind cool. Besonders Marvin. Unter seiner harten Schale verbirgt sich ein weicher Kern. Und schlau ist er auch.

»Kann ich mal mitfahren?« Er sieht zum Auto.

»Klar.« Ich schlüpfe in mein Hemd.

»Jetzt?«

Ich blicke auf. »Äh, ja. Sicher. Ich sag Storm kurz Bescheid, okay?«

Marvin nickt knapp, ich bespreche mich mit Storm. Aus dem Augenwinkel sehe ich, wie Marvin uns beäugt und ungeduldig mit dem Fuß im Staub scharrt.

»Kein Problem, ich warte hier auf euch.« Storm küsst mich auf den Mund und lächelt. »Marvin ist schwer zu knacken. Ich weiß nicht, was du getan hast, aber ich bin beeindruckt.«

Ich recke den Daumen in die Höhe und fühle mich wie Mutter Teresa. Marvin und ich laufen zum Auto. Er rattert mir Daten und Fakten zu dem Modell herunter, einschließlich der exakten Farbenbezeichnung und der Namen verschiedener Prominenter, die das Auto ebenfalls besitzen.

»Woher weißt du das alles?«, frage ich erstaunt und starte den Motor.

Marvin hebt die Hand. »Psst. Ich muss das hören!« Ich verstumme und schmunzle.

Wir fahren durch die Stadt, Marvin streicht voller Bewunderung über das Armaturenbrett und den Sitz und löchert mich mit Fragen zu Pflege, Unterhalt und den technischen Details. Er bittet mich, durch den Stadttunnel zu fahren, kurbelt das Fenster herunter, steckt den Kopf hinaus und schreit in den Fahrtwind.

»Ja, ihr blöden Säcke! Ihr könnt mich mal! Irgendwann hab ich auch so einen und dann glotzt ihr alle blöd.« Er fällt zurück auf den Sitz und grinst. Ich muss lachen, seine überschäumende Freude ist ansteckend.

Mein Telefon klingelt. Es ist Storm. Sie plappert hektisch auf mich ein. Zwei der Kids haben eine Prügelei angefangen, die mit einer blutigen Nase endete. Sie muss die beiden nach Hause bringen, ruft mich an, sobald sich die Situation geklärt hat. Ich versichere ihr, dass ich Marvin wohlbehalten zurückbringe, und lege auf.

»Was ist?«, fragt Marvin, und ich erzähle ihm von dem Vorfall.

»War ja klar! Jonas, der kleine Penner! Kann's nicht lassen.« Er schüttelt den Kopf.

»Passt du oft auf die Kinder auf?« Seine Verständigkeit ist ungewöhnlich für sein Alter, er imponiert mir.

»Ich spiele nur Fußball mit ihnen. Bin ja kein Babysitter, Alter!«

»Klar nicht. Musst du nach Hause?« Storm ist beschäftigt, ich muss Zeit totschlagen.

Marvin dreht den Kopf. »Ich bin dreizehn, keine fünf. Ich kann nach Hause, wann ich will.«

»Ja, sicher. Wie dumm von mir.« Wahrscheinlich ist es seinen Eltern völlig egal, wo sich ihr Sohn herumtreibt.

»Hast du Hunger?«

Ich habe Hunger, das ausgefallene Mittagessen macht sich lautstark bemerkbar. Marvin brummt so etwas Ähnliches wie ein Ja.

»Was willst du essen? Ich geb dir was aus.«

»Döner.«

Er lotst mich zu seinem Stammlokal, einem kleinen türkischen Imbiss mit einer defekten Neonleuchtreklame, die in unregelmäßigen Abständen blinkt. Der Kerl hinter der Glastheke begrüßt Marvin mit Handschlag und begafft argwöhnisch erst mich und dann den Porsche vor der Tür. Er fragt Marvin irgendetwas auf Türkisch und Marvin antwortet fließend. Er bestellt uns eine ganze Palette an Vorspeisen und zwei Dönerteller mit Pommes und Salat. Mit zwei Dosen Cola in der Hand setzen wir uns an einen Tisch. Der Laden ist sauber, in der Ecke steht ein Fernseher, in dem ein türkisches Fußballspiel läuft.

»Du kannst Türkisch?« Ich reiße den Verschluss der Dose ab und trinke.

»Mhm. Ein paar Brocken. Außerdem noch Kroatisch und Russisch. Wenn du in unserm Viertel überleben willst, musst du die Drohungen verstehen.«

Marvin grinst. Er erzählt mir von seiner Mutter, die den ganzen Tag arbeiten muss, um ihn und seine beiden Schwestern durchzubringen. Von der Schule und dass er später Streetworker werden will. Ich stehe auf und hole das Essen. Gefüllte Weinblätter und Börek und gegrilltes Gemüse. Marvin isst, als hätte er eine Woche gehungert. Zwischen den einzelnen Bissen quetscht er mich über Storm aus. Er benimmt sich wie ihr großer Bruder, will wissen, woher ich sie kenne und was genau ich von ihr will. Ich antworte ihm, so ehrlich ich kann, und es scheint ihn zufriedenzustellen.

»Sie hat 'ne Weile auf uns aufgepasst. Also, auf meine Schwestern. Und als meine Mutter krank war, da ist sie mit ihr zum Arzt und so 'n Zeug eben. Ich mag sie. Sie ist nett und nervt nicht mit dämlichen Vorschriften. Sie würde uns nie im Stich lassen.«

Ich kaue und schlucke und wische mir den Mund ab. »Ich mag sie auch. Sie ist ...« Ich suche nach dem Wort, das Storm am besten beschreibt.

»Wie ein Engel. Nur ohne Flügel«, sagt Marvin und kratzt sich verlegen am Kinn. Ich bin zu verblüfft, um etwas zu erwidern.

Wir reden noch über dies und das und schließlich bringe ich Marvin nach Hause. Er wohnt in einem dieser Wohnsilos, die Ende der Siebziger hochgezogen wurden. Er lädt mich zum Kicken ein, wann immer ich Lust habe. Zum Abschied streicht er über die Motorhaube des Porsche und winkt im Weggehen. Ich sehe seiner schmalen

Gestalt nach, die in dem hässlichen Betonklotz verschwindet. Was könnte aus jemandem wie Marvin werden, wenn er die Möglichkeiten hätte, die ich habe?

Und was mache ich daraus?

Kapitel 32

Ich rufe Storm an, ihre Mailbox springt an und ich hinterlasse ihr eine Nachricht. Auf dem Weg zurück zum Bolzplatz versuche ich, die aufkeimende Nervosität zu ignorieren, die sich in mir breitmacht. Ich kann nicht jedes einzelne Mal in Panik ausbrechen, wenn ich länger als zwei Stunden nichts von ihr höre, ich muss Storm vertrauen. Nichts deutet darauf hin, dass es ihr schlecht geht.

Weil ich nicht weiß, was ich sonst tun soll, fahre ich nach Hause. Der Wagen meines Vaters ist nicht da und ich atme erleichtert auf. Meine Mutter sitzt im Wohnzimmer, im Kamin brennt ein Feuer. Es ist so heiß wie in einer finnischen Sauna. Weil ich keine Lust auf ihre Gesellschaft habe, schleiche ich zur Treppe.

»Floyd? Bist du das?« Sie ist betrunken, das höre ich sofort.

»Mhm.« Hoffnungsvoll setze ich einen Fuß auf die erste Stufe.

»Kommst du mal?«

Wäre ich doch nur weggeblieben. Durch die Stadt gekurvt oder in ein Hotel. Vielleicht sollte ich einfach ausziehen? Der Gedanke ist mir noch nie gekommen und ich finde ihn gar nicht schlecht.

»Floyd!« Sie klingt quengelig, wie ein trotziges Kind.

Ich seufze und laufe ins Wohnzimmer. Dort reiße ich als Erstes die Terrassentüren auf.

»Sag mal, ist dir kalt? Es hat immer noch über fünfundzwanzig Grad! Das ist ja kaum auszuhalten.«

Meine Mutter hält mir ihr leeres Glas entgegen.

»Sei so gut und mix mir einen Gin Tonic, Schatz.«

Stöhnend nehme ich ihr das Glas ab, stehe mit dem Rücken zu ihr an der Bar, als sie anfängt zu reden.

»Weißt du, Floyd, er liebt dich. Es ist nur sehr schwer für ihn.«

Ich halte in der Bewegung inne, versteife mich. Das ist doch nicht ihr Ernst. Was soll das? Sie hat noch nie mit mir über ihn gesprochen, wieso ausgerechnet jetzt? Langsam drehe ich mich um und reiche ihr das Glas. Ihre langen Finger mit den blutroten Nägeln krallen sich darum, als wäre es das Letzte, was sie jemals trinken darf.

»Sabine, ich bin echt müde«, versuche ich es halbherzig.

Sie blickt in die knisternden Flammen, ignoriert meinen Einwand. »Er wollte nie Kinder.«

Na prima! Das ist eine Information, die ich ganz sicher nicht brauche. Wenn mein Vater herausbekommt, was sie mir hier erzählt, flippt er aus.

»Als ich mit dir schwanger wurde, war das furchtbar schwer für ihn.«

Ja. Sicher. Er hat mich schon nicht leiden können, bevor er mich überhaupt kannte.

»Ich will das nicht wissen, okay?« Ich will gehen, aber meine Mutter schnappt nach meiner Hand.

»Doch, Floyd. Du musst! Du musst ihn verstehen, sonst findet ihr nie einen Weg zueinander!« Sie hält mich fest und redet hastig weiter. »Sein Vater, also dein Großvater ... Sie hatten ein sehr schwieriges Verhältnis. Er hat deinen Vater nie akzeptiert, egal, wie sehr er sich angestrengt hat. Nichts, was dein Vater getan hat, war jemals gut genug. Auch ich nicht. Ich schon gar nicht. Aber dich, Floyd, dich hat er geliebt. Abgöttisch. Du wirst dich nicht mehr erinnern, du warst noch so klein, als er starb. Für ihn warst du sein wahrer Erbe.« Sie sieht zu mir hoch. »Du siehst aus wie er, weißt du das?«

Die Flammen spiegeln sich in ihren Augen und ihre Pupillen sind ganz schwarz. Ich mache mich los und gehe einen Schritt zurück.

»Jeden Tag sieht Conrad seinen Vater in dir. Er liebt dich, Floyd, aber was er durchgemacht hat ... er kann unmöglich über seinen Schatten springen. Das musst du verstehen!«

Jedes Wort ist eines zu viel. Ich bewege mich rückwärts auf die Treppe zu, versuche mit jedem Meter, das eben

Gehörte zu vergessen. Meine Mutter steht auf und folgt mir gnadenlos.

»Es ist eine schreckliche Bürde, die er da trägt. Kannst du nicht ein bisschen Verständnis zeigen?« Sie zeigt mit dem Glas auf mich, der Gin schwappt auf ihr Kleid.

Meine Hand findet das rettende Treppengeländer, in meiner Hosentasche klingelt mein Handy. Ich schüttle den Kopf und hebe abwehrend die Arme.

»Ich will das nicht wissen, Sabine. Bitte.«

Ich drehe mich um und renne die Stufen nach oben. Schwitzend und gleichzeitig frierend bleibe ich am letzten Treppenabsatz hängen und stoße mir das Knie am Beton. Meine Mutter ruft mir hinterher, aber ich kann sie nicht verstehen. In meinen Ohren dröhnt es dumpf, ich stoße die Tür zu meinem Zimmer auf und renne ins Bad. Am Waschbecken drehe ich das kalte Wasser auf und halte meinen Kopf darunter. Es fließt mir über den Nacken, in meinen Hemdkragen und über meinen Rücken.

In meiner Hose vibriert es hartnäckig. Ich drehe den Hahn ab und zerre das Telefon so heftig aus der Tasche, dass die Naht reißt.

»Ja?«, schreie ich tropfnass in den Hörer.

Es bleibt kurz still, dann höre ich Storm. »Alles okay?«

»Nein! Nein, es ist nicht alles okay! Wo warst du, verflucht noch mal?« Ich stecke irgendwo zwischen unfair und absolut schäbig, das Handy rutscht mir aus der nassen Hand und fällt zu Boden. Ich hebe es auf und lehne meinen Kopf an die kalten Fliesen.

»Floyd? Was ist passiert?« Storm kommt auf den Punkt. Schnell. Das tut sie immer.

»Können wir uns sehen? Jetzt?« Meine Stimme zittert, ich benehme mich wie eine verdammte Tunte.

»Sicher. Kein Problem.«

»Ich reserviere ein Zimmer im Hilton. Kannst du dahin kommen?«

»Ja. Ich nehme die U-Bahn. Kein Problem, Floyd, okay? Ich komme.«

Sie legt auf, ich verlasse das Haus. Meine Mutter ist nirgendwo zu sehen. Ich fahre zum Hilton, und der Portier blinzelt mich irritiert an, als ich ihn barsch nach einem Zimmer frage. Mein Hemd ist noch feucht, und ich wippe ungeduldig auf und ab, bis alle Formalitäten erledigt sind. Ich zücke die Kreditkarte und unterschreibe.

Im Zimmer knalle ich die Tür hinter mir zu und atme so lange ein und aus, bis ich die Tränen, die hinter meinen Lidern brennen, verdrängt habe.

Es klopft.

»Floyd?«

Ich reiße die Tür auf, ziehe Storm wortlos an mich und vergrabe den Kopf an ihrem Hals. Es kostet mich enorme Willenskraft, nicht einfach loszuheulen. Wir stehen eine Weile an der geöffneten Tür, Storm streicht mir über den Rücken.

»War Marvin wirklich so schrecklich?«, fragt sie irgendwann leise und schiebt mich von sich. Sie legt den Kopf schief, sucht meinen Blick und lächelt sanft.

Ich schließe die Tür und wir setzen uns aufs Bett.

»Erzähl.«

»Es ist nichts. Ich hab überreagiert. Ich wollte dich sehen.«

Ich bringe die Geschichte nicht über die Lippen. Storm soll mich nicht für den Schwächling halten, der ich offensichtlich bin. Sie kriecht auf mich, hält mir das Tattoo vor die Nase.

»Floyd. Ich trage deinen Fingerabdruck auf meiner Haut. Und du bist ein ganz schlechter Lügner. Du kriegst hier immer so eine Querfalte, wenn du lügst.« Sie reibt mit dem Tattoofinger auf meiner Stirn herum. »Da, siehst du? Also sag schon.«

Ich seufze ergeben. »Es war nichts. Meine Mutter ...«

Storm rollt sich von mir herunter, ich lehne mich an das Kopfende des Bettes. Geduldig wartet sie, bis ich anfange zu erzählen, Wort für Wort wiederhole, was meine Mutter gesagt hat. Wenn ich mir selbst so zuhöre und es mit dem vergleiche, was sie oder Marvin erleben, ist es ein kläglicher Witz. Als ich verstumme, ist Storm still. Sie kneift die Augen zusammen und spitzt die Lippen.

»Es ist ja nichts, was ich nicht sowieso schon weiß.« Ich spiele die Verzweiflung, die mich vorhin gepackt hat, herunter und zucke mit den Schultern. »Am besten, ich vergesse die ganze Sache.«

Storm kniet sich vor mich und legt die Hände auf meine Oberschenkel.

»Ich sage dir mal, was ich denke, Floyd van Berg. Du solltest da schleunigst verschwinden! Such dir eine eigene Wohnung, und überleg dir in Ruhe, was du machen willst. Was dir gefällt. Such dir einen Job, geh arbeiten für deinen Lebensunterhalt. Das ist nicht so schwer, wie du denkst. Mach dich frei von ihm. Solange du sein Geld nimmst, hat er dich in der Hand. Und er macht dich kaputt.« Sie sieht mich an, ihr Blick ist fest und eindringlich. »Du bist ein guter Kerl, Floyd. Und weiß Gott, er hat schon genug angerichtet. Er nimmt dir dein Leuchten. Wenn du so weitermachst, ist bald nichts mehr übrig. Dann brauchst du ewig, um das wieder auszugraben. Hör endlich auf, dich selbst zu bemitleiden, und zeig ihm den Stinkefinger. Das, mein Freund, ist mein Rat.«

Sie fällt auf die Füße und reckt mir die offene Handfläche entgegen.

»Das macht dann zweihundertfünfzig Euro. Ich bin die Beste, die du kriegen kannst. Die anderen Psychodoktoren ziehen dir nur das Geld aus der Tasche.«

Ich muss lachen. »Kann ich morgen drüber nachdenken, Frau Doktor? Ich bin zu müde, um jetzt mein weiteres Leben zu planen.«

Es stimmt. Ich bin tatsächlich schrecklich müde. Letzte Nacht habe ich kaum geschlafen, das Fußballspielen und die Sache mit meiner Mutter haben meine Glieder schwer wie Blei werden lassen. Das Bett ist weich und bequem und Storm entspannt mich allein mit ihrer Anwesenheit.

»Au, fein!«, sagt sie und greift nach der Fernbedienung. »Ich wollte schon immer mal in einem sündhaft teuren Hotel die ganze Nacht alte Filme schauen.«

Sie steht auf, zieht die Vorhänge zu und knipst das Licht aus. Ich schlüpfe aus meiner Hose und dem Hemd und strecke mich der Länge nach auf dem Bett aus. Storm plündert die Minibar und platziert Nüsse, die kleinen Flaschen, Schokolade und Gummibärchen auf ihrem Schoß. Sie beugt sich zu mir und küsst mich leicht.

»Schlaf du mal schön und ich mach es mir hier gemütlich.« Sie leckt sich die Lippen und reißt die Tüte mit den Weingummis auf.

»Und du bleibst gefälligst angezogen! Sonst ist von Schlaf keine Rede«, murmle ich, während mir die Augen zufallen. Die leisen Töne des Fernsehers und Storms Finger, die knisternd in der Tüte wühlen, sind das Letzte, was ich höre, bevor ich wegdämmere.

* * *

Als ich die Augen öffne, liege ich auf dem Bauch, die Decke hängt zwischen meinen Beinen und Storm sitzt im Bett. Sie studiert die Speisekarte. In Unterwäsche.

»Ich hab gesagt, du sollst angezogen bleiben«, sage ich und wälze mich auf den Rücken.

Storm dreht den Kopf. »Du hast geschnarcht wie ein Bär, Floyd. Es bestand wirklich zu keiner Sekunde die Gefahr, dass du aufwachst, glaub mir.«

»Mhm. Jetzt. Jetzt bin ich aber wach.«

»Jetzt gibt's Frühstück. Ich hab da schon mal was rausgesucht.« Sie tippt so schnell auf zehn verschiedene Gerichte, dass ich ihrem Finger nicht folgen kann.

Ich ziehe mir das Kissen über den Kopf. »Bestell, was du willst. Mir egal.« Ich stehe auf und tapse ins Bad. Wow! Man könnte mich glatt zu Heidi Klums berühmter Halloweenparty schicken. Und zwar ohne Kostüm. Die Ringe unter meinen Augen betonen außerordentlich vorteilhaft die verquollenen Lider, meine Haare stehen in alle Richtungen ab. Ich greife nach der eingepackten Zahnbürste und steige anschließend unter die Dusche. Danach fühle ich mich um einiges besser.

Der Tisch biegt sich unter den verschiedenen Speisen, als ich ins Zimmer zurückkomme, und Storm grinst wie die Made im Speck.

Ich werfe ihr mein T-Shirt zu. »Zieh das an. Das ist vorsätzliche Quälerei, wenn ich dich fast nackt sehe.«

Sie kichert, schlüpft in die Ärmel. »Ich habe Eier –«

»Die hab ich auch«, sage ich und grinse.

Storm haut mir auf den Arm und zeigt auf die silberne Haube, die die Teller verdeckt. »Ich meine die Eier zum Essen, Floyd!«

»Du kannst auch meine –«, setze ich an, und Storm hält mir den Mund zu.

»Ich wasch dir gleich den Mund mit Seife aus, wenn du nicht still bist, van Berg!«

Kapitulierend hebe ich die Hände und Storm lüpft den Deckel. Der Geruch von Speck und Eiern zieht mir in die Nase. Es gibt Obst und Joghurt und Müsli und frischen Lachs. Und Saft und zwei Gläser Champagner.

»Also, du verstehst was von Dekadenz, so viel muss man dir lassen.« Ich schnappe mir ein Croissant und beiße hinein.

Storm hebt das Glas mit der perlenden Flüssigkeit. »Auf dich, Floyd. Der du vielleicht in Zukunft arm wie eine Kirchenmaus bist. Dafür aber ein netter Mensch bleibst.«

Ich versuche zu lächeln, es gelingt mir nur halb. »Danke, das du gestern gekommen bist. Ich war irgendwie ...«

»Völlig von der Rolle?«, hilft mir Storm auf die Sprünge.

»Ja. Und ...«

»Theatralisch?« Storm leckt über den Joghurtlöffel.

»Ja. Und ...«

»Mitleiderregend?« Sie hebt die Brauen, ich werfe eine Traube nach ihr.

»Jetzt hör schon auf! Ich hab's verstanden. Ich werde drüber nachdenken. Ehrenwort.« Ich kreuze die Finger und setze den Hundeblick auf.

»Das will ich hoffen. Und dafür hast du auch gleich heute Zeit. Ich muss nämlich mit meinem Vater zum Arzt. Und danach muss ich arbeiten. Und du hast Gäste.« Sie schiebt sich ein Stück Lachs in den Mund und spült mit Champagner nach.

»Kann er nicht alleine zum Arzt?« Schon die Aussicht auf das Dinner ist grässlich genug. Den ganzen Tag ohne Storm zu verbringen, ist der Sargnagel.

Sie streicht mir über die Wange. »Kannst du nicht einen Tag ohne mich sein?«

»Nein«, sage ich zickig, und Storm lacht.

»Wir sehen uns nach dem Dinner. Wir könnten zum See oder ... ach, egal. Wohin auch immer. Hol mich ab, wenn du fertig bist.«

Ich werfe das Croissant auf den Teller, habe keinen Appetit mehr. Bockig verschränke ich die Arme vor der Brust. »Ich hab keine Lust auf diese Scheiße heute Abend!«

»Dann lass es doch. Es zwingt dich ja keiner.«

Sie provoziert mich, weil ich mich kindisch und unreif benehme. Sie hat recht. Selbst Marvin würde sich nicht so anstellen. Und der Kerl ist sechs Jahre jünger als ich.

Ich seufze. »Ich werd's schon schaffen. Sind ja nur ein paar Stunden.«

Insgeheim bezweifle ich das. Es wird ganz sicher eine Katastrophe, besonders nach gestern Abend. Aber ich halte den Mund und wir frühstücken in Ruhe zu Ende. Das heißt, Storm verputzt alles bis auf den letzten Krümel, und ich sehe ihr zu. Danach fällt sie der Länge nach aufs Bett und stöhnt.

»Oh Gott! Ich kann nie wieder etwas essen.«

Sie rollt sich auf den Bauch, ich lege mich auf sie.

»Floyd! Geh runter, ich platze sonst!«

Wir liegen noch eine Weile beieinander und ich sauge ihre Nähe auf, präge mir jede Einzelheit für den Rest des

Tages ein. Es ist schon fast Nachmittag, als wir das Hotel verlassen, und Storm blickt auf der Heimfahrt nervös auf ihr Handy.

»Jetzt muss ich mich echt beeilen. Du bist unmöglich, van Berg. Ich werde nachlässig und unpünktlich wegen dir«, sagt sie und lächelt mich an. Sie legt mir die Hand auf mein Herz. »Du wirst das Kind schon schaukeln. Im Notfall stellst du dir die Leute nackt vor. Das hilft immer.« Sie küsst mich auf den Mund und steigt aus.

Ich fahre nach Hause. Als ich den Eingangsbereich betrete, stolpere ich über Frau Hauser, die hinter der Tür kniet und mit einem Lappen über den Rahmen fährt.

»Frau Hauser? Was machen Sie denn da? Hier ist doch schon alles sauber. Kein Mensch sieht dahin.« Ich deute auf die Ecke, in der sie steht.

Die laute Stimme meines Vaters fegt das freundliche Lächeln, das sie mir überraschenderweise zuwirft, von Frau Hausers Lippen. »Wo warst du den ganzen Tag? Es ist fast fünf.«

Er erwähnt das missglückte Mittagessen nicht. Ich weiß, wieso. Die Leute vom Cateringservice laufen geschäftig von der Küche zum Garten und sehen aus wie Gespenster mit ihrer strahlend weißen Uniform und dem schwebenden Gang. Vor so vielen Fremden und kurz vor dem Dinner wird er das Thema nicht anschneiden. Ich bin mir sicher, er zahlt es mir doppelt und dreifach zurück. Mein Vater steht an der Treppe und sein Blick ist prüfend. Ich frage mich, was er sieht. Seinen Sohn? Oder seinen Vater?

Ich halte seinem Blick stand. »Ich habe eine Freundin. Ich war bei ihr.«

Das ist ihm eindeutig zu privat. Er will es nicht wissen und runzelt ablehnend die Brauen. Dann wird seine Miene wieder ausdruckslos.

»Um sieben kommen die ersten Gäste. Sieh zu, dass du bis dahin fertig bist«, sagt er und klopft mit der Hand auf das Geländer.

Ich gehe zur Treppe, schiebe mich wortlos an ihm vorbei.

»Floyd. Um sieben.« Er klingt ungehalten.

Was denkt er? Dass ich noch einen Termin beim Schönheitschirurgen habe, der zwei Stunden dauert?

»Ja«, sage ich und verschwinde in meinem Zimmer. Ich setze mich auf den Sessel, klappe den Laptop auf und google das Wort »Streetworker«.

Ich habe mich noch nie für einen sozialen Beruf interessiert. Investmentbanking. Wirtschaftswissenschaften. Meinetwegen doch Medizin. Aber Sozialpädagogik? Ist das nicht ein Studiengang für Mädchen in Birkenstock und mit unrasierten Achselhaaren? Habe ausgerechnet ich ein Händchen für Kinder und Jugendliche in Not? Wohl kaum. Gott, Ben würde sich vor Lachen in die Hosen pissen. Ich sehe Marvins ernste Augen, seine Entschlossenheit und diese Sicherheit, genau zu wissen, was er später tun will. Trotzdem informiere ich mich, wo ich den Studiengang belegen kann.

Mein Blick gleitet durch mein Zimmer. Der riesige Raum ist so groß wie anderer Leute Wohnung. Genau wie das angrenzende Bad und das Ankleidezimmer. Durch die hinteren Fenster kann ich in den Garten sehen, der in diesem Moment mit Fackeln und kleinen Stehtischen geschmückt wird. Wenn ich eine eigene Wohnung hätte, die ich selbst finanzieren müsste, wäre es mit großer Wahrscheinlichkeit ein winziges Einzimmerappartement. Mit Blick auf die Mauer des angrenzenden Hauses. Ich habe in meinem ganzen Leben noch nie irgendwo gejobbt, geschweige denn gearbeitet. Ben habe ich immer bemitleidet, wenn er Veranstaltungen verpasst hat, weil seine Schicht anfing. Ich habe keinen blassen Schimmer von Stromrechnungen oder einem Mietvertrag, von günstigen Lebensmitteln oder Mülltrennung. Ich kann nicht waschen und nicht kochen und nicht bügeln. Ganz abgesehen davon, dass ich keine Arbeit habe. Wenn ich studieren will und nebenbei arbeiten gehen muss, wie soll das gehen? Wie machen normale Menschen das? Schlafen sie irgendwann noch? Was soll ich überhaupt arbeiten? Kellnern? Ich? Floyd van Berg?

Ich blase die Backen auf und werfe den Laptop aufs Bett. Am besten fange ich klein an und bringe erst mal den Abend hinter mich. Ich beschließe, heute mutig zu sein. Zu der schwarzen Jeans und dem schwarzen Hemd wähle ich rote Socken. Meine Locken klatsche ich mir mit zwei Zentner Gel an den Kopf, was sinnlos ist, weil sie mir spätestens in einer halben Stunde wieder in die Stirn und über den Hemdkragen fallen werden. Zum Schluss schiebe ich den Fotostreifen in die hintere Hosentasche und atme tief ein. Ich zeige mir selbst den Mittelfinger, fletsche die Zähne und bete um die hohe Kunst des Konterns, sollte mein Vater mich vor allen anderen bloßstellen.

Auf in den Kampf, Floyd!

Kapitel 33

Wir sind beim Begrüßungscocktail. Champagner. Bollinger Blanc de Noirs und noch irgendwas. Eine Flasche kostet so viel wie die Monatsmiete für die Einzimmerwohnung, die ich mir vielleicht leisten könnte. Ich habe alle Gäste lächelnd und händeschüttelnd begrüßt. Die Frau des Fußballers ist kaum zu ertragen. Ihre schrille Stimme tönt durch den ganzen Garten, ihr Kleid ist so kurz, dass sie ständig daran herumzupft. Die beiden Damen, die das Frauenhaus leiten, sind eindeutig die Vertreterinnen des gemeinen Fußvolkes und am sympathischsten. Sie tragen im Gegensatz zu allen anderen Jeans und Blusen, sind kaum geschminkt und ihre Füße stecken in Ballerinas und nicht in viel zu hohen Schuhen, auf denen sie durch das Haus stolpern. Wie die Frau unseres Anwalts. Er und seine Gattin haben die Geschichte mit Carla nicht vergessen. Weil ihre gerümpften Nasen fast in ihrem Haaransatz hängen, als wir den üblichen Small Talk hinter uns bringen, überprüfe ich klammheimlich, ob ich vielleicht Mundgeruch habe.

Ich stehe an der Terrassentür, nippe an einer Cola und beobachte das Treiben auf unserem Rasen wie ein Insektenforscher. Die immer gleichen Handlungsabläufe. Die gegenseitig geheuchelten Komplimente über das fantastische Aussehen. Der unabdingliche Austausch über die brütende Hitze der letzten Wochen. Die dreisten Lügen über das engagierte Wahlprogramm des Bürgermeisters. Ich vermute mal, dass er vor drei Stunden noch auf dem Klo saß und seiner Alten zugerufen hat, wie wenig Lust er auf meinen Vater und diese dämliche Einladung hat. Aber ich vermute das nur. Vielleicht liege ich auch falsch und er genießt das Bad in dieser blutsaugenden Menge. Ich jedenfalls nicht.

Die Kellner huschen durch den Garten und füllen unauffällig die leeren Gläser. Meine Mutter sieht aus wie Grace Kelly. Sie trägt ein schlichtes, aber teures Cocktailkleid in tiefem Dunkelblau. Kleine Diamanten stecken in ihren Ohren und an ihren Fingern, das passende Collier funkelt im Licht der Fackeln. Sie plaudert unangestrengt und verteilt ihren Charme in gerechten Häppchen. Mein Vater überlässt ihr die Bühne, es ist ihr Abend. Seine Präsenz ist trotzdem so übermächtig, dass er selbst im Hintergrund auffällt wie ein Bugatti zwischen lauter Opel Corsa.

Mein Handy klingelt und sein Blick schnellt zu mir. Seine Augen sprühen Funken. Hastig verschwinde ich im Haus und nehme den Anruf entgegen, erwarte Storm. Stattdessen brüllt mir Ben ins Ohr.

»Ich will mein Geld, Alter«, schreit er viel zu laut. Im Hintergrund höre ich Musik.

»Was?«, frage ich.

»Mein Geld, du Idiot! Für das Handy!«

»Ben, ich kann jetzt nicht.«

Ist er völlig übergeschnappt? Er bekommt keinen Cent, das kann er sich abschminken.

»Alter, ich warne dich! Du hast das Ding kaputt gemacht, also bezahlst du es auch. Du schuldest mir siebenhundert Euro, du Penner!«

Er ist betrunken. Weiß der Teufel, wo er sich rumtreibt, ich kann ihn kaum verstehen, weil er so lallt.

»Du kannst mich mal, Ben. Steck dir dein Scheißtelefon gefälligst in den Arsch!« Ich lege auf.

Zwei Sekunden später klingelt es erneut. Ich drücke auf »Anruf abweisen« und stelle das Handy lautlos. Die Hand meines Vaters landet schwer auf meiner Schulter.

»Wenn du es nicht sofort ausmachst, hast du die längste Zeit ein Handy besessen, Floyd.« Er sagt es ganz freundlich, mit der Selbstgewissheit eines Mannes, der von vornherein weiß, dass seine Drohung überflüssig ist.

Ich stecke das Handy weg und recke ihm die offenen Handflächen entgegen. »Schon erledigt, okay?«

Er packt meine Hand und starrt auf das Tattoo. »Was ist das?«

Fassungslos sehe ich zu, wie er sich doch tatsächlich auf den Finger spuckt und an dem Tattoo herumreibt, als wäre ich ein dreijähriger Dreckspatz.

Ich entziehe ihm meine Hand. »Hör auf damit. Das ist ja eklig!«

»Ist das echt, Floyd? Ein Tattoo? Am Finger? Bist du von allen guten Geistern verlassen?« Seine Selbstbeherrschung bröckelt, ich erwarte fast, dass er ein Fläschchen Salzsäure auspackt und es mir über den Finger kippt.

»Wenn ich dich erinnern darf: Ich bin volljährig. Ich brauche deine Erlaubnis für so etwas nicht.« Ich will mich an ihm vorbeidrängen, aber er versperrt mir den Weg.

»Wir unterhalten uns morgen darüber. Das hat ein Nachspiel, Floyd. Und sieh zu, dass deine Mutter das nicht sieht!«

Ich sage nichts und stoße wie zufällig an seine Schulter, als er mir den Weg freimacht.

»Sorry«, murmle ich, und es tut mir nicht im Geringsten leid.

Was will er tun? Mir den Finger abschneiden? Ich flüchte mich in die Küche. Die Köche klappern mit den Töpfen, Geschirr und Gläser werden auf Hochglanz poliert. Es klingelt. Frau Hauser ist nirgends zu sehen, ich blicke unschlüssig zur Tür. Mein Vater hasst Unpünktlichkeit. In der Haut des Menschen, der jetzt noch kommt, möchte ich nicht stecken. Ich bequeme mich zu öffnen, vielleicht kann ich die arme Gestalt noch warnen.

Vor der Tür steht Storm. Ich bin so perplex, dass ich keinen Ton herausbekomme.

Sie kneift mich in die Wange. »Bist du zum Türöffnen verdonnert, Floydyboy?«

Sie sieht ganz anders aus. Ihr Haar liegt in weichen Wellen um ihren Kopf, die Schminke betont ihre großen Augen und ihr Mund schimmert in einem leichten Rotton wie teure Seide. Sie trägt ein schwarzes Kleid, die Spitze schmiegt sich an ihre Schultern wie Blütenblätter. Die klobigen Stiefel sind schwarzen High Heels gewichen, die Absätze so hoch, dass sie mir bis zum Kinn reicht. Über ihrem Tattoo klebt ein Pflaster. Ihr dezentes Parfum riecht nach Wassermelone und ein bisschen moschusartig. Wie Sex unter freiem Himmel.

Und so komme ich mir auch gerade vor. Als hätten wir Sex unter freiem Himmel. Ich muss mich korrigieren. Ich bin im Himmel! Und Storm ist tatsächlich mein verdammter Engel.

»Lässt du mich rein oder soll ich wieder gehen?«

Ich nicke wie einer dieser dämlichen Dackel auf der Hutablage eines Autos und bleibe stocksteif stehen. Storm schüttelt ungeduldig den Kopf, reckt sich und küsst mich. Sie legt die Hände auf meinen Hintern und schiebt die Zunge in meinen Mund. Ihr Speichel vermischt sich mit meinem, ihre Finger gleiten über die Jeans zu meinem Schritt und verharren dort. Ich werde sofort hart und Storm grinst an meinen Lippen.

»Jetzt kapiert, dass ich echt bin?«, flüstert sie und gibt mir einen Klaps auf den Arm.

»Was tust du hier?«, krächze ich.

Storm läuft an mir vorbei in die Eingangshalle, ich schließe die Tür und stecke die Hände in die Hosentaschen, um meine Erektion zu verbergen. Sie dreht sich lächelnd zu mir um.

»Ich leiste dir seelischen Beistand. John macht 'ne Doppelschicht.«

»Und da dachtest du, es wäre doch lustig, wenn du dich den Löwen zum Fraß vorwirfst?« Ich finde irgendwo zwischen meinen Hosenknöpfen meine Fassung wieder und stopfe sie mit Gewalt in mein Gehirn.

Meine Mutter bringt mich um eine Antwort. Sie schwebt göttinnengleich auf uns zu, ihr verblüffter Gesichtsausdruck weicht professioneller Höflichkeit, als sie Storm entdeckt.

»Floyd? Hast du noch jemanden eingeladen?« In ihrem Kopf stellt sie in diesem Moment die Tischordnung um, aus ihrem Mund kommt etwas ganz anderes. »Wie schön! Ich freue mich immer, wenn Floyd eine Freundin mitbringt.«

Immer? Ich habe noch nie jemanden mit nach Hause gebracht. Die unzähligen Gesichter würden vor ihren Augen verschwimmen wie eine einzige graue Suppe. Sie reicht Storm die Hand und küsst sie links und rechts auf die Wangen.

Die Verwandlung, die vor meinen Augen stattfindet, ist grandios. Storm wächst noch mal um mindestens zehn Zentimeter, ihre Lippen spitzen sich zu einem manierlichen Luftküsschen, ihre Finger schlingen sich um die Hand meiner Mutter.

»Ich freue mich sehr, Sie kennenzulernen, Frau van Berg. Floyd hat mir schon viel über Sie erzählt.« Sie lächelt meine Mutter an und wirft mir einen schüchternen Blick zu.

Wer in Gottes Namen ist diese Frau? Und wo ist Storm? Ich bin kurz davor, mich umzudrehen und nach ihr zu suchen. Ihre Stimme ist so klebrig wie das Weingummi, das sie sich gestern Nacht in den Mund gestopft hat.

»Sie sehen fantastisch aus, Frau van Berg! Floyd hat erwähnt, wie schön Sie sind, aber dass Sie so jung sind, hat er mir verschwiegen.«

Während ich mich innerlich winde, ist meine Mutter hingerissen. Sie hakt sich bei Storm unter. »Floyd, wie konntest du mir das Mädchen vorenthalten? Sie ist ein Diamant unter deinen ganzen Kieselsteinen.«

Wie bitte? Welche Kieselsteine denn? Mit offenem Mund sehe ich den beiden nach, als meine Mutter Storm in den Garten entführt. Das ist ja grauenvoll! Ich bin in einem Rosamunde-Pilcher-Film. Mit mir und Storm in den Hauptrollen.

Draußen angekommen, winkt mich meine Mutter zu sich und klatscht in die Hände. »Wenn ich kurz um eure Aufmerksamkeit bitten dürfte?«
Gefühlte hundert Köpfe drehen sich in unsere Richtung, ich fange an zu schwitzen. Ich stehe links von meiner Mutter, Storm rechts von ihr.

»Wir haben noch einen Gast. Die junge Dame konnte nicht früher kommen, sie muss für ihren kranken Vater sorgen. Sie entschuldigt sich vielmals für die Verspätung.«

Ihren kranken Vater?

Meine Mutter legt den Arm um Storm. »Das ist Agnetha, Floyds Freundin.«

Während ich so irre grinse wie Norman Bates in »Psycho«, kommt mein Vater auf uns zu. Mein Mund wird so trocken wie der Sand am Strand von Barcelona. Er wird Storm ungespitzt in den Boden rammen. Vor der versammelten Mannschaft.

Seine volle Stimme tönt durch den Garten. »Ich freue mich sehr, Sie kennenzulernen, Agnetha. Das ist ein sehr außergewöhnlicher Name, nicht wahr?«

Er schüttelt ihr fest die Hand, Storm strahlt ihn an.

»Guten Abend, Herr van Berg. Schön, dass wir uns kennenlernen. Floyd war so nett, mich einzuladen. Ich hoffe, dass es keine Umstände bereitet.«

Doch. Tut es. Gleich wird er es ihr auf seine ganz besondere subtile Art und Weise um die Ohren knallen und Storm wird sich danach einfach umdrehen und gehen.

Aber ich werde überrascht.

»Das ist gar kein Problem, Agnetha. Floyds Gäste sind uns immer willkommen«, antwortet mein Vater. Sein Lächeln ist offen und neugierig und ich kann beim besten Willen keine böse Absicht erkennen.

»Oh, Gott sei Dank!«, rutscht es Storm heraus. »Ich war echt verflucht nervös!«

Sie stößt einen erleichterten Seufzer aus, schlägt sich dann die Hand vor den Mund.

»Entschuldigung! Das hab ich nicht so gemeint!«, versucht sie, die Situation zu retten, was gar nicht nötig ist. Mein Vater lacht nämlich. Laut und herzhaft, ein ziemlich ungewöhnliches Geräusch in meinen Ohren. Es klingt so seltsam, dass ich mich verstohlen umsehe. Nach der versteckten Kamera, die gleich aus den dunklen Büschen hervorspringen wird und mich meiner Hoffnung, dass alles gut ausgehen kann, endgültig beraubt.

»Das war sehr erfrischend, Agnetha. Genau das, was dieser Abend braucht«, kontert mein Vater, immer noch belustigt. Seine Gesichtszüge sind weich, er wirft meiner Mutter einen verschwörerischen Blick zu. Dann hält er einen vorbeilaufenden Kellner an, der auf einem Tablett Gläser mit perlendem Champagner balanciert.

»Floyd?« Er reicht mir einen schlanken Kelch und sieht mich wohlwollend an. Das zweite Glas drückt er Storm in die Hand, versorgt seine Frau und sich selbst und prostet uns zu. »Du wirst doch nicht endlich mal eine Sache in deinem Leben richtig gemacht haben?«

Da ist sie.

Die glänzende Spitze des Dolches, den er auf mich richtet. Für Söhne anderer Väter ist es vielleicht ein etwas überzogener Witz. Eine kleine Rüge, die kaum mehr Gewicht hat als ein Tennisball. Für mich nicht. Für mich ist es der Anfang eines Kampfes. Die Herausforderung zu einem Duell, um mich vor meiner Freundin zu blamieren.

Und ich entscheide mich, sie zu ignorieren. Soll er seine Messer doch wetzen, wie er will. Er kann mich nicht verletzen, wenn Storm neben mir steht.

Lässig lege ich den Arm um sie und spüre ihre Angespanntheit. Ich streiche ihr beruhigend über den Oberarm.

»Doch. Schätze schon«, sage ich locker, nippe an meinem Champagner und lächle ihn an.

Wir sehen uns einige Sekunden in die Augen, und ich meine, so etwas wie Anerkennung in seinem Blick zu lesen. Nur ganz kurz, weil ein Gast zu uns stößt. Es ist der Arzt, der die Klinik für plastische Chirurgie leitet.
Er klopft mir auf den Rücken. Die Proportionen seines Gesichtes sind so verschoben, dass er mich an Mickey Rourke erinnert. Das beifällige Grinsen lässt seine Visage noch grotesker erscheinen.

»Das ist eine ungewöhnliche Schönheit.« Seine Hand kreist plötzlich vor Storms Gesicht. »Diese großen Augen und diese gerade Nase. Wie Cleopatra. Ein Traum, meine Liebe, ein Traum. Sie haben gute Gene, wenn ich das mal so sagen darf.«

Nein. Darfst du nicht, du Statist aus »Planet der Affen«!

Er schnappt sich Storms Hand, drückt seine feuchten Lippen darauf, während meine Mutter ihn vorstellt und ihr liebenswürdigstes Lächeln aufsetzt.

»Wissen Sie, Agnetha, Dr. Klüngel leitet eine renommierte Klinik hier in der Stadt. Ich hoffe auf eine großzügige Spende auf der Gala.«

Dr. Klüngel senkt bescheiden den Blick und hüstelt gekünstelt. Ich kann die Abneigung meines Vaters förmlich riechen, er verströmt den Geruch des Ekels aus allen Poren, und es ist klar, dass wir eine Gemeinsamkeit haben. Er teilt sie mit mir, weil er verstohlen in meine Richtung blickt und eine Augenbraue hebt. Stolz über unsere Verbundenheit durchströmt mich, und ich gebe es auf, den Abend analysieren zu wollen. Alles ist anders, ungewohnt und neu. Ich muss mich später damit befassen. Jetzt ist keine Zeit dafür.

Mein Vater übergeht Dr. Klüngels Spruch und wendet sich an Storm. »Ich sehe Sie dann beim Essen, Agnetha. Wenn Sie mich bitte entschuldigen würden? Die anderen Gäste ...«

Er deutet vage auf seine Geschäftspartner und drückt Storm den Arm.

»Floyd.« Er nickt mir kurz zu und läuft mit großen Schritten davon.

Meine Mutter führt Dr. Klüngel zu einem der Stehtische, gibt Storm und mir Raum, um durchzuatmen. Ich bugsiere sie am Ellenbogen in eine dunkle Ecke des Gartens und ziehe sie an mich. Storm schiebt die Hände in meine Hosentaschen.

»Gott, ich danke dir«, sage ich, und ungefähr die ganze Anspannung fällt von mir ab, genau vor Storms Füße.

Sie kichert an meiner Brust. »Kein Problem, Floyd. Es war gar nicht so schlimm. Also, ich meine ... deine Eltern sind doch ganz nett, oder?« Sie klingt zaghaft.

Argwöhnisch antworte ich ihr. »Keine Ahnung, was heute in sie gefahren ist. So habe ich meinen Vater noch nie erlebt.«

Storm spürt instinktiv, dass ich keine Erklärung haben will. Sie lenkt ab. »Du liebe Güte, dieser Dr. Dingsbums! Er sieht aus wie ...«

»Mickey Rourke?«, beende ich ihren Satz, und Storm quietscht.

»Ja! Ja, genau der! Der arme Kerl! Ich meine, bekommt er beim Schlafen die Augen noch zu?«

Sie lacht und meine Anbetung ihr gegenüber steigt in den Olymp.

»Hey.« Ich hebe ihr Kinn an. »Du bist eine Göttin, weißt du das?«

Storm streicht mir über die Wange. »Ich liebe dich, Floyd«, sagt sie ganz leise.

Mein Herz macht einen Satz, ich muss schlucken. »Ich liebe dich auch, Storm. Du hast keine Ahnung, wie sehr.«

Ich küsse sie und bin kurz davor, sie in mein Zimmer zu tragen, auf mein Bett zu werfen und ihr das Kleid vom Leib zu reißen.

Meine Mutter unterbricht meine Fantasie. Sie ruft zum Essen, die Gäste bewegen sich lachend und redend ins Esszimmer.

Storm löst sich atemlos und fährt sich durch die Haare. »Bereit für die zweite Runde, Cowboy?«

»Aber so was von, Madame.«

Sie greift meinen Arm, schmiegt die Wange an mein Hemd. Ich fühle mich wie der Dalai Lama. Oder Gandhi. Oder Lewis Hamilton, nachdem er Formel-1-Weltmeister wurde.

Oder wie Floyd, der Storms Herz erobert hat.

* * *

Am Tisch sitzt Storm neben mir und der Frau des Bürgermeisters, uns gegenüber die zwei Mitarbeiterinnen des Frauenhauses, die Storm und mir das Du anbieten. Die

Brünette ist Simone, die mit den kurzen grauen Haaren heißt Marta.

Die Frau des Fußballers nimmt am anderen Ende des Tisches Platz, was ihr Organ nicht daran hindert, meine Nerven zu strapazieren. Sie schreit über den ganzen Tisch, dass sie gar nicht wusste, dass Bradley Cooper heute Abend anwesend sein würde, und gackert wie ein Huhn über ihren saublöden Witz. Ich lächle gezwungen. Ein höfliche Anmerkung von Dr. Klüngel über diese Besonderheit wird von meinem Vater unterbrochen und ich verspüre ihm gegenüber ungewohnte Dankbarkeit.

Er klopft leise gegen sein Glas und erhebt sich. Er legt meiner Mutter die Hand auf die Schulter, die unter seiner riesigen Pranke beinahe verschwindet.

»Sehr geehrte Gäste, mein lieber Sohn, meine geliebte Sabine. Ich möchte mich bei allen ganz herzlich für ihr Erscheinen bedanken. Dieser Abend liegt insbesondere meiner Frau sehr am Herzen. Seit Jahren engagiert sie sich mit Herzblut für die Opfer von sexuellem Missbrauch ...«

Storm zuckt unwillkürlich unter meinem Arm zusammen, ich halte die Luft an. Ich kann mich nicht erinnern, ihr den Grund für das Dinner genannt zu haben. Mein Daumen streichelt ihren Nacken und ich verpasse mir gleichzeitig in Gedanken eine schallende Ohrfeige.

Floyd, du Vollidiot!

Ich bete, dass mein Vater zum Ende kommt. Storms Finger krallen sich in die Serviette auf ihrem Schoß, die restlichen Gäste applaudieren höflich und meine Mutter küsst meinen Vater auf die Wange.

»Alles okay?«, frage ich Storm leise.

Sie blickt auf ihre Hände und nickt leicht.

Marta mustert Storm, und nur ich sehe den prüfenden Blick, den sie ihr zuwirft. Die Aufmerksamkeit der anderen gilt dem Servicepersonal, das die Vorspeise aufträgt. Zweierlei vom Hummer mit Reiscreme, Takuwan-Rettich und Miso-Sponge.

Wir fangen an zu essen und die Unterhaltung bleibt so leicht und exquisit wie die Vorspeise. Storm isst mit einer Manierlichkeit, die heute Morgen im Hilton undenkbar gewesen wäre. Sie schiebt sich die kleinen Häppchen in den Mund, ihre Finger liegen um den filigranen Hals des Glases, und ihr Lachen ist so perlend wie der zitronengelbe Weißwein, für dessen Auswahl sie meinen Vater in den höchsten Tönen lobt. Die beiden vertiefen sich in ein Gespräch, und ich kann nicht glauben, was ich sehe. Mein Vater ist freundlich und charmant und aufmerksam. Zum wiederholten Male an diesem Abend frage ich mich, wer diese Person am Kopfende des Tisches ist. Das kann unmöglich derselbe Kerl sein, der mich hasst. Der sich wünscht, ich wäre nie geboren. Seine Augen blitzen amüsiert über einen Witz, den Storm macht, und plötzlich kann ich verstehen, warum meine Mutter sich in ihn verliebt hat.

Die Teller werden abgetragen, mein Vater stellt Storm die ultimative Frage.

»Und was sind Ihre Zukunftspläne, meine Liebe?«

Storm tupft sich den Mund ab und räuspert sich, ich versteife mich. Das ist die perfekte Steilvorlage. An diesem Punkt komme ich ins Spiel. Wie in einem Comic sehe ich, wie sich mein Vater imaginär in die Hände spuckt und grinst wie ein grässlicher Kobold.

»Floyd hängt da ja eher noch in der Luft. Er denkt, dass das Geld auf der Straße liegt, und manchmal ist er sogar zu faul, um sich zu bücken.« Er sieht mich an. »Nichts für ungut, mein Sohn. Vielleicht ist dir deine bezaubernde Freundin ja ein Vorbild.«

Er zwinkert gönnerhaft. Ich stelle mir vor, wie ich den Hummer auf seine Hose kotze, und meine Gedanken von vorhin verlieren sich in unserem üblichen Kampf. Storm übergeht die Kritik, weiterhin ganz Profi in diesem traurigen Theaterstück.

»Ich habe mich an der Fachhochschule eingeschrieben. Ich will Architektin werden.«

Mein Vater nickt anerkennend, über das Gesicht meiner Mutter legt sich ein Schleier der Langeweile. Das ist ihr nicht glamourös genug.

Ich springe Storm zur Seite. »Storm engagiert sich ehrenamtlich für benachteiligte Kinder. Sie macht das echt toll, die Kids lieben sie.«

Die Worte »ehrenamtlich« und »benachteiligt« bringen meine Mutter zum Strahlen.

»Das ist ja wunderbar! Da haben wir ja etwas gemeinsam. Was halten Sie davon, wenn wir uns einmal treffen, Agnetha? Vielleicht kann ich Sie für mein Thema erwärmen? Sie wären ganz bestimmt eine wunderbare Unterstützung für die armen Frauen, die so viel Leid erfahren haben. Wie stehen Sie zu sexuellem Missbrauch, Agnetha?«

Ich stöhne innerlich. Diese absolut hirnrissige Frage stellt sie nur, weil sie zu tief ins Glas geschaut hat. Die Gespräche um uns herum verstummen, peinlich berührte Blicke werden ausgetauscht. Dieser Moment kommt zwangsläufig immer. Die Contenance meiner Mutter steht im direkten Zusammenhang mit der Anzahl der Gläser Wein, die sie trinkt. Die Geduld meines Vaters schwindet sichtlich. Nicht mehr lange und er wird das Ruder an sich reißen und meine Mutter vor sich selbst schützen.

Storm setzt sich kerzengerade hin, legt die Serviette neben sich und strafft die Schultern.

»Ich verabscheue Gewalt in jeglicher Form, Frau van Berg. Meine Mutter ist gestorben, als ich noch ganz klein war. Seitdem trinkt mein Vater. Er ist Alkoholiker.« Es wird am ganzen Tisch so still, dass die sprichwörtliche Stecknadel wie in Zeitlupe auf den Boden kracht. »Wenn er zu viel trinkt, wird er aggressiv. Eine Weile habe ich versucht, ihm zu helfen, ihn zu retten, aber diese Aufgabe war eindeutig zu groß für mich. Jetzt kann ich nur zusehen, wie er sich selbst zerstört. Das ist die schlimmste Form der Gewalt, die ich kenne. Zusehen zu müssen, wie sich ein geliebter Mensch zugrunde richtet. Sie und Ihr

Mann können sich glücklich schätzen, so eine intakte Familie zu haben.«

Sie dreht den Kopf und sieht mich an. Ihre Hand landet auf meinem Bein.

»Floyd ist wirklich ein ganz besonderer Mensch. Er ist mitfühlend und liebenswert und klug. Er hat mich neulich zu meinen Kindern begleitet und mit ihnen Fußball gespielt. Sie sind ganz begeistert von ihm.«

Ihre Augen blicken mich offen und ehrlich an, die Liebe darin ist schlicht und schnörkellos. Ich höre auf zu atmen.

»Er ist der beste Mensch, den ich kenne, und das hat er Ihnen zu verdanken. Sie sind schließlich seine Eltern. Eine liebende Mutter und ein fürsorglicher Vater sind das Wichtigste, was sich ein Kind wünschen kann, richtig?«

Storm verstummt, ihr Blick wandert zu meinem Vater. Ihr Ton ist bar jeder Ironie, sie meint das vollkommen ernst. Die Miene meines Vaters ist ausdruckslos, und es ist mir auch egal, was er denkt. Wenn es das ist, was Storm von mir hält, kann mir der Rest gestohlen bleiben.

Marta bricht das Schweigen, das sich über alle gelegt hat. »Das hast du sehr schön gesagt, Agnetha. Ich finde es bemerkenswert, Floyd, dass du deine Mutter mit ihrer Spendengala unterstützt. Das ist ungewöhnlich für junge Männer in deinem Alter. Es ist ein sehr schwieriges Thema. Ein Thema, das oft totgeschwiegen wird. Obwohl statistisch gesehen jede vierte Frau hier am Tisch betroffen sein müsste.«

Ihr Blick gleitet über die anwesenden Frauen und bleibt an Storm hängen. Storm starrt zurück, lässt das Glas auf halben Weg zu ihrem Mund wieder sinken und rutscht näher an mich heran. Sie verschränkt unter dem Tisch ihre Finger mit meinen und die Hauptspeise kommt. Rücken und Schinken vom Reh mit Sellerie und Granatapfel-Nugat-Jus.

Der Rest des Essens läuft glimpflich ab. Meine Mutter lädt Storm zur Spendengala ein und Storm bedankt sich höflich. Die Unterhaltungen werden lauter, die einzelnen

Lacher greller und die Gesichter röter. Der Alkohol löst die Zungen und senkt die Hemmschwelle. Die Einzigen, die nichts trinken, sind mein Vater und ich.

Storm hält sich zurück, der leichte Schwips, den sie hat, fällt nur mir auf. Wann immer ich mich leise mit ihr unterhalte und sie zum Lachen bringe, spüre ich den Blick meines Vaters auf mir. Als wolle er mir sagen, dass ich das nicht versauen soll. Keine Ahnung, wie sie es geschafft hat, dass er so einen Narren an ihr gefressen hat, aber die Sympathie, die er ihr entgegenbringt, stimmt mich ihm gegenüber milde. Meinem Vater!

Das ist völlig verrückt.

Kapitel 34

Nach dem Dessert, glacierter Aprikose mit Zweierlei von der Kalamata-Olive und Erdnuss-Crunch, und dem Kaffee bittet meine Mutter in den Garten, für weitere Cocktails und Zigarren. Storm und ich seilen uns ab.

Wir setzen uns an den beleuchteten Pool. Die Geräusche verblassen, die Hausecke schützt uns vor neugierigen Blicken. Sie streift die Schuhe ab und steckt die Füße ins Wasser, ich lege mich auf den Rücken und blicke in den sternenklaren Himmel.

»Ist das immer so mit dir? So einfach und leicht, wenn du bei mir bist?«

»Das ist ja der Sinn an einer Beziehung, Floyd.« Storm lacht und plätschert mit den Beinen. »Mann! Da sind vielleicht Gestalten dabei! Ist das immer so, wenn man reich ist?«

»Das ist ja der Sinn an viel Geld, Storm. Man besitzt Macht und wird fett und überheblich und hält sich für Gott.« Ich ziehe sie zu mir herunter. »Im Ernst. Hast du das, was du über mich gesagt hast, ehrlich gemeint, oder wolltest du meinem Vater eins überbraten?«

Storm legt die Stirn an meine. »Selbst ich bin keine so gute Lügnerin, Floyd. Jedes Wort war ehrlich gemeint.«

Weil ich mich nicht erinnern kann, dass jemand jemals für mich eingestanden wäre, schlucke ich den Kloß der Rührung herunter, bevor ich losschluchze wie ein Kleinkind, und lenke ab.

»Nicht dass ich eifersüchtig wäre oder so«, sage ich etwas wacklig und küsse ihre Nasenspitze. »Aber wie hast du das vorhin angestellt? Worüber hast du dich mit meinem Vater unterhalten? Ich meine, ich buhle seit neunzehn Jahren um seine Gunst und du brauchst gefühlte zehn Sekunden?«

Storm grinst, stützt ihren Kopf in ihre Hand.

»Das wüsstest du wohl gerne, van Berg, was?«

»Es interessiert mich nicht im Geringsten. Es ist mir schnurzpiepegal, Frau Tanz. Noch nie hat mich im Leben etwas weniger tangiert als das!« Pfeifend blicke ich gleichmütig in den Abendhimmel.

Storm lacht leise. »Er war ausgesprochen angetan von meinem Wissen über Wein«, sagt sie und dreht mein Gesicht zu ihr.

»Na toll! Er weiß offensichtlich mehr von dir als ich«, schmolle ich sofort.

Wieder lacht Storm. »Ich kläre dich gerne auf, wenn du willst.«

Ich nicke enthusiastisch. »Ja! Ja das will ich!«

»Ich hab mal in einer Weinbar gejobbt. Der Chef war ein ehemaliger Finanzhai, der alles hingeworfen hatte und seiner Passion gefolgt ist. Er hatte einen eigenen Weinberg in Italien und hat dann eine Bar eröffnet, in der er seine eigenen edlen Tropfen verkaufte. Als er seinen Laden renovierte, kam ich zufällig vorbeigelaufen. Ihm fiel in dem Moment ein Karton mit Gläsern herunter, den er gerade abgeladen hatte, und ich half ihm, die Scherben aufzusammeln. Wir kamen ins Gespräch, ich brauchte einen Job, er eine Aushilfe.«

Storm zuckt leicht mit den Schultern.

»Dort hab ich ziemlich viel über Weine gelernt. Meine Güte«, sie verdreht amüsiert die Augen, »wenn ich es mir recht überlege, hat er über nichts anderes geredet!« Sie gluckst. »Aber die Bezahlung war gut. Und er war ein netter Kerl.«

»Wieso hast du aufgehört?«, frage ich, spiele mit ihrem Haar, das mich am Hals kitzelt.

»Er hat mir gekündigt. Seine Frau mochte mich nicht. Sie hat behauptet, ich hätte Geld aus der Kasse gestohlen.« Storm verzieht missbilligend den Mund. »Aber so hab ich John kennengelernt. Er hatte in der Bar einen Auftritt mit seiner Band. Na ja«, ihr Kopf sinkt auf meine Brust, ihr Atem streift meine Haut, »wegen ihm bin ich dann in Kino gelandet. Jetzt kann ich dir erklären, wie man Filmrollen wechselt, wie man fluffiges Popcorn macht und welche Independent-Produktionen wirklich gut sind.«

Storm hebt den Kopf, sieht mich Beifall heischend an. Ihre Finger streichen über meinen Kehlkopf. Im Garten fängt eine Jazzkapelle an zu spielen, die leisen Töne des Saxofons dringen zu uns herüber.

»Du lieber Gott! Geht es noch klischeehafter?«, kichert sie.

»Klar. Hinter dem Busch könnte jetzt ein Zauberer auftauchen. Er würde dich eine Karte ziehen lassen, auf der steht, wie sehr ich dich liebe. Dann greift er hinter dein Ohr, und in seiner vorher leeren Hand liegt plötzlich ein riesiger Diamantring, und ich würde auf die Knie gehen und dich anflehen, mich nie wieder zu verlassen. Und dann würde ich dich fragen, ob du mich heiraten willst, und ein Fallschirm würde gleichzeitig tausend rote Rosen regnen lassen. Vor dem Haus würde eine weiße Limousine auf uns warten und wir würden zum Flughafen fahren. Ich würde dich auf die Malediven oder Seychellen oder nach Bali entführen und –«

Storm verschließt mir den Mund mit einem Kuss. »Ich würde schreiend davonrennen, van Berg«, sagt sie.

»Zweifelsohne, Frau Tanz.« Ich grinse, Storms Daumen malt über mein Lächeln.

»Ich will mit dir schlafen Floyd. Jetzt.« Ihre Augen sind ganz dunkel, ihr roter Mund leicht geöffnet.

»Was, jetzt?«

»Mhm.«

»Hier?« Ich zeige auf die Fackeln, die die Gästeschar beleuchten.

»In deinem Zimmer wäre mir ehrlich gesagt lieber, aber wenn du auf Zuschauer stehst ...« Ihre Stimme ist ganz rau und dieses Mal bin ich überhaupt nicht nervös. Es ist der perfekte Augenblick.

»Okay«, sage ich und stehe langsam auf. Ich nehme Storm an der Hand, helfe ihr hoch, sehe sie an. Sie nickt. Wir gehen unbemerkt von den anderen ins Haus.

Auf der Treppe fängt sie an, mich zu küssen. Wir stolpern in mein Zimmer, ich kicke mit dem Fuß die Tür hinter mir zu. Es ist dunkel und Storm drängt mich an die Wand. Ihr Mund ist überall, an meiner Kehle, an meiner Schläfe, an meinem Ohr. Sie zerrt an meinem Hemd und stößt einen tiefen Seufzer aus, als ich ihr das Kleid nach unten und den BH nach oben schiebe. Sie biegt den Hals nach hinten, ich lecke über ihren Kehlkopf.

»Gibt das jetzt 'ne Peepshow?«

Erschrocken fahren wir auseinander. Storm nestelt sich hektisch das Kleid über die Schultern, ich taste suchend nach dem Schalter und zwei Sekunden später ist der Raum in helles Licht getaucht.

Ben hockt breitbeinig im Sessel, in der Hand eine Flasche Champagner. Sein Hemd ist bis zur Brust geöffnet, die Haare fallen ihm in die Stirn. Er ist sternhagelvoll. Seine Lider hängen auf halb acht, er setzt die Flasche an und trinkt einen großen Schluck. Der Champagner läuft ihm übers Kinn.

»Was tust du hier?« Ich bin viel zu überrascht, um sofort loszuschreien.

Storm fährt sich schnaubend durch die Haare. »Das darf doch wohl nicht wahr sein! Wie zum Teufel kommt er in dein Zimmer?« Sie ist wütend. Und zwar richtig.

Ben grinst und wedelt mit dem Schlüssel vor seiner Nase. »Im Gegensatz zu dir habe ich einen Schlüssel, Süße.«

Ach Scheiße! Das hatte ich völlig vergessen. Ich atme tief durch und sehe Ben an. Wenn ich Ruhe bewahre, wird er gleich wieder verschwinden. Mit Sicherheit.

»Ben. Wir haben Gäste. Am besten gehst du jetzt und ich rufe dich morgen an, okay?«

»Ich weiß, dass ihr Gäste habt, du Penner, ich bin nicht blind. Seit einer halben Stunde glotz ich in deinen Garten und piss mir vor Lachen in die Hose. Die ganzen Bonzenärsche! Is' wie im Kino hier oben.«

Storm lässt sich aufs Bett fallen.

Ben richtet die Flasche auf sie. »Und? Ihr wolltet ficken? So als Dessert 'ne Muschi, Floyd?«

Okay. Er ist auf Krawall aus. Ich werde mich nicht provozieren lassen, Bens Alkoholspiegel übersteigt eindeutig eine normale Diskussionsgrundlage. Ich packe ihn am Arm und hieve ihn aus dem Sessel.

»Wir sprechen uns morgen, ja? Ich bringe dich noch raus.«

Ben reißt sich los und verliert das Gleichgewicht. Er fällt in den Sessel zurück. Storm lacht.

Sein Kopf schnellt herum. »Du blöde Schlampe! Lach mich nicht aus. Ich hab dich schon viel voller gesehen!«

Er dreht sich zu mir, und seine Augen brauchen einen Moment, bis sie mich fixieren.

»Ich will nur mein Geld, Floyd. Dann hau ich ab. Gib mir einfach mein Geld.« Er hält mir die offene Handfläche hin, mit der anderen führt er die Flasche zum Mund und trinkt.

Ich werde ihm das Geld auf keinen Fall geben. Und ich werde das auf keinen Fall heute mit ihm klären.

»So viel Bargeld hab ich nicht da. Du bekommst es morgen.« Ich sehe zu Storm, die schüttelt angewidert den Kopf. Entschuldigend zucke ich mit den Schultern und Ben brüllt unvermittelt los.

»Entschuldige dich gefälligst nicht für mich, du Arsch!«

Er springt auf, die Flasche fällt zu Boden und der Champagner sickert auf die Holzdielen.

»Bis die da kam«, er deutet auf Storm und spuckt beim Reden, »war ich dein bester Freund, Floyd!« Er haut sich auf die Brust. »Wir sind doch ein Team, Alter! Ich meine, ich *bin* doch dein bester Freund, oder? Floyd? Du fehlst mir, Mann!«

Sein Kopf fällt nach vorne, er schnieft und wischt sich die Nase. Ich stehe wie angewurzelt vor ihm und Bilder wirbeln durch meinen Kopf. Ben und ich in der fünften Klasse. Wie wir unseren Freundschaftsschwur mit einem Weitpinkelwettbewerb besiegelt haben. Die Hunderte

Male, die er mich bei Schwimmturnieren angefeuert hat. Die Hunderte Male, die ich ihn rotzbesoffen nach Hause gebracht habe und wir stundenlang vor seiner Haustür saßen und uns über seine Nachbarn totgelacht haben. Die Frauen, die Insiderwitze und die Partys, die folgten, als wir älter wurden. Er hat recht. Das muss doch zu schaffen sein. Er und ich.

Ich will ihm gerade die Hand reichen, ihm auf den Rücken klopfen und uns wieder ein Team werden lassen, als er aufblickt. In seinen Augen liegt der blanke Hass und ich ziehe die Hand zurück. Er streicht sich über den Mund.

»Und dann kommt *eine* Tussi!« Er reckt den Zeigefinger. »*Eine* verdammte Tussi, Fly! Und du bist weg. Einfach so! Wie der verfluchte David Copperfield. Und die da«, sein Blick fliegt zu Storm, »ist so blöd, dass es wehtut. Du suchst dir die dümmste Schnalle in der ganzen Stadt! Ihre Titten sind hässlich, sie hat ein Schlappmaul wie 'ne Bäuerin und im Kopf ist sie nicht ganz richtig! Bist du eigentlich völlig bekloppt? Du kannst jede haben, Fly! Jede! Und suchst dir die da?«

Er fängt an zu lachen und Storm schießt vom Bett. Mit zwei Schritten ist sie bei Ben und knallt ihm eine. Das klatschende Geräusch ist so laut wie ein Donnerschlag. Sein Kopf fliegt zur Seite, das Lachen bleibt ihm im Hals stecken.

»Verpiss dich, Ben! Es ist so lächerlich, wie du ständig versuchst, Floyd nachzueifern.« Sie steht vor ihm wie eine Rachegöttin, die Beine fest in den Boden gestemmt, das Kinn hocherhoben. »Du wirst nie seine Klasse erreichen. Du bist armselig und bemitleidenswert. Hör auf, dich so anzustrengen, es ist sinnlos.«

Mein Blick fliegt zwischen den beiden hin und her, ich komme mir vor wie auf einem Grand-Slam-Turnier. Ben hebt ganz langsam den Kopf, das teuflische Grinsen auf seinem Gesicht macht mir ein verdammt ungutes Gefühl. Wieso lacht er?

Ich schiebe mich vor Storm und hebe den Arm. »Okay. Das reicht! Du gehst. Jetzt!«

Ich deute auf die Tür, Ben schubst mich zur Seite und baut sich vor Storm auf.

»Da siehst du, wie dumm du bist.« Er spricht ganz leise, knurrt fast. »Er hat dich auf seiner Party gebumst wie eine Gummipuppe, und du hast es nicht mal gemerkt, du dämliche Kuh. Und jetzt machst du einen auf verliebt oder was? Willst ihn heiraten? Ein Haus und ein Auto und Diamanten? Du bist doch 'ne Nutte, ey!«

Nach seinen Worten ist es totenstill. Ich drehe mich zu Storm. Sie ist stocksteif. Wie eine Marmorstatue. So bleich und so starr.

»Du lügst.«

Nur ihre Lippen bewegen sich, sonst nichts.

Ben schüttelt den Kopf. Von links nach rechts. Ganz langsam. »Ich kann's dir beweisen. Hier und jetzt. Wenn du willst.«

Er zieht sein neues Handy aus der Hosentasche. Alle Luft verschwindet aus dem Raum. Alle Luft verschwindet aus meinen Lungen. Ich greife mir an die Kehle, stoße einen krächzenden Laut aus. Meine andere Hand grapscht nach Bens Telefon, er hält es hoch in die Luft.

»Lassen wir Storm entscheiden, Fly. Für dich und gegen die Wahrheit. Oder für die Wahrheit und gegen dich.«

Sein Handy schwebt minutenlang zwischen uns. Niemand sagt ein Wort.

Mein Blick gleitet zu Storm. »Tu das nicht, Storm. Bitte.«

Ich will nach ihr greifen, sie weicht zurück. Ich will die verfluchten Zeiger der verfluchten Uhr zurückdrehen. Ich will zurück an den Pool, aber vorher will ich Ben mit meinen bloßen Händen erwürgen. Ich will vor ihr auf die Knie fallen und sie anflehen.

Ich tue nichts dergleichen. Ich stehe nur da, meine Welt zerbröckelt vor meinen Augen, und ich kann nichts, absolut gar nichts dagegen tun.

Storms Pupillen sind so groß wie Golfbälle. Ihr Gesicht ist so weiß, dass sich ihre Lippen grotesk davon abheben. Sie sieht aus wie Schneewittchen. Das tote Schneewittchen. Die Fäuste geballt, kämpft sie einen Kampf, den ich niemals gewinnen kann.

»Ich kann nicht, Floyd«, flüstert sie.

Bens Display leuchtet auf. Die ersten Töne des Videos erklingen. Die Erinnerung flutet mich. Ich schließe die Augen.

Und falle.

Kapitel 35

Ich existiere irgendwo im Nichts.
Ich bin.
Ich existiere und deshalb bin ich.
Ich meine damit, dass ich mich im Spiegel sehen kann. Wenn ich an meinem Körper hinunterblicke, sehe ich meine Arme und meine Beine, meine Hände und meine Finger. Also gibt es mich. Rein physisch. Der Rest ist verschwunden. Einfach weg. Meine Seele.
Mein Herz.
Mein Ich.
Ich habe versucht, das Physische auszulöschen. Ich habe versucht, aufzuhören zu atmen. Unter Wasser habe ich einfach die Luft angehalten und die Augen geschlossen.
Der Druck auf meine Lungen und in meinem Kopf war der Frieden.
Der Schmerz hinter meinen Lidern war die Buße.
Das Stechen in meinen Fingern war die Sühne.
Der verlangsamte Schlag meines Herzens war die Erlösung.
Ich war fast so weit. Ein paar Sekunden noch und ich hätte den Mund geöffnet und das Wasser eingeatmet. Das Physische hat letztendlich die Kontrolle übernommen und mich nach oben gezwungen. Mich keuchend und prustend an die Oberfläche geschleudert. Meine Extremitäten haben wild um sich geschlagen, meine Lunge hat mit heftigen Hustenanfällen das Wasser aus meinem Hals gepresst.
Selbst dafür bin ich zu feige.
Ich wische mit der Hand über den beschlagenen Spiegel und setze den Rasierer an. Das sirrende Geräusch des Apparates ist in meinen Ohren so laut wie ein startendes Flugzeug. Ich drücke mir das Scherenblatt so fest gegen die Stirn, dass es blutet. Die feinen Tröpfchen rinnen in

meine Augenbrauen, und ich frage mich, wo sie herkommen. Ich spüre keinen Schmerz.

Ich spüre überhaupt nichts mehr, seit Storm fort ist.

Als ich in meinem Zimmer wieder zu mir kam, waren beide weg. Ben und Storm. Ich habe am Boden gekniet, die Hände um den Bauch geschlungen und geschrien. Ich habe so laut geschrien, dass mein Vater die Treppe hochgestürzt kam und mich panisch auf irgendwelche Wunden untersucht hat. Womöglich habe ich den einzigen Moment in meinem Leben verpasst, in dem er in Sorge um mich war. Er hat mir den Mund zugehalten, ich habe ihn mit weit aufgerissenen Augen angestarrt und ihn nicht erkannt. Was danach passiert ist, weiß ich nicht mehr. Ich weiß nur noch, dass ich am nächsten Tag in meinem Bett aufgewacht bin, und alles war tot.

Der Rasierer gräbt sich in mein Haar, zieht an meinen Locken, die geräuschlos ins Waschbecken fallen. Bahn für Bahn schere ich mich kahl, stiere emotionslos auf die dicken Büschel. Ich will nicht mehr aussehen wie Bradley Cooper. Und ich will nicht mehr aussehen wie Floyd van Berg. Ich will dieser Mensch nicht mehr sein.

Ich hasse ihn.

Mit einer Inbrunst, die an Wahnsinn grenzt, einem tiefen dunklen Wahnsinn, der mich anspringt, egal, wo ich bin. Wie eine geifernde Katze, mit hässlichen gelben Augen und spitzen Zähnen, krallt er sich in meinen Nacken und bleibt da sitzen. So wie jetzt. Er sitzt da wie ein grauer Schatten, der Wahnsinn. Geduckt und bereit, mich in Stücke zu reißen, sollte ich ihn verscheuchen wollen.

Ich versuche, ihn anzunehmen. Manchmal spreche ich mit ihm. Sage ihm, dass er dableiben kann. Ich habe ihn verdient. Er ist ein Gefährte. Ein dunkler Gefährte, der mich erinnert, was ich getan habe.

Ich streiche mir über die kurzen Stoppeln auf meinem Kopf. Wo ich nicht aufgepasst habe, ist Blut zu sehen. Feine Kratzer, hellrosa und gezackt. In meinem hageren Gesicht sprießt ein Bart. Ich esse kaum noch. In den letzten beiden Wochen habe ich zehn Kilo abgenommen.

Frau Hauser schnippelt mir Obst und Käse, kleine Köstlichkeiten, die sie mir vor die Zimmertür stellt. Am nächsten Tag räumt sie den Teller unangetastet wieder weg, stellt einen neuen hin. Stillschweigend und unermüdlich, in dem Glauben, dass ich irgendwann wieder essen muss.

Ich bleibe hier stehen, bis du runterkommst. Irgendwann wirst du essen müssen, Floyd!

Storms Stimme hallt in meinem Kopf.

Oh lieber Gott. Bitte nicht!

Ich halte das nicht aus. Der Schmerz ist so unerträglich, so allumfassend, dass er mich auffrisst. Er zieht mir bei lebendigem Leib die Haut ab, pult mit stumpfen Fingern in meinen Augenhöhlen herum. Ich ballere mir die Faust an die Schläfe, bis ihre Stimme verklingt und mein Kopf beinahe explodiert.

Klappernd lasse ich den Rasierapparat ins Becken fallen und gehe in mein Zimmer. Es sieht aus wie auf einem Schlachtfeld. Ein riesiger Berg dreckiger, stinkender Kleidung türmt sich mitten im Raum. Auf dem Boden liegt mein Bettzeug. Ich kann da nicht mehr schlafen. Ich schlafe sowieso so gut wie nicht mehr, aber wenn ich es tue, dann auf dem Boden. Das harte Holz verursacht mir Rückenschmerzen und das ist gut. Meine Gitarre liegt zertrümmert in einer Ecke des Zimmers, die zerrissenen Saiten kringeln sich wie Engelshaar. Zerknüllte Papierkugeln verteilen sich im Raum, angefangene Briefe an Storm. Sinnloses, hohles Geschwafel eines Typen, der in seiner Verzweiflung geglaubt hat, mit ein paar hingeworfenen Sätzen alles wieder rückgängig machen zu können. Gerade noch rechtzeitig habe ich begriffen, wie unabänderlich alles ist, wie schändlich meine Zeilen sind, und sie zum Glück niemals abgeschickt.

Ich schlüpfe in eine Jeans, die vor Dreck starrt. Einen Tag nach Storm fing es an zu regnen und es hat nicht mehr aufgehört. Es ist warm und es regnet unaufhörlich. Die trockene Erde quillt auf, der Schlamm fließt über die Rinnsteine und die Straße, in die Gärten und die Keller. Ich verlasse nur für eine einzige Sache das Haus.

Und das jeden Tag.

Im Kleiderhaufen wühle ich nach einem T-Shirt, halte meine Nase daran und befinde den Geruch für einigermaßen erträglich. Ich habe Frau Hauser verboten, meine Sachen zu waschen oder mein Zimmer zu betreten und aufzuräumen. Ich schließe ab, wenn ich da bin, und ich schließe ab, wenn ich gehe.

Mit meinem Autoschlüssel und dem Handy in der Hand gehe ich die Treppe hinunter. Es ist Nachmittag. Meine Mutter und Frau Hauser stehen im Eingangsbereich und unterbrechen ihr Gespräch, als sie mich sehen. Sie starren auf meinen kahlen Kopf, meine Mutter schlägt die Hand vor den Mund und stöhnt erstickt. Ohne ein Wort dränge ich mich an ihnen vorbei, meine Mutter dreht sich weg und läuft in die Küche. Sie tut das schon die ganze Zeit. Als hätte ich eine ansteckende Krankheit. Sie ist unfähig, mir zu helfen, und ich will es auch gar nicht. Ich öffne die Haustür.

»Floyd.« Es ist Frau Hauser.

Mit dem Rücken zu ihr bleibe ich stehen. Sie kommt näher, legt mir vorsichtig die Hand aufs Kreuz.

»Junge«, sagt sie nur und streicht über meine Wirbelsäule.

Die Berührung ist warm und weich und tröstend. Und viel zu viel. Ich mache einen Schritt nach vorne, schüttle sie ab. Der Wahnsinn kichert mir ins Ohr, die scharfen Krallen kratzen über meine Haut, und ich bin wieder da, wo ich hingehöre.

In der Hölle.

Ich schlage die Haustür zu, steige in den Porsche und fahre mit quietschenden Reifen vom Hof. Dahin, wo ich jeden Tag hinfahre. Zu Storm.

* * *

Ich parke direkt gegenüber dem Kino. Im Halteverbot. Im absoluten Halteverbot. Solche profanen Dinge interessieren mich schon lange nicht mehr. Der Regen klatscht auf die Windschutzscheibe, die Scheibenwischer gleiten über das Glas. Storm sitzt im Kassenhäuschen.

Ich sinke in den Sitz, puste auf den heißen Kaffee und zünde mir eine Zigarette an. Ich rauche im Auto. Sonst nirgendwo. Nur in meinem Auto. Während ich sie beobachte, rauche ich eine Schachtel, manchmal mehr. Zwei Tage nach Storm habe ich damit angefangen. Mit dem Rauchen. Und mit dem Nach-ihr-Sehen. Ich hatte panische Angst. Vor Schlaftabletten oder Brücken oder Rasierklingen. Angst vor den unzähligen Möglichkeiten, die sich ihr bieten. Ich bin aus meinem Bett gesprungen und wie ein Irrer zum Kino gerast und habe vor Erleichterung keine Luft mehr bekommen, als ich sie gesehen habe. Seitdem tue ich das jeden Tag.

Manchmal warte ich Stunden, bis ihre Schicht anfängt. Ich will nur überprüfen, ob sie noch lebt. Sonst nichts. Sie weiß, dass ich da bin. Ich parke ja direkt vor ihrer Nase. Wir starren uns durch die Windschutzscheibe an. Ab und zu rauchen wir auf die Entfernung gemeinsam eine Zigarette. Sie kommt aus dem Häuschen und zündet sich eine an. Sie inhaliert den Rauch und ich auch und dann drückt sie die Kippe mit ihrer Stiefelspitze aus und verschwindet wieder. Wenn sie Feierabend hat, warte ich vor ihrem Haus. Gelegentlich kommt sie später, ich weiß nicht, was sie noch unternommen hat. Sie läuft die Straße entlang zu ihrem Haus und tut so, als wäre ich nicht da. Und ich tue so, als wäre ich nicht da. Sie schließt auf, ich starte den Motor. Die Tür fällt hinter ihr ins Schloss und ich verschwinde. Dieses Ritual hält mich am Leben. Oder sie. Ich weiß es nicht.

Storm sieht aus wie immer. Sie trägt ein schwarzes Longsleeve und die Haare zu einem Zopf. Heute kommt sie nicht heraus, um eine zu rauchen. Dafür kommt John. Er spricht mit ihr, nickt und läuft durch den strömenden Regen an mein Auto. Er klopft ans Fenster, ich lasse die Scheibe herunter.

»Hey«, sagt er und lächelt mitleidig.

Ich sage nichts.

»Du hast die Haare ab.«

Er deutet auf meinen Kopf, ich sehe ihn nur an. Er hüstelt verlegen.

»Also, ich ...«, er sucht nach Worten, ich blinzle nicht mal.

Er legt die Hände auf das offene Fenster, ist mittlerweile pitschnass.

»Hör zu, Floyd. Ich tue das nur für Storm, klar? Ich weiß ja nicht, was zwischen euch vorgefallen ist, aber ich soll dir was ausrichten.« Er holt Luft und wischt sich über das Gesicht. »Es geht ihr gut. Du sollst dir keine Sorgen machen, dass sie sich ... also, du weißt schon. Sich was antut oder so.«

Er windet sich sichtlich, ich starre an ihm vorbei auf Storm. Sie sieht mich direkt an und ich lese in ihr wie in einem Buch. Ihr Blick ist eine Mischung aus grenzenloser Abscheu und tiefer Liebe, und ich frage mich, ob man beides gleichzeitig fühlen kann. Kann man einen Menschen verabscheuen und ihn doch lieben? Geht das?

»Floyd?« John schnipst mit seinen Fingern vor meinem Gesicht. »Hörst du mir zu?«

Meine Augen wandern zu ihm, ich runzle die Brauen. Was hat er gesagt? Hat er überhaupt etwas gesagt?

»Ich sagte, sie will, dass du sie in Ruhe lässt. Okay? Du sollst verschwinden. Heute und morgen und für immer.« Er seufzt und kratzt sich an der Stirn. »Ich will dir nur ungern drohen, also ... tu's einfach, ja? Lass sie in Ruhe, Floyd.«

Ich rucke mit dem Kopf, nicke knapp. Er reicht mir einen Brief, feucht und durchweicht. Kann er nicht besser aufpassen? Das Ding ist ungefähr so wertvoll wie die Kronjuwelen!

»Den soll ich dir geben.«

Ich grapsche danach, gierig und dürstend und wie irre, und als das Papier meine Finger berührt, sauge ich scharf die Luft ein. John klopft auf das Wagendach, ich bin schon gar nicht mehr bei ihm.

»Hau ab, Floyd. Jetzt.« Er tritt zurück, verschränkt die Arme, wartet.

Ich sehe noch einmal zu Storm. Sie dreht den Kopf weg. Mehr brauche ich nicht. Das ist das Ende. Ich fahre.

* * *

Meine Hände zittern so stark, dass ich aus Versehen eine Ecke des Briefes einreiße und einen wütenden Schrei ausstoße. Ich sitze am See, meine Beine hängen im Wasser, ich habe mir nicht die Mühe gemacht, die Hose hochzukrempeln. Wofür? Neben mir steht eine Flasche Rotwein. Ich bin betrunken. Viel zu betrunken, um zu lesen, aber ohne den Wein fehlt mir der Mumm.

Storm hat eine schöne Handschrift. Klein und zierlich, so wie sie. Ich kneife die Augen zusammen und beginne zu lesen.

Ich schreibe das an den Floyd, den ich kenne. Nicht an den Floyd, den ich nicht kenne und auch nicht kennen will. Ich kann dir nicht sagen, was ich fühle, weil ich es selbst nicht weiß. Noch nicht. Ich arbeite jeden Tag daran, es herauszufinden. John ist da. Und Elli. Es ist verrückt, wie das Leben manchmal spielt. Ausgerechnet Elli.

Ich werde auf mich achtgeben, Floyd. Ich werde auf mich aufpassen und in den Spiegel sehen und mir sagen, dass ich kein Stück Fleisch bin, das man benutzen kann, wie man will. Das ist alles, was du wissen musst. Der Rest geht dich nichts mehr an.

Und hey, van Berg?
Woran erkennt man, dass ein Mann lügt?
Er bewegt seine Lippen.

Ich glaube, ich liebe dich immer noch. Aber auch das geht vorbei.

Sie hat nicht unterschrieben. Sie hat ihren Fingerabdruck daruntergesetzt. Ich drehe das Blatt und blicke mir selbst entgegen. Es ist die Zeichnung aus ihrem Zimmer. Meine blauen Augen und mein Lächeln. Meine Locken, die mir in die Stirn fallen.

Und endlich kann ich weinen.

Ich greife zur Flasche, die Tränen und die Rotze vermischen sich in meinem Mund mit dem Wein. Ich trinke und schlucke und heule. Ich schleudere die leere Flasche in den See und brülle den Regen an.

Ich schreie über die Wipfel der Bäume.

Ich schreie ihren Namen, bis ich heiser bin.

Epilog

Es ist Ende September. Der schlimmste und beste Sommer meines Lebens neigt sich dem Herbst entgegen. Durch die Hitze der letzten Wochen sind alle Bäume jetzt schon so bunt wie sonst erst im Oktober. Das Laub leuchtet in allen Farben, rot und gelb und orange. Unser Garten sieht aus, als würde er brennen.

Mein Kopf ist immer noch kahl, und ich finde es gut, wie ich aussehe. Ich habe zwei oder drei Kilo zugenommen, aber nur weil ich muss, wenn ich nicht im Krankenhaus landen will, nicht weil mir das Essen schmeckt. Appetit habe ich nach wie vor keinen. Alles ist immer noch grau und fad und beschissen.

Ich knöpfe mir das Smokinghemd zu. Es klopft an meiner Zimmertür.

»Ja?«, sage ich. Meine Stimme klingt anders. Rau und hart. Ich habe zu lange nicht mehr gesprochen. Mit niemandem.

Mein Vater steht in der Tür. Ich lasse die Hände sinken. Der Anblick ist so ungewohnt wie ein Schwein in einer Achterbahn.

»Kann ich kurz reinkommen?«

Sein Smoking ist identisch mit meinem, wir waren gemeinsam beim Herrenschneider. Es war ein seltsamer Ausflug, linkisch und unbeholfen. So wie er jetzt in der Tür steht. Unsicher. Das irritiert mich. Er ist mein Vater, Herrgott noch mal. Ich will nicht, dass er sich anders benimmt. Beinahe besorgt.

»Äh. Ja. Klar«, sage ich.

Er macht zwei Schritte in den Raum, steckt die Hände in die Hosentaschen. »Du siehst gut aus.« Er deutet vage auf mich, ich runzle die Stirn.

»Danke. Du auch.«

Was will er?

»Ich wollte nur mal nach dir sehen.« Er sieht aus dem Fenster, räuspert sich. »Bist du aufgeregt wegen heute Abend?«

Was soll das? Hat er Angst, dass ich meine Rede vergesse? »Nein.«

Bin ich nicht. Um aufgeregt zu sein, müsste ich fühlen. Irgendwas. Tue ich nicht. Ich habe Storm gefühlt. Sie ist weg. Es ist alles nur die logische Konsequenz.

»Es tut mir leid, Floyd. Wegen dir und dem Mädchen.«

Ich erstarre, meine Hände verharren am Saum der Hemdsärmel. Ich bleibe stumm. Was soll ich auch sagen? Und ausgerechnet ihm? Ich kenne ihn gar nicht.

»Na dann. Wir fahren in zehn Minuten.« Mein Vater wendet sich zur Tür.

Ich öffne den Mund. »Ich werde ausziehen. In die Stadt. Ich habe mir eine Wohnung gesucht. Und einen Job.«

Er bleibt stehen, dreht sich um. Sein Gesichtsausdruck ist überrascht. »Wir haben gar nicht über die Kosten gesprochen.«

Ja. Sicher. Das Geld.

»Ich werde für mich selbst sorgen. Ich schaff das schon.« Den Blick fest in den Spiegel gerichtet, sehe ich das höhnische Lächeln nicht, das sich gleich auf seinen Lippen ausbreiten wird.

»Gut. Du wirst das hinkriegen, Floyd.«

Das Schwein fährt tatsächlich Achterbahn. Oder der Wahnsinn ist wieder da. Eins von beiden.

»Wenn du mich brauchst, ich bin da.«

Ich starre in mein Gesicht im Spiegel, traue mich kaum zu atmen. Hat er das eben wirklich gesagt? Aus Angst, ihn falsch verstanden zu haben, erwidere ich nichts, und mein Vater geht. Ich stoße einen tiefen Seufzer aus und mein Blick bleibt an meinem Finger hängen.

An dem Tattoo.

An Storm.

* * *

Der Saal ist festlich geschmückt, die Kronleuchter an der Decke funkeln wie tausend Sterne. Der Applaus ebbt ab und ich erhebe mich langsam. Meine Mutter sieht mit glänzenden Augen zu mir auf und lächelt aufmunternd. Die Rednerin, die vor mir dran war, läuft die Stufen der Bühne herunter, ich hinauf. In meiner Hand rascheln die Blätter leise, der spiegelblanke Boden glänzt mit meinen Schuhen um die Wette.

Ich trete hinter das Rednerpult und richte das Mikrofon aus. Es pfeift kurz, ich zucke entschuldigend mit den Schultern und lege meine Blätter ab. Mit einem Räuspern hebe ich den Kopf und zweihundert Gesichter sehen mich an.

Es ist mir scheißegal.

Ich sehe zu meinen Eltern, mein Vater nickt leicht.

Die Blätter der vorbereiteten Rede falte ich langsam zusammen und stecke sie in die Tasche des Smokings. Ich brauche sie nicht. Was ich gleich tue, wird meinen Eltern das Genick brechen. Vermute ich mal. Aber ich vermute es nur, vielleicht liege ich auch falsch. Es ist auch nicht wichtig. Ich muss das tun.

Für mich. Wenn ich nicht sterben will.

An meiner eigenen Schuld ersticken will.

Ich fasse in meine Hosentasche und meine Fingerkuppen stoßen an den abgegriffenen Fotostreifen. Vorsichtig fahre ich über die verknitterte Oberfläche und sehe Storm und mich. Wie wir die Zungen herausstrecken. Wie wir lachen. Wie sie mich küsst. Ich spüre mich, als ich glücklich war. Ich spüre es mit jeder Faser meines Körpers, es füllt mich aus wie goldenes Licht.

Ich hole tief Luft. Im hinteren Teil des Saales wird eine Tür geöffnet. Köpfe drehen sich, ich kneife die Augen zusammen, weil mich die Kronleuchter blenden. Eine Frau schiebt sich in den Saal. Eine Frau mit langen schwarzen Haaren, in einem mir bekannten T-Shirt und einer zerrissenen Jeans. In dicken, klobigen Boots. Sie bleibt an der Tür stehen, lehnt sich an die Wand.

Ich mache den Mund auf.

»Für alle, die mich nicht kennen. Mein Name ist Floyd van Berg. Ich habe ein Mädchen vergewaltigt.«

Jep.

Danksagung

Witzigerweise ist eine Danksagung beinahe schwerer zu schreiben, als ein ganzes Buch.

Sofort setzt man sich unter Druck, niemanden zu vergessen, die richtigen Worte zu finden und es nicht in die Länge zu ziehen, wie diverse Oscarreden.

Aus lauter Unsicherheit wollte ich sie schon weglassen. Aber das bringe ich nicht übers Herz. Weil es so viele Menschen gibt, die Teil dieses Buches sind. Die entweder darin vorkommen, weil ich mir ihre Charaktere schamlos abgeguckt habe, oder die im Außen mitgeholfen haben, dass dieses Ergebnis überhaupt zustande kommen konnte.

Da wäre zunächst meine wunderbare Lektorin Marion Perko. Eine Zauberin, die ihren Stab geschwungen hat und Floyd und Storm noch realer erscheinen ließ, als sie es sowieso schon waren. Danke, für deine Inspiration, deine Begeisterung und deine hohen Maßstäbe. Vielleicht bin ich die erste Autorin, die niemals nie auch nur den einen klitzekleinsten Disput mit ihrer Lektorin hatte, weil du einfach fabelhaft bist!

Außerdem danke ich meiner riesigen Familie. Alle, die sich durch die Rohfassung gekämpft haben, sich vollkommen in der Geschichte verloren haben, und sich nicht scheuten, mir ihre ehrliche Meinung mitzuteilen. Früchtchen: wir feiern ne Releaseparty! Aber da gibt es kein Obst, das sag ich euch!

Ich danke meiner Mutter, meiner treuesten Gefährtin, die mir die Liebe zu Büchern geschenkt hat. Ohne Lesen kann man nicht schreiben.

Und ich danke meinen zwei anderen Damen vom Grill.

Der Einen, für ihr professionelles Urteil, ihren klugen Geist und den dazugehörigen Kommentaren und die stete Konstante, die sie in meinem Leben ist. Sonst würde ich manchmal hinten runterfallen und du weißt das.

Der Anderen, für jeden Heulanfall und jeden Lachkrampf an den exakt richtigen Stellen im Buch. Für die Gänsehautmomente, die uns Floyd und Storm bereitet haben und für jede einzelne Zeile, die du mir vorlesen musstest. Sorry, aber das war lebensnotwendig für diverse Kapitel.

Last but not least, meiner eigenen, kleinen Familie.

Meinen Kindern, die sich monatelang von Tiefkühlpizza und trocken Brot ernähren mussten. Deren Mutter zu einem Wesen mutierte, das sich in einem Kämmerlein einschloss, mit Kopfhörern auf den Ohren und Abwesenheit in den Augen. Es ist vollbracht, ihr Lieben. Danke, dass ihr mir jeden Tag aufs Neue zeigt, was alles möglich ist. Ihr seid Wunderwesen.

Tom.

Dir will ich nur eins sagen.

Es gibt nichts besseres, als eine glückliche Ehefrau.

Das machst du. Mich glücklich. Jeden Tag, seit dreizehn Jahren.

Hör nicht auf damit. Bitte.